LA DERNIÈRE N

DU MÊME AUTEUR

LA DERNIÈRE NUIT À TREMORE BEACH, Actes Sud, 2016.

Titre original :
La última noche en Tremore Beach

ISBN 978-2-330-09058-6

MIKE

LA DER
À TREMORE BEACH

roman traduit de l'espagnol
par Delphine Valentin

BABEL NOIR

À mon père, parti avant de voir ce livre publié.
Pour lui.

J'ai entendu dire que certains écrivains appellent ça *le tunnel*. Quelque chose qui s'ouvre, par magie, dans leur tête et leur permet de voyager vers un lieu où les histoires, les faits et leurs personnages se révèlent avec clarté. Alors l'écrivain n'a plus qu'à devenir le chroniqueur de ce qu'il voit. Il écrit ou tape sur son clavier aussi rapidement que possible pour ne perdre aucun détail, avant que la porte ne se referme. Il regarde ses personnages, leurs expressions, sent ce qu'ils ressentent et les observe évoluer dans leur quête. Lui, il les suit, comme un espion, pour ensuite nous le raconter.

La source d'inspiration n'est pas très différente pour un musicien. Dans mon cas, je dirais que ça "vient du ciel", ne me demandez pas pourquoi, j'ai toujours pensé que "cela" venait du ciel, comme une révélation. Une mélodie, tout le monde peut la voir, mais très peu savent la saisir. Comme pour attraper un papillon farouche, nous, les musiciens, avons un filet dans la tête. Il y a des filets plus ou moins grands, plus ou moins précis, mais quoi qu'il en soit, nous sommes tous motivés par le même but : capturer cette mélodie, ce soupir magique dont nous "pressentons" l'existence autour de nous, le maîtriser et, comme une vieille relique, restaurer chacun de ses infimes et merveilleux détails que seul un être suprême a été capable de concevoir. Nous sommes, d'une certaine manière, des médiums capables de communiquer avec l'autre monde. Un monde de fantômes merveilleux et fuyants. Des fantômes qui sont là pour nous rappeler que nous sommes davantage qu'un animal né dans la douleur et destiné à mourir. Des fantômes qui pourraient nous expliquer l'origine du monde, le temps et les étoiles.

PETER HARPER
Contemporary Music Writer Magazine,
8 février 2003.

PREMIÈRE PARTIE

1

La tempête, baptisée Lucifer par un agent du service de météorologie amateur de style biblique, était annoncée depuis plusieurs jours. Elle allait être carrément exceptionnelle, même pour Donegal, alors attention : on risquait de voir voler les tuiles ou les poteaux électriques. Le type de Radio Costa nous avertissait toutes les soixante minutes : “Remplissez le réservoir de vos groupes électrogènes. Des produits dans le congélateur ? Des boîtes de haricots à la tomate ? En quantité suffisante ? N'oubliez pas non plus d'acheter des bougies et des allumettes. Et pour ceux qui vivent tout près de la côte, amarrez bien vos barques. Si possible, mettez les voiliers en cale sèche pour la nuit.”

Ce matin-là, on annonçait des vents de cinquante-cinq nœuds et il était recommandé d'éviter de prendre la route dès la mi-journée. Il fallait s'attendre à de fortes pluies et à des inondations à l'intérieur des terres. Quant aux maisons du littoral, tout le monde se préparait à une nuit de tous les diables !

Moi, j'étais allé à Clenhburran très tôt pour faire quelques provisions et achats de dernière minute. Clenhburran était le seul petit village à des miles à la ronde, ce qui signifie beaucoup quand tout ce qui vous relie au monde extérieur est une route étroite et sinueuse entre roches et falaises.

La première tâche sur ma liste consistait à apporter ma tondeuse en réparation à l'atelier de John Durran.

— Vous avez protégé vos fenêtres, monsieur Harper ? m'a demandé Durran en personne dès qu'il m'a vu entrer dans sa boutique. Vous habitez à Tremore Beach, pas vrai ? Ça va cogner fort là-bas, cette nuit.

Durran comptait parmi ceux qui s'en mettaient plein les poches grâce au *momentum* créé par le cyclone. Sur l'un des murs latéraux de la boutique, à côté de la porte, étaient amoncelées des planches d'aggloméré de deux ou trois mètres de hauteur. Accroché au toit, au-dessus des planches, un panneau fluorescent alertait les clients : "Protégez vos fenêtres !"

Il y avait aussi une offre spéciale sur les groupes électrogènes, les bougies, les poêles à gaz et autre matériel de survie. Les rares touristes ou résidents du week-end qui se trouvaient dans le coin remplissaient leurs voitures et Durran se frottait les mains. Quel dommage – pour lui – que la haute saison ne débute officiellement qu'un mois plus tard.

Je lui ai répondu que je m'étais organisé pour la nuit alors qu'en réalité, je n'avais pas installé le moindre petit bout de bois sur mes fenêtres. Leo Kogan, mon unique voisin en bord de plage, n'avait pris aucune précaution non plus, et me l'avait même déconseillé : "Ça ne sera pas si terrible." Jusqu'à présent, j'avais fait confiance à son expérience, en tant que plus ancien résident de la plage, mais je reconnais que l'atmosphère "pré-guerre nucléaire" qui régnait dans la boutique de Durran, ainsi que les quelques maisons entièrement recouvertes de planches que j'avais vues depuis la route ce matin, commençait à me rendre un peu nerveux.

J'ai poussé la tondeuse jusqu'à l'atelier et expliqué à Brendan, le mécanicien, que la veille, j'avais une nouvelle fois – la seconde en deux mois – percuté la plaque d'égout en béton qui dépassait à moitié de ma pelouse.

— Une Wolf toute neuve et elle est déjà pleine de cicatrices de guerre. Si vous voulez, on peut installer une grille métallique ou un autre truc sur cette plaque.

Je lui ai répondu que l'agence immobilière allait s'en charger – si tant est qu'elle se décide à le faire au cours de ce siècle – et lui ai demandé quand la tondeuse serait prête.

— Il faut changer la lame et jeter un coup d'œil au moteur. D'ici deux ou trois jours, environ.

J'ai confirmé que je reviendrais à l'atelier à ce moment-là, puis je suis parti faire un petit tour du côté du port. En descendant Main Street, j'ai vu les pêcheurs protéger leurs bateaux, et

Chester lui-même, le petit vieux du tabac-presse, m'a déclaré qu'un truc "énorme" s'annonçait pour ce soir.

— Vous avez remarqué qu'il n'y a plus de mouettes ? a-t-il dit en rangeant ma commande dans un sac : un *Irish Times*, une cartouche de Marlboro et le dernier polar à succès. Un ciel si clair, et pas une seule de ces bestioles qui cherche à manger. C'est parce qu'elles le sentent, vous voyez. Elles ont toutes filé dans les terres, et à l'heure qu'il est, si ça se trouve, elles sont en train de chier sur les toits de Barranoe ou de Port Laurel. Si vous voulez mon avis, je crois que c'est du lourd qui nous arrive. Je n'ai pas vu une telle veille d'orage depuis 1951. Et cette nuit-là, les moutons et les tracteurs ont volé au-dessus des champs. L'enseigne du magasin, celle que vous voyez là, dehors, elle a disparu dans les airs, c'est mon cousin Barry qui l'a trouvée sur la route de Dungloe, à plusieurs miles d'ici.

Mais je me suis à nouveau souvenu de mon voisin, Leo, qui m'avait répété de ne pas m'inquiéter ; qu'excepté le problème du sable qui collait aux vitres et quelques tuiles arrachées, il ne se produirait rien de spectaculaire. Et ça faisait trois ans qu'il habitait au bord de la plage. D'ailleurs, l'arrivée du cyclone n'avait pas modifié ses projets de dîner. La date était cochée sur le calendrier depuis deux semaines et, la veille, il avait appelé pour confirmer : "Tu crois que c'est prudent de traverser la plage cette nuit, avec cette apocalypse sur le point de s'abattre sur la côte ?"

"À peine deux miles, Peter ! avait-il répondu avec son optimisme habituel. Qu'est-ce qui peut t'arriver sur deux miles ?!"

Vers 18 heures, quand je me suis réveillé de la sieste, le front orageux était déjà un immense tapi tendu sur le ciel déclinant. Je me suis redressé sur le canapé et j'ai observé l'horizon à travers les grandes baies vitrées du salon : une formation titanesque de nuages, haute comme un abîme et couvrant toute la vue qu'on avait d'ici, avançait telle une armée implacable. Ses noires ténèbres étaient zébrées d'éclairs, promettant une bataille acharnée contre la Terre.

Je me suis levé et le best-seller – dont les cinquante premières pages avaient réussi à m'endormir – est tombé sur le doux tapis aux motifs aztèques qui décorait le centre du vaste salon. J'ai ramassé une guitare qui traînait aussi par terre et l'ai déposée au milieu des coussins. Puis je me suis approché des baies vitrées, j'ai ouvert la large porte coulissante et suis sorti. Un vent furieux m'a cueilli, qui agitait la pelouse et les plantes de mon jardin comme des hochets. La clôture, une rangée de piquets blancs entourant le terrain, résistait aussi à la violence de cet assaut. En bas, sur la plage, le sable se soulevait, formant des nuages et bombardant la côte. J'ai reçu des dizaines de grains piquants sur le visage.

En voyant cette monstrueuse tempête s'approcher du littoral, je me suis senti comme un minuscule insecte sur le point d'être englouti par un géant. J'ai pensé aux planches de John Durran et j'ai regretté de ne pas m'en être procuré quelques-unes. Merde alors, on aurait dit un monstre prêt à dévorer la côte. Pete, qu'est-ce que t'as foutu ?

Je suis retourné à l'intérieur et j'ai fermé la vitre. Le verrouillage n'était jamais bien ajusté, mais je lui ai filé un bon coup de sorte qu'il se retrouve hermétiquement clos. "Du calme, Harper, ce n'est pas la fin du monde." Je suis monté au premier étage et j'ai vérifié, contrôlé une à une toutes les fenêtres qui donnaient côté nord.

En haut, la maison se résumait à une vaste chambre principale, plus une autre pièce avec deux lits (qui recevrait d'ici quelques semaines ses premiers invités : mes enfants), et une salle de bains. Sous le toit, il y avait un petit grenier rempli de cartons poussiéreux et de vieilles valises. Pour la première fois depuis des mois, j'y suis monté afin de m'assurer que le velux était bien fermé. Au passage, je me suis ravitaillé en bougies que j'ai réparties dans la maison, au cas où l'électricité serait coupée en pleine nuit.

J'ai débranché toutes les prises et suis retourné au rez-de-chaussée. La cuisine n'avait qu'une seule fenêtre face à la mer, en double vitrage, qui semblait aussi solide que les dents d'un cheval. J'ai rejoint l'arrière du jardin par la porte de la cuisine. J'ai attrapé les deux chaises en bois, les ai pliées et rangées dans la remise. Il y avait ici des outils et des planches qu'un locataire précédent avait achetés pour une raison quelconque.

Il y avait même une petite hache avec laquelle j'avais un jour coupé du bois. J'ai caressé l'idée de me mettre à l'œuvre et de construire une sorte de protection de mon cru, mais l'ai immédiatement rejetée. Je ne parviendrais probablement qu'à me couper un doigt, avec cette hache, ou pire encore. Et dans ce coin-là, sans personne qui puisse m'entendre, je pourrais bien me vider de mon sang et crever tout seul.

J'ai fermé la remise et je suis retourné dans la maison.

Les vitres du salon tremblaient, secouées par de violentes rafales. Pourraient-elles se briser ? Autant limiter les risques. J'ai déniché une assez grande bâche en plastique dans le débarras du vestibule. Nous l'avions utilisée durant le déménagement pour envelopper mon Steinway & Sons et j'ai pensé que cela protégerait au moins le piano au cas où les vitres céderaient, laissant la pluie s'engouffrer dans le salon. Une fois l'instrument couvert (un piano à queue de deux mètres de long et de presque trois cent cinquante kilos), j'ai débloqué les roues et l'ai poussé loin de la fenêtre. Il laissait derrière lui un espace vide entouré de cahiers, de partitions, de boîtes à crayons et de multiples boules de papier froissé. J'ai éteint et fermé mon MacBook Pro et l'ai rangé tout en haut d'une étagère à bonne distance de la baie vitrée. J'ai fait de même avec un clavier numérique que j'utilisais pour mes enregistrements. Après cela, le salon était prêt à recevoir la mère de tous les orages. Les gouttes de pluie commençaient à frapper les vitres et au loin on entendait d'occasionnels coups de tonnerre, mais sans apercevoir le moindre éclair.

Le téléphone a alors sonné.

J'ai couru vers l'appareil. Et j'ai entendu la voix de Leo à l'autre bout.

— Salut Harper, on est sur le point de commencer. Tu viens ou quoi ?

Avec tout ce bazar, j'avais presque oublié mon rendez-vous chez les Kogan.

— Désolé, Leo, ça m'était carrément sorti de la tête, ai-je dit, en m'approchant de la baie vitrée. Écoute, tu es toujours certain qu'on n'aura pas besoin de planches sur les fenêtres ?

Je l'ai entendu rire, ce qui ne m'a que partiellement rassuré.

— Durran t'a foutu la trouille au ventre, hein ? Tant mieux pour lui. Écoute, Pete, à moins qu'il ne se mette à tomber des météorites, je ne vois vraiment pas ce qui pourrait faire exploser tes vitres cette nuit. Par contre, amène-toi avant que ce nuage géant n'atteigne la côte. Il paraît qu'il va y avoir beaucoup d'éclairs.

Je lui ai promis d'être chez lui dans dix minutes. Puis j'ai raccroché en riant un peu de ma propre peur. "Tu voulais vivre sur la plage, non ? Petit poltron de la ville !"

J'ai monté l'escalier et pris une douche chaude pour finir de me stimuler. J'avais fait une longue sieste cet après-midi, après être revenu du village. La nuit précédente, je n'avais pas fermé l'œil, à cause d'un coup de fil tardif de Pat Dunbar, mon agent, qui m'avait remué les tripes.

Pat, cinquante-six ans, en surpoids, sous la menace constante d'une attaque cardiaque, divorcé et remarié avec une élégante jeune Russe de vingt et un ans, vivait à cette époque à Londres, même s'il avait l'habitude de passer de longs mois dans une splendide villa au bord de la Méditerranée. Il fumait moins qu'avant, mais buvait toujours autant. Nous avions quasiment une relation de père à fils, au détail près que j'étais (ou tout du moins avait été) un fils qui générait une commission de vingt pour cent.

— J'ai rencontré Alexander Wells au gala des Bafta Awards, a-t-il dit, après avoir amorcé la conversation par un civilisé "quoi de neuf sur ton île déserte ?". On a parlé de toi. Il voulait savoir ce que tu fabriquais, si tu étais dans le creux de la vague. Ils sont en train d'enregistrer une nouvelle série sur Drake le pirate. Bon, il n'y a guère que les Espagnols qui le considèrent comme un pirate. En Angleterre, c'est un héros ou pas loin. Bref, une série avec des bateaux et des bagarres.

— Je connais Francis Drake, ai-je dit, tout en me raidissant un peu.

Je savais déjà où Pat voulait en venir.

— Bien. Parfait. Je peux faire l'impasse sur le contexte historique. Alors, quand est-ce qu'on s'y met ? Ils cherchent un compositeur, ils en ont besoin dans un mois. Je lui ai dit que j'allais t'en parler. Tu pourrais le rencontrer à Londres… disons, la semaine prochaine ?

Je suppose que c'était inévitable. Pat était mon agent, pas ma mère.

— Tu pensais que j'allais te demander des nouvelles de ta santé ?

— Pat, tu sais bien ce qui se passe, ai-je répondu. Je me suis engagé dans autre chose. Au moins jusqu'à septembre. Je ne vais pas laisser tomber en plein milieu.

Il y a eu une courte pause. Je connaissais Pat Dunbar depuis des années et j'aurais parié qu'il se répétait mes mots, en faisant une tête de crétin.

— Je ne te demande pas de laisser tomber quoi que ce soit en plein milieu, Pete, revint-il à la charge, en tentant d'adoucir le ton. Je respecte tes décisions. Je les ai toujours respectées, non ? C'est pas vrai ? Je te demande juste d'avoir un petit contact avec la réalité. De sortir de cette retraite bouddhiste le temps d'un week-end, d'enfiler un costume et de prendre un café avec Wells et son producteur. Pour qu'ils t'exposent leurs idées. Je te connais, tu vas leur coucher le thème principal sur une serviette en papier après cinq minutes de conversation. Qu'est-ce que t'en dis ?

Du Pat Dunbar tout craché, ai-je pensé, le génie de la psychologie de comptoir, expérimentant une technique d'hypermotivation.

— Je dois être fidèle à mes projets, Pat. Rencontrer Alex Wells, ce n'est rien moins que m'engager. Ce ne serait bon ni pour toi ni pour moi que j'y aille sans être totalement convaincu. Tu le sais. Il faut montrer qu'on a les dents longues dans ce genre d'entretien, et de toute façon j'ai un autre projet entre les mains.

— Vraiment ? a-t-il répondu. Tu en es sûr ?

— Qu'est-ce que tu veux dire par là ? ai-je lancé, un peu vexé.

— Oui, je sais : ton projet personnel, un disque expérimental. C'est ce que je raconte à tout le monde depuis onze mois. "Pete prend du temps pour lui." Onze mois, mec ! Tu sais tout ce qui se passe pendant ce temps ? J'ai refusé…

— Je sais, Pat. Tu m'as déjà dressé la liste un certain nombre de fois : deux projets à six chiffres pour des jeux vidéo, un film et, en comptant celle-ci, trois séries.

— Tu m'autorises à te dire ce que tu ne veux pas entendre ?

Les gens commencent à t'oublier. Tu es en train de te créer une image de mec bizarre, imprévisible, et ça, c'est comme la peste : la pire réputation qu'on puisse se tailler. Quel que soit le prestige de tes récompenses aux Bafta Awards, de tes Golden Globes et de ta nomination aux Oscars, tu n'es pas encore un Elfman, ni un Williams, ni un Zimmer, ne l'oublie pas, d'accord ? Je suis désolé de jouer le rôle du sale type, mais je crois que tu as besoin que quelqu'un te le rappelle : tu n'es pas en position de te permettre certaines extravagances.

Bon, c'était le savon auquel je m'attendais depuis un bon moment. Il était enfin arrivé. J'avais franchi les limites de la patience du grand Pat Dunbar en personne.

Son laïus terminé, il est resté silencieux quelques secondes. Il nous a laissés respirer tous les deux.

— Écoute, Pete… tu as traversé une sale période, hein, on le sait tous. Moi aussi, j'ai divorcé. Je sais dans quelle merde ça te plonge. Clem t'a mis KO et maintenant tu es en colère. Mais tu dois t'aider toi-même.

— C'est justement ce que je m'efforce de faire.

— En te cachant du monde entier ?

— Je ne me cache pas. J'avais besoin de paix. De m'éloigner de tout. – "Et de toi en particulier", ai-je pensé. – Et puis, je ne produisais plus que de la merde. Tu le sais.

— Ce n'était pas de la merde. Tu étais secoué par le divorce. Appelons ça un accident. Ces types sont hyper-pressés, ils n'attendent personne. Je me suis battu au maximum pour te maintenir dans le jeu. Ça n'a pas marché.

Nous évoquions le désastre qui avait – entre autres choses – initié mon exil. Le film que je n'avais pas pu finir. La Fox. Ses avocats. Un petit coup en plus sur la tête de Mr Harper et sur ses finances, après mon divorce avec Clem.

— Écoute Pat, ai-je dit en reprenant la main. Je sais que tu es mon ami. Je sais que tu le dis pour mon bien, en plus de tes précieux vingt pour cent, mais je ne veux pas revenir maintenant. Je sens que je suis sur le point de faire un pas en avant, de changer de peau. L'histoire avec Clem, tout ce putain de cauchemar, je crois que ça va m'aider, d'une certaine manière. Mais j'ai besoin de temps.

À présent, Pat devait être enfoncé dans son canapé, la tête en arrière et les yeux au plafond, à se dire : “J'ai essayé, j'ai fait tout ce que j'ai pu.”

— OK, Harper. Je ne vais pas insister. Je dirai à Wells que c'est non. J'ai toujours eu confiance en ton instinct. Tu as un bon instinct. Continue avec ton album, continue à te soigner et fais-moi signe quand tu veux travailler, OK?

J'ai raccroché. Le “continue à te soigner” résonnait dans ma tête.

Mais c'était vrai. Qui allais-je duper? Je ne prenais pas le risque de rencontrer Alexander Wells parce que je manquais de confiance. Pat le savait, la Fox le savait, la BBC le savait. Tout ce petit monde était au courant. Un direct en pleine mâchoire, mal encaissé, et Peter Harper avait perdu son œil de lynx. Il composait un morceau, l'écoutait et le jetait à la poubelle. Au fond, j'aurais dû remercier Pat, qui continuait à risquer sa réputation pour moi.

Un blog dédié au monde du spectacle m'avait consacré l'article suivant quelques mois plus tôt : “Il a tenu en haleine la Fox pendant un an et demi à coups de promesse, en bénéficiant d'une avance plus que juteuse, et ils affirment qu'il n'a été capable de leur remettre qu'une maquette de bruits de la jungle sur fond de violons. On raconte que son divorce a été difficile. Je dirais même que ça l'a mis hors service.”

Au cours des trois derniers mois, ma vie créative s'était résumée à une frustrante agonie d'essais et d'erreurs. Une spirale maniacodépressive durant laquelle, la nuit, je croyais tenir quelque chose de merveilleux, la mélodie qui marquerait le tournant de mon néant créatif, mais qui, le lendemain matin, me faisait vomir (au sens figuré, sauf deux ou trois fois où j'ai réellement vomi) à la première écoute. Je quittais le piano, désespéré, et devais sortir de chez moi pour ne pas exploser et, conséquence directe de l'explosion, me mettre à boire. Je partais faire un tour sur les rochers de Tremore Beach, à la recherche de crabes, pris du désir futile et infantile qu'une vague imprévue m'aide à en finir avec cette souffrance, ou me balader le long des falaises jusqu'aux ruines du monastère de Monaghan, où j'avais pris l'habitude de parler à Dieu et de lui demander, à ma grande honte, de me filer un coup de main. La plupart du temps, cependant, je restais dans le jardin et me contentais de tondre la pelouse, qui était devenue la principale distraction de ma vie monacale. J'avais un gazon splendide, digne du palais de Buckingham.

Après m'être douché, rasé, j'ai enfilé une chemise propre et une veste. Ça faisait du bien de quitter l'uniforme jean tee-shirt de temps en temps. J'ai pris la bouteille de vin chilien que j'avais achetée chez Andy's cette semaine, éteint toutes les lumières et me suis dirigé vers l'entrée. Les clés étaient accrochées à côté de la porte. Je les ai prises et glissées dans la poche de mon pantalon. Puis j'ai saisi le loquet et j'ai senti le froid de la nuit passer à travers le métal, un léger tremblement sous mes doigts : la porte était agitée par le vent.

Et alors c'est arrivé. Ce dont j'allais si souvent me souvenir par la suite. Une voix m'a parlé et m'a dit :

"Ne sors pas de la maison."

Ce fut comme une voix sans visage. Comme un fantôme caché dans mes oreilles. Un murmure qui aurait pu être le vent. Je l'ai entendu en moi, quelque part : "N'ouvre pas cette porte. Pas ce soir..." Ma main est restée posée sur la poignée. Mes pieds pétrifiés, plantés dans le sol carrelé.

J'ai regardé derrière, dans l'obscurité du salon. Au loin, un éclair a frappé l'océan et la pièce s'est illuminée un instant. Il n'y avait personne ici, évidemment. Cette voix n'appartenait à aucun fantôme. C'était la mienne. Elle avait surgi de ma tête.

"C'est ce que tu penses... ? C'est cette voix-là ? Encore une fois ?"

Jusqu'alors, de toute ma vie, je ne l'avais entendue qu'en une seule occasion. Si précise, si claire dans son message...

"Merde alors, mais cette fois-là ce n'était que de la peur, me suis-je dit. Comme cette nuit. Ne fais pas le gamin, Peter Harper. Ces choses-là n'existent pas."

("Mais n'avait-elle pas eu raison, *cette* autre fois ?")

— Allez, ne fais pas le gamin, ai-je dit à voix haute, dans la solitude de mon vestibule.

J'ai éteint la lumière, je suis sorti de la maison et j'ai fermé la porte d'un geste net, comme si je voulais effrayer un fantôme.

2

J'ai conduit à travers les dunes, dans un tumulte d'eau, de vent et de sable, jusqu'au sommet d'une colline qui séparait ma maison de celle de Leo et Marie. Les gens du coin l'appelaient "la Dent de Bill", en hommage à un légendaire contrebandier de la région. On disait aussi que c'était une des plages où les nazis avaient débarqué des armes pour l'Armée républicaine irlandaise au cours du fameux plan Kathleen, pendant la Seconde Guerre mondiale. Toutefois, comme toutes les histoires qu'on racontait à Clenhburran, aucun livre ne confirmait ni n'infirmait cette donnée. C'était à chacun de décider d'y croire ou non, tout simplement.

Un vieil orme tortueux dont les branches témoignaient du châtiment infligé par des siècles de vent était l'unique repère avant le petit précipice de dix mètres qui tombait doucement sur la plage. C'était aussi l'endroit où le chemin se divisait : vers Clenhburran, à travers les terres humides, ou en direction des deux uniques maisons de cette plage. À gauche, Peter Harper. À droite, Leo et Marie Kogan.

Je me suis arrêté une seconde. Dans l'obscurité de la nuit, j'ai aperçu la dentelle blanche que formaient les vagues se fracassant sur la plage. Au loin, des éclairs commençaient à marbrer l'océan, offrant une vision spectaculaire sur cette côte noire, sans lumières, où seul le rayon doré d'un phare apparaissait de temps en temps, rasant la nuit depuis quelque cap lointain.

Cinq minutes plus tard, je distinguais les lumières de la maison des Kogan, construite tout au bout de la plage, où une large avancée d'ardoise noire marquait la limite entre le sable doux et les récifs tranchants et dangereux. C'était un bâtiment plutôt compact, auquel on avait ajouté une extension (de manière vaguement illégale d'après ce que m'avait confessé Leo) afin de gagner de l'espace pour un garage qui était à présent relié à la cuisine.

J'ai garé la voiture devant la barrière, juste à côté d'un monospace Ford que je n'avais jamais vu auparavant, et me suis pris une bonne saucée le temps de marcher jusqu'à la maison sous cette pluie qui tombait comme une rafale de projectiles, agrémentée d'agaçantes particules de sable piquant la peau telles mille aiguilles. Leo avait dû voir la lumière de mes phares et venait me chercher muni d'un parapluie.

Il mesurait la même taille que moi et avait un physique athlétique tout à fait enviable pour un homme de soixante ans. Mâchoire carrée, cheveux blancs coupés très court, et un large sourire qu'il affichait à la moindre occasion. Il est arrivé à toutes jambes, en évitant les flaques qui s'étaient formées sur l'allée de pierres plates sillonnant la partie avant de son jardin. Nous nous sommes retrouvés à mi-chemin et avons échangé une tape sur l'épaule en guise de salut. Parler au milieu de ces bourrasques aurait été franchement stupide. Puis nous avons couru jusqu'à la maison.

— Je pensais que tu allais te dégonfler pour quatre malheureuses gouttes, m'a-t-il dit après que nous eûmes trouvé refuge sous le toit protecteur de son porche et fulminé contre le mauvais temps.

— Oui, c'est ça, juste une petite averse d'été, ai-je dit pour prolonger la blague.

Nous avons regardé l'horizon, les yeux plissés pour éviter le sable. Le front gigantesque était maintenant à cinq ou six milles de la côte, même si c'était difficile à estimer avec précision. Et lançait un éclair après l'autre sur l'océan.

Leo m'a pris par le bras.

— Dépêchons-nous avant d'être transformés en poulet rôti.

La maison de Leo et Marie était un endroit confortable, sans prétention, à la décoration plutôt rustique, mais qui bénéficiait de quelques raffinements, tels un grand téléviseur Bang & Olufsen, un piano droit dont Marie avait appris à jouer ces dernières années et une honorable bibliothèque, où abondaient les livres de voyages et d'excellents recueils de photographies. Aux murs, sur les commodes et les étagères, était exposée toute une collection de ravissants paysages d'Irlande, au pastel et à l'aquarelle, signés par Marie ("M. Kogan"). J'en avais un moi-même qu'elle m'avait offert deux mois plus tôt, et qui trônait à présent sur ma cheminée.

Marie est venue m'accueillir dès que je suis entré. C'était une femme grande et mince, d'allure élégante. J'avais toujours cru qu'elle descendait d'une famille riche ou aristocratique, jusqu'à ce qu'elle me raconte un jour que ses parents avaient tenu un magasin de commerce en gros dans le Nevada. Tout comme Leo, s'agissant de son apparence physique, elle semblait avoir passé un pacte avec le diable. Mon amie Judie Gallagher avait plaisanté une fois en affirmant qu'ils étaient des vampires, vu que Marie avait une plus jolie peau qu'elle, malgré ses vingt-neuf ans. Ce qui est certain, c'est que les hommes mûrs du village se retournaient (voire se cassaient le cou pour certains) sur son passage.

Ce soir-là étaient aussi invités les O'Rourke, Frank et Laura, propriétaires du magasin de fleurs et d'artisanat de Main Street, avec qui Marie s'était récemment liée d'amitié et que je connaissais de vue. Leo m'avait confié qu'il les trouvait un peu arrogants – "ils aiment s'écouter parler et déblatèrent sur les gens du coin comme s'ils n'avaient rien à voir avec eux" –, mais il admettait qu'il fallait parfois faire des efforts pour socialiser, surtout au sein d'une communauté aussi petite que Clenhburran, où en hiver on atteignait à peine les cent cinquante habitants.

Après m'avoir embrassé, Marie m'a présenté les O'Rourke, qui étaient installés sur un canapé à côté du feu de cheminée, et faisaient l'éloge d'un brandy que Leo venait de leur servir et dont on m'a aussi très vite rempli un verre. Laura, l'épouse, s'est levée dès qu'elle m'a vu et a fait d'étranges simagrées. Entortillant doigts et mains, elle a dit que c'était un "véritable honneur" de me connaître : "J'ai tous vos disques et j'aime toutes vos musiques, elles sont… elles sont…" a-t-elle poursuivi en faisant une petite place sur le canapé et en tapotant de la main l'espace qu'elle venait de créer pour moi. "J'ai tellement de questions à vous poser ! Leo nous a dit que vous jouiez parfois pour eux – et elle a montré le piano. Peut-être que vous nous ferez aussi l'honneur…"

J'ai jeté un regard assassin à Leo, qui m'a retourné un sourire de marbre, puis j'ai décidé de tirer le meilleur de moi-même pour satisfaire les innombrables questions de Laura O'Rourke, en attendant que Frank, son mari – un homme au visage fin et au regard vitreux de batracien –, joue son rôle de modérateur social et lui conseille, à un moment ou à un autre, de cesser de m'assommer de questions. Mais cela ne s'est pas produit. Assis à ses côtés, mon verre rempli à ras bord de brandy, j'ai encaissé l'offensive incessante de Mrs O'Rourke. "Je vous ai vu à la télévision pour le gala des Bafta il y a deux ans. Vous aviez reçu le prix des mains de Darren Flynn et Kate Winslet. Oh mon Dieu, je n'arrive pas à croire que maintenant vous êtes là, assis avec moi." Et en disant cela, elle a posé sa main sur mon genou et a lâché un rire dont le son m'a fait rire moi aussi. Leo a ri et Mr O'Rourke s'est enfilé tout son brandy, prêt à remplir de nouveau son verre sur-le-champ. "Racontez-moi, monsieur Harper, comme elle est Kate, en vrai… ?"

Je m'en suis sorti comme j'ai pu, en lâchant deux trois anecdotes totalement éculées, et en prenant conscience que tout ce que je racontais appartenait à ma vie de deux ans plus tôt, jusqu'à ce que Marie nous appelle à table, ce dont je lui fus infiniment reconnaissant.

Les O'Rourke se sont assis les premiers et Laura a pris soin de me réserver une place entre elle et son mari, mais j'ai esquivé l'embuscade en feignant l'étourderie, pour finir assis en bout de table, à côté de Leo et en face de Marie, qui venait de déposer devant nous un plat de salade de pâtes et gambas en vinaigrette. Avant que Mrs O'Rourke puisse repartir à l'attaque avec l'une de ses questions, j'ai sorti un commentaire sur l'orage dans l'espoir de dévier la conversation pour le restant du dîner.

— Ça devient effrayant, ai-je dit. Je crois avoir entendu dire qu'on atteindrait des vents de cent miles à l'heure.

— Cinquante-cinq nœuds, et même un peu plus, ça reste normal, a commenté Leo. Mais pas avec toute cette électricité ni ces feux d'artifice. J'ai parlé par radio avec le service météorologique de Donegal cet après-midi, ils m'ont dit que ça allait durer jusqu'à l'aube.

— Accro à la radio ? a demandé Frank O'Rourke à Leo.

— Non… je ne m'en sers guère que pour parler avec la Sécurité civile, ou avec Donovan et d'autres pêcheurs de temps en temps. C'est plus en cas d'urgence. Le téléphone ici, ça va ça vient.

— Oui, a confirmé O'Rourke, ce n'est déjà pas terrible à Clenhburran, alors j'imagine ce que ça doit donner dans le coin.

— Comment vous trouvez ça, monsieur Harper, de vivre dans un lieu aussi solitaire ? est intervenue Laura. Vous n'avez pas peur, parfois ? En même temps, il n'y a pas de quoi vous inquiéter, il ne se passe jamais rien par ici.

— Je me réjouis de l'entendre, ai-je répondu. En réalité…

— Quoique, ces derniers temps, on entend raconter des choses, vous savez ? a-t-elle poursuivi, profitant de mon bref silence. Les Kennedy, par exemple, leur magasin a été visité l'année dernière. Et j'ai aussi entendu dire qu'une maison près de Fortown a été dévalisée pendant le sommeil des propriétaires. Ce sont des cas isolés, mais il paraît qu'avant, ça n'arrivait jamais. Les gens parlent d'une bande d'Europe de l'Est, mais Frank pense que c'est juste une rumeur lancée par les vendeurs d'alarmes.

— Eh bien moi je souscris à cette opinion, a dit Leo. Je vois mal un délinquant venir jusqu'ici, au bout du monde, pour voler une télévision. Pour ma part, je refuse d'avoir peur.

— Bien dit, Leo, ai-je ajouté.

— Et toi, Marie ? a demandé Frank. – Il était resté silencieux une seconde, le regard perdu au fond de son verre. – Comment tu vis tout ça, le fait d'être seule sur une petite plage perdue ?

— Vraiment, nous n'y pensons pas, a répondu Marie. Nous avons vécu dans des endroits beaucoup plus dangereux et il ne nous est jamais rien arrivé, bon, à part peut-être un vol, une petite frayeur. Je suis d'accord avec Leo : qui viendrait dans ce trou perdu pour voler trois fois rien, hein ? Il y a des zones beaucoup plus accessibles pour une bande de voleurs…

Un éclair a illuminé la nuit, suivi quelques secondes après par un terrible coup de tonnerre qui a stoppé la conversation sur les cambrioleurs et remis le thème météorologique sur la table.

— Enfin, ils disent que ce ne sera pas la dernière tempête de l'été. On attend beaucoup de pluie pour le mois d'août. Peut-être qu'on aura à nouveau des inondations comme il y a deux ans.

Frank O'Rourke s'est mis à raconter comment un de ses amis avait perdu des milliers d'euros de marchandise en une nuit durant les inondations de Galway en 2008. Leo a affirmé que la planète tout entière devenait folle avec le changement climatique.

— Moi, je n'avais jamais vu un cumulonimbus comme celui de ce soir, est intervenue Marie.

— Cumulonimbus ? ai-je demandé.

— Cette forme, dans les nuages. C'est rare. Inhabituel par ici. Tout ça est dû au changement climatique, pour moi ça ne fait aucun doute. Je l'ai lu dans un numéro du *National Geographic*. Le climat irlandais subit l'influence du courant du golfe du Mexique. Il ne serait pas si modéré sans ce flux d'eau chaude, qui aujourd'hui est en train de disparaître. C'est ce qui provoque ces vents si forts. Et aussi de curieuses variations dans les migrations d'oiseaux.

Dehors, l'orage se faisait de plus en plus virulent et la foudre frappait à chaque minute. La lumière des lampes du salon subissait de nombreuses interruptions. À certains moments, nous nous retrouvions dans le noir complet, éclairés seulement par le feu de cheminée, et à d'autres, un coup de tonnerre résonnait au-dessus de nos têtes, interrompant la discussion, dont nous reprenions le fil après quelques blagues.

Mais rien, pas même toute cette agitation, ne pouvait distraire Laura O'Rourke qui, dès l'entrée finie, a repris son interrogatoire : "Pourquoi avoir choisi de vous installer à Clenhburran ?" "Vous pensez rester longtemps ?"

Égayé par l'entrée et le vin, je me sentais plus enclin à la conversation. Je lui ai expliqué que c'était la deuxième fois que je me réfugiais à Donegal pour finir de composer une œuvre. La première fois, quinze ans plus tôt, je m'étais installé dans une maison appartenant à des amis sur la côte de Lagirslan, en face d'une plage pas très différente de celle que je voyais à présent chaque matin.

— J'ai grandi à Dublin, ai-je ajouté, et petit j'avais l'habitude de venir à Donegal l'été avec mes parents. C'est un endroit où je me sens toujours bien, à l'abri. Je suppose qu'il me rappelle les jours heureux de mon enfance.

Dès que j'ai eu terminé ma phrase, je me suis rendu compte que je venais d'aborder un sujet dangereux, dont je n'avais pas envie de parler. Laura O'Rourke a lu en moi comme dans un livre ouvert.

— Vous avez une famille ? a-t-elle demandé.

— Oui, ai-je répondu avec la voix de celui qui ne veut pas être entendu. Deux enfants.

— Qui vont venir dans deux semaines, n'est-ce pas, Pete ? est intervenu Leo.

— Oui. Pour les vacances d'été. J'espère que Donegal va leur plaire.

— Oh, bien sûr. Ils vont être enchantés, s'est empressée d'ajouter Marie.

Sur le visage de Laura O'Rourke, on pouvait lire la joie d'avoir trouvé un bon filon mais aussi une légère honte à l'idée de l'exploiter. Elle a de nouveau exhibé ce sourire guindé, puis m'a adressé la question que nous attendions tous.

— Mais vous êtes… marié ou… ?

— Divorcé, ai-je répondu.

— Oh. Je suis vraiment désolée. C'est terrible quand il y a des enfants au milieu, non ? Ma cousine Beth vient de…

Leo s'est hâté de remplir les verres et d'essayer de changer de sujet. Marie s'est levée, a pris les assiettes et nous a demandé quelle cuisson nous voulions pour nos biftecks. Je me suis levé aussi pour l'aider et, une fois dans la cuisine, je lui ai fait un clin d'œil en murmurant un :

— Merci.

L'heure du plat principal est arrivée, de délicieux biftecks accompagnés de purée de pommes de terre et de légumes, ce qui m'a offert un bref répit. Laura O'Rourke semblait se désintéresser de moi – peut-être avait-elle compris que je serais un os trop dur à ronger – et se focalisait à présent sur les Kogan. Elle avait entendu dire qu'ils venaient de Portland et elle avait justement une cousine qui vivait là-bas. Quand avaient-ils décidé de s'installer en Irlande ? Était-il vrai qu'ils avaient vécu de nombreuses années en Asie ?

Je suppose qu'au village beaucoup d'histoires circulaient sur nous, les "nouveaux" voisins. Peut-être fallait-il voir là une simple logique de survie. Une communauté si restreinte doit se protéger, et pour cela être informée, connaître ses membres et disposer d'une biographie détaillée de chacun. Laura O'Rourke se contentait d'obéir à ses instincts en lançant toutes ces questions. Et Leo se montrait beaucoup plus généreux et prolixe dans ses réponses. Avec, de surcroît, une bonne dose de vin, il n'eut aucun mal à évoquer sa vie et ses aventures à travers le monde.

À vingt-cinq ans, raconta-t-il, il avait décidé de raccrocher ses gants de boxe dans un boui-boui du Nevada et d'accepter une offre de travail à San Antonio, Texas, pour entamer une carrière de professionnel de la sécurité. Marie était déjà sa petite amie à l'époque. Elle dansait dans un grand hôtel de Las Vegas les vendredis soir et avait été la choriste d'artistes de renom tels que Tom Jones. Ils avaient quitté le Nevada et s'étaient embarqués pour un long voyage sans retour. Ils n'avaient plus jamais revécu aux États-Unis, sauf lors d'un bref séjour de trois mois, quand la mère de Marie était morte et qu'ils s'étaient retrouvés tous les deux officiellement orphelins et seuls au monde. Plus tard, en approchant l'âge où "une personne a gagné le droit de ne rien faire", ils s'étaient mis à réfléchir à des lieux où prendre leur retraite. "Pour je ne sais quelle raison, il y avait toujours eu deux endroits dans notre imagination : l'Irlande (ou l'Écosse) et la Thaïlande. Moi, je connaissais beaucoup de vieux qui prenaient leur retraite en Thaïlande. À partir de la cinquantaine, tu peux obtenir un visa permanent pour ce pays, et avec une retraite occidentale, tu vis tout à fait confortablement. Mais Marie parlait toujours d'Europe, des vieilles côtes irlandaises… et…"

Leo a poursuivi le récit de leur arrivée à Clenhburran, une histoire que j'avais déjà entendue deux ou trois fois. Je me suis laissé distraire peu à peu. Mon esprit s'est mis à vagabonder. D'autres pensées se battaient pour gagner l'attention de mon cerveau… Cette voix, surtout. La voix qui avait parlé en moi avant que je quitte la maison…

— Tu l'entendras parfois.

… la seconde suivante je n'étais plus là, au milieu du salon des Kogan, mais de retour dans la maison de mon enfance, au nord de Dublin, près de Coombe, dans ce petit salon où flambait toujours une cheminée remplie de tourbe.

— L'instinct est fort dans notre famille, Pete, ne l'oublie jamais.

Ma mère abordait toujours le sujet avec naturel. Mais toujours en secret, quand nous n'étions que tous les deux. Le sixième sens. L'ange gardien. La voix qui nous protégeait.

— Écoute-la, elle est là pour nous aider.

Elle, et avant elle sa mère (ma grand-mère), l'entendait. Parfois la voix leur parlait, leur disait des choses pour les protéger, elles et leur famille.

— Et maintenant elle va nous sortir l'histoire de ton oncle Vincent et de l'autobus, disait papa quand il surprenait notre conversation. Ne raconte jamais ces trucs-là hors des murs de cette maison, tu risquerais de te retrouver à l'asile.

— Tu es un sceptique, papa, lui reprochait gentiment ma mère, puis elle me regardait avec ses yeux pleins d'étoiles et me souriait : Tu connais cette histoire, Peter ? Mon frère Vincent, paix à son âme, aurait pu mourir beaucoup plus jeune. Le bus de son collège a percuté un camion. Dix-huit enfants sont morts, ainsi que le chauffeur et une enseignante. Mais Vincent n'y était pas, c'est le seul jour de toute sa vie où il a raté le bus. Tu sais pourquoi ? Il était sur le point de sortir de la maison quand ma mère a vu qu'un des boutons de son uniforme allait tomber. Elle lui a dit d'attendre, qu'elle allait chercher sa boîte à couture et lui arranger ça en un clin d'œil. Pendant qu'elle s'en occupait, et que Vinnie protestait parce qu'il allait être en retard, cette petite voix a parlé à ma mère. Elle lui a dit : “Ne laisse pas sortir Vinnie. Pas aujourd'hui.” Et ma mère a recousu le bouton aussi lentement qu'elle pouvait. Et elle l'a cousu exprès à la chemise pour faire l'étonnée ensuite et devoir le découdre. Vinnie râlait qu'il allait rater le bus. "Eh bien, tu le rateras !" a crié ma mère. Et c'est ce qui est arrivé. Et ce jour-là tous ses amis sont morts. Pas un seul n'en a réchappé.

Ce genre d'histoire était monnaie courante à la maison et mon père finissait parfois par se fâcher. Il disait à ma mère que ce n'était pas une bonne façon de m'éduquer, que j'allais grandir en croyant aux fantômes et aux prémonitions, et qu'on avait déjà assez à faire avec la religion pour ajouter encore des miracles à la liste des faux espoirs. Il pensait aussi que croire aux prémonitions, outre que c'était une sacrée bêtise, n'était pas digne d'un bon chrétien.

— Toutes les mères du monde s'inquiètent pour leurs enfants quand elles les voient sortir de la maison. Ce jour-là Dieu a voulu que ce bus ait un accident et ta mère a pensé…

Mais ce n'était pas la seule fois, insistait ma mère. Et puis ça lui était arrivé à elle aussi.

— Que s'est-il passé ce matin du 24 mars 1968 ? Tu étais là, Patrick, à côté de moi, dans le lit. Tu t'en souviens ?

— Oh… eh ben non.

Bien sûr qu'il s'en souvenait, me disait ensuite ma mère, au cours d'une de ces longues soirées où papa était au pub, moi à la maison, à travailler mon piano, et elle sur le canapé, à tricoter une écharpe, bien au chaud devant la cheminée. "Je me suis réveillée en pleurs parce que j'avais fait un horrible cauchemar. J'avais vu un cimetière, rempli de gens. Des Irlandais. Et j'ai su que quelque chose de terrible était sur le point de se produire. Je l'ai raconté à ton père, qui m'a dit de ne pas m'inquiéter, que ce n'était qu'un cauchemar, rien de plus. Mais moi je me sentais affreusement mal, comme si mon propre fils était mort.

Vers midi, je me souviens que j'étais dans la cuisine en train d'écouter la radio quand un journaliste a annoncé qu'un vol entre Cork et Londres avait disparu en pleine mer. J'avais une poêle dans la main, elle est tombée par terre, et il s'en est fallu de peu que j'en fasse autant. Plus tard ce jour-là, on a appris qu'un avion d'Aer Lingus s'était écrasé à plusieurs miles de Wexford, tuant soixante et une personnes et l'équipage… Ton père est arrivé à la maison le visage pâle, il s'est mis au lit et n'a plus voulu aborder le sujet pendant au moins un an, mais ça s'est passé comme je te le dis."

C'était l'histoire la plus singulière, mais il y en avait d'autres, beaucoup d'autres… Parfois, ce n'était qu'une sensation terrible qui finissait par se confirmer ("Katty Kennedy avait le visage d'une morte ce matin…" et trois mois plus tard nous assistions à ses funérailles : cancer des os), d'autres fois c'était une voix ("Où est passé le dissolvant que j'avais laissé dans la cuisine ?" demandait mon père… et maman déclarait qu'elle s'en était débarrassée et qu'elle ne laisserait plus jamais un truc pareil franchir la porte de sa cuisine, "Une voix m'a parlé d'une gorge en feu, et d'une personne devenue muette pour le reste de sa vie"). Et papa, bien sûr, fermait les yeux, soupirait, et lui disait de ne pas raconter ces salades en dehors de la maison. Ah, maman, maman…

— Nous sommes spéciaux, Pete. Tu es spécial. Tu vois ces choses si belles que tu écris au piano ? Ça sort d'une certaine part de toi, une part céleste. Tu es un petit ange, tu sais ? Un jour peut-être, toi aussi tu entendras cette voix.

— Mais je ne veux pas entendre de voix, maman… Papa dit que c'est un truc de fous, qu'on m'enfermera si j'en parle autour de moi.

Alors ma mère me couvrait les yeux de sa main, fermait mes paupières et me caressait le nez comme si elle voulait me le voler.

— La folie, c'est de vivre sa vie comme si elle n'allait jamais s'arrêter, Peter Harper. Apprécie-la. Accepte-la. N'aie pas peur et elle te donnera tout ce que tu en attends.

Tout ce que tu attends.

Un verre de vin ?

Tout ce que tu attends.

— Toujours avec nous, monsieur Harper ?

J'ai ouvert les yeux, ou plutôt je les ai réactivés, car en réalité ils étaient ouverts mais fermés en même temps, et j'ai vu Mrs O'Rourke tenant la bouteille de vin au-dessus de mon verre.

— Je vous demandais si vous vouliez encore du vin…

— Non, ai-je répondu, émergeant peu à peu de mes souvenirs. Non, merci. Je crois que j'ai eu mon compte.

Après le dessert, j'étais un peu fatigué et las de Laura O'Rourke, dont la présence empêchait toute tentative de conversation avec mes amis Leo et Marie, mais j'ai consenti à boire un thé sur le canapé, devant la cheminée. Laura, debout, sa tasse de thé à la main, faisait les louanges des tableaux de Marie. Elle lui a demandé quand elle pensait ouvrir un atelier de peinture pour les femmes du village.

— En réalité, j'ai appris toute seule, je ne pense donc pas que je ferais un bon professeur.

Laura O'Rourke s'est montrée contrariée par cette réponse. Elle a ajouté qu'elle aimerait avoir une toile de Marie, en expliquant qu'elle avait "un espace libre parfait dans son salon".

— Si vous voulez, Marie peut faire votre portrait, a ajouté Leo. Elle peint de très bons paysages, mais c'est aussi une excellente portraitiste.

— C'est vrai ça, Marie ? ai-je demandé. Si je l'avais su avant, je t'en aurais demandé un.

— Oui, bon. Avant, je gagnais ma vie avec ça. Dans les hôtels où travaillait Léo, je faisais le portrait de certains clients et…

— Elle a fait celui de la femme de François Mitterrand… et c'est pas une blague ! est intervenu Leo, la meilleure arme promotionnelle de sa timide épouse. Et aussi de Billy Cristal. Avec ça, on s'est payé la moitié de la maison, a-t-il ajouté sur le ton de la blague.

— Mais tous les tableaux que vous avez ici représentent l'Irlande, a remarqué Mrs O'Rourke, en regardant les murs. Vous n'en conservez aucun d'autres pays ?

Marie a fait non de la tête en souriant.

— La plupart, je les ai offerts ou vendus au fil du temps. Quand je suis arrivée en Irlande, je n'en avais plus du tout, et maintenant je manque de place dans la maison pour les accrocher. Vous voyez. Je pensais en donner quelques-uns à la paroisse.

Après le thé, j'ai commencé à bâiller. L'orage avait cessé de gronder et les lumières de la maison n'avaient plus subi de défaillance depuis un bon moment. Et puis, Laura O'Rourke avait mentionné le piano pour la deuxième fois et, même si j'avais joué le crétin, je savais qu'elle reviendrait à la charge. Je me suis dit que c'était le moment idéal pour rentrer chez moi.

Je me suis levé du canapé en m'excusant d'être un véritable bonnet de nuit pour un vendredi soir.

Les O'Rourke ont annoncé qu'ils organiseraient un dîner chez eux très bientôt et qu'ils seraient enchantés de me compter parmi leurs invités.

— Peut-être qu'on pourrait faire un tour en mer sur le voilier de Frank quand vos enfants seront là.

J'ai accepté avec diplomatie avant de remercier Marie pour le succulent dîner. J'ai enfilé ma veste et Leo m'a accompagné dehors.

Il avait cessé de pleuvoir, mais le vent soufflait encore très fort. Leo, qui avait un petit coup dans le nez, a fait un commentaire sur les O'Rourke : il a prétendu se sentir victime d'un interrogatoire chaque fois qu'il était en leur compagnie. J'ai rigolé et ajouté que je connaissais ce sentiment. Puis, alors que nous arrivions vers la voiture, j'ai vu Leo observer quelque chose dans le ciel. J'ai levé les yeux et je l'ai vu aussi.

Un nuage monstrueux attendait, posé au-dessus de la plage. La lumière de la lune qui parvenait à se glisser dessinait ses gigantesques contours. C'était une grosse, une énorme meringue noire, d'un mile et demi de diamètre, qui se repliait sur elle-même en une étrange spirale dont s'échappaient de mini-tornades qui, à peine formées, se dissipaient déjà.

— Ça alors… il a vraiment une sale allure, ai-je dit sans cesser de l'observer.

— Oui. Vaut mieux que tu te dépêches avant que ce truc-là n'éclate. Tu es sûr que tu ne veux pas rester ici un peu plus ?

J'ai regardé à nouveau l'immense nuage, saturé de ténèbres, comme un dieu de la fureur sur le point de se déchaîner. Il était immobile, pile au-dessus de la Dent de Bill, où je devais passer dans deux minutes.

"Ne sors pas, Pete."

D'un autre côté, comment affronter les O'Rourke si je revenais la queue entre les jambes ? "Je vais rester encore un moment. Il y a un horrible nuage posé sur la plage, et en plus j'ai un mauvais pressentiment pour cette nuit. Je vous ai parlé des prémonitions de ma famille ?"

"Pas ce soir."

Je me suis souvenu de mon oncle Vincent et de son bouton. J'aurais adoré avoir un prétexte qui m'aurait empêché de partir. Qui sait, avec beaucoup de chance, le moteur ne démarrerait pas. Ou alors Leo allait m'obliger à rester. Ou alors…

— Non… je crois que si je me dépêche un peu, je serai chez moi avant que cette chose ne se mette à nous secouer, ai-je dit à Leo, en lui donnant une petite tape sur le bras. Prends soin de toi, l'ami. Et rentre vite. Je suis sûr que ta nouvelle copine a encore une question à te poser.

Leo a ri tandis que je sautais les marches du porche et atterrissais dans le jardin. J'ai couru me glisser dans la voiture. Leo était toujours là, attendant de me voir démarrer. J'ai introduit la clé et mis le contact. La Volvo calait souvent, et les jours d'orage, il arrive que certaines batteries de voiture se vident. T'obligeant à rester chez des amis, à y passer la nuit…

Le moteur a démarré du premier coup.

3

Je conduisais lentement sur l'étroite route de gravier qui grimpait entre les dunes, et je sentais le vent agiter les deux tonnes d'acier de ma Volvo V40 comme il l'aurait fait d'une feuille de papier. Les phares perçaient la nuit telles deux épées de lumière et j'essayais de ne pas perdre de vue le côté droit de la route, car à mesure que je m'éloignais de la maison de Leo et que je montais vers la Dent de Bill, le chemin ne cessait de s'élever et bientôt le bas-côté se transformerait en ravin, sans autre protection que les touffes d'herbe de la dune.

Au-dessus de moi, l'immense et puissante déesse de l'Orage avait commencé à tonner, exhalant les grondements de l'enfantement.

J'ai un peu appuyé sur l'accélérateur. Je n'avais pas envie d'être sur la route quand cette extraordinaire Mère du Feu se mettrait à brailler comme une hystérique et à lancer ses créatures sur la terre. Mais une fois arrivé en haut de la côte, au sommet de la colline, j'ai vu quelque chose qui m'a obligé à enfoncer la pédale de freins.

Une branche, en travers de la route.

Une très grosse branche, une des quatre ou cinq principales que portait encore le bel et vieil orme de la Dent de Bill. Je pouvais apercevoir une de ses extrémités noircie, encore fumante, et j'ai pensé qu'un éclair l'avait arrachée. Le vent violent de ces deux dernières heures avait dû ensuite la pousser, la laissant en plein milieu du chemin.

J'ai collé mon visage au pare-brise et jeté un coup d'œil en l'air, vers le ciel. La grande meringue noire tournoyait juste au-dessus de la voiture. On distinguait des éclats de lumière dans ses entrailles, accompagnés des préludes du tonnerre, comme les ronflements à moitié étouffés d'un géant qu'on aurait perturbé dans son sommeil.

Si, au lieu de conduire une Volvo V40, j'avais été au volant d'un Land Rover Discovery comme celui de Leo, je n'aurais même pas réfléchi : première vitesse et en avant sur la branche. Je me serais chargé de revenir le lendemain pour la virer de là à coups de hache. Mais la carlingue de ma vieille voiture n'aurait pas supporté de telles acrobaties et je craignais qu'un ou deux pneus n'éclatent dans la tentative. Et puis, les O'Rourke allaient emprunter la même route plus tard, et ils n'auraient peut-être pas la chance de voir la branche à temps.

Alors j'ai décidé d'agir aussi vite que possible.

Je suis sorti d'un bond de la voiture et, à peine dehors, je me suis rendu compte du danger auquel je m'exposais. Tout ce que je savais de la foudre me disait que je n'avais rien à faire là. Au sommet d'une colline, à côté d'un arbre, sous un nuage prêt à éclater.

"Pas ce soir."

J'avais entendu quelque part que les voitures fermées (ainsi que les avions) ne présentent aucun danger en cas de foudre, car l'électricité parcourt la carrosserie sans affecter l'habitacle. J'étais sur le point de regagner mon véhicule. Peut-être qu'il valait mieux essayer de contourner cette branche… Mais enfin, bordel ! "Allez ! Bombe le torse, sois un homme ; reste digne et fidèle à ton penchant viril pour les conneries téméraires, même si tu dois y laisser ta peau."

Le vent soufflait vraiment fort. J'ai regardé ce vieil orme, mutilé et fumant, et perçu l'odeur qui s'en dégageait ; une odeur de brûlé, mais pas comme une cheminée ou un barbecue. Plutôt celle d'une ampoule électrique ou d'un vieux câble. Ça m'a rappelé la fois où ma fille Beatrice avait mis les doigts dans une prise du salon quand elle avait à peine quatre ans. Le courant avait sauté d'un coup dans toute la maison et quand nous l'avions trouvée, elle avait les poils des sourcils dressés. Et cette odeur.

Au-dessus de ma tête, la grande meringue noire en spirale a émis un puissant rugissement qui a fait trembler la terre.

J'ai levé les yeux une dernière fois et distingué une sorte de lumière à l'intérieur de cette immense génitrice. Un tourbillon de lumière bleue.

"Les éclairs ne tombent jamais deux fois au même endroit", me suis-je dit.

"Allez, plus vite tu t'y mets, mieux c'est."

Je me suis approché de la branche et l'ai attrapée par une extrémité. Ce foutu bout de bois pesait plus lourd que ce que j'avais imaginé. J'ai commencé à le traîner comme l'aiguille d'une gigantesque montre qu'il faudrait remettre à l'heure, en me dirigeant vers le bord de la route. Plus bas, la plage était plongée dans une obscurité totale. On ne distinguait que les franges blanches des vagues qui venaient se briser sur le sable.

Quand j'ai atteint le bas-côté, la branche dessinait une parallèle parfaite à la route. C'était largement suffisant. Je l'ai laissée tomber lourdement et me suis frotté les mains sur mon jean. Puis j'ai fait un pas en direction de ma voiture, et c'est alors que j'ai remarqué un changement autour de moi.

Il y avait de la lumière. Beaucoup de lumière.

J'ai d'abord pensé que c'étaient les phares de la Volvo. J'avais peut-être mis les antibrouillards par erreur, avant de sortir, mais le fait est que tout était extrêmement illuminé… Peut-être trop illuminé.

Abasourdi, j'ai marché en direction de la voiture et perçu alors comme un courant qui me traversait le corps. Un chatouillement se répandait le long de mes vertèbres, de mon cou, et venait mourir dans mes mains. Je les ai regardées : le duvet était entièrement hérissé. Pas un poil de mes bras qui ne soit dressé, tels les piquants d'un hérisson. C'était comme si on avait placé un gigantesque aimant au-dessus de ma tête.

Au-dessus de ma tête.

J'ai levé les yeux au ciel. Ce tourbillon de lumière bleue, tournant de plus en plus vite sur lui-même, tel un disque à mille tours par minute. "Les éclairs ne tombent jamais deux fois au même endroit."

J'ai senti quelque chose dans les tempes. Et les phares de la voiture qui me faisaient mal aux yeux, qui se transformaient en immense halo blanc. J'ai eu le temps de me rendre compte de ce qui se passait. Quelques secondes à peine, et je crois que j'ai essayé d'atteindre la Volvo, sans y parvenir. Puis la sensation s'est faite plus nette : quelque chose m'a mordu le corps ; le visage, le dos, les jambes. M'a secoué comme une marionnette puis m'a projeté en l'air.

Ce coffre-fort en acier m'a frappé de tout son poids en plein milieu du crâne. Il m'a mis à genoux, m'a écrasé, puis il a éclaté comme s'il avait contenu mille tonnes d'explosifs. Mes oreilles n'ont pas supporté un tel bruit. Elles ont fermé les écoutilles. Black-out complet.

Puis j'ai entendu mon propre cri, j'ai réalisé que je m'effondrais, et j'ai attendu que mon corps heurte la terre, mais rien de tel ne s'est produit. J'ai continué à sombrer dans des ténèbres sans fin.

4

J'ai ouvert les yeux et ressenti d'atroces nausées. Où étais-je ? Où que ce soit, ça bougeait.

— Regardez ! Il a ouvert les yeux, a dit quelqu'un.

J'ai reconnu sa voix : Marie.

Nous étions dans une voiture et roulions à toute vitesse.

— Marie, arrête-toi, je vais vomir.

J'ai senti le véhicule stopper net. J'ai cherché la poignée, retenant des haut-le-cœur, puis lâché les vannes dès que la portière s'est enfin ouverte.

J'ai entendu d'autres portières s'ouvrir, puis des pas. Qui s'approchaient de moi.

— Il y a une bouteille d'eau dans le coffre. Et des mouchoirs en papier. Rapportes-en un paquet.

Une main me tapotait le dos.

— C'est ça, mon garçon, vide-toi.

Il y avait une autre voiture derrière la nôtre et ses phares éclairaient l'œuvre d'art que je venais de réaliser sur l'asphalte. Les pâtes du dîner, le magnifique bifteck et le bordeaux de Leo devaient s'y trouver réunis.

Quelqu'un m'a tendu une bouteille d'eau ouverte. J'en ai bu un peu. Ça m'a fait du bien. Puis quelqu'un m'a donné un mouchoir en papier. Je me suis mouché et j'ai fini de me rincer la bouche. Un goût répugnant me collait au palais. Mais j'ai quand même remercié à voix haute.

J'ai tenté d'écarquiller les yeux mais mes paupières étaient lourdes. Comme celles d'une tortue. En réalité, tout mon corps me faisait l'effet d'être celui d'une vieille tortue des Galápagos.

Une tortue de cent ans, au moins. Je devais avoir la peau tout aussi dure et racornie.

— Il a repris ses esprits ? a dit une autre voix, celle de Frank O'Rourke.

— On dirait que oui, a répondu Leo.

J'ai levé la tête et tenté de les distinguer, mais j'ai seulement deviné leurs silhouettes.

— Qu'est-ce qui s'est passé ? ai-je demandé à pleins poumons.

— Tu t'es évanoui, Peter, mais tout va bien. On est en route pour l'hôpital.

— L'hôpital ? Tu plaisantes ?

— Non, mon garçon. Je ne plaisante pas du tout. On pense que tu t'es pris la foudre. Maintenant, tu vas retourner t'asseoir. On y sera dans quelques minutes.

J'ignore combien de temps nous avons encore passé en voiture, mais je me suis à nouveau évanoui. Ce dont je me souviens ensuite, c'est du hall de réception d'un hôpital (le Dungloe Community Hospital, comme je l'apprendrai plus tard) et de Leo et Frank O'Rourke me soutenant par les épaules. De deux infirmiers sortant d'une guérite et m'allongeant sur un brancard. Et de Marie me serrant la main et m'affirmant que tout irait bien, tandis que le brancard avançait le long d'un couloir.

“Ce ne sera rien du tout, Pete”, a dit une voix.

J'ai fermé les yeux et j'ai à nouveau perdu connaissance.

Le médecin qui s'est occupé de moi s'appelait Anita Ryan, c'était une jolie Irlandaise aux cheveux roux et au visage criblé de taches de rousseur, légèrement potelée, au débit rapide et précis. Elle m'a pris le pouls, m'a ausculté, m'a examiné les yeux avec une petite lampe.

— Vous savez pourquoi vous êtes ici ?

— Je crois que j'ai pris la foudre.

Puis elle m'a posé une série de questions toutes simples pour commencer. Comment je m'appelais, mon âge. “Comment tout cela s'est-il produit, monsieur Harper ? Où avez-vous senti l'impact ? Vous avez mal quelque part ?” J'ai tenté de retranscrire mes souvenirs. La voiture, la branche au milieu de la route, et puis cette lumière. Le tourbillon bleu. Quelque chose m'avait frappé le crâne… et maintenant j'avais un mal de tête doublé d'intenses nausées. Et puis je sentais ma peau tendue.

Le médecin m'a annoncé qu'on allait pratiquer une IRM. Puis elle m'a injecté un produit dans le bras et j'ai réintégré le brancard. J'ai longé un autre couloir jusqu'à la salle des rayons X. Là, on m'a introduit dans le ventre d'une grande machine où je suis resté un bon moment, cerné de bruits et de sifflements. Le mal de tête a disparu et la peau a cessé de tirer. J'ai présumé qu'on m'avait administré un genre de calmant.

Au bout d'une heure, j'étais de nouveau avec le médecin. Elle avait tous les clichés, installés sur un négatoscope. Elle m'a invité à m'asseoir et s'est empressée de me livrer les résultats de tous ces examens. Ils étaient bons. Ils n'avaient rien révélé d'inquiétant. L'IRM était parfaite. Apparemment, j'étais un de ces "cas chanceux" qui se produisent de temps en temps, même si le fait que j'aie ressenti le coup au niveau de la tête continuait d'inquiéter le Dr Ryan.

— Maintenant, regardez. Je voudrais vous montrer quelque chose.

Elle m'a fait me dénuder jusqu'à la taille, toujours assis sur le brancard. Sous la lumière du cabinet, j'ai alors découvert un phénomène incroyable. La moitié supérieure de mon torse, à partir du cou, et la cuisse gauche étaient rouges et couvertes d'une série de marques étranges. Elles avaient l'apparence de fougères ou de plumes d'une telle perfection qu'on aurait dit que quelqu'un s'était appliqué à me les tatouer à l'encre rouge durant des jours, ou des semaines.

Elles répondaient, selon les explications qui me furent données, au nom de "figures de Lichtenberg", en hommage à celui qui les avait découvertes, le physicien allemand Georg Christoph Lichtenberg, sur qui nulle foudre n'était tombée, mais qui s'était consacré en son temps à l'étude des courants électriques. Ces tatouages cutanés étaient le résultat de la rupture des vaisseaux sanguins au passage du courant électrique dans mon corps, et la bonne nouvelle, c'était qu'ils s'atténueraient d'ici quelques jours. Le médecin m'a expliqué qu'elle avait vu un cas encore plus spectaculaire, en forme d'étoile de mer, dessiné sur le dos d'un pêcheur touché deux ans plus tôt par la foudre.

— Et qui a survécu, lui aussi, grâce à Dieu. En réalité, bien que la culture populaire prétende le contraire, ce n'est pas si rare de survivre à l'impact de la foudre. Tout dépend de l'énergie de celle-ci, de la zone d'impact, et surtout du chemin qu'elle parcourt à l'intérieur du corps. Il y a toujours une zone d'entrée, un parcours interne et une zone de sortie de la foudre, et durant ce parcours, elle brûle tout sur son passage. Selon la zone ou les organes touchés, les lésions peuvent être mortelles ou non. Dans votre cas, tout indique que vous avez eu de la chance, mais vous devrez néanmoins passer la nuit en observation.

Quand je suis arrivé dans la chambre qu'on m'avait assignée, Leo et Marie m'y attendaient. Le médecin leur avait tout expliqué. Ils m'ont proposé leurs téléphones au cas où je voudrais appeler quelqu'un.

— Non, ça va aller. Le médecin a dit que ce ne serait que pour une nuit. Je ne veux inquiéter personne.

— Même Judie ? a insisté Leo. Je crois que ça lui ferait plaisir de venir te rendre visite.

— Sûrement, l'ami. Mais une nuit seul, avec mes calmants et les relents d'hôpital, me fera du bien. Et puis, Judie doit être occupée à la pension. Hier, elle m'a dit qu'un groupe de randonneurs allemands était arrivé. Avant de t'en aller, raconte-moi quand même ce qui s'est passé.

Apparemment, les O'Rourke étaient partis une demi-heure après moi, et c'étaient eux qui m'avaient trouvé. Le moteur de ma voiture tournait toujours, phares allumés. Quand ils m'avaient vu par terre, trempé de pluie et de boue, ils m'avaient cru mort. Laura O'Rourke était tellement bouleversée qu'ils lui avaient administré un calmant à l'arrivée à l'hôpital, et Frank l'avait ramenée chez eux.

— Remerciez-les de ma part quand vous les verrez.

— Ce sera fait, mais prépare-toi à être la nouvelle légende du village, a répondu Frank en souriant. Laura O'Rourke a un sacré talent pour raconter les histoires.

— Oh, j'entends ça d'ici…

— Ne soyez pas rosses ! s'est exclamée Marie.

Ils ont insisté pour rester à mes côtés cette nuit, mais je les ai convaincus de s'en aller. "Je ne pense pas mourir d'ici demain matin, ne vous inquiétez pas. Et puis, je n'obligerai jamais un de mes amis à dormir sur de tels instruments de torture", ai-je ajouté, en indiquant les fauteuils qu'offrait la chambre.

— Je te laisse mon téléphone ici, a dit Leo, en posant son portable sur la table de chevet. Passe une bonne nuit, et sois sage avec les infirmières.

Marie, après avoir donné un petit coup sur la nuque de son mari, m'a embrassé sur le front et dit au revoir. "Fais de beaux rêves, Peter."

Cette nuit-là, l'électricité devait encore sillonner mes veines, car je n'ai pas fermé l'œil. De plus, j'avais de nouveau mal à la tête.

Totalement éveillé sur le lit, j'écoutais cette sorte de tic-tac qui résonnait comme une montre au tréfonds de mon cerveau. J'étais seul dans la chambre, mais au-delà de la porte, je percevais des gémissements, les pas des infirmières, le bruit d'une télévision dans la chambre d'un autre insomniaque. Il y avait bien longtemps que je n'avais pas passé la nuit dans un hôpital. Me souvenais-je de la dernière fois ? Bien sûr que oui.

"J'ai juste eu un petit étourdissement – presque rien, vraiment."

Deirdre Harper, ma mère, s'était évanouie dans un magasin de chaussures du centre commercial, où plusieurs personnes l'avaient aidée à s'asseoir. Mon père l'avait emmenée aux urgences, et lorsque j'étais arrivé, après un vol Amsterdam-Londres-Dublin, elle était encore en observation. "Elle dit que ça va, qu'elle a juste eu un petit vertige", disait mon père. Nous pensions être de retour à la maison pour le déjeuner.

"Ce n'est rien, tu verras."

Une belle femme de cinquante-deux ans, les cheveux châtains, avec un sourire qui pouvait transformer un jour sombre en jour heureux ; je la revois, quand ils lui ont dit qu'ils devaient la garder pour réaliser un examen plus complet, nous dire au revoir et "à tout de suite", avec ce sourire…

Alors j'avais entendu la voix, cette même voix qui m'avait parlé le soir avant de quitter la maison : "Fais tes adieux à ta mère, Peter. Souviens-toi toujours d'elle telle que tu la vois maintenant : avec cette robe, ces cheveux chatoyants, son sac et ses chaussures marron."

Et elle avait dû le lire dans mes yeux. Je me rappelle avoir vu les siens se remplir de larmes, mais elle avait refusé d'en laisser couler une seule. Pour papa, bien sûr. Elle a redit qu'elle serait de retour à la maison le jour même… ou peut-être le lendemain. Puis elle s'est retournée et a franchi deux portes en plastique qui l'ont engloutie pour toujours, et ont fait d'elle une esclave du lit et des tubes, privée de sa belle chevelure mais jamais de son sourire, jusqu'à ce que Dieu l'emporte un cruel jour de novembre, deux mois plus tard, brisant un foyer heureux, transformant mon père en ombre inguérissable et ouvrant un trou dans mon cœur qui ne s'est jamais vraiment refermé.

Au souvenir de maman, dans la solitude de ma chambre, j'ai laissé couler deux larmes amères. L'aube approchait et mon corps a enfin trouvé le repos.

Puis j'ai fait un rêve, où je crois qu'elle est apparue. Elle était effrayée et tentait de me dire quelque chose que je ne comprenais pas.

Le lendemain, je me suis réveillé avec le même mal de tête. Le médecin m'a rendu visite après le petit-déjeuner et m'a posé quelques questions concernant le type de douleur que je ressentais. Était-elle continue ou pulsative ? Comme si je sentais mon cœur battre dans ma tête ?

— C'est exactement ça, ai-je répondu. Comme une pulsation.

— Bien, dans quelle zone avez-vous mal ? Devant, derrière, sur un côté ou dans toute la tête ?

Je lui ai dit que j'avais mal "à l'intérieur", mais que la douleur était plutôt située du côté gauche. "Vision double ? Scintillement dans les yeux ? Douleur abdominale ? Sudation ? Larmoiement ?" Le médecin m'a prescrit des pilules, "deux le matin, deux à midi et deux avant de vous coucher, après chaque repas. Si la douleur persiste au-delà de deux semaines, revenez me voir. Les huit premiers jours, vous ne devez pas conduire, sauf le strict nécessaire. Ni drogue ni alcool". "Et le sexe, docteur?" "Le strict nécessaire." "C'est largement plus que ma pratique actuelle."

L'écran du téléphone me signalait un appel en absence de Judie. J'ai supposé que Marie et Leo l'avaient informée de toute l'histoire.

Je l'ai rappelée. Après deux ou trois sonneries, elle a décroché et j'ai reconnu sa voix si singulière, aimable, pleine de vie, un peu rauque à chaque fin de phrase.

— Boutique de Mrs Houllihan, en quoi puis-je vous aider?

— Bonjour, je viens de m'installer dans le village et j'aimerais savoir où louer un bon petit film porno?

Judie a éclaté de rire à l'autre bout de la ligne. Je pouvais l'imaginer faisant passer le temps derrière son comptoir en lisant un énorme bouquin, avec une tasse de Yogi Tea (mûre, ginseng ou une autre de ces étranges variétés qu'elle affectionnait) fumante à côté d'elle.

La boutique de Mrs Houllihan était, depuis des mois, le bâtiment le plus attractif de Clenhburran. Façade rose, fenêtres peintes en jaune et une ribambelle de fleurs, de banderoles, de clochettes et de petits bouddhas assis sur les rebords. Au rez-de-chaussée se trouvait l'ancienne boutique, un magasin pensé pour les estivants, et qui durant l'hiver servait traditionnellement de pharmacie, de librairie et de magasin de jouets – et de vidéoclub. Mais avec le départ à la retraite de Mrs Houllihan deux ans plus tôt et l'arrivée de la nouvelle propriétaire, la jeune et pétillante Judie Gallagher, la boutique – et, par extension, le village tout entier – avait subi une petite révolution. Désormais l'ancien magasin faisait aussi office de centre d'enseignement du yoga (deux cours par semaine qu'elle assurait elle-même), de salon de massage et d'acuponcture. En outre, de manière informelle, l'endroit était devenu le quartier général des femmes du village, qui jusqu'à présent devaient se contenter d'une arrière-salle dans la petite église Saint Michael, où on organisait et proposait des cours de toutes sortes, ainsi que des voyages pour faire les boutiques à Belfast ou Derry (et même une fois à Londres, ce qui avait tenu les hommes en souci pendant plusieurs jours) et d'autres événements culturels tels que la Nuit du cinéma en plein air de Clenhburran, qui aurait lieu en juillet. Inutile de dire que les femmes du village étaient enchantées de leur nouveau QG.

En plus de la boutique et du centre "culturel", Judie avait retapé le logement du premier étage pour y installer deux chambres avec lits superposés, principalement destinées aux routards (elle avait réussi à être mentionnée dans le *Lonely Planet* consacré à l'Irlande l'année précédente), mais aussi aux musiciens qui venaient faire des *trad sessions* au Fagan's, ou aux touristes de passage dans la région qui n'avaient pas trouvé de chambre dans les deux hôtels de Dungloe et échouaient ici en pleine nuit, désespérés, suppliant pour un lit où s'écrouler.

Et, en plus de tout cela, Judie possédait la meilleure collection de DVD classiques de tout Donegal.

— Eh bien, nous avons ici une importante quantité de films pour adultes. Vous aimez les animaux ? Les nains de cirque ? Un peu de *bondage* peut-être ?

— Oh, c'est très bien tout ça, mais auriez-vous quelque chose avec des légumes ? Genre *Les Citrouilles en folie III* ? Vous voyez ?... Parce que, moi, j'ai grandi dans un tout petit village, avec un grand potager.

— Allez stop, Pete, a encore ri Judie. Mince alors, comment vas-tu ? Marie m'a téléphoné et m'a tout raconté. Pourquoi tu ne m'as pas appelée hier soir ?

— Je ne voulais pas t'inquiéter. Je savais que tu étais coincée à la pension. Et puis, ce n'est pas aussi grave que ça en a l'air.

— Merde, Peter, c'est comme s'écraser en avion et être encore vivant pour le raconter. J'aurais aimé te rendre visite hier soir, même si j'avais dû laisser les Allemandes à la porte un moment. Bon, tu te sens mieux ? Comment ça s'est passé ?

— Ce qui est sûr, c'est que je n'en reviens toujours pas, ai-je dit – et j'ai revu soudain cet instant. La lumière. Le tourbillon de lumière bleue –, tout est arrivé très vite, mais je crois que je vais déjà mieux. J'ai juste un peu mal à la tête, le médecin m'a filé des cachets. Elle m'a annoncé que d'ici deux semaines je serais tout à fait rétabli.

— Marie dit que tu n'as pas une égratignure, juste quelques brûlures sur le corps.

— Oui, on dirait un tatouage. D'ailleurs, je me rends compte que ça me plaît bien d'être tatoué. Peut-être que je m'en ferai un après ça. En tout cas, tu as raté un excellent dîner hier. Et les O'Rourke.

Elle a émis un ricanement sarcastique.

— Oui, Marie m'a raconté que ce sont eux qui t'ont trouvé. Heureusement que je ne suis pas venue, Laura O'Rourke aurait très vite accompli son devoir, et à cette heure, toi et moi, on aurait au moins deux enfants illégitimes. J'imagine qu'elle t'a sorti le questionnaire complet, non ?

— Presque. J'ai un peu résisté.

— Ça, c'est ce que tu crois…, a-t-elle dit en rigolant. Bon, tu as besoin que je vienne te délivrer de cet hôpital ?

— Oui, s'il te plaît. Le médecin m'a déjà donné sa prescription et ils veulent me virer d'ici ce soir.

— Donne-moi deux heures. Les Allemandes sont en train de se doucher, elles s'en vont après le petit-déjeuner. Dès que la pension est vide, je file. Tu survivras ?

— Je crois, oui.

— OK. Bon, il faut que je te laisse maintenant. J'ai une cliente dans la boutique et, tiens-toi bien, j'ai l'impression qu'elle veut acheter quelque chose. À tout à l'heure, Peter *l'étincelle*.

Judie m'a récupéré à la porte de l'hôpital deux heures plus tard. Elle a bondi hors de sa petite Vauxhall Corsa couleur vert bouteille et s'est jetée dans mes bras. Elle avait les meilleurs vingt-neuf ans qu'on puisse imaginer. Énergie, curiosité, intelligence. Et, en outre, un jean incroyablement seyant.

La première fois que je l'ai vue, assise à la table du Fagan's et entourée de clients qui la dévoraient des yeux, j'ai pensé qu'elle devait être de passage. Jusqu'à ce jour, au top de mon classement des beautés locales trônait Teresa Malone, la factrice du village, une matrone rousse aux longues jambes et à la poitrine généreuse, avec qui un jour j'avais flirté devant la clôture de mon jardin à l'heure de la distribution du courrier. Mais, pour une raison quelconque, mon instinct de survie m'avait déconseillé Miss Malone (craignant peut-être une mort prématurée par étouffement sur mon matelas) et, depuis mon arrivée à Clenhburran, je n'avais jamais partagé de nuit avec aucune femme. Ce jour-là, en entrant au Fagan's, j'ai fait ce à quoi j'étais habitué en tant que nouvel arrivant : m'asseoir dans un coin de ce pub frais et sombre et me préparer à subir l'indifférence affectée des gens du cru. J'ai commandé une pinte qui a mis du temps à arriver et j'ai jeté un regard discret autour de moi. Et à chaque tour d'horizon, tôt ou tard, mes yeux se posaient sur Judie, qui discutait avec une femme, dont j'apprendrais plus tard qu'il s'agissait de Mrs Douglas.

J'ai engagé la conversation avec un autre client, un pêcheur du nom de Donovan, aux paluches grosses comme des têtes, et lentement, d'une histoire à une autre, j'ai dépassé la limite des trois pintes. J'allais devoir être très prudent le soir au volant si je ne voulais pas finir au fond de l'un de ces puits de boue qui s'ouvraient sur le bord de la route. Entre deux gorgées, mes yeux scrutaient le pub, avec un seul objectif éhonté. Le pêcheur s'en est rendu compte, et a fini par m'envoyer une gentille vanne sur ma "distraction", en se grattant le nez et en éclatant de rire. J'ai admis, un peu gêné, que je ne pouvais pas la quitter des yeux et j'en ai profité pour interroger le bonhomme. Comment s'appelait-elle ? Vivait-elle au village ? "Judie Gallagher, m'a répondu le pêcheur. Elle a débarqué ici un beau jour, à pied, avec son sac à dos. C'était pas une touriste, mais elle n'était pas non plus de passage. Elle avait appris on se demande comment que Mrs Houllihan cherchait quelqu'un pour la remplacer à la boutique et, à peine arrivée, elle a pris le job. Depuis elle vit avec nous et nous l'apprécions tous. Les femmes du village adorent ses ateliers bizarres. Les gars bons à marier se briseraient le cou pour attirer son attention. Et les types comme moi qui se font trop vieux, rien que de la savoir pas loin, on est contents."

Je n'ai pas tardé à passer à la boutique de babioles de Mrs Houllihan un après-midi. Parmi tous les prétextes qui me sont passés par la tête, j'ai choisi la location d'un film. C'était une bonne couverture et puis j'avais entendu (par Leo et Marie) qu'il y avait là une belle collection de classiques du cinéma qui valait le détour, et à bon prix. Quand je suis entré, Judie était occupée avec une cliente. Elle m'a regardé, m'a souri et m'a souhaité la bienvenue. Ce jour-là – je m'en souviens encore –, elle portait un haut noir et une jupe à larges plis colorés. Le haut moulait ses formes, me révélant qu'elle était beaucoup plus menue que ce qu'il m'avait semblé au Fagan's, et qu'elle avait des seins, un cou et des épaules ravissants.

Distraitement, l'air de rien, j'ai demandé où étaient les DVD et elle m'a indiqué une étagère au fond. Je l'ai remerciée, je me suis faufilé au fond de la boutique et, face au rayonnage en question, j'ai fermé les yeux et pensé : "Qu'elle est belle !" Mon sang bouillonnait, comme un adolescent. Puis j'ai tenté de me concentrer sur les films. Il y avait là en effet un beau choix. La présence de titres comme *L'Enfant sacré du Tibet*, *Rambo* ou *Out of Africa* (ces deux derniers en format VHS) indiquait que Mrs Houllihan avait été la pourvoyeuse de rêves et de divertissement de cette communauté durant de nombreuses années. Sur les rayons les plus bas (très loin des blockbusters), j'ai découvert la fameuse arche de Noé de classiques dont m'avaient parlé Leo et Marie. Deux douzaines de Billy Wilder, Elia Kazan, Hitchcock ou John Ford, et d'autres plus modernes d'Almodóvar ou de Woody Allen.

Alors que je lisais la présentation de *Tout sur ma mère* (avec une bande originale d'Alberto Iglesias, que j'admire), elle est apparue à mes côtés et m'a dit qu'elle adorait ce film. Je lui ai répondu qu'en général, tout ce que faisait Almodóvar me semblait bon, à l'exception peut-être d'un ou deux titres, et nous avons ainsi commencé à parler ciné, en parcourant les vidéos qu'elle proposait. Tandis que nous bavardions, mes yeux ne pouvaient plus se détacher d'elle. J'ai déduit à son accent cockney qu'elle était britannique, de Londres. Je lui donnais plus de vingt-cinq ans, sans aucun doute, mais pas la trentaine. Elle possédait ce genre de beauté qui n'aveugle pas, de celles où tu peux t'attarder et te rendre compte que ces taches de rousseur vont parfaitement sur ce nez-là, et que ces yeux semblent sans fond. Elle bougeait nerveusement les mains et avait un délicieux petit tic à l'œil droit.

— De Woody, mon préféré c'est *Meurtre mystérieux à Manhattan*, ou peut-être *Broadway Danny Rose*. Ils sont plus modernes, moins expérimentaux, mais…

Je ne pouvais m'empêcher de me demander ce qu'une fille comme elle faisait dans un coin pareil.

— Dans ce coffret Billy Wilder, il y a *La Scandaleuse de Berlin*, *Spéciale première* et *Les Cinq Secrets du désert*, mais je le compte pour un seul film. Qu'est-ce que vous en dites ?

J'essayais de ne pas être trop lourd avec mes regards, mais elle me dévisageait aussi. Chaque fois que je détournais les yeux sur les rayonnages, et que je parlais un moment en regardant ailleurs, quand je revenais à elle, ses deux ravissants saphirs étaient plantés sur moi, avec un demi-sourire, comme si elle préparait un mauvais tour.

— Je vais prendre le coffret Wilder et *Volver*, d'Almodóvar. Ça fait longtemps que j'ai envie d'y revenir… Je crois que c'est le sens du titre : revenir.

"Mon Dieu, quel mauvais jeu de mots. La pauvre, elle a ri par politesse." Je commençais à me sentir ridicule. "Elle essaie juste d'être sympathique, triple andouille. Tu prends les films que personne ne loue jamais."

Après huit années de mariage, j'avais oublié comment draguer… Mais qu'est-ce que je raconte : je n'avais jamais su comment draguer. Le peu de fois où je m'y étais hasardé, c'est parce qu'une femme s'était déjà jetée sur moi.

— Tu vis par ici ? a-t-elle fini par me demander.

— Oui, enfin, je suis dans le coin depuis deux mois. J'habite à Tremore Beach.

— Ah ! alors tu connais Leo et Marie. Ils viennent souvent à la boutique.

Deux nouveaux clients ont interrompu la conversation et j'ai décidé, comme un crétin, que c'était le bon moment pour m'en aller. J'ai payé, je l'ai saluée, avant de quitter la boutique en poussant un profond soupir.

Depuis Clem, je n'avais eu que deux aventures brèves et absurdes, que je regrettais presque. La première, un mois après avoir découvert la relation entre Clem et Niels, avec une violoniste élève au conservatoire d'Amsterdam que j'avais croisée lors d'une fête chez Max Schiffer (mon grand ami et ange gardien de ma vie sexuelle avant et après mon divorce). La seconde, avec une ex-hôtesse de l'air de chez KLM que je n'avais pas connue dans un avion mais au supermarché. À part ces deux parenthèses consolatrices, je n'avais rencontré aucune femme qui ait piqué ma curiosité comme Judie Gallagher.

Je suis revenu une semaine plus tard et, dès que j'ai franchi le seuil du magasin, nos regards se sont croisés, illuminés de deux sourires.

— *Hey!*

— *Hey!*

Elle était occupée et j'ai patiemment attendu à côté de l'étagère des DVD, feignant de les étudier. Puis j'ai entendu sa voix derrière moi.

— Tu es Harper le musicien, n'est-ce pas?

Marie était une habituée des lieux et j'avais mentionné Tremore Beach lors de ma précédente visite, l'équation avait fonctionné et Judie en savait un peu plus sur moi – en réalité, elle en savait largement plus qu'"un peu" –, Marie et elle, comme je l'avais appris plus tard, ayant pris un thé ensemble, tout en parlant longuement de ce "mystérieux et intéressant homme à barbe" qui avait loué des films au magasin quelques jours plus tôt.

Cette fois, je n'ai pas joué le type pressé. Les clients entraient et sortaient et j'attendais patiemment en regardant le rayon vidéos, ou les livres sur la méditation, le yoga et les médecines alternatives, ou la collection de statuettes du Bouddha alignées le long du comptoir. Il était clair dans mon esprit que j'allais l'inviter à sortir ce soir même – ce que j'ai fait. Je lui ai proposé de boire une bière et de discuter un moment au Fagan's – ce que nous avons fait dès la fermeture de la boutique. C'était un mardi et il pleuvait des cordes. Le pub était à moitié vide et la meilleure table, à côté de la cheminée, libre. Nous nous y sommes installés, pour faire sécher nos vêtements et boire un verre.

Nous avons d'abord parlé du village et de ce qui nous avait amenés là. J'ai évoqué Amsterdam, Dublin, un divorce et une crise de créativité. Je lui ai raconté ma vie mon œuvre, qu'elle écoutait en silence, en buvant sa Guinness à petites gorgées et en me fixant de ses yeux bleus, vifs et intelligents. Mais quand son tour est arrivé, eh bien, elle s'est contentée de quelques vagues éléments. Qu'elle était écossaise, originaire d'un petit port de pêche au nord d'Inverness où "la mer venait se briser dans un bruit assourdissant qui rendait les gens fous". Elle a parlé un peu de sa famille, qu'elle définissait elle-même comme "dysfonctionnelle et déprimante". Et n'a pas ajouté grand-chose. Je crois qu'elle n'avait plus revu personne de sa famille depuis qu'elle était partie de là, à tout juste dix-huit ans.

Elle avait étudié la psychologie à Londres et avait obtenu un poste dans un hôpital. Suivait un grand trou de cinq ou six ans que Judie résumait en une phrase : "Londres m'a foutue en l'air", puis un long voyage en Inde, où elle était entrée en contact avec le monde spirituel, celui des énergies, les médecines alternatives et le yoga. "J'ai voyagé seule et pour la première fois de ma vie, je me suis sentie libre, forte et indépendante." Elle avait alors décidé qu'elle souhaitait vivre dans un lieu qui lui permettrait de se sentir un véritable être humain, et non une machine à produire des choses pour les autres.

— Mais pourquoi l'Irlande ? lui ai-je demandé, interloqué. Pourquoi Clenhburran ?

— De retour en Europe, j'ai passé l'été à Berlin avec une amie. Un soir, nous nous sommes peint à l'encre les lignes de la main et nous les avons posées sur une carte du monde. Ma ligne de vie traversait l'Écosse et s'achevait quelque part au nord, entre deux péninsules. Je me suis dit : pourquoi pas ?

— Sérieusement ? Tu es en train de me dire que tu es venue vivre ici en posant le doigt sur une carte ?

— Pas le doigt, la main tout entière.

Cette fille commençait à me faire tourner en bourrique. Elle était mignonne et intelligente, mais elle jouait un jeu étrange. Comme le Petit Prince de Saint-Exupéry qui aimait poser des questions, mais détestait répondre. Et à quoi rimait cette histoire de lignes de la main à laquelle elle ne croyait pas elle-même ?

Quoi qu'il en soit, quelque chose en elle m'attirait terriblement, une sorte de gigantesque tourbillon au fond de ses yeux. La passion, la rébellion, je ne sais pas. Comme si cette folle mer d'Écosse venait encore se briser là. Et derrière cette histoire théâtrale de voyage en Inde et de lignes de la main, pétillait une personnalité douce, élégante et chaleureuse qui m'inspirait une terrible curiosité. Elle était en somme comme la vieille cheminée du Fagan's : un endroit près duquel on pourrait rester pour l'éternité.

Quand Mr Douglas nous a finalement mis dehors, il pleuvait encore. Nous avons couru jusqu'à la boutique, où j'avais garé ma voiture, et elle m'a dit que j'étais bien trop saoul pour conduire jusqu'à la plage, qu'elle ne pouvait pas me laisser partir comme ça. "OK, j'ai compris, lui ai-je dit. Je vais me payer un lit dans ta pension." Elle m'a souri et m'a traité d'idiot. Et là, sous la pluie, appuyés contre la portière de ma Volvo, nous nous sommes embrassés pour la première fois. Puis nous sommes montés dans la pension et, toute la journée du lendemain, elle a laissé accroché le panneau "complet".

Nous avons réussi à garder le secret pendant environ un mois, jusqu'à ce qu'un jour Leo fasse une de ses visites-surprises après son footing sur la plage et trouve Judie vêtue seulement d'une chemise, en train de préparer le café dans ma cuisine. Il n'a plus pu s'arrêter de rire de toute la semaine au souvenir de la tête que nous avions faite, et nous supposions qu'au village aussi, les recoupements devaient aller bon train. "Vous louez beaucoup de films, monsieur Harper." "Et vous allez où ensemble le soir ? Vous avez une salle de cinéma chez vous ou quoi ?" Leo et Marie admettaient que cette nouvelle était un vrai ballon d'oxygène dans la vie sociale routinière et engourdie de Clenhburran.

— Mais, c'est du sérieux ou… ?

— Non… juste une aventure. Amis, et plus si affinités. Chacun pour soi et Dieu pour tous. Tu vois ce que je veux dire…

La route nationale entre Dungloe et Clenhburran était comme un circuit de rallye, ce qui n'avait rien pour freiner Judie. Nous avons parcouru un trajet sinueux de quarante miles au moins en cinquante minutes, pendant lesquelles je n'ai cessé de penser qu'il serait ironique de survivre à la foudre pour mourir sur la route le lendemain. Nous avons fait le plein d'essence au Andy's de Clenhburran, et avons acheté de quoi préparer le dîner ainsi qu'une bouteille de vin ("Tout ce qui est utile est chez Andy's", disait le slogan). Puis nous avons traversé le village et continué notre route en direction de la plage.

Entre Clenhburran et Tremore Beach, il y avait une large étendue de prés, de tourbières, de douces collines que sillonnait une route étroite, naguère d'usage militaire. Au bout de dix miles, la route déviait du côté des falaises et il fallait emprunter un chemin de gravier encore plus étroit, qui suivait un vieux sentier de pâturage bordé de murets en pierre, au pied desquels poussaient de magnifiques fleurs sauvages tous les jours de l'année.

Après la dernière colline, on apercevait l'immensité bleue de l'océan. À partir de là, l'odeur de salpêtre se mélangeait à celle des champs et du bétail, et parfois à celle de la tourbe brûlée dans une lointaine cheminée. Et à ce point précis, la petite plage de Tremore, nichée entre deux avancées d'ardoise noire, apparaissait à vos pieds.

— C'est ici que tout est arrivé, ai-je dit à Judie en atteignant la Dent de Bill.

Nous nous sommes arrêtés pour descendre de voiture, et je lui ai rejoué la scène de la veille au soir telle que je m'en souvenais. La branche que j'avais traînée sur le côté, avec son extrémité noircie. À l'endroit où je me rappelais avoir été touché, on distinguait des traces de pneu et de sable remué.

— Ce bon Frank O'Rourke a dû me trouver ici, étendu au milieu de la route. Ça a dû lui foutre une sacrée frousse.

— J'imagine sa femme lui conseillant de te rouler dessus, s'est moquée Judie.

Elle m'a enlacé et nous sommes restés silencieux, sous le vent qui soufflait comme un diable mais qui cette nuit n'apporterait pas de tempête.

— Mon Dieu, Pete, tu n'as donc jamais lu qu'il ne faut pas s'approcher d'un arbre par une nuit d'orage ? a-t-elle dit avant de poser un doux baiser sur mes lèvres.

Ce soir-là, Judie a cuisiné des aubergines farcies et nous avons dîné devant la cheminée avec une bouteille de vin chilien dont je n'ai dégusté qu'un seul verre. Puis elle m'a déshabillé et a observé mes brûlures en forme d'arbre. Nous avons fait l'amour sur le tapis et nous sommes endormis sous des couvertures.

Vers minuit, cette douleur à la tête m'a réveillé. C'était comme une pulsation qui trouvait son origine au centre de mon crâne. Je suis allé chercher les comprimés du médecin, que j'avais laissés dans ma veste. Je les ai pris et suis retourné au salon.

Judie était encore plongée dans un de ses rêves agités. Un cauchemar. Je l'ai réveillée en la caressant, pour éviter de lui faire peur, et l'ai embrassée tendrement. Nous sommes allés dans la chambre. Les draps étaient froids et nous nous sommes enlacés pour nous réchauffer. Puis le sommeil nous a repris et j'ai rêvé de Leo et Marie.

Dans ce rêve, nous étions de nouveau à l'hôpital de Dungloe, et cette fois ce n'était pas moi le malade, mais Leo. Il était étendu sur un brancard et ne bougeait pas. À un certain moment du rêve, je me suis rendu compte qu'il était mort. Le drap qui le recouvrait était atrocement taché de sang. Il avait les yeux ouverts et sa bouche ressemblait à un puits noir sans fond.

5

Les répercussions de la tempête ont duré un jour ou deux, et puis il s'est mis à faire un temps incroyable, au point que beaucoup pensaient que l'été était arrivé en avance.

J'ai passé quelques jours enfermé chez moi, mon corps me faisait souffrir, je sentais chacun de mes muscles ankylosé, comme si on m'avait foutu une sacrée raclée. Et puis il y avait cette douleur à la tête. Je prenais scrupuleusement mes comprimés, je maintenais la chambre plongée dans le noir (la lumière m'agressait encore un peu) et j'écoutais pendant des heures de la musique classique sur mon iPod, que je n'avais encore jamais exploré.

Le soir, je m'approchais du piano et le touchais, et quand je dis "touchais" c'est au sens le plus littéral du mot : je le frôlais, le palpais, le caressais, comme une lanterne magique qu'il faut frotter pour qu'en surgisse le gentil génie : "Bonsoir Peter, je t'accorde trois souhaits. Lesquels ?"

"Je n'en ai qu'un : entendre à nouveau les mélodies dans ma tête."

Sous la douche, pendant que je me promenais ou quand je lisais un livre. Les fredonner un long moment, par peur de les perdre, et arriver à la maison juste à temps pour les coucher sur une portée. Combien de fois en avait-il été ainsi ? Combien de belles choses avaient surgi du néant, par cette fontaine magique qui semblait intarissable ? Et voilà où j'en étais désormais : à lire des traités de composition, à essayer de plagier des compositions. J'étais en dehors du cercle magique. Un médiocre parmi les médiocres, les milliers de médiocres qui passent la moitié de leur vie à composer un truc tout juste passable. La poussière d'étoile s'était tarie. Elle s'était tarie et ne reviendrait pas. Une fois, au cours d'une fête dans la maison d'été d'un magnat de la télévision britannique, j'avais rencontré en personne un de ces compositeurs d'"un seul hit", un type qui s'était fait une petite fortune avec un unique disque au milieu des années 1990, qu'il avait pratiquement engloutie et sniffée en trois ans. Désormais, il faisait le service pour ce magnat. Ça n'a rien d'une blague. Il servait les verres et parlait tout seul, comme un perroquet. Le bouffon personnel d'un millionnaire. Au moins, il avait un travail. Il y a des gens qui connaissent une fin bien plus pathétique. Moi ?

Le matin du quatrième jour après l'accident, je me suis réveillé presque sans aucune douleur, tout juste un lointain battement tout au fond de mon cerveau. Pour le reste, je me sentais bien, débordant d'énergie, et j'ai décidé de profiter du beau temps pour faire un peu de bricolage. J'ai enfilé un vieux jean, une chemise de bûcheron et des Timberland. Les cheveux attachés en catogan, une paire de Ray-Ban. N'importe qui aurait dit que Neil Young vivait sur une plage d'Irlande. J'ai bu une tasse de thé Barry's en écoutant Radio Costa, où les Kinks chantaient à quel point c'est merdique d'être un "héros de celluloïd", puis j'ai pris la voiture et suis parti au village. Je pensais acheter du papier de verre, des brosses et de la peinture pour retaper la clôture du jardin, passablement abîmée après un long hiver rigoureux. Cette satanée clôture – si j'avais su tout ce qui allait se produire ensuite, je l'aurais carrément arrachée ce jour-là.

Exactement comme Leo l'avait prédit, mon aventure avec la foudre s'était répandue telle une traînée de poudre dans Clenhburran. Dans la boutique de John Durran, j'ai croisé la moitié du village et tout le monde s'est inquiété de ma santé : "C'est une deuxième naissance, monsieur Harper !", "Vous avez acheté un billet de loto ?", "Vous avez essayé de vous mettre une ampoule dans la bouche ?" Durran n'a même pas voulu que je tente de ranger la tondeuse à l'arrière de ma Volvo. Il a appelé son fils Eoin, un garçon roux criblé de taches de rousseur qui avait toujours l'air perdu dans une autre galaxie, et à deux ils ont porté l'engin dans la voiture. "Vous devriez recouvrir cette plaque d'égout d'une manière ou d'une autre, sinon vous allez encore rentrer dedans, m'a-t-il conseillé. Si vous voulez, Eoin peut passer un jour y jeter un coup d'œil. Et rappelez-vous ce que je vous ai dit pour le vernis. Mettez-en trois couches, ou ce maudit salpêtre aura tout bouffé avant la fin de l'été."

Puis j'ai fait un tour dans le village. Peu à peu, de nouvelles têtes faisaient leur apparition. Clenhburran était une petite communauté qui ne dépassait pas les cent cinquante âmes en hiver, mais qui pouvait compter jusqu'à huit cents résidents en été. Le village se résumait à deux rues : High et Main Street, qui descendaient pour déboucher sur un petit port, où deux bateaux de pêche honoraient encore ce vieux métier et livraient des langoustes fraîches tous les matins. En hiver, la plupart étaient conditionnées dans des caisses en polystyrène et envoyées au marché de Derry le jour même, mais l'été, avec l'arrivée des touristes, il y avait toujours une certaine animation dans la halle aux poissons, qui approvisionnait les restaurants et hôtels des environs. Le reste de l'économie de la région se limitait à l'élevage (production de lait, de fromage et de laine), au tourisme et à quelques boutiques d'artisanat, du genre confection de pelisses et de bérets en tweed.

Main Street commençait à l'extérieur du village, au croisement avec la route régionale, là où se trouvait l'un des hauts lieux (outre l'ermite de Saint Michael) de cette microsociété : le Andy's, qui faisait office à la fois de station-service, de débit de pain frais, de restauration rapide, de tabac-presse et de machine à café. Ici, vous trouviez presque tout : combustible pour les poêles, engrais, tourbe, batteries de voiture, pièces pour les moteurs de bateaux, graines de fleurs, paquets de glace, bières…

Les autres rares services de Clenhburran étaient répartis dans Main Street, sans aucun ordre apparent. Le magasin de Durran en haut de la rue, le Fagan's, un restaurant chinois et, enfin, la boutique-pension-centre social et culturel de Mrs Houllihan.

J'y ai trouvé Judie, en pleine réunion avec Marie et un groupe de femmes représentant l'organisation de la Nuit du cinéma en plein air de Clenhburran, qui aurait lieu en juillet. Elles discutaient du meilleur emplacement pour l'écran et le projecteur.

Le facteur déterminant était le temps. Il fallait imaginer un plan B au cas où il se mettrait à pleuvoir, ce qui était probable y compris au cours d'un bel été comme celui que tout le monde prévoyait cette année. La vieille halle à côté du port pourrait servir de refuge au cas où, mais cela obligerait à modifier beaucoup de choses.

Laura O'Rourke était présente, elle aussi. C'était la première fois que je la voyais depuis le soir de l'accident. Elle a livré un récit passablement exagéré de la façon dont ils m'avaient trouvé, étendu au milieu de la route, "à moitié mort", et de son incapacité à descendre de la voiture. "Frank s'est agenouillé, il a pris votre pouls, quant à moi je n'ai réussi qu'à prier pour le salut de votre âme, monsieur Harper", a-t-elle dit, tout en me saisissant la main, ses yeux brillant de larmes qui n'arrivaient pas à couler. Puis elle a annoncé qu'elle allait me demander une faveur, au nom de toute l'organisation de l'événement "cinéma en plein air" :

— Je crois que vous êtes la personne idéale pour prononcer le discours d'ouverture, monsieur Harper. Le ferez-vous ? Vous pourriez même nous jouer un petit morceau. Oh, oui ! Ce serait merveilleux.

J'ai cru que Judie ou Marie viendraient à mon secours, mais, bien au contraire, elles ont déclaré que ce serait une idée fabuleuse.

— Tu pourrais peut-être accompagner un petit court métrage muet au piano, a dit Judie, même si je ne sais pas comment on transporterait le piano jusqu'au port.

J'ai acquiescé, l'air de dire : "Ç'aurait été super, mais c'est très compliqué de trimballer un Steinway au port de Clenhburran."

— Pas besoin que ce soit un "vrai" piano, n'est-ce pas, Pete ? a dit Marie. Un piano électrique ferait l'affaire. Avec un clavier portable. On pourrait en louer un. Ça me paraît une idée géniale, Judie.

Les femmes ont applaudi sur-le-champ et j'ai dû me contenter de sourire et d'acquiescer légèrement de la tête, avec l'espoir qu'un hic viendrait s'interposer et que le plan finirait par tomber à l'eau (on ne trouverait pas de piano, le transport serait trop cher), même si je savais pertinemment que, désormais, je n'aurais plus d'échappatoire et que je serais obligé de participer, que ce soit *via* un discours ou une toccata, à la Nuit du cinéma en plein air.

J'ai proposé à Marie de la ramener à Tremore Beach, mais elle voulait attendre Leo, parti faire des courses à Dungloe. J'en ai profité pour pincer le délicieux derrière de Judie et lui faire comprendre que Harper était rétabli et prêt pour une révision complète quand elle le souhaiterait. Puis j'ai salué les dames du village et suis retourné sur la plage dans ma Volvo chargée à bloc. J'ai ouvert les fenêtres pour emplir mes narines de cette merveilleuse odeur de salpêtre et de tourbe, unique au monde.

Ma maison se dressait sur un petit promontoire au pied de la plage. C'était une construction plutôt moderne (des années 1970), sur deux étages, avec un toit d'ardoise et une grande terrasse en bois bâtie à même la dune et reliée à la plage par une volée de marches. Ce détail, les marches, j'en avais rêvé depuis tout petit (peut-être l'avais-je vu quelque part) et quand j'avais discuté avec Imogen Fitzgerald, de l'agence de multipropriété qui m'avait trouvé cet endroit, et qu'elle m'avait dit : "… devant la maison il y a un escalier en bois qui s'enfonce dans le sable…", ça avait été comme si on appuyait sur un bouton dans mon cerveau : "Ah oui ! On dirait bien que c'est ce que je cherche. Quand peut-on aller la voir ?"

Nous sommes venus au mois d'octobre 2009, par une fin de journée métallique, avec d'immenses nuages étranges dans le ciel. La demeure resplendissait comme un trésor caché dans le sable. Une façade blanche, entourée de gazon, et une coquette clôture en bois entourant la propriété. Devant elle, l'océan, une plage de deux miles, enserrée par deux avancées de falaises noires. J'ai failli dire "oui" avant même de visiter l'intérieur.

Les gens disaient que Tremore Beach était la zone la plus ventée de la péninsule, et que c'était pour cette raison que personne ne construisait ici. J'avais aussi entendu dire que la terre était trop sablonneuse dans ce secteur, et que chaque année elle cédait quelques centimètres de terrain, ce qui expliquait les fissures sur les murs de ma maison, et le fait que la petite salle d'eau du rez-de-chaussée soit légèrement en pente.

Leo estimait que nous avions tout simplement de la chance. Ces dernières années, les cottages d'été avaient poussé comme des champignons après la pluie, et cet endroit était exactement ce à quoi on s'attendait en imaginant Donegal : une longue plage vide, des dunes couvertes d'herbes folles, des étendues de prairies et juste le vent à qui parler.

— Tu crois qu'on pourrait faire tenir un piano là-dedans ?

Imogen, qui au fond était une vraie amie, m'alertait de tous les inconvénients.

— Ce n'est ni Amsterdam ni Dublin, Peter : il y a peu, voire pas, de réseau de téléphone, des problèmes de distribution d'eau et d'électricité. La maison exige une tonne d'attention. Le gazon pousse, la fosse septique doit être entretenue… et puis il y a la solitude. Tu es à des miles d'un village qui est lui-même perdu au milieu de nulle part. Tu vas dépendre de la voiture pour tout (je te conseille de t'acheter un vélo au cas où), même s'il me semble que la maison la plus proche est habitée toute l'année – ça, c'est un bon point…

On pouvait ajouter à cela que le loyer n'était pas donné (et il était sur le point de monter pour la haute saison), mais rien ne m'aurait fait changer d'avis. Cette maison était apparue dans ma vie tel un talisman, au moment précis où j'en avais tant besoin. Les inconvénients et les charges, je les acceptais comme un défi sympathique. J'ai dit oui, planté au milieu du salon, le regard tourné vers cette large baie vitrée, en pensant que je placerais un Steinway & Sons ici même, face aux vitres, et qu'au printemps et en été je pourrais jouer fenêtres ouvertes, avec la mer pour unique auditeur.

— Tu es sûr, Peter ? Tu vas te retrouver tout seul avec ton piano, et certaines nuits tu n'auras que le vent autour de toi.

Un vent assourdissant qui m'empêcherait d'entendre la musique, le téléphone ou les appels à l'aide s'il arrivait quelque chose.

— Oui, ai-je enfin répondu. C'est exactement ce que je cherche.

J'ai déjeuné d'une salade sur la terrasse, en lisant le journal et en regardant le lent défilé d'un cargo très loin au large. La mer était calme ce jour-là. Un groupe de mouettes avait envahi la plage, près des rochers, et explorait consciencieusement un amas d'algues noires qui s'était échoué là ce matin, cherchant peut-être des crabes ou autres trésors comestibles. Il y avait deux petits renfoncements dans les rochers, remplis de bestioles, dont je savais qu'ils enchanteraient Jip. L'une des cavités était si grande qu'il pourrait même y tenir debout, sans se cogner la tête. Je l'avais explorée une fois superficiellement, et elle semblait se prolonger sur quelques mètres, pour se transformer ensuite en étroit passage. La cachette parfaite. "Pour se cacher… de quoi?" me suis-je immédiatement demandé.

J'ai senti alors cette douleur, comme un poids quelque part au milieu de mon cerveau. Je me suis souvenu des médicaments. Je me suis levé, j'ai pris mon assiette et le journal et suis allé les chercher dans la cuisine.

Deux heures plus tard, j'étais dans le jardin, entouré de tout le nouveau fourbi acheté dans la boutique de Durran, essayant de me mettre à la tâche, quand j'ai vu Leo arriver en courant sur la plage. Il m'a vu lui aussi au loin, a levé le bras et dévié sa route jusque chez moi.

Tremore Beach fait près de deux miles de long, et est délimitée de chaque côté par des saillies de roche noire, de sorte que Leo enchaînait trois ou quatre allers-retours sur le sable. Il appelait ça "exercice de base". Un matin, je me souviens, j'étais au piano quand je l'avais vu retirer ses vêtements face à la mer. On était en février, et même s'il faisait beau, la température de l'eau avoisinait celle de la glace à moitié fondue. Leo Kogan s'était lancé en maillot de bain dans les vagues argentées de l'Atlantique et j'avais failli appeler la police, persuadé qu'il tentait de mettre fin à ses jours.

— Pas du tout! C'est excellent pour la circulation! Vous devriez essayer, m'avait-il dit quelques jours plus tard, quand nous nous étions croisés sur le sentier de la tourbière, lui en direction du village et moi revenant des courses.

Ce genre de détails avait contribué, au début, à me donner l'impression que Leo et Marie formaient un couple un peu étrange, ou extravagant, je n'aurais su choisir le mot. Ils ne semblaient avoir ni enfants ni travail, et jouissaient d'une incroyable qualité de vie. En outre, malgré leur âge probable, ils semblaient bénéficier d'une santé enviable. Je me les représentais en millionnaires ou comme des gens exotiques, mais cette vie retirée ainsi que leur maison, un lieu d'une grande simplicité, contredisaient légèrement cette théorie.

Un jour, deux semaines après mon emménagement, ils étaient venus frapper à ma porte, à l'improviste, avec un panier de pâtisseries et une bouteille de vin. "Bienvenu, cher voisin!" avaient-ils dit, en se faufilant presque directement dans mon salon, et je dois admettre qu'au début je me suis montré d'une froide amabilité envers eux. Je m'étais réfugié en ce lieu pour me concentrer sur mon travail et je redoutais que ces deux rigolos ne se pointent à ma porte tous les matins en quête d'un brin de causette. Finalement, c'est le contraire qui s'est produit. Le premier mois dans la maison fut une longue suite de problèmes. La chaudière ne voulait pas fonctionner et la maison était gelée, à tel point que certaines nuits je descendais dormir devant la cheminée, avec édredons et couvertures. En attendant que l'agence de location m'envoie quelqu'un pour la réparer, Leo m'avait proposé de jeter un coup d'œil à l'installation. Il avait consciencieusement examiné le circuit électrique de la maison et m'avait prêté un générateur.

Je me suis progressivement habitué à le rencontrer presque tous les jours. Ce n'était pas difficile dans un endroit pareil. Soit je le voyais courir sur la plage le matin, soit nos voitures se croisaient sur la route de la tourbière, soit nous nous retrouvions dans le village en faisant nos courses. Et puis, un mois à vivre ici avait suffi pour que je réalise l'importance d'avoir quelqu'un, pas loin, sur qui compter. Pendant l'hiver, tout le secteur des plages demeurait quasi désert, et Tremore Beach étant l'un des points les plus isolés de la péninsule, Leo et Marie s'avéraient les deux seuls êtres humains à plusieurs miles à la ronde. Non que je sois un type inquiet ou trouillard, mais dans la solitude des lieux, ça ne me semblait pas une mauvaise idée d'entretenir de bonnes relations avec mes voisins.

Un jour, un mois et demi après mon arrivée, je les ai rencontrés au Fagan's et nous avons rapidement fait table commune.

S'en est suivie une de ces conversations agréables et sans fin. Leo et moi avons bu plus que de raison et Marie a dû nous ramener à bon port, chez eux. À nous trois, nous avons encore liquidé une bouteille de Jameson, en chantant et en riant, jusqu'à ce que je m'écroule sur le canapé et passe la nuit là. Je suppose qu'après cet épisode, nous nous sommes mutuellement considérés comme de bons amis, nous donnant ainsi l'autorisation officielle de passer nous rendre visite les uns les autres quand bon nous semblait.

— Besoin d'un coup de main avec ces pinceaux, cher voisin ? m'a demandé Leo d'une voix entrecoupée tandis qu'il tentait de retrouver son souffle.

— Je ne dis pas non.

John Durran m'avait donné quelques conseils pour entreprendre la restauration de ma clôture, mais je savais que Leo était beaucoup plus habile que moi en bricolage.

— Je t'offrirai quelques bières en échange.

— D'accord, et prête-moi un tee-shirt sec, mon garçon. Je suis en train de fondre avec cette chaleur.

En tout premier lieu, il fallait poncer, m'a-t-il dit, et le faire avec application, sinon la peinture ne pénétrerait pas correctement. Il m'a tendu un morceau de papier de verre et m'a expliqué que le mieux était que je m'occupe de la portion de clôture à gauche du portail tandis qu'il se chargeait de l'autre côté. J'ai calculé que cela faisait un total de quarante piquets de bois et estimé qu'en nous dépêchant un peu, nous pourrions finir le travail avant que la nuit tombe. Évidemment, cette estimation était illusoire.

Quand le soleil a commencé à virer à l'orange et à venir frôler la mer, j'avais seulement poncé trois lattes. Leo, lui, avait réussi à en terminer huit. Onze sur quarante en quatre heures ! Ce truc-là était franchement moins amusant que tondre l'herbe. J'ai dit à Leo que ça suffisait largement pour aujourd'hui et l'ai invité à boire une bonne bière.

La mer était calme, une brise fraîche soufflait. L'horizon était un tableau peint à grands traits orange, rouges, bleus et noirs. J'ai sorti deux chaises de jardin et quatre bouteilles de Trappistes Rochefort 6 que j'avais achetées trois semaines plus tôt dans une boutique de Derry spécialisée dans la bière belge. Nous nous sommes assis, les pieds dans l'herbe, et avons trinqué en admirant le soleil. Le docteur avait recommandé de ne pas boire une goutte d'alcool, mais je pouvais bien faire une exception, que diable! Et puis, ces foutus médicaments ne semblaient pas très efficaces. Boire un coup aiderait peut-être.

La première Rochefort (presque huit degrés) nous galvanisait déjà et nous parlions à bâtons rompus. La crise. L'euro. Le dollar. Obama... Leo n'était pas excessivement patriote, à la différence d'autres Américano-Irlandais du secteur qui faisaient flotter leur drapeau devant leur maison et jouaient au base-ball en été. Il critiquait ouvertement l'intervention des États-Unis en Irak et en Afghanistan, et se plaignait que le pays traverse une "ère noire" de terreur depuis le 11 Septembre. Il m'avait raconté qu'il travaillait encore au Regency Kuwait deux mois avant l'invasion. "Nous nous sommes échappés par pur hasard. Pendant l'invasion, ils l'ont transformé en prison. À ce moment-là, je peux te dire que j'étais content que Bush envoie les troupes."

Leo avait beaucoup d'histoires d'hôtel à raconter. Il avait passé la plus grande partie de sa vie dans de très nombreux et très différents établissements, éparpillés à travers le monde. Las Vegas, Acapulco, Bangkok, Tokyo... La liste s'allongeait bien au-delà de la dizaine, et encore, il n'aurait jamais le temps de tous les évoquer. Quand on croyait déjà connaître tout son répertoire d'anecdotes, il se lançait dans une nouvelle histoire qui venait élargir l'éventail. "Ce pudding me rappelle un poison qu'ils servaient à Shanghai", "Je n'ai pleuré qu'une seule fois dans ma vie pour une voiture, c'était en quittant Buenos Aires".

Il avait exercé une profession aussi classique que romantique : "détective d'hôtel", un poste presque exclusivement réservé aux palaces. La plupart, d'après ce qu'il m'avait expliqué, sous-traitaient cette activité à des entreprises de sécurité qui n'avaient même pas de siège déclaré. Mais dans les hôtels "grand luxe", il existait encore une équipe de sécurité interne.

Tu pouvais t'épuiser à lui demander des histoires, il en avait toujours une nouvelle à raconter, qui lui était sortie de la tête jusqu'alors. Le grand chef d'entreprise surpris par sa femme au lit avec trois prostituées, obligé de sauter dans la piscine de l'hôtel pour s'échapper. La grande dame décadente qui se volait elle-même pour toucher l'assurance. L'adorable fille d'un magnat qui s'avérait être cleptomane. Le couple qui louait des suites et tentait de partir sans payer. Et encore bien d'autres sur des voleurs de tout poil et de toute condition. Des escrocs qui affirmaient représenter de grandes fortunes perdues dans la Pampa. D'énormes investissements signés sur la table de chevet d'un hôtel, des victimes désespérées réclamant justice. "Il y avait un type qu'on appelait El Flaco parce qu'on croyait qu'il était argentin. Il a arnaqué plus de cent personnes en cinq ans. Parfois il portait la moustache, parfois des lunettes, des cheveux longs ou la boule à zéro. C'était un maître du déguisement. Il a sillonné les palaces de la moitié de la planète en amadouant tous les nouveaux riches, qui tombaient sous son charme. Des propriétés en Amérique du Sud. Des mines au Costa Rica. N'importe quoi. Avec de l'encre et du papier, il faisait des merveilles, de véritables œuvres d'art : actes notariés, obligations, actions… Il était toujours très pressé de quitter le pays et avait besoin d'argent rapidement. Il a sévi une dizaine de fois dans les hôtels où je travaillais et on a réussi à l'enregistrer sur nos caméras de sécurité à cinq reprises. Je le revois encore traversant d'un pas tranquille le hall de mon dernier hôtel, après s'être mis dans les poches presque dix mille dollars en espèces."

Les deux autres Rochefort y sont passées et le soleil a plongé dans l'océan. Leo a dit qu'il devait s'en aller avant que Marie ne vienne le chercher armée d'un balai, mais avant, il a posé sur moi ses yeux diaboliques.

— Dis, je peux te poser une question très personnelle sous prétexte d'être bourré, et en plus par ta faute ?

— Vas-y, crache le morceau Leo, ai-je répondu en riant, mais seulement parce que c'est de ma faute.

— Vous en êtes où, Judie et toi ? Toujours sur le mode "amis et plus si affinités" ?

— Eh bien, oui, ai-je dit, en posant une main sur mes yeux et en me massant. Oui, toujours sur ce mode.

— Mais quand vas-tu l'inviter à sortir ? Je veux dire, de manière officielle.

J'ai arrêté mon massage oculaire et l'ai regardé en souriant. Ce n'était pas la première fois qu'il me tenait la jambe avec Judie, et sur comment on faisait à son époque, et que lorsqu'une femme t'intéresse vraiment, ce n'est pas le moment de jouer les flegmatiques, etc.

— Je te l'ai déjà dit, Leo, on n'en est pas là…

— Ah oui ! a-t-il dit en se frappant la tempe du doigt deux trois fois, tel un mauvais comédien. Je me rappelle. Tu m'as expliqué. Bon, chaque fois que je vous vois ensemble, je me dis… quel joli couple ils forment ! Mais c'est juste des idées que je me fais, des trucs de vieux radoteur. Je ferme mon clapet.

— Non, ça va, j'aime bien connaître ton avis. Mais pour le moment aucun de nous deux n'a envie que ça devienne plus sérieux.

— C'est clair comme de l'eau de roche, Pete. Oublie ça.

— Et tu as raison, c'est une fille super.

— C'est vrai.

— C'est vrai.

Il y a eu un silence. Une vague s'est brisée lentement sous le ciel orangé. La surface de l'eau semblait s'embraser.

— Bon, maintenant il faut vraiment que je me mette en route. Sinon je vais m'en prendre pour de bon, des coups de balai. On se retrouve demain pour s'occuper de la clôture ?

— Oui merci, quand ça t'arrange. Je ne veux pas abuser.

— Mais non, camarade. Tout le plaisir est pour moi. Comme ça, tu seras au point quand j'aurai besoin d'aide pour ma propre clôture. Ce sera bientôt son tour.

— Compte sur moi.

Leo s'en est allé en longeant la plage, sous un ciel de plus en plus sombre, et je suis rentré, sentant ce mal de crâne revenir. J'ai pensé aux médicaments, mais je devais d'abord me mettre quelque chose sous la dent.

Je n'ai jamais été un grand cuisinier, néanmoins, en de rares occasions, j'aime me préparer des *bangers and mash*, et tous ceux qui les ont goûtés vous diront qu'on s'en lèche les doigts. J'ai commencé à éplucher des pommes de terre en écoutant Radio Costa sur un mini-transistor que j'avais trouvé, comme bien d'autres choses, dans le débarras de l'entrée quand j'avais emménagé ici. “On prévoit un mois de juillet chaud, avec quelques orages mais beaucoup de soleil.” J’étais content d’entendre ça. Je voulais que Jip et Béatrice passent des vacances exceptionnelles.

J’ai mangé mes *bangers*, je me suis léché les doigts, puis j’ai pris mes cachets. Une heure après, tandis que je tournais les pages du best-seller affalé dans mon canapé, la douleur avait diminué, mais elle battait toujours là-dedans, comme une pendule. Si ce problème persistait la semaine suivante, il faudrait que j’appelle le médecin.

6

J'ignore quand je me suis endormi, et même quand je me suis réveillé. Pour une raison quelconque je n'ai pas regardé ma montre, et pourtant, longtemps après, je regretterais vraiment de ne pas savoir à quelle heure tout ça était arrivé.

Quelque chose m'a réveillé. Un bruit. Ou alors d'abord le mal de tête ? J'ai ouvert les yeux et entendu des coups. À la porte ? Tout alentour paraissait flou. J'ai pensé que je ne les avais peut-être pas réellement entendus. "Ça doit être un rêve. Ou quelque chose qui est tombé."

J'étais couché sur le canapé. Je m'étais endormi là, comme bien souvent, mais cette fois-ci je flottais dans une sorte de confusion. La pulsation dans mon crâne était montée en puissance et c'est la première pensée qui m'est venue à l'esprit : "Cette douleur n'est pas normale, Peter, il faut que tu ailles voir le médecin dès demain."

Dehors, il s'était mis à pleuvoir, je pouvais entendre les gouttes frappant les vitres et le toit de la maison. Un nouvel orage ? Puis je les ai entendus à nouveau. Les coups. À la porte. Fermes, pressants.

— Oui ? ai-je crié dans un effort, comme si les mots étaient des dalles que je devais soulever l'une après l'autre. Il y a quelqu'un ?

Je me suis assis sur le canapé, les pieds nus frôlant le tapis, le polar gisant par terre, et j'ai guetté une réponse dans le silence. "Ce n'est pas possible, me disais-je. Tu n'as pas entendu de coups. C'est la nuit, très tard, personne ne va venir jusqu'ici te vendre quoi que ce soit." J'ai attrapé mon livre, l'ai refermé, puis j'ai rejeté la couverture, toujours emmêlée autour de mes genoux. J'ai attendu un moment. Le salon était plongé dans l'obscurité. Le vent faisait trembler les vitres, mais à part ça la maison était muette. On ne distinguait aucune lumière au-dehors, ni aucun bruit de moteur.

Juste au moment où je commençais à penser que mon imagination me jouait des tours, je les ai entendus à nouveau, clairs et précis : des coups à la porte. Un, deux, trois. Avec urgence, avec force. Je me suis demandé pourquoi diable le visiteur n'utilisait pas la sonnette. J'ai tendu la main jusqu'à l'interrupteur de la lampe de salon qui traînait à côté du sofa. J'ai appuyé mais la lampe est restée éteinte.

— Et merde! ai-je râlé.

Je me suis levé pour me diriger vers l'entrée en essayant d'autres interrupteurs, mais apparemment le courant était coupé dans toute la maison. Peut-être qu'il s'agissait de ça, ai-je pensé, d'un problème de courant. C'était probablement Leo, ou Marie, ou un employé du comté, ou un pompier, ou un Martien. Il était plus de trois heures du matin, bordel.

Il n'y avait pas de judas à la porte, mais un étroit vitrail coloré, sur le côté et en hauteur. Il faisait très sombre à l'extérieur, on n'y voyait rien.

— Oui? ai-je crié. Qui est là?

J'ai laissé à l'individu, qui qu'il soit, quelques minutes pour répondre, qui sont passées dans un silence absolu. Les clés étaient accrochées à une petite tête de lutin souriant, à côté de la porte, sous lequel une pancarte disait : "Les *leprechaun* m'ont envoûté cette nuit!" Je ne fermais presque jamais à clé, me contentant de la targette. J'ai lentement posé ma main dessus et l'ai fait glisser, tout en me demandant si c'était une bonne idée. J'ai ouvert la porte.

Trempée, grelottant sous la pluie, les bras serrés autour d'elle, Marie est apparue sur le seuil, en larmes. Marie, mon élégante et sobre voisine que j'avais vue l'après-midi même dans la boutique de Judie. Elle m'avait dit qu'elle attendait Leo pour rentrer à la maison avec lui. Leo, qui revenait de Dungloe où il avait fait des courses. Tous ces détails m'ont traversé l'esprit en moins d'une seconde. Accompagnés du goût acide des mauvaises nouvelles. Le parfum qu'exhale la cape de la mort quand elle se pose sur nos vies.

— Marie ! ai-je crié. Mon Dieu ! Qu'est-il arrivé ?

Elle n'a pas répondu. Elle est restée immobile, devant l'entrée, éclairée par la faible lumière intermittente de la lune. Son regard fixait un point quelque part entre mon menton et ma poitrine.

Je l'ai aidée à avancer et à s'asseoir sur le canapé en imitation velours qui trônait dans le vestibule. J'ai jeté un regard vers la porte. Il n'y avait pas l'ombre d'une voiture dehors, à part ma Volvo. Marie était donc venue en courant depuis chez elle, probablement le long de la plage, en pleine nuit. Je me suis précipité au salon pour attraper un plaid qui traînait sur le dossier du canapé. J'ai aussi pris une bouteille de Jameson dans le bar.

— Allez, bois un peu. Ça va te réchauffer.

— Peeeete… Peeeete.

Elle était en état de *choc*. Ailleurs. Ses yeux vacillaient, perdus, on aurait dit des orbites creuses sur une tête de mort. Ses cheveux lui collaient au crâne. Je les ai caressés, en essayant de lui infuser un peu de paix ou de chaleur humaine. Elle a levé les yeux sur moi. Deux yeux terrorisés, qui valsaient, à moitié fous.

— Marie. Calme-toi. Quoi qu'il se passe, je vais t'aider.

Elle portait un pyjama de couleur pourpre et un peignoir, complètement trempés par la pluie et maculés de sable. Les pieds nus, souillés de sable eux aussi. J'ai placé la couverture sur ses épaules et frotté ses bras avec mes mains, d'un geste énergique. J'ai senti sa respiration haletante. Son corps était brûlant comme si elle venait de courir un marathon. J'ai eu peur un instant qu'elle ne fasse un infarctus ici même.

— Au… se… cours.

— Que s'est-il passé, Marie ? Où est Leo ?

Cette question a réveillé quelque chose dans son esprit, et il ne faisait aucun doute que c'était quelque chose de grave. En entendant le prénom de son époux, le visage de Marie a pris une expression de douleur terrible.

— Leo !

Elle a fermé les yeux et je me suis rendu compte que son corps s'inclinait vers moi. Elle s'était évanouie.

— Marie ! Oh mon Dieu, mon Dieu…

Je l'ai appuyée contre le mur, lui ai donné deux petites tapes légères pour tenter de la ranimer, mais c'était comme frapper de la chair morte. Puis j'ai pensé à Leo. J'ai réalisé que je perdais un temps précieux. S'il lui était arrivé malheur, il fallait agir au plus vite. J'ai couru au salon récupérer mon téléphone portable. Je l'ai trouvé sous un recueil de partitions, mais quand j'ai voulu l'activer, j'ai réalisé qu'il était complètement à plat.

J'ai calculé que la police mettrait au moins une demi-heure pour arriver jusqu'ici, et encore, si Barry, le *garda** de Clenhburran, n'était pas allé passer la nuit à Dungloe, comme il en avait l'habitude plusieurs fois par semaine. Pareil pour l'ambulance. Une demi-heure minimum entre le moment où je réveillerais les gens et celui où ils arriveraient de Clenhburran. Et peut-être qu'on ne disposait pas d'autant de temps.

Je suis revenu dans le vestibule. Les clés de ma Volvo pendaient aussi au souriant *leprechaun*. Je les ai attrapées et j'ai quitté la maison. "Je vais jeter un œil", ai-je lancé à voix haute, bien que ni Marie ni personne ne soit en mesure de m'entendre. Et à cet instant, je me suis rappelé cette autre voix, quelques nuits auparavant.

"Ne sors pas de la maison. Pas ce soir."

Dehors il pleuvait des trombes d'eau. Je me suis rué sur la Volvo, mais avant de l'atteindre j'ai dû m'immobiliser sous la pluie pour observer un détail qui avait vivement attiré mon attention. La clôture du jardin, que Leo et moi avions passé deux bonnes heures à poncer le jour même, était cassée. Un tronçon d'environ deux mètres, près de l'entrée de la maison, s'était affaissé. J'ai couru à la voiture, alors que les gouttes de plus en plus lourdes me trempaient de la tête aux pieds. Bon sang, mais qu'est-ce qui s'était passé ici ? J'ai pensé que Marie avait pu la casser pour une raison ou une autre. Ou alors le vent. Quoique, le vent aurait pu l'arracher du sol, mais pas briser

* La Garda Síochána na hÉireann (Gardiens de la paix d'Irlande), police de la république d'Irlande. *(Toutes les notes sont de la traductrice.)*

des piquets. Merde alors ! Même l'ouragan de l'autre nuit ne l'avait pas arrachée. La dernière option qui me vint à l'esprit, avant de démarrer la voiture et de filer de là, fut qu'un éclair avait pu lui tomber dessus.

"Tu regarderas ça plus tard, pour le moment concentre-toi, me suis-je dit. Concentre-toi sur la conduite pour éviter de partir dans le décor."

J'ignore ce que j'imaginais à ce moment-là. J'étais nerveux, mais je gardais la tête froide. Je ne savais pas à quoi m'attendre. Il était arrivé quelque chose chez Leo et Marie, c'était clair, mais pourquoi ne m'avaient-ils pas téléphoné ? "Parce que ton téléphone était éteint, pardi." OK, d'accord, mais pourquoi avait-elle parcouru une telle distance sous la pluie, alors qu'ils avaient deux voitures dans leur garage ? Y avait-il une réponse à ça ?

Je me suis souvenu de Claire Madden, une voisine dans le quartier de mon enfance, à Dublin. Le mari de Mrs Madden lui tapait dessus quand il rentrait chez lui bourré comme un coing. Elle, ou sa fille, débarquait régulièrement à la maison, en larmes, en expliquant qu'il les avait jetées dehors. Le nez en sang, ou la lèvre fendue. Quand elles arrivaient, généralement au milieu de la nuit, de nuits pluvieuses comme celle-ci, ma mère allait réveiller le pasteur Callahan, qui vivait dans l'église à quelques mètres, et il venait, s'asseyait auprès d'elles dans une chambre et discutait pendant une heure. Je me rappelle que je l'entendais pleurer, crier qu'elle "ne pouvait pas vivre sans lui", et je me demandais comment elle pouvait dire une chose pareille. Moi, je rêvais de tuer cette brute, j'en ai rêvé plusieurs fois enfant. Était-il concevable que Leo soit ce genre d'homme ? Le vieux et souriant Leo était-il devenu fou ? Non… impossible.

L'instant d'après j'avais déjà franchi la Dent de Bill et je descendais la route en direction de chez Leo et Marie. J'ai remarqué que mes essuie-glaces, qui s'activaient à toute vitesse, commençaient à grincer contre le pare-brise. Subitement, celuici était sec. La pluie avait cessé. On pouvait même apercevoir des étoiles. Bordel, mais où était passé l'orage ?

La maison de Leo et Marie m'attendait dans une obscurité totale. Il n'y avait aucune voiture garée devant le jardin et le garage était fermé. Je roulais au pas, en observant attentivement les alentours de la demeure. Elle était construite le long d'une des avancées d'ardoise qui délimitaient Tremore Beach, mais on ne voyait rien non plus sur les rochers. Tout semblait en ordre. La mer était calme. Les vagues venaient paisiblement mourir sur le sable, à cinquante mètres de la maison.

Je me suis finalement garé devant la clôture, je suis sorti de la voiture et me suis introduit dans le jardin.

Des cloches à vent, légèrement balancées par la brise ("Non mais, sans blague, où s'est planqué ce foutu orage ?"), interprétaient une langoureuse mélodie nocturne sous le porche.

J'ai tenté d'ouvrir la porte, mais elle était fermée, et par les fenêtres adjacentes, on ne distinguait que le salon plongé dans la pénombre.

J'ai appuyé sur la sonnette et frappé contre le bois.

— Leo ! Leo ! Tu es là ? Crie si tu peux m'entendre !

J'ai attendu quelques secondes. Si Leo ne répondait pas, j'essaierais par la porte du garage qui communiquait avec la cuisine. Et si celle-ci était fermée aussi, je briserais une fenêtre du salon.

J'étais sur le point de passer à l'action quand j'ai vu une lumière se projeter sur la pelouse du jardin. J'ai levé les yeux : c'était la fenêtre d'une des chambres au premier étage. Des ombres ont bougé derrière les rideaux et peu de temps après j'ai entendu des pas descendre prestement l'escalier. Le salon s'est éclairé au bout de quelques secondes et la porte s'est ouverte. Il m'a trouvé poings fermés et mâchoires serrées.

— Peter, mon garçon ! Qu'est-ce qui se passe ?

C'était Leo. Il portait une robe de chambre noire par-dessus son pyjama. Il avait la tête de quelqu'un qu'on avait tiré du lit. Voilà tout. Surpris, un peu fâché peut-être, mais sain, tout à fait sain, comme quelqu'un que tu viens de réveiller en pleine nuit.

— Comment ça qu'est-ce qui se passe ? C'est moi qui devrais te poser la question.

Il y a eu un bref silence entre nous. Leo m'a observé de la tête aux pieds. Puis il a porté le regard au-delà, scrutant le jardin.

— Peter, il est… – il a regardé sa montre – 3 heures et des poussières et tu viens de sonner à ma porte. Je crois que c'est à moi de te poser des questions.

Je l'ai dévisagé. Il ne savait pas, c'était évident. Il ne savait pas que Marie était chez moi et j'ai hésité à le lui dire : que son épouse était dans mon vestibule, trempée, grelottant de froid et de peur. Que pour une raison quelconque, elle avait traversé la plage en pleine nuit afin de me demander de l'aide.

J'ai inspiré profondément, soufflé un coup et l'ai saisi par les épaules. Je me préparais à jouer aussi serré que possible vu les circonstances.

— Écoute, Leo, je ne veux pas t'inquiéter mais…

Et alors que je commençais à raconter mon histoire, j'ai aperçu une ombre bouger derrière son dos, sortant de l'obscurité de la maison. "Attention !" l'ai-je alerté en le tirant vers moi. Leo, mi-lourd et star locale de boxe dans sa jeunesse, n'était pas un morceau facile à bouger, et avant d'être parvenu à le protéger du danger qui le menaçait, j'ai reconnu la personne qui avait surgi derrière lui.

À cet instant je me suis senti un peu dingue (complètement dingue).

Vêtue d'un ravissant peignoir en soie, sa flamboyante chevelure rousse relevée en queue de cheval et le visage pur, un peu endormi mais sans la moindre trace d'effroi, Marie a passé la tête à la porte.

— Mais que se passe-t-il, Pete ? a-t-elle demandé, comme si tout ça était une blague, tandis qu'elle s'appuyait sur l'épaule solide de son mari.

— Mon Dieu, ai-je dit, en lâchant un rire qui a paru étrange à mes propres oreilles. Mon Dieu.

7

— Et que s'est-il passé ensuite ?

Judie écoutait l'histoire avec enthousiasme, assise sur le canapé en cuir de la petite pièce qui lui servait de bureau dans la boutique.

— Tu es reparti chez toi ?

C'était le lendemain, à 13 h 30. J'avais débarqué avec mes énormes cernes et un désespéré "il faut que je te raconte quelque chose", et Judie avait fermé le verrou, après avoir expédié, non sans mal, une touriste britannique bien décidée à connaître chaque détail de la construction des phares miniatures (Judie en possédait trois qu'elle n'avait pas réussi à vendre en cinq ans ; elle n'a pas réussi cette fois-là non plus).

Nous nous étions réfugiés dans la petite arrière-boutique, un endroit sombre garni d'armoires surchargées, que Judie avait décoré de petites lampes en papier, de bouddhas et autres babioles orientales jusqu'à lui donner des airs de "temple du bon karma". Il y avait aussi deux canapés en cuir, vieux mais très confortables, et une table basse que Mrs Houllihan avait laissée en legs. Une théière remplie de thé vert fumant était posée au centre, et à côté, sur un cendrier orné du symbole du yin et du yang, brûlait un petit joint – Judie protégeait le nom de son fournisseur d'herbe comme un secret d'État, mais je pensais savoir de qui il s'agissait : un de ces musiciens qui débarquaient ici de temps en temps.

— On est revenus chez moi ensemble, ai-je répondu en buvant mon thé. Au début, ils ont insisté pour que je reste avec eux, mais j'étais persuadé d'avoir laissé la porte ouverte, avec cette femme, qui qu'elle soit, dans le vestibule de ma maison. Leo a refusé que je prenne le volant. Marie et lui se sont habillés à toute vitesse et m'ont accompagné.

— Et ?

Judie m'observait de ses beaux yeux bleus, encore plus immenses que d'habitude.

Moi, je racontais chaque instant de cet épisode quasiment comme si j'y étais encore.

— Rien. La maison était plongée dans le noir et le silence. La porte était fermée et il n'y avait personne dans l'entrée, pas même la moindre trace d'une visite. Et la clôture du jardin, que j'avais vue brisée, étalée par terre, était à sa place, d'un seul tenant. La terre était sèche, pas le moindre signe de cette pluie torrentielle qui m'avait douché en sortant de chez moi.

— Merde, dit Judie.

Elle a pris le joint et a tiré une bouffée. Puff, puff, le dragon volant. Puis elle me l'a passé.

— Ça fait froid dans le dos.

— Tu m'étonnes, ai-je dit en expulsant très lentement la fumée. J'étais tellement persuadé que cette femme était là que je leur ai demandé d'appeler la police avant d'entrer.

Leo a pris le conseil très au sérieux, mais il a dit qu'on ne pouvait pas attendre. Il est sorti de la voiture, a fait le tour de la maison et est revenu après quelques minutes. Il m'a demandé si j'avais les clés et j'ai répondu qu'elles étaient sur le même porte-clés que celles de la voiture. Je lui ai demandé : "Tu as vu quelque chose ?" Il m'a dit que non, mais qu'il voulait s'en assurer. Il allait passer par la porte de derrière et m'a demandé d'essayer la porte principale. Marie resterait dans la voiture pour surveiller le chemin au cas où quelqu'un surgirait.

— Mon Dieu, on dirait un épisode de *Starsky & Hutch*. Remarque, Leo a été flic ou un truc dans le genre, non ?

— Détective, ai-je corrigé. Mais c'était quand même surprenant de le voir, du haut de ses soixante ans, gérer l'affaire avec un tel sang-froid.

— Et après ? Continue…

— Leo et moi nous sommes retrouvés dans le salon. Le vestibule était intact, pas le moindre indice d'une présence. Le canapé, où j'avais dormi, était sens dessus dessous, et sur les partitions du piano il y avait les dernières notes que j'avais griffonnées avant de dormir. Nous avons vérifié les autres pièces. Rien. Personne. Cette femme n'était jamais venue ici.

— En tout cas, pas dans le monde réel.

Une fois dans la maison, ai-je continué, nous avons fait du thé, et Leo et Marie m'ont demandé d'essayer de reconstruire le "cauchemar". Marie a tout écouté avec une mine très contrariée : "Ce n'est pas agréable de se savoir la protagoniste d'un cauchemar haute définition", a-t-elle dit. Mais elle a fini par plaisanter : "Ça n'arrive pas tous les jours d'apprendre que ton voisin rêve de toi en chemise de nuit sous la pluie."

— Et Leo ? a demandé Judie. Qu'a-t-il dit ?

— Eh bien, tu le connais. Il a essayé de prendre ça avec humour. Il m'a raconté l'histoire d'un type qui s'était brisé les jambes en tombant du troisième étage de son hôtel pendant une crise de somnambulisme. Pour lui, l'incident se résume à ça : du somnambulisme.

— C'est possible que tu sois somnambule ? Tu pionces comme une bûche, Peter. Tu ne parles même pas en dormant.

— En dix ans de mariage, Clem ne m'a jamais rien signalé non plus. Et puis, j'ai eu un oncle somnambule, oncle Edwin : certaines nuits il pissait dans le réfrigérateur, d'autres il sortait faire un tour dehors en pyjama, mais il ne se souvenait jamais de rien. Sa femme partait à sa recherche en robe de chambre et le ramenait à la maison. Ça pouvait arriver jusqu'à deux fois dans la même nuit, mais il ne se souvenait jamais de ce qu'il avait fait en se levant, ni de ce qu'il cherchait. Moi, en revanche, je me rappelle chacun de mes gestes, et surtout je me rappelle ce qui les motivait. J'ai conduit la Volvo et ça, c'était RÉEL.

— Je ne crois pas non plus qu'il s'agisse d'un cas de somnambulisme, a répliqué Judie. En tout cas, pas un cas ordinaire. Ce que tu viens de me décrire ressemble plus à un cas de délire onirique, ou à un rêve éveillé.

Elle m'a regardé et je suppose qu'elle a vu un grand point d'interrogation dans mes yeux.

— C'est un truc rare, a-t-elle poursuivi en versant de nouveau du thé dans deux mini-tasses décorées de dragons chinois.

Mais ça arrive. Certaines personnes se réveillent au milieu d'un rêve et "se rendent compte" qu'elles sont en train de rêver. Ça arrive plus souvent durant l'enfance et l'adolescence, mais on a déjà vu des cas chez des adultes, et de fait il y a des gens qui conservent cette capacité toute leur vie, sans interruption. – Puis elle s'est tue un instant. – Qu'est-ce qui t'arrive ? Pourquoi tu me regardes comme ça ?

— Rien, ai-je dit en souriant. Je viens juste de me rappeler que la fille de la boutique d'encens et de yoga est aussi diplômée de psychologie.

— Crétin…

— Tu crois que ça pourrait m'arriver, à moi ? ai-je repris. Un rêve ? Mais si c'était un rêve, à quel moment je me suis réveillé ?

— C'est la partie de ton histoire qui reste inexplicable. Peut-être que tu t'es réveillé quand tu es sorti de chez toi et monté dans ta voiture. Ou plus tard. Tu as mentionné que l'orage avait subitement "disparu". Ça pourrait être le moment-clé. J'ai entendu parler de somnambules pouvant conduire pendant des kilomètres, s'acheter un hamburger et rentrer chez eux, mais dans ton cas, ça semble différent. Il est possible que ce soit une séquelle de l'accident avec la foudre.

J'avais pensé à cette éventualité le matin, au réveil. Le mal de tête était toujours là, alors que j'avais déjà englouti la moitié du blister de pilules. Pendant le petit-déjeuner, j'avais passé un moment à faire des recherches sur Internet et j'avais trouvé des cas similaires au mien. Après un choc électrique, les cauchemars hyperréels, les réveils brutaux et même les crises d'épilepsie partielles semblaient courants. La liste des dysfonctionnements du sommeil que cette foudre pouvait provoquer chez moi aurait rempli plusieurs livres.

Mais pourquoi avais-je eu cette vision et pas une autre ? Pourquoi pas, par exemple, une énorme orgie de phoques sur la plage ? Ou un car entier de *playmates* égarées en pleine nuit ? Ou un monde tout en couleurs et chats parlants comme dans *Alice au pays des merveilles* ?

— Tu crois que je devrais retourner à l'hôpital ? Parler de tout ça avec le médecin ?

— Mieux vaut que tu attendes, a répondu Judie. À l'hôpital, ils vont juste te donner davantage de médicaments, peut-être des anxiolytiques ou un truc plus fort. Du poison pour te ramollir le cerveau. Laisse passer quelques jours. Si ça se trouve, il suffit d'être patient. D'ici là, si ça t'arrive de nouveau… – elle s'est levée, est allée vers son bureau, puis est revenue avec un carnet à spirale, muni d'un petit crayon –, essaie de l'écrire. Il paraît que ça aide.

Le CD des Frames qui tournait dans la vieille chaîne hi-fi s'était tu depuis un bon moment. Judie a posé le joint sur le cendrier, elle allait sortir faire une course et m'a demandé d'attendre son retour. "Cette nuit tu vas rester ici, Pete. Il n'y a personne dans la pension et je ne crois pas que tu aies très envie de te retrouver seul dans cette maison, après ce qui s'est passé."

Je me suis assoupi, et quand je suis sorti de ma torpeur, il était près de 20 heures. Une série de coups de sonnette m'a ramené au monde. J'ai entendu Judie discuter avec quelqu'un à la porte. Puis elle est revenue et m'a trouvé sur le canapé, yeux grands ouverts.

— Je suis désolée, a-t-elle dit en prenant les clés de la pension. J'espérais garder la chambre pour nous cette nuit, mais des clients inattendus viennent de débarquer.

Il s'agissait, m'a-t-elle expliqué, de musiciens de Belfast qui venaient jouer ce week-end au Fagan's et cherchaient un logement. Le groupe (cinq gars, plus leurs copines) occuperait toute la pension. J'ai dit à Judie de ne pas s'inquiéter.

— Ce n'est pas grave. Je vais retourner à Tremore. Pas de problème.

— Certainement pas. Je vais leur dire d'aller à Dungloe et de chercher un hôtel.

J'ai refusé. Elle ne l'avouerait jamais, mais je savais qu'elle avait besoin de cet argent. Même en cumulant les recettes de la boutique, les ateliers de yoga et la pension, elle avait du mal à boucler certains mois. Parfois, tu ouvrais son frigo et tu ne trouvais que du lait, du beurre et une pomme. Mais elle était trop orgueilleuse pour accepter un prêt.

— Il nous reste le canapé-lit, non ?

— Il est très étroit, et tu dis toujours qu'il te ruine le derrière.

— Bon. J'ai une idée. Saoulons-nous, comme ça quand je rentrerai chez moi, je n'aurai pas mal aux fesses.

Nous avons mis son plan à exécution.

Dès que nous avons franchi la porte du Fagan's ce soir-là, Chester m'a serré la main et s'est tortillé comme s'il recevait une décharge électrique. Adrian Cahill, le garçon du magasin de chaussures (où on improvisait parfois un pub de fin de nuit), a essayé de m'enfoncer deux ampoules dans les oreilles pour voir si elles s'allumaient. Il allait falloir des mois avant que les blagues sur Peter *l'étincelle* ne cessent. C'était le prix à payer quand on vivait dans un petit village où il ne se passait jamais rien.

Un peu plus sérieux, Donovan le pêcheur et ses amis observaient les brûlures sur mon bras avec curiosité – elles étaient toujours là, bien que de moins en moins visibles – et m'ont demandé si je sentais quelque chose. Je leur ai parlé du mal de tête qui allait et venait. Leur diagnostic fut quasi immédiat : "Vous avez besoin d'une bonne pinte, monsieur Harper. Comme dit le docteur : une Guinness par jour."

Absolument. Le médecin m'avait dit zéro alcool et c'était la deuxième fois que j'enfreignais la règle, mais j'avais franchement besoin de boire un coup. De sentir la douceur de la bière sur mes lèvres, de fumer une Gauloise à la porte du pub et de discuter avec tous les passants. Les musiciens sont arrivés peu après et se sont installés à la table près du feu. La musique n'a pas tardé à retentir.

Leo et Marie sont apparus vers 22 heures. Le pub était déjà plein à craquer. À Clenhburran, il n'y avait pas d'horaires les vendredis soir ; l'unique règle était de boire jusqu'à ce qu'il n'y ait plus de tourbe dans la cheminée ou que les barriques aient rendu leur dernier litre d'or noir.

Leo a payé sa tournée et l'a apportée à la petite table d'angle autour de laquelle Judie et moi étions serrés. Marie a trinqué à ma santé.

— Mentale, ai-je ajouté, et nous avons tous ri.

Je crois que nous en avions besoin.

Au milieu de cette chaleureuse masse humaine, où les musiciens galvanisés faisaient résonner flûtes et violons, j'ai sombré dans une douce ivresse. J'avais peu dîné et l'alcool m'est rapidement monté à la tête, où l'élancement persistait, très lointain mais régulier comme une montre, faisant retentir son tic-tac au tréfonds de mon univers cérébral. Les gens dansaient en cercle au milieu du pub, et moi j'étais assis avec Leo et d'autres clients, m'efforçant de tenir leur rythme de descente d'alcool. Leo s'était empêtré dans une longue discussion sur l'Union européenne avec Donovan et Kelly, les deux éminents politologues du village, et je m'étais lentement laissé distraire au point de perdre totalement le fil.

Quelqu'un est venu me tirer de ma torpeur. Marie. Elle m'a pris par la main et m'a emmené danser avec les autres.

— Allez, monsieur Harper. Voyons ce que vous savez faire avec ces jambes que Dieu vous a données.

J'ai commis l'erreur de relever le défi. À la seconde même où je me suis levé, le guitariste a plaqué les premiers accords de *Cotton Eyed Joe* et je me suis retrouvé au milieu d'une foule qui criait : *"Circle Mix!"* et se mettait à tourner autour de moi. J'ai survécu tant bien que mal au chaos initial, puis j'ai agrippé les mains charitables de Marie qui, en danseuse experte, m'a fait tourner comme une toupie, mais l'inertie était trop forte, et ma cuite trop importante, si bien qu'à un moment j'ai lâché Marie plutôt que de l'entraîner avec moi et me suis vautré sur une table en renversant une ribambelle de pintes et en éclaboussant de bière trois gars. Puis je me suis retrouvé le cul par terre et un rire unanime a résonné dans tout le pub.

— Je crois que tu es un peu ivre, Harper, a dit Judie, en me tendant une main pour m'aider à me relever.

— Oui, c'est fort probable, ai-je acquiescé, les jambes encore flageolantes.

Quand la soirée a repris son cours, qu'on a eu essuyé le sol et réapprovisionné en bière la table des gars, Teresa Malone, la postière, a surgi à mes côtés au comptoir, un peu ivre elle aussi, et s'est mise à me parler. Elle s'était fait beaucoup de souci, m'a-t-elle dit, quand elle avait entendu l'histoire de mon accident. Comment j'allais maintenant ? Encore mal quelque part ? Y avait-il quelque chose qu'elle pouvait faire pour moi ? Elle accompagnait ses douces paroles de caresses sur mes cheveux et avant même que je m'en rende compte, elle avait plaqué ses deux énormes seins sur mon torse. Judie, à l'autre bout du bar, discutait avec deux femmes de l'organisation du cycle de cinéma et me lançait des regards espiègles tandis que miss Malone me cuisinait à petit feu. Était-elle la seule de tout le village à ne pas avoir remarqué mon *affaire** avec Miss Gallagher ?

Il était 3 ou 4 heures du matin quand Judie et moi sommes sortis du Fagan's en titubant. Elle a passé tout le trajet à se moquer des tentatives de séduction de Teresa Malone.

— J'ai entendu dire qu'elle avait l'habitude de faire de "longues" pauses sur son parcours quotidien… a dit Judie. Tu as déjà… ?

— Oh, allez, Judie ! Je ne reçois presque jamais de courrier.

— Elle trouve sûrement des prospectus à te livrer. Sinon, t'inquiète, ça viendra.

Nous avons fini sur le canapé inhospitalier et, comme prévu, les ressorts nous ont ruiné les fesses. Nous nous sommes embrassés et caressés passionnément, mais j'étais trop fatigué et je me suis endormi avant d'aller plus loin.

Au milieu de la nuit, un mouvement brusque à mes côtés m'a réveillé. C'était Judie. Encore une fois.

"Non, s'il vous plaît, gémissait-elle faiblement. Non… non… non…", et elle agitait ses mains sous les couvertures. Elle essayait de se protéger de quelque chose. De quelqu'un.

J'ai tourné la tête dans l'obscurité, effrayé, avant de me rendre compte que tout était calme autour de nous. C'était Judie et ses cauchemars, rien de plus. Je l'ai prise dans mes bras et j'ai attendu que la crise se dissipe. Parfois, il lui fallait quelques minutes avant de s'apaiser, d'autres – les premiers temps en particulier – je finissais par la réveiller, affolé par la tournure que cela prenait.

"S'il vous plaît, s'il vous plaît, S'IL VOUS PLAÎT."

* En français dans le texte.

La voir ainsi, souffrant d'atroces cauchemars sans que je ne puisse rien faire, m'était difficile, mais elle me l'avait dit elle-même : "Attends que ça passe. Ce sont des crises de panique. D'anxiété. Ça va mieux au bout d'un moment."

J'ai senti son corps menu trembler sous mes mains. Qui tremblait ainsi par anxiété? "Et cette cicatrice sur ton flanc, Judie, c'est aussi de l'anxiété?" Un long sillon qui partait de sa hanche et montait dans son dos presque jusqu'à la colonne. Je l'avais découvert en la caressant lors d'une de nos premières nuits. "Wouh… tu as une sacrée autoroute là-derrière", lui avais-je dit. Elle s'était brusquement retournée dans le lit, se dérobant à ma vue. "C'est un accident de moto, m'avait-elle expliqué très vite. Je n'aime pas en parler." Puis elle s'était levée pour préparer le petit-déjeuner et j'avais appris une chose sur Judie : qu'elle avait un secret, qu'il y avait une partie de sa vie "dont on ne parlait pas".

— Du calme, mon ange. C'est Peter. Je suis là, ai-je dit tout près de son adorable visage effrayé.

— Non, a-t-elle répondu en posant sa main sur ma poitrine, me repoussant un peu, m'éloignant d'elle. Non… s'il… vous… plaaaît.

"C'est qui, Judie? C'est quoi?" ai-je pensé en la regardant.

Je l'avais interrogée une fois sur les hommes de sa vie. Habituellement, je ne me mêlais pas de ces choses-là, mais un soir je m'étais consumé de jalousie quand elle m'avait annoncé qu'elle allait dîner avec un Argentin qui logeait dans sa pension. Je n'avais pas fermé l'œil de la nuit. Bien sûr, je ne lui ai jamais avoué. En fin de compte, nous avions une "liaison" adulte, sans engagements. Mais le lendemain j'ai lancé le sujet, et de nouveau j'ai dû me contenter de phrases télégraphiques – du Judie tout craché. "Il y a eu un homme. Une relation longue. Qui a très mal fini." Fin de l'histoire.

Elle s'est calmée peu à peu, je l'ai caressée et embrassée doucement jusqu'à ce que cessent les tremblements. Ses mains se sont détendues et sont venues se poser à nouveau sur le matelas. Tout son corps s'est relâché. Elle a prononcé une phrase inintelligible, et a sombré enfin dans un profond sommeil.

J'ai mis un peu plus de temps à m'endormir. L'image de Marie, tel un spectre devant ma porte, me hantait. Je me suis souvenu du rêve où Leo m'était apparu couvert de sang. Et de la voix qui m'avait dit "ne sors pas de la maison" le soir de l'orage. Et maintenant Judie, ses horribles cauchemars… Un instant, j'ai imaginé que tout cela était connecté, puis l'idée m'est sortie de la tête.

Le week-end, Leo et moi avons fini de poncer la clôture puis attaqué la peinture. Les journées étaient idéales, pas de pluie et un léger vent, nous nous sommes hâtés de passer la première couche avant que le temps change. Dimanche, en fin de matinée, Marie est apparue avec une quiche préparée la veille, et nous avons déjeuné dans le jardin, en discutant tranquillement. Ils ont dû me trouver bizarre, à poser sans cesse ma main sur ma tête et sur mes yeux, mal en point.

J'ai fini par leur confesser que ce mal de crâne m'inquiétait. Je prenais scrupuleusement mes médicaments, après le petit-déjeuner, le déjeuner et le dîner, mais leurs modestes effets ne duraient que quelques heures. La nuit, je me réveillais avec une sensation de vertige et des douleurs, et je mettais du temps à me rendormir. Le médecin m'avait donné rendez-vous deux semaines plus tard, et Leo et Marie m'ont vivement encouragé à appeler pour avancer la date. J'ai décidé de suivre leur conseil et, le mardi matin, je me présentais au Dungloe Community Hospital.

Anita Ryan m'a reçu avec un splendide sourire, souligné par un rouge à lèvres rouge feu, et m'a invité à m'asseoir.

— Eh bien, monsieur Harper, comment ça va ?

— La douleur est toujours là, ai-je dit, à l'intérieur de ma tête.

Et il semblait que ces drogues ne parvenaient pas à l'atteindre, comme si elles ne trouvaient pas le chemin menant à sa lointaine cachette. Elle allait et venait. Parfois, je passais un jour entier sans y penser et soudain elle réapparaissait. C'étaient comme des crampes intestinales, mais dans la tête. Si tu attendais un peu, la douleur s'en allait, mais tu savais qu'elle récidiverait, jusqu'à ce que tu t'assoies sur le trône et que tu expulses tout ce qui tourmentait tes entrailles.

Le Dr Ryan s'est plongée dans mon dossier pendant que je lui expliquais le problème. Puis, quand j'ai eu fini, elle a croisé ses doigts, exhibant une alliance dorée et des ongles parfaitement vernis.

— Vous avez déjà eu des migraines par le passé, avant l'accident ?

— Non, excepté des maux de tête après une longue séance de travail, mais qui disparaissent toujours le lendemain. J'ai aussi eu des problèmes de cervicales, à cause de mon travail.

— Ah, votre travail, a-t-elle dit en fouillant ses papiers. Je ne vois rien d'écrit ici…

— Musicien. Compositeur.

Ses yeux verts se sont posés sur moi d'une manière différente. C'était une sensation à laquelle j'étais habitué.

— Oh, très intéressant. Quel genre de musique composez-vous ?

— Contemporaines, des bandes-sons, des comédies musicales de temps en temps.

Le Dr Ryan a oublié un moment sa paperasse. Ses yeux se sont dilatés, et ses lèvres ont dessiné un large sourire.

— Quelque chose que je pourrais connaître ? Je suis assez amatrice de musique.

J'ai choisi la réponse standard me permettant d'être reconnu sur-le-champ. Je lui ai demandé si elle avait vu *La Guérison*, avec Helen Beaumont et Mark Hammond. Ç'avait été la série la plus regardée de la BBC deux ans plus tôt, sur le quotidien d'infirmières et de soldats pendant la Première Guerre mondiale. Ils en étaient à la troisième saison.

— Ne me dites pas que la musique est de vous ! J'adore la mélodie du début. Celle qui commence avec le piano. Je ne savais pas que vous viviez ici.

— Je passe juste quelques mois dans la région. Le temps de terminer une œuvre.

— Oh, bien sûr, évidemment. C'est tout à fait typique des artistes, pas vrai ? Enfin. Quelle coïncidence.

Ses paroles ont flotté dans l'air quelques secondes puis elle est revenue à ses papiers.

— Bon, voyons, votre cas est un peu étrange. La céphalée pulsatile que vous décrivez est un signe habituel de la migraine. Et la migraine n'est pas vraiment courante après une lésion par nécrose cérébrale, qui ferait suite, par exemple, à la foudre. Dans votre cas, une douleur continue serait plus normale, qui aurait été grandissante jusqu'à vous empêcher de dormir, ou quelque chose d'approchant. Mais une céphalée qui va et vient, qui disparaît toute une journée… c'est étonnant. Je crois que nous allons devoir jeter un autre coup d'œil là-dedans.

J'ai d'abord subi une nouvelle exploration des yeux à la lumière, accompagnée d'autres questions sur la douleur (et des mêmes réponses que trois semaines plus tôt). Puis, après une courte attente, j'ai retrouvé mon lieu préféré dans l'hôpital : le donut géant. La grande machine du bruit et de la claustrophobie. Cette fois-ci, ils ont effectué une résonance magnétique nucléaire. À ce stade, je m'étais déjà habitué à me sentir comme une pizza qu'on réchauffe au micro-ondes.

Le Dr Ryan m'a dit qu'ils allaient analyser les résultats et qu'elle me téléphonerait d'ici un ou deux jours. En attendant, nous en sommes revenus au merveilleux monde des pilules. Pour prévenir l'apparition des douleurs, mon nouveau compagnon quotidien (trois fois par jour) serait un bêtabloquant. Ainsi qu'un antimigraineux afin de les enrayer.

J'ai profité d'un moment où elle était en train de rédiger son ordonnance pour lui parler des visions et de l'épisode de somnambulisme que j'avais connu quelques jours plus tôt. Je suis resté un peu vague, résumant sommairement l'expérience durant laquelle “j'avais cru” vivre quelque chose que je n'avais pas vécu.

Le visage d'Anita Ryan s'est un peu assombri en écoutant mon récit.

— Les cauchemars et les hallucinations sont des séquelles assez courantes de l'impact de la foudre, bien que je n'aie jamais entendu parler d'un épisode de somnambulisme de ce genre. Mais cela pourrait bien avoir été provoqué par le choc.

— J'ai l'impression que tout ça n'est pas très clair pour vous…, ai-je dit, et il était déjà trop tard quand je me suis rendu compte que cette phrase pouvait paraître légèrement arrogante.

Ryan a encaissé la critique avec un sourire.

— Rien n'est totalement mathématique quand il s'agit du cerveau, monsieur Harper, même si je comprends votre inquiétude. Si vous le souhaitez, vous pouvez consulter un autre spécialiste.

— Je suis désolé, ce n'est pas ce que je voulais dire…

— Je sais, ne vous inquiétez pas. Aucun médecin qui se veut professionnel ne prétendra posséder la science absolue sur un sujet pareil. Attendez une seconde.

Elle s'est levée et s'est dirigée vers une étagère, d'où elle a sorti un petit agenda qu'elle s'est mise à feuilleter.

— Il y a quelqu'un à Belfast, un médecin spécialisé dans les problèmes de sommeil. Il s'appelle Kauffman. Il a beaucoup écrit sur les traitements du somnambulisme et les troubles du sommeil par l'hypnose. C'est vraiment une autorité en la matière, peut-être que cela vous intéresserait de lui rendre visite.

Anita a écrit son nom et son téléphone sur un papier et me l'a remis avec l'ordonnance.

— Même si, pour être sincère, concernant la disparition de vos céphalées, je crois que ce n'est qu'une question de temps.

Je me suis empressé d'avoir l'air d'accord, bien décidé à lui être aussi sympathique que possible après mon faux pas. Puis je l'ai saluée et j'ai quitté la salle de consultation en me rappelant ce que Judie m'avait dit : "Ils vont encore te donner des drogues", quasiment décidé à attendre avant d'avaler un seul de ces cachets. Et aussi avant d'appeler ce médecin du cerveau à Belfast. Peut-être que Ryan avait raison et que ce problème finirait par se résoudre tout seul.

Ce jour-là, je n'avais pas envie de me retrouver seul, mais Judie était occupée à la pension, et quand j'ai atteint le croisement de la Dent de Bill, même si la tentation de descendre rendre visite à Leo et Marie fut grande, en définitive mes mains ont tourné le volant dans l'autre direction.

Quand je suis arrivé à la maison, une houle paisible s'étalait sur la plage et quelques nuages flottaient à l'horizon. J'ai retiré mes chaussures et marché pieds nus sur l'herbe. J'avais tondu le gazon deux jours plus tôt, mais j'allais peut-être y repasser un coup. L'idée de rentrer et de me retrouver face au piano ne m'attirait pas du tout. Je savais que ça n'allait pas fonctionner, tout simplement, et je préférais éviter une montée d'angoisse.

Je me suis arrêté devant la clôture en bois. Avec Leo, nous avions passé la première couche de blanc sur la moitié des piquets, dont la blancheur éclatante contrastait avec l'herbe.

Je me suis agenouillé et j'ai observé la terre autour des piquets : elle était ferme et plane. L'herbe poussait à profusion ici. Pas le moindre signe qu'elle ait été remuée ou creusée. J'ai pris la clôture dans mes mains, j'ai tenté de la secouer, mais elle a manifesté la solidité d'un arbre.

Je l'ai revue telle qu'en cette nuit-là. Par terre, cassée en deux. La terre autour des piquets, retournée. Comme si un gros choc l'avait arrachée du sol. Je me suis assis sur l'herbe et suis resté là un bon moment, à méditer. Qu'est-ce que cet événement pouvait signifier ? Quelque chose en moi me disait qu'il y avait là un symbole, un message.

Au bout d'un moment, une idée m'a traversé l'esprit. Je suis rentré chez moi et j'ai fouillé dans les dossiers et les revues jusqu'à trouver mon répertoire de téléphones.

L'idée était d'appeler mon amie Imogen Fitzgerald, de l'agence immobilière. J'ai eu la chance de la joindre du premier coup. Sa voix était rapide et claire. J'ai imaginé son visage piqué de taches de rousseur et ses beaux yeux irlandais se laissant distraire un instant de l'écran de son iMac.

— Comme ça va, Pete ?

Je voulais l'appeler depuis deux semaines à propos de la plaque de la fosse septique – très bien, ce serait le prétexte idéal. Je lui ai expliqué le problème et elle m'a promis qu'ils m'enverraient quelqu'un pour arranger ça *ipso facto* (ce qui signifiait au bas mot dans un mois). En attendant, elle m'a conseillé de placer une sorte de couvercle ou de grille en métal par-dessus, pour éviter d'endommager à nouveau ma tondeuse. Puis je me suis retrouvé à court de sujets de conversation : "Comme ça se passe là-bas ? Tu t'habitues à ta nouvelle vie ?"

Ne sachant pas comment amener la question, j'ai décidé d'aller droit au but. Je lui ai demandé depuis quand ils louaient cette propriété, et s'il s'était déjà passé quelque chose de "bizarre" ou de notable dont elle se souviendrait.

— Nous avons cette maison dans nos fichiers depuis cinq ans. Elle appartient à une famille américaine, de Chicago. Des descendants d'Irlandais, tu vois. Ils viennent un été, ils tombent amoureux de la légende et s'achètent une maison, mais ne reviennent plus jamais dans le coin. Elle a été louée seulement trois fois depuis. Il y a trois ans, un été, à une famille américaine aussi. Il y a deux ans, du printemps à l'été, à un étudiant allemand qui faisait des recherches sur les oiseaux migrateurs. Il y a aussi une location enregistrée en février 2007 – bizarrement, on n'a pas trop d'informations là-dessus. Un problème, Pete ? Tu as trouvé un cadavre ? Ou peut-être un trésor ?

— C'était une femme, le locataire de la maison en février ? ai-je demandé.

— Ce n'est pas précisé, Pete, désolée. Probablement quelqu'un de la boîte. Ils font ça parfois. Ils paient par virement, en règlement anticipé. Je pourrais vérifier. Mais, attention, seulement si tu me racontes ce qui se passe.

— C'est idiot, Imogen, tu vas rire. L'autre jour, une amie est venue et elle m'a dit sentir… une certaine "présence" dans la maison. On était en train de dîner et on avait un peu bu. Elle m'a dit qu'elle avait toujours eu un sixième sens, et qu'elle sentait la présence d'une femme.

— Un fantôme ? Merde, Pete, ne me…

— Je ne l'ai pas vraiment prise au sérieux, l'ai-je interrompue. Mais j'aimerais savoir s'il peut y avoir une part de vérité là-dedans.

— OK. Je vais jeter un œil. Mais ne va pas raconter cette histoire autour de toi. La maison est déjà assez difficile à louer comme ça.

— Bien sûr, Imogen. Merci.

J'ai raccroché en me sentant un peu bête. J'avais noté une pointe de sarcasme dans sa voix et, en même temps, n'était-ce pas un peu ridicule de poser ce genre de questions ? Pour tenter d'oublier ça, j'ai sorti ma tondeuse de la remise et me suis absorbé dans ma mission. Le bruit du moteur a retenti comme un coup de tonnerre dans le calme de ce paisible après-midi.

DEUXIÈME PARTIE

1

Jip et Beatrice auraient pu atterrir à Belfast, l'aéroport international le plus proche de Donegal, mais j'ai pensé en profiter pour rendre visite au vieil Harper, qui n'avait pas vu ses petits-enfants ("les Hollandais", comme il les appelait) depuis un an environ. J'irais les récupérer en voiture, nous passerions une nuit à Dublin, puis nous reviendrions à Clenhburran pour commencer les vacances.

J'ai parlé avec Clem, mon ex-femme, par Skype une semaine avant la date de voyage prévue, qui était d'accord avec l'idée. Elle m'a dit qu'elle paierait la moitié du prix des billets mais j'ai insisté pour prendre en charge la totalité des frais de leur séjour en Irlande. Un peu d'orgueil mal placé, d'autant que mes finances n'étaient pas aussi saines que je l'aurais voulu, mais je refusais que l'argent du grand Niels – le nouveau compagnon de Clem – ne vienne souiller le moindre centimètre de nos vacances de rêve.

Comme il s'agissait d'un appel vidéo, j'ai pu la voir. Elle portait désormais les cheveux courts, ondulés – cela lui allait bien –, elle avait le teint hâlé. J'ai imaginé qu'ils avaient voyagé récemment, avec Niels, dans l'un de ces endroits exotiques dont ils avaient l'habitude. En somme, elle restait cette même femme attirante et intelligente, sauf qu'à présent nos conversations avaient un ton légèrement différent. J'essayais de ressortir les vieilles blagues, de lui arracher un sourire, voire de la séduire. Mais ces manœuvres venaient se heurter à une froideur nouvelle et douloureuse : celle d'une femme qui n'est plus à toi. Une femme qui ne ressent plus d'amour pour toi.

Elle m'a raconté que Niels devait accomplir un voyage d'affaires en Turquie pendant les vacances des enfants, et qu'elle envisageait de l'accompagner. Un voyage en Cappadoce, à l'intérieur du pays. Je lui ai dit que ça avait l'air impressionnant, mais sur un ton sarcastique, ou de jalousie mal digérée.

— Tu as l'air un peu malade, m'a-t-elle répondu. Comment ça va ?

— Non, ce n'est rien…

“Je me suis pris la foudre en pleine tronche et depuis j'ai des visions macabres, mais à part ça, je pète la forme.”

— J'ai passé la nuit sur mon piano. Tu sais ce que c'est. Ici, il n'y a pas grand-chose d'autre à faire.

J'ai abrégé ce projet de boutade avec un rire aussi faux qu'un billet de Monopoly.

— Génial. Comment ça avance ? Tu es productif en ce moment ?

Je savais que Clem posait la question gentiment, qu'il n'y avait aucune malveillance derrière ses mots, mais dans sa bouche tout sonnait comme une attaque directe. “Qu'est-ce que tu cherches à savoir ? Mais que dis-je ! Bien sûr, tu sais déjà ! Non, je n'ai pas passé la nuit au piano, mais à me retourner dans mon lit, en ressassant l'immense merdier qu'est ma vie. Sur le coup de 4 heures du matin, je suis descendu dans la cuisine me servir un verre de lait chaud avec du whisky. J'ai dormi une heure, avant de me réveiller de nouveau. Ma vie en était toujours au même point.”

— J'avance lentement mais sûrement, ai-je fini par répondre. Je crois que je suis sur le point d'entamer une nouvelle phase, un nouveau…

J'ai entendu une voix venant d'un autre coin de cet immense appartement qui se dessinait derrière elle, situé dans le quartier Oost. C'était Niels. Clem a détourné son attention quelques instants et ma grande phrase sur la nouvelle étape créatrice et spirituelle que j'entamais (je tonds le gazon, je peins ma clôture, je suis Karaté Kid) s'est perdue. Puis elle a de nouveau tourné son regard vers moi avec un sourire désolé. Elle devait partir. Niels l'attendait, probablement pour faire quelque chose de fantastique. Une réception branchée, un déjeuner huppé dans les alentours du Concertgebouw, bref un truc merveilleux totalement hors de ma portée.

— Je vais devoir te laisser, Pete. N'oublie pas de préparer les papiers de l'aéroport pour récupérer les enfants, d'accord ? Je te rappellerai la semaine prochaine.

Jip et Beatrice sont arrivés le 10 juillet par le vol Amsterdam-Dublin de la compagnie Aer Lingus.

Ce matin-là, je me suis réveillé très tôt. J'étais l'un des premiers clients au Andy's. J'ai rempli le coffre de la Volvo, commandé un grand café au lait et deux pains au chocolat, et ajouté deux CD pour la route : *Harvest*, de Neil Young, et une compilation du meilleur de Fleetwood Mac.

J'ai conduit toute la journée, ne m'autorisant qu'une seule halte à Ballygawley pour avaler un *fish and chips* et pisser. En milieu d'après-midi, j'ai atteint le périphérique de Dublin, totalement encombré à cette heure-là. Puis l'aéroport international flambant neuf, dont le nouveau terminal futuriste n'avait pas grand-chose à voir avec l'ancienne boîte à chaussures d'où je m'étais envolé de nombreuses années plus tôt vers une nouvelle vie. Je suis arrivé suffisamment tôt pour régler la paperasse de réception des enfants, prendre un café et me griller une cigarette dans les deux mètres carrés réservés aux fumeurs sur un trottoir, à l'extérieur de l'aéroport.

À 17 h 30, avec seulement vingt minutes de retard malgré les vents violents qu'on sentait souffler au pied de la piste, l'Aer Lingus EI611 a touché terre sans problème. Vingt minutes plus tard, Jip et Beatrice sont apparus au milieu d'une foule de passagers, suivant une hôtesse au sol chargée de les guider de la sortie de l'avion jusqu'à la zone des arrivées. Ils avançaient main dans la main, arborant la mine sérieuse et concentré d'un enfant qui voyage seul pour la première fois. Beatrice, l'aînée, treize ans, tirant une valise à roulettes rose, et Jip, huit ans, son sac à dos-tortue à l'épaule. Après trois mois sans les voir, j'ai eu un coup au cœur. Il m'a semblé qu'ils avaient pris au moins vingt centimètres chacun.

Ils ont eux-mêmes tardé à me reconnaître. Ils attendaient, à côté de l'hôtesse, les sourcils froncés et l'air de se demander "Où est papa ?" Jip a été le premier à me distinguer au milieu de la foule. Il a lâché son sac pour courir vers moi et s'est jeté dans mes bras. Puis Beatrice a volé telle une acrobate sur mon autre flanc et nous avons presque fini par terre. Ils se sont plaints que ma nouvelle barbe piquait, et Beatrice a fait un commentaire moqueur sur mon catogan. Je lui ai répondu que c'était beaucoup mieux que de me trimballer avec mes longs cheveux au vent. Je n'étais pas allé chez le coiffeur depuis au moins deux mois, et je pourrais bien finir au poste.

— Toi, ils ne t'arrêteront pas, papa, a dit Jip, puis il a regardé l'hôtesse au sol, une blonde souriante, aux yeux bleus : Parce qu'il est connu, mon père.

J'ai remis le formulaire de réception de "mineurs non accompagnés" à l'hôtesse et elle y a apposé une signature. Puis elle a appelé par radio le *check-in* afin de vérifier une dernière fois les détails et de clore la responsabilité de l'aéroport sur les enfants.

— Ils ont été super-sages pendant tout le voyage, a-t-elle dit en caressant les magnifiques cheveux dorés de Jip, qui provoquait toujours ce genre d'élan de tendresse chez les adultes. Ce sont deux enfants très courageux.

Nous sommes arrivés dans le centre de Dublin vers 18 h 30. La vieille ville n'avait pas changé. Dame Street et sa file de taxis embouteillés. L'Olympia. Des groupes de touristes jaillissant comme des bulles du grand chaudron de Temple Bar. La musique d'une *trad session* s'élevant dans le ciel, mêlée à la fumée d'une brasserie. La vieille, crade, misérable et amusante Dublin.

Le grand Patrick Harper – une armoire, mâchoire massive, visage rasé de près, cheveux courts, parfumé au Old Spice – nous attendait dans la maison familiale de Liberty Street avec ce qu'un veuf irlandais peut faire de mieux en termes de cuisine maison : bacon bouilli, pommes de terre au four et une grosse tarte surgelée tout droit sortie du Tesco du coin de la rue.

Nous avons dîné en laissant les enfants parler et remplir le silence. Ils étaient excités par leurs vacances, bien sûr, et ne cessaient de poser des questions sur Donegal et la maison au bord de la mer, planifiant déjà toutes les aventures que nous allions vivre ensemble. "On pourra se baigner ? Tu nous achèteras un bateau gonflable ?" "Oui, pas de problème, c'est la mer du Nord, mais les phoques vous feront peut-être une place." "Dans le *Lonely Planet*, ils parlent d'un endroit génial qui s'appelle la Chaussée des Géants, tu nous y emmèneras ?" "Bien sûr, les enfants, on va tout faire. Tout ce que vous voudrez."

— Tu viendras aussi, grand-père ? a demandé Beatrice.

Mon père a esquissé un sourire triste et a fait non de la tête.

— Non, ma petite, plus rien au monde ne me ferait quitter le quartier. Pas même une belle maison sur la plage.

Papa leur a posé des questions sur l'école et ils ont répondu que "tout allait bien" ; comme toujours, ils mentaient plutôt mal. Je savais que Jip avait obtenu de bonnes notes mais ne s'était pas fait beaucoup d'amis – environ zéro. Pour Beatrice, en revanche, c'était de pire en pire à tous les niveaux. Elle disait qu'elle n'en avait "rien à fiche de rien" vu que plus tard elle serait musicienne comme moi, et que moi-même je n'avais pas été une flèche à l'école, "pas vrai, papa ?". J'ai maudit le jour où je m'en étais vanté devant mes enfants.

Aux examens de l'année précédente, Beatrice avait obtenu la qualification pour le Gymnasium. Dans le système éducatif des Pays-Bas, cela équivaut à "esprit brillant qui ira à l'université et aura l'opportunité de devenir un leader de notre société". Ses professeurs du petit collège de quartier d'Oud West étaient d'accord pour la soutenir (l'avis du professeur est l'autre "unique" chose qui pèse sur la décision finale), par conséquent elle pourrait choisir un nouvel établissement et une série d'options, outre les matières obligatoires du Gymnasium comme le grec et le latin.

Clem, avec le soutien de Niels, avait fait pression pour que Beatrice tente l'admission au lycée Arbelaus, un des plus célèbres d'Amsterdam, où Niels avait été "élève d'honneur". Très loin (à mille lieues) de cette idée, Beatrice avait annoncé qu'elle renonçait au Gymnasium pour aller dans un autre lycée, à l'est de la ville, avec ses deux meilleures amies. Elle avait inauguré l'adolescence dans une orgie de douleur : un divorce et un père exilé. J'imagine que, son brillant avenir, elle s'en moquait totalement. Clem m'avait appelé à l'aide, j'étais allé leur rendre visite à Amsterdam et j'avais passé toute une journée à parler avec Beatrice de la vie, des décisions et de la difficulté de faire marche arrière quand on a fait le mauvais choix. "Des amis, on en trouve toujours, où qu'on aille." Bon, je suppose que je suis coupable de l'avoir convaincue à ce moment-là, et Beatrice a fini par entrer à Arbelaus et, évidemment, cette année a démarré en grande pompe, avec une bagarre deux mois après le début des cours. Coup de fil aux familles. Réunion dans le bureau du directeur. Niels, ancien élève, usant de son influence. Clem se défoulant sur moi, et moi sur le point de revenir à Amsterdam pour sauver ma fille de cette monumentale mauvaise blague. Pour les fêtes de Noël, je suis allé à Amsterdam et j'ai passé une semaine entière avec eux. La tempête semblait s'être un peu apaisée (au moins avec Jip) et nous avons décidé de faire durer l'accalmie. L'infaillible Niels lui-même commençait à se demander s'il avait pris la bonne décision. Clem a trouvé une psychologue pour enfants qu'on a payée mille euros pour nous entendre dire ce que nous savions déjà : que le divorce était derrière toute cette instabilité. Nous avons donc décidé que pour les vacances d'été, au moins la première partie, les enfants passeraient trois ou quatre semaines avec moi, loin de tout. Donegal serait notre refuge.

J'ai installé les enfants en bas, dans mon ancienne chambre, où je n'avais pas mis les pieds depuis des années. Le vieux scotch tenait toujours sur mes posters de Thin Lizzy, Led Zeppelin, Queen… et même sur un tract photocopié annonçant le concert d'un de mes premiers groupes, du temps de l'adolescence : "Punzi & The Walking Zombies à la salle Bombom de Parnell Street. 26 mai 1990."

— C'était ta chambre, papa ? Tu dormais ici ?

— Toutes les nuits jusqu'à mes dix-huit ans.

— Et après tu as rencontré maman et tu es parti vivre à Amsterdam ?

— Oui. C'est ça.

Mon Dieu, comme les années filent, ai-je pensé en regardant l'affiche des Punzi. De ces quatre ego insupportables, seul Paul Madden, le batteur, était toujours en activité, jouant *Sweet Caroline* dans des mariages et des baptêmes, plus une soirée fixe au Mother Reilly's de Rathmines, où il faisait des reprises de Thin Lizzy, Led Zeppelin, les Stones et Creedence. Les autres s'étaient mariés, avaient des enfants et un métier, et avaient oublié la musique pour toujours. J'étais le seul à être parvenu à en vivre, et ça n'avait pas été particulièrement facile. Une génération, c'est comme un immense orgasme, et je suppose que j'étais le spermatozoïde chanceux parvenu jusqu'à l'ovule des musiciens qui vivent de leur travail. Hip hip hip hourra pour moi. Mais, en y réfléchissant bien, il allait falloir que je passe à la vitesse supérieure et que je sorte de ce néant, ou je n'aurais bientôt plus qu'à envoyer mon CV à la fanfare spécialisée dans les mariages et les baptêmes de mon ami Paul.

La poussière s'accumulait sur mes diplômes du Royal Conservatory et sur d'insolites trophées sportifs (de mon équipe scolaire de hurling et d'une course du club d'athlétisme, où j'étais toujours passé pour un médiocre). Après avoir mis les enfants au lit (Jip dormirait sur un petit matelas que mon père avait préparé par terre), j'ai jeté un œil à ma vieille étagère remplie de bouquins et je leur ai demandé s'ils voulaient que je leur lise une histoire. Beatrice m'a dit que ce n'était pas la peine, qu'ils allaient regarder un dessin animé sur l'iPad. “C'est ce qu'on fait toujours à la maison.”

— Il y a le wifi chez papi ? a-t-elle demandé ensuite.

— Le wifi ? Non… je ne pense pas.

— OK, pas grave. J'essaierai de piquer la connexion d'un voisin.

Avant que j'aie ouvert la bouche pour exprimer ma désapprobation paternelle, Beatrice avait trouvé un réseau ouvert et s'était connectée pour vérifier ses mails, son WhatsApp et son compte Facebook (où une certaine Anikke avait posté la photo d'une portée de chatons).

Je suis resté avec eux un moment tandis que leur film commençait et me suis demandé si Clem avait oublié notre ancienne coutume de lire des histoires aux enfants, ou si c'était eux que ça n'intéressait plus. Puis, une fois Jip écroulé comme une masse et Beatrice pas loin d'en faire autant, je suis sorti discrètement de la chambre pour retourner à l'étage.

Papa était assis devant la télévision, sur son canapé moelleux, à côté des fenêtres qui donnaient sur Liberty Street. Je me suis imaginé que c'était l'image qui résumait sa vie ces dernières années, seul, dans la pénombre, faisant de son mieux pour survivre. Il n'avait ni grossi ni maigri, mais ses cheveux étaient désormais totalement blancs ; il s'habillait soigneusement, mais avec de vieux vêtements sûrement achetés du vivant de maman. J'ai pleuré à l'intérieur ; à l'extérieur, j'ai tenté de sourire.

Je me suis assis sur une chaise à côté de la table du salon et je lui ai proposé une cigarette, mais il a répondu qu'il avait arrêté de fumer et de boire à la maison. "M'man n'a jamais aimé ça." J'ai respecté sa nouvelle règle et laissé mon tabac dans mon manteau. À la place, je lui ai proposé du thé, qu'il a accepté. Je suis allé à la cuisine, mettre de l'eau à chauffer. J'en ai profité pour jeter un œil au frigo et aux armoires et n'ai rien vu de particulièrement alarmant. Les aliments de base, des boîtes de conserve et quelques fruits. Aucun alcool. Tout semblait propre et rangé. Dieu maintenait la tête de mon père à sa place, et je l'en ai remercié. En tant que fils unique, j'avais lutté contre la culpabilité après la mort de ma mère, pensant que j'aurais peut-être dû habiter plus près de lui, veiller sur lui à chaque instant. Mais quand les choses étaient parties en vrille avec Clem et que j'étais revenu à Dublin, je m'étais rendu compte que vivre dans cette ville, avec papa, finirait par détruire le peu d'estime de moi qui refusait encore de mourir.

Je suis revenu au salon avec la vieille théière rose et deux tasses aux motifs touristiques d'Amsterdam. C'était un *souvenir** que papa et maman avaient dû acheter lors du baptême de Beatrice, l'unique petit-enfant que maman avait connu. Plus tard, quand Jip était né, papa s'était contenté de le voir en photo et de l'écouter dans le combiné du téléphone, jusqu'à ce que nous venions lui rendre visite pour faire les présentations. Pas de doute : rien ne pouvait l'arracher à Dublin – que dis-je, à cette maison – depuis que maman était partie.

Nous avons bu un thé et discuté pendant un moment de choses sans importance. Puis papa m'a posé des questions sur Clem, sur le divorce, comment je m'en sortais. Je lui ai un peu parlé de Clenhburran, des quelques amis que je m'étais faits et de la maison. J'ai évité toute référence à Judie. Je lui ai dit

* En français dans le texte.

que je m'habituais doucement et j'ai commencé à évoquer mes problèmes de création, mais ces questions-là n'avaient jamais beaucoup intéressé papa (ou bien était-ce un sujet réellement ennuyeux pour un ex-employé des chemins de fer irlandais ?). "Et les enfants ? a-t-il demandé ensuite. Ce sont eux les grands perdants de l'histoire, ne l'oublie pas, Peter. Ne les utilisez pas pour vous faire la guerre. Ça, le Christ ne te le pardonnerait pas."

Lors de ma dernière visite, après mon périple à Amsterdam, je lui avais raconté le souci avec le nouveau lycée de Beatrice, cette idée d'en changer justement l'année où elle avait déjà eu sa dose de difficultés (même si les raisons de Clem n'étaient pas si mauvaises : le lycée du quartier s'était transformé en nid à problèmes, genre drogues et bagarres). Cette fois encore, j'ai demandé à papa comment il allait et il m'a demandé s'il était réellement nécessaire qu'il réponde. "Regarde autour de toi, mon petit, ont dit ses yeux, je n'ai même pas changé les photos de place. Tout est tel que ta mère l'a laissé. Moi le premier. Je passe mes journées assis sur ce canapé. De temps en temps je vais au pub, je m'étourdis la tête avec quelques pintes, j'arrive même à rire d'une bonne blague. Puis je reviens chez moi et j'ouvre la porte… parfois je rêve qu'il y a de la lumière à l'intérieur et un instant je pense que m'man est là. Je l'imagine qui m'entend arriver et qui m'appelle de cette voix qui ressemblait à de la musique. Je rêve qu'elle m'embrasse avec un sourire, parce qu'elle était toujours de bonne humeur, et qu'elle chassait les démons de mon esprit. Je l'imagine assise à côté de moi, en silence, tricotant une écharpe tandis que je regarde la télévision, comme lors d'un des mille après-midi d'ennui heureux que nous avons partagés. Tu veux savoir comment je vais ? Si j'en avais le cran, je m'arracherais ce maudit cœur. Je sauterais sur les rails d'un train. Je me mettrais la tête dans le four. Mais je ne peux pas. Elle m'a dit de continuer à vivre, mais je ne peux pas non plus. Alors je reste dans mon trou, en attendant ma date de péremption. Tu y vois un peu plus clair ?"

Il y a eu un court silence avec toujours la télévision en bruit de fond. Une émission de RTE1 sur les Chieftains.

— Il y a deux semaines, j'ai eu un accident, ai-je commencé à lui raconter. Rien de grave, mais je me suis pris la foudre près de la maison, au bord de la plage.

J'ai réussi à détourner une seconde son attention de la télévision.

— Merde alors… Comment tu… ?

— Je vais bien. J'ai juste un peu mal à la tête, mais le médecin dit que c'est normal. J'ai eu de la chance. La foudre a dû entrer et sortir, comme une balle.

— Ça alors Peter, je suis bien content que ce ne soit pas plus grave, a dit mon père en me donnant deux petites tapes sur l'épaule, geste dont je lui fus extrêmement reconnaissant. Tu peux aller t'acheter un billet de loterie.

— Oui, c'est ce qu'on dit, ai-je répondu avec un sourire, en finissant mon thé, mais tu veux que je te dise un truc curieux ? Ce soir-là, juste avant de sortir de chez moi, j'ai eu une espèce de mauvais pressentiment. Une sorte de prémonition. Comme si quelque chose en moi me disait : "Ne sors pas ce soir…", tu vois ?

Mes mots se sont évanouis dans l'air et la flûte de Paddy Moloney, à la télé, s'est chargée de remplir le silence. Mon père continuait de contempler l'écran, stoïque, mais ses yeux fixaient un point au-delà.

— Papa… tu m'as écouté ?

— Oui, a-t-il fini par dire sans détourner les yeux de la télévision. Une prémonition. Tu veux dire comme celles qu'avait ta mère, pas vrai ?

— Eh bien… oui. Je crois que oui. Même si je sais bien sûr que tu n'y croyais pas.

— C'était vrai, m'a-t-il interrompu. Maman en avait bel et bien. J'imagine que toi aussi. Le sixième sens, comme on dit.

J'ai cligné des yeux, incrédule, face à ce que je venais d'entendre. J'ai regardé mon père et aperçu un voile brillant de larmes sur ses yeux. À mon tour, mes joues et ma gorge ont commencé à s'enflammer. C'était le prix à payer pour évoquer maman.

— Je blaguais toujours là-dessus, tu te rappelles ? Quand elle me racontait l'histoire de ton oncle Vincent et du bouton. Je faisais le bourru. Quelqu'un devait jouer le rôle du réaliste dans la famille, de contrepoids à toute cette folie… Et je reconnais qu'au début je ne la croyais pas, mais après l'histoire du vol de Cork, l'accident… tu vois de quoi je parle ?

— Oui.

— C'est arrivé exactement comme maman le racontait. Ce matin-là elle s'est réveillée en pleurant et s'est glissée entre mes bras. Elle m'a raconté ce qu'elle avait vu. Ces funérailles. Et à la mi-journée ils ont annoncé la nouvelle à la radio. J'étais à la gare, en plein boulot, j'ai dû sortir dans la rue prendre l'air. Ça me faisait peur, tu comprends ? Peur que ta mère ait une sorte… de maladie. C'est pour ça que j'évitais le sujet. Mais c'était vrai. Et maintenant que tu me racontes cette histoire, j'imagine que toi aussi, tu l'as. Ce "don". En fin de compte, sa mère l'avait, et elle aussi. C'est quelque chose qui vient de sa famille. Qui se transmet de génération en génération.

Ses mots ont résonné à mes oreilles. J'ai senti un frisson me parcourir le corps. De génération en génération. Et si Jip, ou Beatrice… ?

Papa a continué à regarder la télévision en silence, comme s'il avait voulu clore le chapitre. En réalité, je ne crois pas qu'il accordait beaucoup d'attention à l'émission, mais il n'y avait probablement pas grand-chose de plus à dire. Nous avons écouté les Chieftains, puis une interview soporifique d'un luthier de Galway parlant de ses violons. Une demi-heure plus tard, Pat Harper s'est levé, a éteint la télé et est allé se coucher.

— Je t'ai laissé deux couvertures, a-t-il dit en signalant le grand canapé en face de la cheminée. Si tu as froid, ranime le feu ou viens me demander une autre couverture. Tu sais comme ta mère les adorait. J'en ai encore vingt kilos qui se font manger par les mites dans la chambre.

— Bonne nuit, papa. Repose-toi bien.

Il est passé près de moi et m'a ébouriffé les cheveux.

— Toi aussi, mon petit. Et… engraisse un peu les coiffeurs de temps en temps, hein ?

"Il a fait… une blague ?"

Je me suis couché sur le canapé du salon, bien au chaud sous la couverture, et j'ai fermé les yeux. Après une longue journée sur la route, je pensais tomber de sommeil sur-le-champ, mais mon corps refusait d'abdiquer. Et puis, malgré les nouveaux médicaments que j'avais pris après le dîner, le mal de crâne persistait. C'était un de ces jours frustrants où on se sent sur le point de craquer et de se taper la tête contre les murs. Le Dr Ryan était incapable de me venir en aide. Même le poison le plus fort vendu en pharmacie s'avérait impuissant à me retirer ce clou du cerveau. Quel serait mon prochain recours ? Le nom de ce médecin de Belfast, Kauffman, m'est revenu pour la quatrième ou cinquième fois ces jours-ci. Mais je ne voulais pas gâcher les vacances des enfants avec ça. Mon Dieu. Il faudrait que je tienne le coup.

J'ai sorti le paquet de cigarettes de mon manteau et, la couverture sur les épaules, je suis allé dans notre petit jardin. C'était une belle nuit de pleine lune et j'ai fumé en regardant les vieilles maisons de Dublin, leurs toits et leurs cheminées tordues se découpant sous les étoiles. Puis, de retour au salon, je suis passé devant mon vieux piano droit. Je me suis assis sur le tabouret et j'ai ouvert le couvercle. Un parfum d'ivoire et de bois m'est monté au nez, ressuscitant de vieux souvenirs.

"Musicien ?! Sors-toi ces fadaises de la tête, Peter Harper ! Tu es le fils d'une couturière et d'un cheminot, compris ? On n'est pas dans la famille royale ici. C'est le sang d'un ouvrier qui coule dans tes veines… alors n'essaie pas d'échapper à ton destin ! Apprends un métier et oublie tes chimères. Tout ça c'est de ta faute, m'man, c'est toi qui lui as fichu ces idées folles dans le crâne."

J'ai trouvé un vieux carnet de partitions dans le coffre du tabouret. De vieilles mélodies griffonnées à la va-vite. Idées prises au vol.

"Oui, maman, ai-je répondu en caressant l'une de ces premières compositions et en sentant quelques larmes fugaces me monter aux yeux. C'est de ta faute. Ta très grande faute."

La cigarette, ou peut-être la distraction, avait soulagé la douleur. Je me suis étendu sur le canapé et, après m'être retourné plusieurs fois sur les vieux ressorts, mes yeux se sont enfin fermés.

Quelque chose m'a de nouveau réveillé un moment plus tard. La pleine lune illuminait légèrement le salon, et j'ai senti une forte odeur de tabac flottant dans l'atmosphère. Cette odeur, lourde, me pénétrant les narines, m'a alerté.

J'ai ouvert les yeux et vu un cendrier rempli de mégots et encore fumant sur la table du salon. J'avais éteint ma cigarette dans l'un des pots de fleurs vides du jardin, ça ne pouvait donc qu'être papa. "Mais, papa, tu n'avais pas dit que… ?"

Je me suis accoudé au canapé et j'ai aperçu autre chose près du cendrier. Qui m'a poussé à me lever et à m'avancer. Il y avait une bouteille de whisky et un verre à moitié vide à côté. Et quand je suis arrivé tout près de la table, au centre, j'ai découvert un journal ouvert.

Là, je me suis inquiété pour de bon. Papa s'était levé au milieu de la nuit pour s'en jeter un et ne s'était pas souvenu que je dormais dans le salon ?

Lentement, mes yeux se sont focalisés sur ce journal. C'était l'*Irish Times*, celui qu'achetait papa, et il était à moitié ouvert. Il y avait un gros titre. La douce lumière de la lune m'a permis de lire les gros caractères.

TRAGÉDIE DANS LE DONEGAL
Quatre personnes violemment assassinées
dans le paisible village de Clenhburran.

Dans le cendrier, une cigarette laissait encore s'échapper une fine et sinueuse colonne de fumée dans la pénombre désolée de la pièce. Je me suis rendu compte à cet instant que la bouteille était complètement vide.

"Dites-moi que ce n'est qu'un rêve", ai-je pensé.

La photographie qui occupait deux tiers de la une était très sombre, mais même ainsi j'ai pu distinguer la silhouette d'un policier montant la garde. C'était un coin de la côte. Un coin qui aurait pu être n'importe où, surtout vu dans une telle obscurité. Ce qu'on distinguait clairement en revanche, au pied du *garda*, c'étaient quatre corps recouverts d'un drap blanc, comme quatre gigantesques larves, et au tout premier plan, un de ces rubans en plastique que la police utilise pour entourer les lieux d'un crime.

J'ai approché mon visage le plus possible, mais je n'ai pas réussi à déchiffrer la légende de la photo. Ni le reste de l'article. Les lettres étaient trop petites et trop floues à la lumière ténue du feu agonisant. J'ai de nouveau observé cette photo et un élément m'est apparu incroyablement familier. N'était-ce pas le toit de la maison de Leo ? Je me sentais sur le point de hurler, de lancer un terrible cri qui traverserait murs et fenêtres et réveillerait toute la ville. Je me suis précipité vers la porte à la recherche de l'interrupteur. Je voulais lire cet article. Je savais (je redoutais) ce que j'allais y trouver. Leo, Marie et… Judie peut-être ?

Mais pourquoi papa ne m'en avait-il pas dit un mot ? Ne savait-il donc pas que je vivais là ? Quand cela était-il arrivé ? Aujourd'hui même ?

J'ai appuyé sur l'interrupteur et la lumière a inondé le salon. Pendant un moment je me suis retrouvé aveuglé, et cette piqûre lancinante provenant du Centre Peter Harper des céphalées chroniques a de nouveau harcelé mon crâne. Je suis resté près du mur jusqu'à pouvoir de nouveau ouvrir les yeux.

Dès que j'ai vu la pièce allumée, j'ai noté une différence.

Je suis retourné près de la table, à la recherche du journal. Elle était vide. Il n'y avait ni journal, ni whisky, ni cigarettes. Juste le vieux napperon au crochet et le petit service en porcelaine garni d'une fleur artificielle qui avaient toujours été là.

2

— Dis à Beatrice que j'ai envie de jouer.

— C'est mon iPad.

— Mais maman a dit qu'on le partageait !

— Beatrice, s'il te plaît…

Direction le nord. Dans la Volvo résonnait Fleetwood Mac. Derrière, mes deux trésors se disputaient la possession du nouveau miracle technologique. À l'avant, sans quitter la route des yeux, je conduisais en silence, pensif.

"Tu ne l'as pas vu. Ce foutu journal n'était pas là. C'est à cause de cette putain de foudre, le médecin l'a dit : « Les visions sont normales, elles vont disparaître avec le temps. » Comporte-toi en adulte et fais ce que tu as à faire. Tu ne vas pas gâcher les vacances de Jip et Beatrice pour quelques mauvais rêves ?"

— C'est bon. Laisse-moi finir ma partie et je te le donne. Une minute.

— Mais ça fait presque une demi-heure !

— Allez, sois sympa. Et puis, t'as même pas de montre. Comment tu peux savoir ?

"Mais papa l'a admis. Il a dit que maman pouvait réellement voir des choses. Pressentir. Et moi je me rappelle cette voix me disant de ne pas quitter la maison cette nuit-là. Et peut-être que toutes ces visions sont… sont…"

Quand nous avons enfin laissé derrière nous le comté de Louth, j'avais presque rationalisé l'histoire du journal chez papa. En arrivant à Fermanagh, environ une heure plus tard, dans mon esprit c'était un dossier classé. "Cauchemars hyperréalistes provoqués par des chocs électriques. Je dois commencer ces nouvelles pilules. Peut-être aussi prendre rendez-vous avec ce psychologue dont m'a parlé le médecin : Kauffman. J'appellerai dans quelque temps, dès que les enfants seront repartis. Pour le moment, concentre-toi sur la route, amène tes enfants sur la plage, chez toi, et offre-leur les meilleures vacances possible. Ils les ont bien méritées. Ils viennent de passer une année horrible. Regarde-les. Tu te rappelles leurs visages le jour où vous avez essayé de leur expliquer la situation ? « Parfois deux personnes adultes n'ont plus envie d'être ensemble. » « Mais vous n'êtes pas deux personnes adultes, semblaient nous dire leurs regards. Vous êtes PAPA et MAMAN, la carte de notre monde. Il n'y a rien d'autre après vous, vous comprenez ce que ça signifie ? » Et après, la nouvelle maison, le nouveau lycée. Ils ont bien morflé grâce à leurs chers parents, leurs sentiments adultes et leurs décisions souveraines. Alors laisse tomber les conneries. Balaie ces peurs et fais ce qu'ils attendent de toi. Pas question de merder encore une fois, Peter Harper."

Jip avait mal au ventre. C'était typique chez lui ; il avait une légère tendance à la constipation et les voyages ne l'aidaient vraiment pas. Nous avons fait une pause dans une station d'essence Texaco dès que nous avons quitté Letterkenny, pour acheter de l'eau et du ravitaillement de qualité : des Mr Tayto saveur vinaigre, des barres chocolatées Cadbury et une grande bouteille d'Orangina. Jip est resté cinq minutes dans les toilettes de la station, mais n'est parvenu à évacuer qu'une frustrante petite crotte de lapin. "T'inquiète, attends qu'on soit à la maison. On fera une longue promenade sur la plage et tu verras comme ça viendra facilement."

Nous sommes arrivés vers 18 heures, et à cette heure-là, la mer offrait un paysage spectaculaire. De rares nuages elliptiques étaient posés sur l'océan, colorés par les derniers rayons de soleil, telles de gigantesques soucoupes volantes. La mer embrasée avait des reflets verts, tandis que la surface du sable semblait rose. Et au premier plan de ce décor magnifique, se dressait la maison, en haut de la colline, entourée d'un gazon brillant (et parfaitement coupé).

— Oh, papa, dit Beatrice en l'apercevant. C'est comme un rêve !

— Oui, mon ange, ai-je dit en prenant son visage entre mes mains et en le caressant. C'en est un.

À peine arrivés, les enfants ont voulu aller voir la mer. Il y avait beaucoup de vent mais après toutes ces heures enfermés comme des sardines dans la voiture, il était normal qu'ils veuillent se dégourdir les jambes. Je me suis garé et nous avons descendu les marches en bois qui rejoignaient la plage, qui ce soir semblait recouverte d'un nuage de salpêtre et de brume. Jip s'est mis à sauter contre le vent, en ouvrant son blouson pour le transformer en cerf-volant. Beatrice a commencé à l'imiter. "Regarde, papa ! Je vole !"

Contaminé par cet élan d'imagination enfantine, j'ai voulu moi aussi devenir un cerf-volant. J'ai pris mon élan, sauté le plus haut possible et ouvert mon imperméable. Le vent m'a secoué assez fort pour me déséquilibrer et me faire tomber à la renverse. Une violente douleur dans le dos est venue me punir d'avoir oublié mes quarante-deux ans et mes quatre-vingt-douze kilos. Mais Jip et Beatrice se sont précipités à mon secours, m'ont aidé à me relever en riant, et ensemble nous sommes retournés à la maison.

Marie s'était surpassée pour le dîner. Dès que nous avons franchi la porte du salon, j'ai senti un mélange d'arômes délicieux : pain qu'on sort du four, tarte… Jip et Beatrice, un peu timides, sont entrés derrière moi, en essayant de se faire invisibles. Mais Leo, qui nous avait ouvert la porte, leur a serré la main. "Enchanté de connaître les fameux Jip et Beatrice", a-t-il dit, Beatrice lui a répondu : "Tout le plaisir est pour moi", et Jip l'a imitée. "Quels enfants bien éduqués, très cher !" s'est exclamé Leo en me faisant un clin d'œil.

Marie est apparue une minute plus tard, comme toujours parfaitement habillée pour l'occasion. Elle avait préparé deux sachets de cadeaux de "bienvenue". Chacun contenait un cahier à dessin, un étui de crayons de couleur, une gomme et un paquet de friandises diverses. Jip et Beatrice l'ont remerciée, confus, et après avoir demandé l'autorisation (ce qu'ils ne faisaient que parce qu'ils n'étaient pas chez eux), ils se sont empressés d'ouvrir leurs cadeaux et de dessiner sur la table basse.

— Faites attention, pas de taches, hein ! les ai-je prévenus, tandis que Marie retirait de vieilles photos et des cendriers pour leur faire un peu de place.

Judie est arrivée quelques minutes plus tard. J'ai commencé à me sentir nerveux dès que j'ai reconnu sa vieille Vauxhall. Les enfants avaient entendu parler d'elle, mais de la même manière que de Leo et Marie. Ils pensaient que c'était une autre personne que j'avais rencontrée dans mon nouveau lieu de vie, rien de plus. J'avais prévu de l'évoquer pendant notre voyage en voiture. De leur expliquer subtilement qu'il s'agissait d'une amie de papa "très spéciale", un peu comme une amoureuse, mais je n'avais pas trouvé le bon moment pour me lancer.

Leo a dû sentir la tension de l'instant et a disparu pour "aider Marie" en cuisine.

— Je te laisse t'en occuper ? a-t-il demandé.

"Ne fuis pas, lâche !" ai-je pensé tout en acquiesçant.

Judie était un peu nerveuse elle aussi quand j'ai ouvert la porte. Aucun de nous deux n'a fait mine d'embrasser l'autre et l'absurdité de la situation a failli déclencher un fou rire. "Souhaitez-vous me serrer la main, très chère amie ?" J'ai remarqué qu'elle s'était habillée et maquillée de manière un peu inhabituelle, avec une jupe noire et un haut lilas qui lui donnaient l'air d'une "gentille" maîtresse. Il ne lui manquait plus qu'une petite paire de lunettes.

Elle s'est approchée de la table basse devant la cheminée, où Jip et Beatrice étaient concentrés sur leurs dessins, et elle s'est agenouillée pour se mettre à leur niveau.

— Salut, a-t-elle dit en tendant la main. Je m'appelle Judie.

— Salut Judie, a répondu Jip, en lui faisant spontanément une bise sur la joue (en fin de compte il avait du sang Harper dans les veines et savait apprécier les jolies femmes). Moi, je m'appelle Jip.

— Moi, c'est Beatrice, a ajouté ma fille. J'adore tes tresses, a-t-elle dit en montrant les cheveux de Judie.

On aurait dit deux lianes qui partaient du front pour se rejoindre à l'arrière et composer un petit chignon en forme de fleur.

— Si tu veux, je peux te faire les mêmes. Tu as de très beaux cheveux.

— Toi aussi, a dit Beatrice, flatteuse. Tu vis ici ?

Était-ce une question innocente ? J'ai pensé qu'il était éventuellement possible d'imaginer que Judie était la fille de Leo et Marie. ("Tu serais surpris de voir à quel point l'instinct d'un enfant s'avère subtil.")

— Non, a répondu Judie, mais Leo, Marie et votre père sont mes amis et ils m'ont invitée à dîner. Moi, j'habite dans le village. Vous y êtes passés pour venir, n'est-ce pas ? Je travaille dans une boutique.

— De vêtements ? a répondu Beatrice.

— Eh bien, il y a des vêtements d'occasion, mais en fait on vend de tout. Des livres, des films, des *souvenirs*…

— Moi quand je serai grande je veux dessiner des vêtements, ou être musicienne comme papa.

— Bon choix ma petite ! s'est exclamé Leo, qui revenait tout juste avec une pile d'assiettes.

— Et toi, Jip ? lui a demandé Judie. Tu sais déjà ce que tu veux faire plus tard ?

— Présentateur télé, a répondu Jip avec une conviction qui nous a tous amusés.

Marie nous a appelés à table, et nous avons pris place. Jip et Beatrice se sont collés à moi, et Beatrice a demandé à Judie de s'asseoir à côté d'elle.

"Bon, ai-je pensé, ça ne commence pas si mal." Judie m'a adressé un sourire complice et j'ai remarqué que Leo et Marie aussi se souriaient l'un l'autre.

Le premier plat consistait en calamars frits accompagnés de tomates et mozzarella. Les enfants, dont l'estomac ne contenait qu'un pauvre sandwich de station-service et un paquet de chips, ont dû faire de gros efforts pour ne pas se jeter sur la nourriture.

Marie les a interrogés sur le vol. Quelle aventure de voyager tout seuls pour la première fois, non ?

— Les hôtesses de l'air nous ont offert des jouets, a ajouté Jip, et après y a eu des truculences.

Les "truculences" de Jip ont déclenché une franche rigolade chez tous les convives et une série de blagues sur les "truculences" des voyages en avion.

Judie se rappelait avoir visité Amsterdam plusieurs années auparavant. Elle y avait une bonne copine avec qui elle avait passé plusieurs jours à arpenter la ville et les marchés.

— Vous avez eu votre stand pour la fête de la Reine ?

Lors de la dernière fête de la Reine (fête nationale en Hollande, célébrée le 30 avril), Beatrice avait préparé ses propres falafels sur le petit marché de Vondelpark et avait absolument tout vendu. Peut-être parce qu'elle était la seule à proposer, en plus du falafel, un verre de sangria maison. Jip (il ne l'avait pas raconté lui-même, mais je l'avais su par Clem) était sorti jouer de la guitare, mais au bout de deux heures à répéter la *malagueña* sous un arbre, il n'avait gagné que deux euros et dix-huit centimes. Après cet épisode, il avait laissé tomber son instrument et annoncé qu'il ne voulait plus assister à ces assommants cours de guitare, parce qu'il ne "gagnerait jamais sa vie" avec ça. Ce en quoi son père l'avait soutenu à cent pour cent.

Leo s'était penché sur la chaise de Jip et s'entretenait avec lui, entre potes.

— Tu vas adorer le coin, mon petit gars. Il y a plein d'endroits fantastiques. Ton père t'a déjà parlé du monastère de Monaghan ? C'est de l'autre côté des falaises. Les Vikings, qui l'attaquaient deux ou trois fois par an, n'ont jamais réussi à s'en emparer. Les moines de cette époque étaient des durs à cuire. On raconte qu'ils ont caché un immense trésor dans les parages, au cas où les Vikings atteindraient leur objectif, et qu'il est toujours enterré dans le coin.

— C'est vrai papa ? m'a demandé Jip, en braquant sur moi ses yeux immenses.

Le monastère de Monaghan se résumait à trois murs en ruine, maigres traces de sa splendeur passée.

— Tu sais, fiston… si quelqu'un a enterré un trésor, je doute fort que quiconque puisse le trouver. Ça doit être à mille mètres sous terre.

J'ai laissé Jip et Beatrice bavarder avec, respectivement, Leo et Judie, pour aider Marie à débarrasser la table. Je l'ai rejointe en cuisine avec une pile d'assiettes que Marie m'a demandé de poser à côté du frigo. La cuisine était un espace carré, avec une fenêtre côté dunes et une porte donnant sur le garage (l'extension un peu illégale que Leo avait construite deux ans auparavant). Tous les meubles, sauf un réfrigérateur noir, étaient plaqués de bois clair. Sur la porte du frigo étaient collés une douzaine de magnets *souvenirs* de diverses villes européennes : Vienne, Amsterdam, Londres...

— Laisse ça, on les mettra dans le lave-vaisselle, a-t-elle dit en me voyant attraper une éponge. Et Dublin, c'était comment ? Ton père va bien ?

— Il survit, ai-je répondu froidement. Il continue sa routine de mort vivant, mais je crois qu'il a été ravi de passer un moment avec les enfants. Je l'ai vu rire pour la première fois depuis bien longtemps.

Marie était une femme réservée, qui maintenait en général une certaine distance avec les gens, ce qui explique que j'ai été pris au dépourvu quand elle m'a caressé l'épaule et souri chaleureusement.

— Je suis désolé pour ton père, mais peut-être que la vie lui prépare une bonne surprise... dès qu'il se sera libéré de ce deuil.

— Oui... peut-être...

J'ai laissé les mots mourir sur mes lèvres.

— Merci, Marie.

Elle a rangé toutes les assiettes dans le lave-vaisselle et, après l'avoir habilement fermé d'un coup de reins, elle a claqué dans ses mains en riant : "Efficace, hein ?" Puis elle m'a demandé de lui faire passer les assiettes préparées pour les biftecks.

— Et ce mal de tête ? Tu arrives à dormir ?

— Plus ou moins.

— Du neuf, côté médecin ?

— Elle m'a prescrit d'autres médicaments, mais j'ai décidé de ne pas les prendre. Je crois que c'est du poison, qui me fera plus de mal que de bien. Je survis à coups d'aspirine. Ça n'est pas si mal. Elle m'a aussi donné le numéro de téléphone d'un spécialiste des troubles du sommeil, un type à Belfast qui utilise l'hypnose. Je vais peut-être y aller.

— Tu fais toujours des rêves étranges ?

Elle m'a posé cette question avec un calme feint, mais j'ai noté qu'un silence pesant suivait ses mots.

J'ai repensé au journal sur la table de la salle à manger de papa, au titre sur le massacre de Donegal, aux larves étalées aux pieds d'un policier. Quatre morts. Qui ?

J'ai souri, et me suis contenté de répondre :

— J'ai fait un cauchemar, mais rien d'aussi "grave" que l'autre fois. Rien qui m'ait fait conduire jusqu'ici pour vous réveiller en pleine nuit. Je suis vraiment désolé de vous avoir inquiétés.

Marie a souri en déposant un bifteck dans la poêle.

— Je me réjouis de l'entendre. En réalité, je me suis fait du souci, Pete. Je ne suis pas comme Leo. Je crois à ces choses, aux rêves. Je crois que tout a une origine…

Elle a légèrement soulevé le bifteck de la poêle avec une fourchette.

— Celui-là est prêt. Approche-moi une de ces assiettes.

Six assiettes garnies de salade et de pommes de terre au four étaient prêtes sur la table. J'en ai pris une et l'ai posée à côté de la poêle. Marie a piqué une fourchette dans le bifteck de la poêle pour le déposer délicatement à l'endroit prévu.

— Tu veux dire que ces rêves pourraient avoir une signification ? ai-je demandé.

Un autre bifteck est tombé dans la poêle. Marie le surveillait d'un œil attentif.

— Si c'est un phénomène qui se reproduit, peut-être, oui. Mais bon, si ça n'est arrivé qu'une fois, ce n'est sans doute rien.

J'ai pensé au journal. À ce rêve où Leo apparaissait couvert de sang.

— Oui, je comprends, ai-je répondu, la voix hésitante.

Puis je me suis tu. J'ai pris une autre assiette et l'ai placée à côté de la cuisinière.

— Si ça se reproduisait, il pourrait y avoir un message. Tu vois ce que je veux dire ? Un message que tu devrais déchiffrer.

Je suis resté muet, à regarder Marie, en essayant de lire entre les lignes. Que voulait-elle me dire ?

— Prêt, a-t-elle annoncé en posant le deuxième bifteck sur l'assiette, et en me fixant droit dans les yeux.

Je l'ai fixée en retour. Nos regards sont restés connectés dans le silence pendant une longue seconde.

— Tu peux me parler si tu en as besoin, Pete. Quand tu veux.

— Merci, Marie.

— Et maintenant, va servir ces deux assiettes avant que ça refroidisse. Et dis-leur de ne pas attendre pour commencer.

À table, la conversation se poursuivait, toujours aussi animée. Beatrice racontait des anecdotes sur un voyage qu'ils avaient fait récemment dans le Sud de l'Espagne. Jip avait posé son matériel de dessin sur la nappe et avait demandé à Leo de lui dessiner des dinosaures. Jip était dans sa période dinosaures.

— Non, a-t-il dit en corrigeant le dessin de Leo. Le *Protoceratops* doit avoir une corne dans le cou.

— Ahhhh, bien sûr, bien sûr, répondait Leo.

— Allez, maintenant il faut manger. Après tu pourras demander à Leo de te dessiner toute la collection.

Nous avons fini nos assiettes et sommes tombés d'accord sur le fait que Marie s'était surpassée ce soir. Pendant que nous attendions le dessert, j'ai remarqué que Jip ne parlait plus depuis un bon moment. J'ai rapidement deviné la cause de son silence, et quelques minutes plus tard, mes soupçons se sont vus confirmés quand il s'est levé et s'est approché de moi pour me murmurer à l'oreille, le rouge aux joues :

— Papa… il faut que j'aille aux…

— Aux toilettes, champion ? ai-je chuchoté.

Jip a acquiescé d'un petit signe de tête honteux. C'était très pénible d'avoir des intestins capricieux, et encore plus pénible lorsque ceux-ci décidaient de se libérer chez des inconnus.

Les toilettes étaient à l'étage, au fond du couloir. Je me suis levé et nous ai excusés, en alléguant un "problème urgent" à régler. Heureusement pour la timidité enfantine de Jip, à cet instant Beatrice divertissait le public avec une anecdote sur les péniches d'Amsterdam, et Jip et moi nous sommes faufilés à l'étage sans trop attirer l'attention.

En entrant aux toilettes il m'est arrivé quelque chose de commun, j'imagine, à tous les parents qui ratent plusieurs mois de la vie de leurs enfants. Je me suis agenouillé pour aider mon garçon à retirer sa ceinture et il m'a fait une réponse du genre : "Je peux me débrouiller tout seul, papa" en faisant glisser son pantalon jusqu'aux chevilles et en s'asseyant sur le trône.

— Je t'attends dehors, fiston. Bonne chance.

Je suis sorti et j'ai fermé la porte derrière moi en souriant discrètement.

Le couloir donnait sur trois pièces : la chambre de Leo et Marie – spacieuse, avec un lit double et un vaste dressing –, une chambre d'amis et une autre qu'ils utilisaient comme pièce à tout faire et appelaient "le bureau", où Leo entreposait ses poids et ses appareils de gymnastique et où Marie jouait des heures durant au Solitaire sur son ordinateur. J'ai déambulé silencieusement le long du couloir, les mains dans le dos, en percevant les échos des conversations et des rires qui se succédaient au salon. Je me disais que le premier contact entre Judie et les enfants s'était plutôt bien passé et que Leo et Marie étaient des voisins adorables. Quel repas ! Ils avaient même eu la gentillesse de leur préparer ces sacs remplis de cadeaux ! Et, pour couronner le tout, j'avais passé une journée entière sans penser à mon mal de tête. Non qu'il ait totalement disparu, je pouvais toujours percevoir ce battement au milieu de mon crâne, mais la douleur n'avait pas réellement planté ses crocs. C'était comme si tout mon organisme me disait : "Requinque-toi : Jip et Beatrice sont arrivés."

J'ai marché jusqu'à l'escalier en longeant une bibliothèque qui occupait la moitié du couloir, puis je suis revenu sur mes pas. J'ai donné deux trois légers coups à la porte des toilettes.

— Tout va bien, là-dedans, champion ?

Jip a mis quelques secondes à répondre : "Oui, papa", sur le ton d'un homme qui essaie de se retirer une écharde. Clem souffrait de constipation et le pauvre Jip avait de toute évidence hérité de sa mère. À l'inverse, Bea et moi étions la joie incarnée quand il s'agissait de lâcher la bride à nos intestins.

J'ai refait les cent pas le long du couloir et cette fois-ci j'ai fait une pause en face de la bibliothèque. C'était un meuble étroit qui occupait parfaitement l'espace entre la chambre d'amis et le "bureau", et dont les étagères centrales étaient bourrées de livres, de films et de CD. Il y avait quelques vieilles photos de Leo et Marie collées sur un côté des rayonnages. Des photos d'eux beaucoup plus jeunes. L'une d'elles les montrait enlacés dans un champ de blé, sous un ciel orangé. Sur une autre, au bord d'une plage longée de palmiers, Leo portait Marie dans ses bras pour la jeter à la mer, et elle n'avait pas l'air tout à fait d'accord. Je n'ai pas pu refréner un petit sentiment d'envie. Au fond, j'avais toujours pensé que Clem et moi deviendrions deux sexagénaires heureux comme Leo et Marie, dans une maison remplie de photos, où nos enfants, voire nos petits-enfants viendraient nous rendre visite les week-ends et pour les fêtes de Noël.

J'ignore comment, je me suis retrouvé avec un livre entre les mains. C'était un volume de nouvelles de Mark Twain, dans une édition assez ancienne. Je l'ai pris, je l'ai tourné dans un sens puis dans l'autre, avant de le feuilleter et de m'arrêter sur une page au hasard :

> — Comment pourrais-je penser autrement ? Voyons. Regardez par là. Ce portrait sur le mur, qui est-ce ? N'est-ce pas l'un de vos frères ?
>
> — Ah ! oui, oui, oui ! Vous m'y faites penser maintenant. C'était un mien frère. William, Bill, comme nous l'appelions. Pauvre vieux Bill !
>
> — Quoi ! Il est donc mort ?
>
> — Certainement. Du moins, je le suppose. On n'a jamais pu savoir. Il y a un grand mystère là-dessous.
>
> — C'est triste, bien triste. Il a disparu, n'est-ce pas* ?

J'ai lu encore un peu, et j'ai remis le livre à sa place avec ennui. J'ai jeté un coup d'œil vers la porte des toilettes. Rien n'indiquait que Jip aurait bientôt fini. On n'entendait pas un bruit. J'ai continué à fouiller la collection de bouquins. Sur l'un des rayons de la bibliothèque, soutenant une pile de livres, il y avait un épais recueil de photographies de parcs naturels d'Amérique du Nord. Je l'ai attrapé en veillant à ne pas renverser la parfaite pile, et l'ai ouvert. Je me suis distrait un moment avec les images du Grand Canyon, du Yosemite et du lac Powell, en me rappelant un voyage en camping-car que Clem et moi avions fait juste après notre mariage, de Chicago à Los Angeles, en empruntant des portions de la mythique route 66. Puis je

* "Une interview", in *Contes choisis*, traduit par Gabriel de Lautrec, Le Livre de poche, 1969.

l'ai remis à sa place et mes yeux se sont posés sur un objet calé au fond de l'étagère. C'était une sorte de rouleau de papier, mais l'une de ses extrémités était légèrement aplatie et on devinait une touche de couleur. Je me suis tout de suite douté qu'il devait s'agir d'une toile. Une peinture que Marie n'avait pas encadrée, me suis-je dit.

"Et qu'on a cachée là pour une raison quelconque", ai-je pensé ensuite. Je me suis surpris à avoir envie de la sortir pour y jeter un œil. C'était comme un murmure dans ma tête : "Allez, fais-le Pete !"

"Même pas en rêve. Non mais d'où sort cet élan d'indiscrétion ?"

J'ai tenté de faire une petite place parmi les livres pour remettre l'énorme ouvrage de photographies à sa place. Mais l'équilibre de la pile était si précaire que j'ai fini par provoquer un petit effondrement et tous les bouquins se sont inclinés d'un côté, comme des dominos. Les plus près du bord finissant par terre.

"Bravo, gros lourdaud !"

Les rires et les conversations du rez-de-chaussée montaient jusqu'à moi. Je me suis réjoui que personne n'ait rien entendu. On aurait pu s'imaginer que je fourrais mon nez où je ne devais pas, et ce n'était pas vrai.

Ou bien l'était-ce ?

J'ai ramassé les livres et essayé de stabiliser la pile. Je me suis alors rendu compte qu'elle était parfaitement alignée de manière à ménager, derrière, un espace de quelques centimètres. Un espace utilisé uniquement par cette toile roulée.

"Allez, jette un coup d'œil", insistait cette petite voix dans ma tête.

Non, j'allais oublier tout ça, me retourner et continuer à déambuler dans le couloir, peut-être appeler à la porte pour voir comment Jip s'en sortait et, surtout, ne pas fourrer mon nez là-dedans, car quelque chose me disait que la toile ne se trouvait pas cachée là par hasard. Marie avait exposé ses peintures à travers toute la maison, mais celle-ci, précisément, elle ne l'avait pas accrochée. Il y avait forcément une bonne raison à cela. Et une partie de mon cerveau, impossible à contrôler, insistait pour que j'y jette un œil :

“Allez, qu’est-ce que tu attends ? Tu sais bien que tu as envie de le faire.”

J’ai regardé du côté de l’escalier. Rires et conversations se poursuivaient. Et puis, les marches de cette maison grinçaient comme si elles étaient sur le point de se briser. Si quelqu’un montait, j’aurais largement le temps de me débarrasser de la preuve du délit. Du côté du pauvre Jip, on n’entendait toujours pas s’activer la chasse d’eau, ni aucun autre bruit.

Si un jour, enfant, j’avais préparé un mauvais tour, aucun doute, je devais avoir la même allure qu’à cet instant précis.

Un agréable parfum de peinture m’est monté au nez quand j’ai déroulé cette toile. Elle n’était pas bien grande, environ cinquante centimètres de haut sur quarante de large. C’était le portrait d’un enfant, un bébé de quelques mois. La peinture suggérait qu’il était entouré de coton, mais il pouvait aussi s’agir de nuages. L’enfant avait l’air heureux, paisible. Tout en lui exprimait la sérénité. Son visage était la partie la plus détaillée du dessin, avec des yeux très brillants qui fixaient le spectateur et suivaient son regard. Je suis resté hypnotisé. Je ne pouvais cesser de le contempler, et en même temps je me rendais compte que je venais de franchir une frontière interdite. Je devais remettre cet objet à sa place sur-le-champ.

Tout en bas du dessin, à droite, il y avait une signature. Je m’attendais à trouver le paraphe de M. Kogan, avec le K partant de la barre gauche du M, par laquelle Marie signait toutes ses œuvres (y compris celle que j’avais accrochée au-dessus de ma cheminée). Mais la signature révélait clairement un autre nom : “Jean Blanchard”.

“Jean Blanchard, ai-je répété entre mes dents. Qui ça peut bien être ? Une autre peintre, évidemment. Une femme du village ?” Mais pourquoi Leo et Marie planquaient un portrait de nourrisson signé par une autre personne ?

— Tout va bien là-haut ?

La voix de Leo, au pied de l’escalier, m’a fait sursauter. Je me suis dépêché de rouler la toile, prêt à la lancer derrière une porte. Mais, apparemment, Leo était resté en bas.

— Oui… il y a un petit embouteillage, ai-je dit en remettant la toile à sa place.

Puis je me suis penché dans l'escalier et lui ai fait un signe :

— Mais rien de grave.

— D'accord. Prenez votre temps, a blagué Leo. Dis à Jip que le dessert est prêt.

— Je transmets. Un peu de motivation supplémentaire, ça ne fait jamais de mal.

Je me suis retourné pour me diriger au bout du couloir, frapper à la porte des toilettes et demander à Jip s'il avait réussi à se débarrasser de ce "problème", quand j'ai vu quelque chose par terre, devant la bibliothèque. Une coupure de presse.

Je l'ai ramassée. Elle avait dû tomber d'un des livres que j'avais ouverts, sans que je m'en rende compte. Ou peut-être même de l'intérieur de la toile. C'était une demi-page, soigneusement découpée. D'un côté, on devinait un bout de publicité aux caractères orientaux. De l'autre, de toute évidence celui qu'on avait souhaité découper, on lisait la phrase suivante :

THE STANDARD. Hong Kong, 14 décembre 2004.

VOILIER À LA DÉRIVE SANS ÉQUIPAGE

LOCALISÉ PRÈS DE MAGONG.

L'équipage, un couple d'Américains résidant à Hong Kong, pourrait avoir été victime d'un enlèvement.

Jim Rainsford, Hong Kong.

Une brigade de sauvetage en mer a localisé hier, mardi, vers midi, un voilier à la dérive à environ cinquante milles au nord de Table Island, dans l'archipel de Magong. Il s'agit du *Fury*, dont la disparition avait été signalée aux autorités dimanche dernier. Un membre de l'hélicoptère de sauvetage a confirmé que le voilier était vide, suite à quoi a été menée durant toute la journée la recherche de l'équipage, un couple d'Américains résidant à Hong Kong.

L'embarcation de douze mètres de long a été signalée disparue dimanche après-midi, aux environs de 14 heures, et les autorités du port de plaisance de Kowlon ont confirmé que le voilier était parti la veille "approvisionné pour une journée seulement".

Un chalutier a averti le service de sauvetage en mer de Table Island de la présence d'un voilier apparemment à la dérive à plusieurs milles des îles. Ce même jour, le nom de l'embarcation a été transmis : le *Fury*, ce qui a permis, *via* le registre d'immatriculation, d'identifier son port d'origine.

Bien qu'il soit encore trop tôt pour connaître les circonstances de la disparition de l'équipage, selon des sources policières de Magong, l'hypothèse de l'accident en haute mer a été écartée, au vu de la météo favorable relevée dans la zone ces deux derniers jours et après une analyse rapide du bateau. La théorie d'un acte de piraterie qui aurait mené au kidnapping du couple, sur lequel nous ne disposons d'aucune information, a été évoquée. Néanmoins, "il faut encore analyser le bateau pour mettre au jour plus de détails et, en cas d'acte de piraterie, attendre une éventuelle demande de rançon".

Le bruit de la chasse d'eau m'a tiré de ma lecture. J'ai plié la page et l'ai lancée derrière les livres, dans le trou où était posée la toile, en espérant qu'elle était bien tombée de cet endroit-là. Puis j'ai croisé les mains dans le dos et attendu que Jip apparaisse à la porte des toilettes.

— Ça y est, papa, a-t-il dit en affichant un air triomphant.

Je l'ai félicité plus froidement que d'habitude. Toujours stupéfait par cette découverte qui ne signifiait rien et qui en même temps pouvait signifier beaucoup.

J'ai tenté de dissimuler ma confusion pendant tout le reste de la soirée, même si je doute d'y être parvenu. À un certain moment, Judie m'a pincé la cuisse sous la table et m'a murmuré : "Il y a un problème ?" J'ai souri, en niant de la tête. Puis, au bout d'une heure, nous avons tous les trois commencé à bâiller et avons décidé de mettre un terme au dîner.

De retour à la maison, Jip et Beatrice se sont plaints que les lits étaient froids. C'était vrai. Les couvertures et les draps que j'avais préparés depuis une semaine avaient pris l'humidité, alors je suis descendu leur préparer des bouillottes dans la cuisine. Ils étaient tellement épuisés qu'ils se sont endormis avant mon retour. J'ai posé les bouillottes sur leurs pieds et suis resté un moment assis au bord du lit de Jip, à les couver du regard tous les deux.

J'ai jeté un œil au réveil, il était plus de minuit. En théorie, j'aurais dû me sentir fatigué. J'avais conduit depuis Dublin dans la journée, après une nuit où j'avais plutôt mal dormi, et après un repas délicieux mon corps aurait dû me supplier de le laisser se reposer. Mais, curieusement, je n'avais pas du tout sommeil.

Je suis descendu au salon et j'ai allumé mon MacBook, vautré sur le canapé. J'ai ouvert Google et tapé quelques mots au hasard :

"Blanchard + Kogan + Hong Kong."

Qu'étais-je en train de chercher ? Un lien ? La confirmation d'une étrange théorie ?

"… un couple d'Américains résidant à Hong Kong…"

"Et si tout était plus simple ? Peut-être que ce couple d'Américains était un « autre » couple ; des amis, des connaissances. Es-tu bien certain de te rappeler que Leo ait mentionné Hong Kong dans une de ses anecdotes ?"

J'ai passé près de deux heures à fouiller le Net avec toutes les combinaisons de mots que j'étais capable d'imaginer : "Blanchard + Kogan" ; "Hong Kong + Fury + Kogan" ; "Voilier + Kogan" ; "Voilier disparu + Hong Kong + Leo Kogan + Marie Kogan"… Mais mes recherches ont abouti à des résultats sans intérêt. Des choses qui n'avaient au bout du compte aucun lien. Un certain Richard Kogan à Newport Beach, Californie, entretenait une page web sur la navigation à voile. J'ai aussi trouvé un couple de Blanchard (Céline et Dario) vivant en Martinique. Un type d'environ quarante ans, en surpoids, et une fille plus jeune apparaissaient sur plusieurs photos naviguant sur les eaux caribéennes cristallines à bord de leur voilier. Ils ne ressemblaient ni de près ni de loin à Leo et à Marie. Le navigateur de recherche m'a proposé plusieurs pages sur des personnes nommées Leo Kogan, mais aucune n'était mon voisin. Il y avait un Leo Kogan peintre à Lyon. Un Leo Kogan avocat à New York. J'ai cherché leurs photos de profil sur Facebook et LinkedIn. J'ai exploré le catalogue d'images faisant référence aux Leo Kogan du monde entier. Sur aucune d'elles (en tout cas pas les cent ou deux cents premières parcourues) n'apparaissait quiconque ressemblant plus ou moins à mon voisin. J'ai abouti au même résultat avec Marie. Ce fait, en lui-même, n'avait rien de surprenant. Pas mal de gens réussissent à éviter ce grand trou noir de l'information personnelle nommé Internet.

J'ai clos cette ennuyeuse et inefficace enquête en me "googlisant" (terme que m'avait appris Beatrice) moi-même : "Peter Harper reçoit le Bafta pour la meilleure bande-son"… deux ans plus tôt, "Peter Harper en couverture de *Mojo*"… deux années plus tôt, "Peter Harper dans un documentaire sur les compositeurs contemporains"… deux maudites longues années plus tôt, puis j'ai fini avec Clem qui, à ma grande surprise, avait ouvert un compte Facebook où elle affichait des photos de sa nouvelle vie flamboyante et de ses voyages avec Niels, ce qu'elle n'avait jamais fait avec moi… Je lui faisais honte ou quoi ?

J'ai observé une photo d'eux s'embrassant devant des cocktails décorés de motifs tropicaux, sur une plage paradisiaque. J'ai attendu que ma rancœur, ma haine, ma jalousie et ma vanité blessée aient fini de me labourer l'estomac, puis j'ai éteint l'ordinateur et je suis monté à l'étage. J'ai jeté un œil dans la chambre des enfants. Jip s'était un peu découvert alors que Beatrice n'avait pas bougé d'un pouce, comme d'habitude. Elle dormait comme une bûche. On aurait pu construire un château de cartes sur son joli petit ventre, on l'aurait retrouvé intact le lendemain. Puis je me suis brossé les dents et me suis jeté sur le lit, yeux grands ouverts fixant le plafond. Je me suis dit que j'allais en parler à Leo. De la toile, de l'étrange coupure de presse. Je pourrais toujours prétendre les avoir trouvées par hasard (n'était-ce pas le cas de toute façon ?), mais je me suis aussitôt rendu compte que c'était complètement idiot. Ces objets étaient cachés, comme si on avait posé dessus une pancarte "Ne pas toucher". Et moi, j'y avais fourré mon nez. Le reconnaître, c'était comme reconnaître que j'avais fouillé dans le tiroir à culottes de sa femme. Une manière rapide de briser une belle amitié. J'ai donc décidé de me taire. Peut-être trouverais-je une autre occasion d'évoquer le sujet. Peut-être qu'en réalité il n'y avait rien d'important là-dedans.

Je me suis endormi et, cette nuit-là, j'ai fait un rêve.

Dans mon rêve, la nuit était claire, étoilée, et je jouais du piano dans le salon, baie vitrée ouverte, le bruit de la mer faisant harmonieusement écho à la musique.

C'était une mélodie géniale. J'ignore d'où je l'avais sortie mais c'était ma meilleure idée depuis bien longtemps. Mes mains parcouraient le piano, d'un bout à l'autre du clavier, enfonçant les touches avec assurance, comme si cela faisait des années que je m'exerçais sur cette pièce inconnue. La musique sortait de mon cœur, comme toutes les belles choses que j'avais écrites dans ma vie, et je pensais : "J'ai retrouvé l'inspiration !" Il fallait que je la note quelque part avant de l'oublier… mais j'étais tellement sûr de ce que je jouais, cela résonnait si fort en moi, que je n'avais pas peur de la perdre.

J'allais appeler Pat cette nuit même, quitte à le réveiller ; je m'en fichais, il serait tellement content d'apprendre la nouvelle. Je lui dirais que j'avais enfin trouvé. Que Peter Harper était de retour. Mes mains et ma tête, redevenues amies. Ma fabrique à succès fonctionnait de nouveau. J'avais l'impression que je ne connaîtrais plus jamais une de ces journées déprimantes à associer en vain des accords. J'avais l'impression que j'allais être à nouveau une fontaine à idées.

Mais, alors que j'avançais dans la mélodie, une des touches a cessé de répondre. Elle a émis un bruit sourd, comme un marteau frappant un doigt. Le *fa* dièse de la quatrième octave.

Puis ce fut le *do* de la sixième. Et le *mi* une octave plus haut.

TOMTOMTOM.

J'ai baissé les yeux sur le clavier et découvert avec horreur qu'il était couvert de sang.

Les touches étaient maculées, il y avait des traces de mes doigts partout. Des traces ensanglantées. J'ai retourné mes mains, mes paumes étaient rouge sang. Mais sans aucune blessure visible. D'où cela provenait-il ? J'ai appuyé sur une des touches et observé une petite bulle rouge. Le liquide a fini par se répandre sur la blancheur de l'ivoire avant de tomber par terre, telle une épaisse goutte de sang.

Je me suis écarté de là, effrayé. Le tabouret est tombé, cognant le sol comme un énorme marteau.

Le couvercle de la table de jeu du piano était fermé. Je ne le fermais jamais, mais ce soir-là il l'était. Je me suis approché, je l'ai saisi à deux mains et l'ai levé délicatement, comme un mécanicien ouvre un capot de voiture. J'ai tout de suite compris que quelque chose clochait. Où était le corps doré du châssis ? On ne voyait qu'un gouffre obscur. J'ai lâché le couvercle d'une main, que j'ai plongée dans ce trou sombre à la recherche des cordes, mais elle s'est enfoncée dans un liquide chaud. La caisse du piano était pleine de…

— Mon Dieu…

Sang.

J'ai levé un peu plus le couvercle. Et découvert une mare rouge, et au milieu un corps dénudé qui en émergeait.

Judie. Pieds et mains liés.

— Aide-moi Pete, a-t-elle gémi. Il est sur le point de revenir. Aujourd'hui, il va me tuer. Ou peut-être demain. Aide-moi.

Je tremblais de tout mon corps. "Je vais te sortir de là, Judie. Je vais te sortir de là." Je ne pouvais lâcher le couvercle, mais impossible de mettre la main sur la barre censée le tenir…

— S'il te plaît, s'il te plaaaît, c'est un monstre. Il va encore se servir de moi et après il me tuera, Peter. Il me découpera en morceaux.

J'ai senti alors une présence derrière moi, dans le salon. J'ai fermé le piano. J'ai étouffé la voix de Judie, qui continuait à dire ces choses terribles et insensées. Je me suis retourné. Plantée au milieu du vestibule, se tenait une ombre.

— Il est trop tard, Peter.

Chauve. Avec ces terribles taches noires sur la peau qui lui donnaient un aspect effrayant. Maigre comme un squelette. Comme pendant ces derniers jours de maladie, quand la chimiothérapie l'avait totalement consumée de l'intérieur.

— Maman !

Vêtue de sa robe de chambre verte, celle qu'elle portait toujours à la maison. Malgré sa terrible apparence, ses yeux exprimaient une compassion et une douceur qui transformèrent ce cauchemar en un rêve agréable. Puis, avant que je puisse m'approcher d'elle, avant qu'elle s'évanouisse dans l'air, elle a ouvert la bouche et a dit :

— Va-t'en de cette maison, Peter.

3

Avec l'arrivée de l'été, le village commençait à se remplir de touristes. Le stop de la route de Clenhburran cessait d'être un panneau symbolique devant lequel on avait pris l'habitude de ne pas s'arrêter. Désormais la route était animée, un flux continue de caravanes, de voitures et des hordes de motards allaient et venaient d'un coin à l'autre du littoral. Le petit supermarché station-service Andy's avait augmenté son stock d'alimentation et installé une zone spéciale barbecue qui proposait tout le matériel nécessaire à l'organisation d'une journée heureuse en famille. Et à toute heure, il y avait une petite queue de trois ou quatre personnes faisant leurs courses. Dans le village, on voyait apparaître de nouveaux visages et on entendait de nouveaux accents. Britannique, écossais, américain, mais aussi l'accent de Cork si caractéristique, ou de quelques Dublinois du Nord. Le Fagan's, qui durant l'hiver avait été un refuge plus ou moins solitaire, était bondé tous les soirs de la semaine. Keith Douglas avait inauguré le Beer Garden à l'arrière, où on pouvait sortir avec sa pinte fumer une cigarette et profiter de chaises confortables, au milieu des barriques et autres vieilleries.

Nos premiers jours tous les trois à la maison se déroulaient dans la joie et la tranquillité. Tous les matins je me levais avant les enfants et leur préparais un déjeuner à base de toasts, œufs frits et bacon. Nous mangions dans le jardin, face à la vue idyllique sur l'océan, puis nous descendions à la plage. Certains jours, si le vent soufflait, nous nous contentions d'une longue promenade en bord de mer. Jip avait trouvé un filet de pêche et s'amusait à ramasser coquillages, pierres étranges et cadavres de crabes entre les rochers. Comme je l'avais imaginé quelques semaines plus tôt, il adorait explorer l'intérieur de la petite grotte et rêvait d'un trésor caché tout au fond. ("Leo a bien dit qu'il y avait des trésors vikings, non ?")

D'autres fois, quand la température était propice, nous nous baignions. Jip était follement attiré par l'eau et terminait toujours par y entrer jusqu'au cou avant d'en sortir à toute allure, avec la chair de poule. Au bout de trois jours, je suis allé à Dungloe acheter des tenues en néoprène. Pour rien au monde je n'aurais pris le risque qu'il attrape froid en plein été, et l'eau, malgré le beau temps, se maintenait à seize degrés. Beatrice, elle, préférait passer son temps à lire sur sa serviette. Lors de notre première visite officielle à la boutique de Judie, celle-ci lui avait offert le premier tome de la saga *Twilight*, dont elle était devenue totalement accro. Elle avait dévoré la première partie en deux ou trois longues nuits, où je devais l'obliger à éteindre la lumière avant l'aube. De mon côté, j'étrennais une planche de surf découverte dans la remise du jardin. Incapable, certes, de me redresser, j'étais au moins parvenu à me tenir à genoux sur une vague et à faire signe à mes enfants avant d'échouer dans un bouillon d'écume.

Judie passait à la maison en fin de journée et nous allions faire une promenade tous ensemble. Les longues dunes, aux nombreux sentiers zigzaguant entre l'herbe et le sable, étaient l'endroit idéal pour musarder lors de ces douces soirées d'été. Judie et Beatrice nous devançaient de quelques mètres, Jip et moi, et passaient leur temps à partager de petits secrets, à rigoler, à plaisanter… elles semblaient s'entendre à merveille. Avec Jip, nous allions à notre rythme, le temps de débusquer des bestioles, de trouver des bouts de bois ou des pierres aux formes et aux tailles singulières. Et de ranger tout ça dans un sac, bien sûr. Depuis que Leo lui avait raconté l'histoire des Vikings et de Monaghan, Jip était sûr que nous finirions par dénicher un trésor, et se jetait sur n'importe quel objet brillant qui dépassait du sable (deux ou trois fois il était tombé sur des bris de verre et j'avais dû me précipiter pour les lui retirer des mains).

La boutique de Mrs Houllihan rivalisait avec Andy's dans la vente d'articles de plage, et Judie avait pas mal de travail cette semaine. Le mardi, elle m'a demandé la Volvo pour aller récupérer une grosse commande de matériel à Dungloe. Pelles, seaux, râteaux en plastique ; hamacs et parasols, maillots de bain, lunettes de plongée, robes d'été…

— Tu vas vraiment vendre tout ça ? lui ai-je demandé.

— Les gens deviennent fous l'été, a-t-elle répondu. D'autant que celui-ci s'annonce splendide.

C'était vrai, les bulletins météorologiques promettaient depuis des semaines un très beau temps pour tout le mois de juillet et la première moitié d'août. Avec peut-être un risque d'orage de temps à autre, mais très beau en général.

"Un risque d'orage (avec des nuages en forme de pâtisserie meringuée, une horde d'éclairs, de coups de tonnerre, voire une visite en plein milieu de la nuit), mais très beau en général."

Après sa journée de chargement et déchargement, Judie a ramené la Volvo dans l'après-midi et je l'ai invitée à rester dîner.

Tandis que les enfants jouaient au frisbee dans le jardin, sous un coucher de soleil violacé et les premiers scintillements d'étoiles haut dans le ciel, Judie et moi cuisinions en discutant de tout et de rien. C'était un moment très doux, avec elle et mes enfants à mes côtés, dans cette maison face à la mer, tout en préparant un plat délicieux pour le dîner, qui serait suivi d'un bon film, et j'étais conscient que mon cerveau remplaçait Judie par Clem dans ce scénario, que mon psychisme posait un pansement sur cette image brisée de la famille que je regrettais tant. Mais, piège ou pas piège, mensonge ou vérité, au bout du compte je me sentais bien, et même mieux que bien : heureux. Et c'était une sensation plutôt inédite.

D'un autre côté, depuis que les enfants étaient à la maison, nous n'avions plus d'intimité, sans même parler de passer la nuit ensemble.

— Hé, un câlin en douce ? a-t-elle dit, surprise, quand je l'ai saisie par-derrière alors que les voix de Jip et Beatrice semblaient loin. Fais attention, ils risquent de nous voir.

— Je ne me maîtrise plus. Chaud comme la braise, comme on dit. Pourquoi tu ne resterais pas cette nuit ?

Elle a refusé d'un signe de tête.

— On en a déjà parlé, Pete.

Oui, nous en avions déjà parlé. Cela avait semblé très raisonnable sur le moment : elle ne se sentirait pas à l'aise avec les enfants à la maison. Pour moi non plus ce n'était pas une étape facile, mais peut-être y étais-je mieux préparé. En fin de compte, Clem vivait avec Niels. Mes enfants devaient le croiser en pyjama tous les matins, le voir se laver les dents, les cheveux en bataille et les joues mal rasées. Judie offrait une image beaucoup plus agréable.

— Mais à un moment il faudra bien qu'on…, ai-je dit, en lui mordillant le cou.

— Ils t'ont posé des questions ?

— Non. Pas encore. Mais ils vont le faire. Je les connais. Elles mijotent dans leurs petites têtes malveillantes.

— Et que leur diras-tu ?

— Qu'est-ce que j'en sais, moi. Que nous sommes un peu plus que des copains… Quoi d'autre ? Que sommes-nous exactement, Judie ? Fiancés ?

Elle a baissé la tête et a continué à couper la tomate en rondelles.

— Bon, ai-je repris, c'est peut-être un mot un peu "fort"…

— Non, c'est bien. Tu peux leur dire que je suis ta fiancée.

Un fourmillement d'adolescent m'a parcouru en entendant cela.

— … à moins que cela ne te pose problème, à toi.

— Non, me suis-je empressé de répondre. Certainement pas. Bon, dans le dictionnaire du XXIe siècle, "fiancé" ne signifie pas non plus qu'on va se marier.

— Dans le dictionnaire du XXIe siècle, tu me plais, je te plais, on est bien ensemble et on ne couche avec personne d'autre. On ne va pas signer de papier ni se passer la bague au doigt, et on va tenter d'être sincères l'un envers l'autre. Appelle ça comme tu voudras.

— Judie, c'est la chose la plus romantique qu'on m'ait dite ces deux dernières années.

Elle s'est retournée, a posé ses mains sur mes épaules et m'a embrassé doucement sur la bouche.

— Et encore, je n'ai pas essayé d'être romantique, là. Attends un peu et tu verras.

Puis nous avons entendu la voix de Jip, qui pleurait dehors. Beatrice est arrivée en courant, le frisbee à la main.

— Jip est tombé, papa.

Nous l'avons rejoint dans le jardin. Jip était assis sur le gazon, à côté de la fosse septique, se plaignant du genou, et j'ai tout de suite compris ce qui s'était passé. Encore cette maudite fosse, qui avait déjà cassé deux fois la lame de la tondeuse.

— Ça fait des mois que je veux acheter une grille métallique pour la recouvrir, ai-je expliqué à Judie tandis que nous approchions du lieu de l'incident, mais va savoir pourquoi, ça me sort systématiquement de la tête. On ne la voit pas assez dans l'herbe, c'est facile de s'y prendre les pieds.

J'ai soulevé Jip et l'ai porté jusqu'au salon. J'ai indiqué l'armoire fourre-tout à Judie qui me demandait où elle pourrait trouver une trousse à pharmacie. Elle est revenue avec une grosse caisse en métal contenant du coton, des pansements, de la teinture d'iode, encore dans leurs emballages (j'avais fait cette acquisition à la pharmacie de Dungloe à peine installé dans la maison, mais curieusement, je n'avais jamais eu besoin de rien), plus les médicaments pour le mal de tête que le Dr Ryan m'avait prescrits et que j'avais achetés, avant de décider de ne pas y avoir recours.

J'ai versé de la teinture d'iode sur un coton pour désinfecter la blessure de Jip. Il avait suivi le frisbee dans les airs, posé le pied sur le trou de la fosse, et était tombé en plein sur le genou. Une belle blessure de guerre, pas trop profonde, grâce à Dieu.

— Tu crois qu'il a besoin du vaccin contre le tétanos ?

Judie a dit que ce n'était pas nécessaire, vu qu'il s'était éraflé sur le rocher.

— Un peu d'iode suffira.

Tandis que je nettoyais la plaie, Judie fouinait dans les bêtabloquants et autres pilules qui traînaient là.

— C'est ce qu'on t'a prescrit à l'hôpital ? a-t-elle demandé.

J'ai répondu oui.

— Mon Dieu, je suis bien contente que tu aies décidé de ne pas les prendre.

Beatrice s'est assise à côté de nous et s'est chargée de caresser les cheveux de son frère et de le consoler, pendant que je versais un filet d'eau oxygénée et finissais de le soigner.

Judie restait debout, mais j'avais remarqué qu'elle n'avait plus dit un mot depuis qu'elle avait posé les yeux sur un papier trouvé dans la trousse à pharmacie. Son visage exprimait une certaine surprise.

— D'où tu sors ça ?

Elle l'a tendu pour le placer sous mon nez.

— Ah oui, Kauffman, ai-je dit en le lisant.

C'était le bout de papier sur lequel le Dr Ryan avait écrit le nom et le numéro de téléphone de ce psychologue de Belfast. J'avais dû le lancer là, avec le reste des médicaments, le jour où j'étais revenu de la dernière visite, et je l'avais presque oublié.

— Le Dr Ryan me l'a recommandé, ai-je ajouté. Ça doit être un spécialiste des troubles du sommeil… tu le connais ?

— C'était… mon professeur à l'université, mais je suis surprise que Ryan te le recommande.

L'expression de Judie m'intriguait. Il y avait une sorte de frayeur dans ses yeux.

— Je lui ai parlé de… – j'ai regardé Beatrice et Jip en pensant que je ne devrais peut-être pas aborder ce sujet – des rêves que j'ai eus depuis l'accident. Elle m'a dit que ce serait éventuellement une bonne idée de prendre rendez-vous avec lui. Tu crois que ça vaudrait le coup ?

— Peut-être, même si c'est un peu tôt pour en arriver là. Et puis, presque deux semaines sont passées sans que tu fasses de nouveaux cauch… – un coup d'œil à Jip et Beatrice – rêves agités, pas vrai ?

Je me suis rappelé le plus récent, dont je ne lui avais pas parlé, où je l'avais vue ligotée, attachée au châssis du piano dans une mare de sang, tenant des propos horribles à propos d'un homme qui venait pour elle et…

— Aïe ! s'est plaint Jip quand j'ai pressé un peu trop énergiquement un coton imbibé d'iode sur sa blessure.

— Désolé, champion, ai-je dit en allégeant la pression. Bon, je continue à faire des rêves bizarres. Mais rien de grave.

— C'est à cause de la foudre, papa ? a demandé Beatrice, qui saisissait tout, comme toujours.

Deux jours plus tôt, alors que nous revenions d'une promenade sur les falaises, je leur avais raconté l'histoire dans les grandes lignes, avant tout parce que j'étais certain qu'elle leur reviendrait aux oreilles un jour ou l'autre. Ma version était plutôt synthétique, débarrassée des parties les plus morbides (par exemple, que j'étais resté inconscient plus de quinze minutes, étendu de tout mon long sur le bord de la route). Face aux enfants, l'aventure se résumait au fait que papa avait voulu virer une branche de la route et que la foudre était tombée "tout près" et l'avait "brûlé", de la même manière qu'on se brûle quand on approche trop les doigts de la flamme d'une bougie.

— Oui, ma puce, c'est à cause de la foudre, ai-je répondu, mais je vais beaucoup mieux maintenant.

— Tu as vu les brûlures en forme d'arbre, Judie ? Elles sont hallucinantes.

— Oui, c'est vraiment impressionnant. Mais on ne les voit quasiment plus, pas vrai, Pete ?

En effet, elles s'étaient déjà presque totalement estompées.

— Je suppose que le mal de tête finira par passer aussi. Mais tu peux quand même appeler Kauffman, si tu veux, et lui demander une consultation informelle.

— Non, oublie ça, ai-je dit. Laissons passer un peu de temps.

J'ai pris le pansement que Judie avait préparé et l'ai collé sur la blessure de Jip. Puis Beatrice et lui sont retournés dehors jouer au frisbee et je leur ai recommandé de s'éloigner du fond du jardin, où se trouvait la plaque d'égout, afin d'éviter d'autres accidents. Et je me suis gravé une note mentale : "Recouvrir la plaque", que j'aurais oubliée le lendemain.

Nous avons fini de cuisiner et il faisait si beau que nous avons dressé la table sur la terrasse et dîné à la lumière du coucher de soleil. Judie en a profité pour me tenir au courant de l'avancée de la Nuit du cinéma en plein air, qui aurait lieu dans dix jours à peine.

— Tout le monde est très excité à l'idée que tu joues quelque chose. Qu'en penses-tu ?

Ayant un peu réfléchi au sujet, je m'étais dit que je pourrais interpréter le thème principal de *Cinéma Paradiso* d'Ennio Morricone. C'était une pièce courte qui me demanderait peu de préparation, vu que je l'avais déjà jouée des centaines de fois. L'idée plut à Judie. Ils avaient déjà trouvé un clavier de huit octaves pour l'événement. La femme de Keith Douglas, du Fagan's, avait assisté à des cours de piano pour adultes à l'académie de Letterkenny quelques années auparavant et depuis, un piano électrique prenait la poussière dans son salon.

— Je suppose que ça conviendra, ai-je commenté.

— Prépare aussi quelques mots à dire dans le micro.

— Un discours ?

— Non, juste deux trois mots. Bonjour, chers voisins, c'est un grand honneur d'être ici ce soir… blablabla. Tu es l'unique personne parmi ces deux cents âmes à être entrée un jour dans un studio de cinéma, ou à avoir parlé avec un réalisateur, ils sont tous impatients que tu leur racontes une petite anecdote. Mais sans t'étendre non plus.

Après le dîner, nous avons regardé un film tous ensemble, puis Judie est partie aux alentours de minuit. J'ai suivi les phares arrière rouges de sa Vauxhall Corsa jusqu'à ce qu'ils disparaissent en haut de la Dent de Bill, en pensant à son étrange réaction lorsqu'elle avait lu le nom de Kauffman sur le papier oublié dans la trousse à pharmacie.

"C'était mon professeur à l'université."

Un spécialiste des troubles du sommeil. Une fille qui souffre de cauchemars dont elle ne veut pas parler.

Bon, certes, elle n'était pas la seule…

Ce qui s'est produit le matin suivant aurait dû me mettre en garde, m'ouvrir les yeux.

Nous étions partis faire une longue balade pieds nus sur le rivage, Jip ramassant ses trésors, Beatrice me racontant je ne sais plus quoi. Quand nous sommes arrivés au bout de la plage, là où se formaient ces petites grottes dans la roche noire, on n'aurait pas pu faire tenir un trésor de plus dans le filet de Jip, qui s'est donc mis à me remplir les poches de coquillages et de pierres. Beatrice avait écrit son nom sur le sable : B-E-A-T-R-C-E.

— Il manque le *i* ! a crié Jip.

— C'est bon, Jip, écris le tien si t'es si malin.

Jip a enfoncé son petit pied dans le sable et a dessiné un immense J, que les vagues se sont chargées d'effacer à moitié avant même qu'il l'ait orné de sa barre horizontale. Jip s'est fâché contre les éléments et s'est rué sur la vague suivante pour lui filer un bon coup de pied, ce qui lui a valu de se retrouver le pantalon trempé et a provoqué un fou rire de sa sœur, juste à côté de lui. Mais Jip avait fait des progrès dans le registre des comportements mafieux. Il est d'abord venu se plaindre auprès de moi, puis a vite décidé que cet affront méritait une vendetta. Il a couru vers sa sœur, au moment où elle avait le dos tourné, et l'a copieusement arrosée. La réponse de Beatrice fut immédiate et Jip a été trempé des pieds à la tête. Il a trouvé refuge dans les bras (secs) de son papa, mais à ce stade Beatrice avait entrepris une attaque à grande échelle qui a fini par m'arroser aussi. Dès lors, ce fut la guerre totale.

Beatrice s'est lancée à l'assaut de Jip, qui a filé en direction des rochers. J'étais encore plié de rire lorsque j'ai vu que les jambes de Jip mettaient un coup d'accélérateur, comme s'il réalisait soudain qu'il avait un danger réel à ses trousses, puis je l'ai vu carrément se faufiler dans une des grottes creusées dans la roche.

— Jip, me suis-je exclamé. Hé, Jip !

Mais il était déjà loin, et le vent soufflait dans nos oreilles. Il s'était tellement précipité qu'il avait pris deux mètres d'avance sur sa sœur. Il s'est jeté à quatre pattes sur le sable et a rampé à toute vitesse à l'intérieur de la petite cavité, la plus petite de toutes, juste assez petite pour que Beatrice ne puisse le poursuivre. Elle s'est contentée de donner quelques coups de pied dans le sable et d'en lancer des poignées dans le dos de son frère, qui avait déjà disparu au fond du trou.

L'ouverture de la grotte ne mesurait pas plus d'un demi-mètre de hauteur et la houle venait frapper à quelques pas. Soudain, j'ai réalisé que je n'aimais pas du tout que Jip ait disparu dans ces ténèbres. J'ai hâté le pas pour les rejoindre. Beatrice était à genoux, essayant de distinguer quelque chose, mais ce maudit trou absorbait autant la lumière qu'un rideau noir.

— Jip ! ai-je crié, sans craindre à présent de prendre un ton autoritaire et angoissé. Sors de là tout de suite. C'est dangereux, cet endroit.

Mes paroles ont résonné dans l'obscurité, un écho bref et sec, puis plus rien, et mon cœur s'est mis à battre plus fort. Beatrice me regardait sans dire un mot, je suppose que nous étions tous les deux conscients qu'il se passait quelque chose.

— Jip, obéis à papa ! a hurlé Beatrice. Sors de là.

J'ai eu peur qu'il n'ait trouvé une autre sortie de l'autre côté de l'avancée rocheuse, où il n'y avait plus que des blocs hérissés sculptés par une houle puissante, qui éclatait parfois en gerbes d'écume. J'ai escaladé l'un des rochers, me blessant les pieds, pour essayer de distinguer une autre issue à ce terrier.

— Jip !

Ma voix était terrorisée.

— Tu m'entends, fiston ?

Les pires scènes imaginables ont défilé devant mes yeux en quelques secondes.

Il n'y avait aucun moyen d'aller plus loin et je ne voyais rien bouger non plus sous mes pieds, alors je suis retourné sur le sable. Beatrice s'était introduite dans la grotte aussi loin que sa taille le lui permettait. Je me suis baissé à côté d'elle.

— Tu peux le voir ?

— Oui, je crois que je l'aperçois.

— Jip ! ai-je crié, écoute-moi mon garçon, sors de là, s'il te plaît. Il y a des vagues de l'autre côté et puis… tu risques de te faire mal là-dedans.

Au bout de quelques secondes, nous l'avons vu émerger de l'obscurité, à quatre pattes, comme il y était entré.

Dès qu'il est sorti, je l'ai pris dans mes bras et, après avoir vérifié qu'il n'avait aucune blessure, je l'ai couvert de baisers.

— Qu'est-ce qui t'est arrivé, mon garçon ? Hein… ?

Mais Jip n'a pas répondu. Il a serré ses bras autour de mon cou et a plongé son visage contre mon épaule. Il tremblait et j'ai senti l'humidité de quelques larmes sur ses joues. Je ne parvenais pas à comprendre la raison de cette scène. J'avais été témoin de sa petite dispute avec Beatrice, de la bataille d'eau, de la course. Rien qui sorte de l'ordinaire.

— Il a eu un de ses moments "bizarres", a dit Beatrice. Ça va passer, il faut juste le laisser tranquille.

— Des moments bizarres ? De quoi parles-tu ?

— Ça lui arrive parfois. Maman en a parlé au psychologue. Mais ce n'est pas grave. Il reste muet, comme s'il était dans un autre monde. Parfois il transpire, il est nerveux. Il faut juste attendre un peu.

Nous sommes revenus à la maison et j'ai mis Jip sous une douche chaude, mais il était tellement transi de froid que j'ai fini par m'asseoir dans la baignoire en face de lui afin de lui savonner le corps et la tête, en en profitant pour le couvrir de caresses. Il restait immobile, les yeux fermés pour se protéger du shampoing.

— Comment tu te sens ? Tu te réchauffes ?

— Oui…

Le niveau de l'eau montait et nous atteignait déjà le ventre. C'était une sensation agréable, et j'ai senti que le corps de Jip cessait de trembler. J'ai continué à le savonner, ses petites oreilles glissaient entre mes mains, comme deux poissons.

— Qu'est-ce qui t'est arrivé là-bas dedans, mon garçon ? Pourquoi tu as pleuré ?

Dans un premier temps, Jip n'a pas répondu. Il a attendu près d'une minute. On aurait dit qu'il était en train de se retirer une écharde très douloureuse.

— J'ai eu peur.

Il l'a dit tout bas, comme un secret que personne d'autre ne devait entendre. J'ai baissé la voix moi aussi jusqu'au murmure.

— Peur ? De quoi ?

— De quelqu'un qui arrivait. Un monstre.

— Un… ?

J'ai retenu mes mots. "Non, on ne s'engage pas dans cette direction, monsieur Harper. Pas question de le contredire ou d'avoir l'air suspicieux."

— C'était qui ? Tu as pu le voir ?

— Non… je l'ai seulement "senti". D'un coup.

— Quand ta sœur a commencé à te courir après ? Mais tu savais que c'était elle, pas vrai ?

— Oui, mais il y avait autre chose.

— Autre chose ?

Tandis que je finissais de lui rincer les cheveux, et que je prenais cette petite frimousse entre mes mains, l'embrassant sans m'arrêter, j'ai à nouveau pensé à ma mère, à ma grand-mère, cousant et recousant le bouton de mon oncle Vincent et lui sauvant la vie ce matin-là, mille ans plus tôt. Et à ce que papa m'avait dit à Dublin : "Ça se transmet de génération en génération."

"Et pourquoi pas ? me suis-je dit. Pourquoi croyais-tu que tu serais le dernier ?"

— Ça t'est arrivé d'autres fois ? Cette peur ?

— Oui, des fois.

— Et qu'est-ce que tu ressens quand ça t'arrive ?

Jip avait ouvert les yeux. Il regardait au plafond, comme s'il essayait de se rappeler.

— De la peur. L'impression qu'il va arriver quelque chose.

— À toi ?

— À n'importe qui, a-t-il répondu en jouant avec la mousse. Parfois c'est une personne.

— Qui, par exemple ?

— Mr Elfferich, le surveillant de l'école.

— Qu'est-ce qui lui est arrivé ?

— Son fils est mort dans un accident de voiture.

— Et tu as senti quelque chose le concernant, c'est ça ?

— Oui.

— Avant que ça n'arrive ?

Jip m'a regardé, l'air surpris. Puis il a confirmé de la tête.

— Tu as raconté ça à maman ?

Il a fait signe que non.

— À quelqu'un d'autre ? Ce psychologue chez qui maman t'a emmené ?

J'imaginais le pauvre Jip, assis sur une chaise, taisant ce secret inavouable, pendant qu'un psychologue expérimenté lui posait mille et une questions académiques, loin, très loin de faire mouche.

Il a encore fait non de la tête.

— Toi aussi ça t'arrive, papa ? a-t-il ensuite demandé.

— Je crois que oui, parfois, et je ne peux pas non plus savoir quand.

— C'est mal ?

Jip avait les yeux grands ouverts à présent. Les oreilles aussi. C'était là l'une des QUESTIONS majuscules. Comme "Dieu existe-t-il ?" Ou "Comment fait-on les bébés ?" Ou encore

"Pourquoi maman et toi vous ne vous aimez plus ?" Ça se lisait sur son visage. La petite bouche, les yeux immenses, les oreilles prêtes à accueillir cette réponse importante.

— Non… je crois que ce n'est ni mal ni bien, Jip. C'est comme avoir des oreilles. Parfois, tu entends de la musique et c'est agréable ; d'autres fois, tu entends un bruit, des trucs qui ne te plaisent pas. Je crois que c'est tout. Ni mal ni bien. On perçoit juste des choses.

"Un autre jour, je te parlerai de ta grand-mère, et de ton arrière-grand-mère. Un autre jour, quand tu seras un peu plus grand, je t'expliquerai mieux, fiston."

— D'accord.

— Chaque fois que ça t'arrive, tu peux m'en parler. Tu peux me le raconter, d'accord ?

— D'accord. On peut remplir encore un peu la baignoire ?

— Oui, bien sûr, ai-je dit en ouvrant le robinet, mais on ne reste pas trop longtemps, hein, sinon tu vas avoir la peau toute ridée.

— D'accord.

Je me suis tu, sentant l'agréable courant d'eau chaude envelopper nos corps. Je me suis appuyé contre la baignoire et l'ai regardé, qui sculptait des bateaux dans la mousse. J'ai eu peur pour lui, comme si un médecin venait de lui diagnostiquer la plus étrange et incurable maladie au monde. C'était sûrement la même peur que mon père avait ressentie toute sa vie pour maman.

Mardi matin, la journée s'annonçait splendide et Leo et Marie nous ont téléphoné tôt pour nous avertir que les O'Rourke nous invitaient à naviguer avec eux et leurs enfants.

L'embarcadère se trouvait à cinq miles du village, dans une petite lagune protégée où étaient amarrés une douzaine de voiliers. Nous y avons retrouvé les O'Rourke et leurs enfants, les jumeaux Brian et Barry, douze ans, qui portèrent immédiatement toute leur attention sur Beatrice. Ce jour-là, elle arborait un chapeau à large bord qu'elle avait acheté dans la boutique de Judie, et des lunettes de soleil qui lui donnaient des airs de star.

Les deux rouquins O'Rourke sont tombés sous son charme et se sont bagarrés pour l'aider à franchir la passerelle. Mais Beatrice, habituée aux embarquements et débarquements abrupts dans les canaux d'Amsterdam, les a évités comme deux obstacles et a atterri sur le voilier d'un saut agile, sous le regard stupéfait des deux garçons.

Je riais intérieurement. Beatrice commençait à changer comme toutes les filles de cet âge. Elle ne s'habillait plus n'importe comment, et ne laissait plus Clem lui couper les cheveux ou lui faire des couettes. Lors de notre dernière conversation téléphonique, Clem avait mentionné un garçon venu rôder plus d'une fois devant la porte de la maison, et une boîte de bonbons spéciale Saint-Valentin qu'elle avait découverte mal cachée dans l'armoire de Beatrice. "Tu crois que le temps est venu de lui parler des préservatifs ?" lui ai-je demandé. Clem m'a répondu qu'elle l'avait déjà fait en début d'année.

On devinait que très bientôt elle se transformerait en splendide jeune femme, et que tout son bagage génétique lui envoyait des informations sur la façon de gérer ce nouveau pouvoir. Même si pour le moment ce n'était qu'un jeu. Les choses deviendraient plus sérieuses d'ici deux ou trois ans. Cœurs brisés, déclarations romantiques, larmes. Ou pire… une grossesse précoce, le mauvais garçon… mais ce genre de scénario, j'essayais de ne pas trop y penser. En tant que père, je préférais imaginer l'étape de l'amourette adolescente entraînant des dommages minimums.

Je n'avais pas revu Frank O'Rourke depuis la nuit de l'accident et j'en ai profité pour le remercier de son aide : on m'avait raconté que c'était lui qui était descendu de voiture pour m'aider, et qu'il m'avait aussi porté jusqu'à la voiture de Leo. Une fois de plus, Laura, sa tapageuse épouse, lui a volé la vedette, en relatant le moment où elle avait dit à Frank ce qu'il fallait faire. Le gentil Franck acquiesçait, patiemment, une lourde caisse de Budweiser entre les mains.

Nous avons longé la côte, face à de fabuleuses falaises, de vastes marais et de sinueuses et splendides presqu'îles avec leur vieille tour de guet, ou leur phare, ou leurs maisons encore plus isolées que les nôtres. Marie, qui s'était prise de passion pour l'observation des oiseaux depuis son arrivée en Irlande et avait lu des guides sur le sujet, nous a livré un cours magistral sur les très nombreux insolites oiseaux migrateurs qu'on pouvait voir dans la région à cette époque. Elle nous a assuré qu'au printemps on pouvait admirer ici des spécimens qui venaient d'Afrique ou du Canada.

Laura et Marie entouraient Jip, sagement assis à l'arrière, avec son gilet de sauvetage et ses petites jumelles, essayant d'apercevoir des baleines ou des dauphins à la poupe du bateau. Les jumeaux étaient eux aussi tout à leur tâche : entourer Beatrice à la proue et tenter d'attirer son attention à coups de blagues et de connaissances nautiques. Ils ne devaient pas être aussi ennuyeux que leur mère, ai-je pensé en voyant Beatrice rire des plaisanteries de ses nouveaux amis.

Pendant ce temps, Leo et moi partagions une bière avec Frank autour du gouvernail, en parlant voilier et navigation.

— Je suis en train de convaincre Leo de faire l'investissement de sa vie, a dit Frank. Je sais qu'il adore naviguer et il y a un voilier en vente à l'embarcadère dont nous sommes partis. Et vous, Harper, ça vous intéresse la voile ?

J'ai admis que j'avais toujours eu envie d'apprendre, mais que la paresse avait eu le dessus. Frank m'a encouragé à m'y mettre, il pourrait m'apprendre lui-même les premiers rudiments.

— La saison commence en mai et se termine en octobre, ça fait presque la moitié de l'année, et à Donegal, le vent est garanti.

Puis il est parti à la proue et a demandé à l'un de ses fils de lui filer un coup de main avec les voiles. Leo est resté à la barre. Inévitablement, cela m'a rappelé l'article que j'avais trouvé chez lui par accident. J'ai pensé que c'était le moment idéal pour poser quelques questions.

— Ce serait peut-être pas mal, cette idée de t'acheter un voilier, ai-je commenté, bien décidé à aborder le sujet. Il y a longtemps que tu sais naviguer ?

— Quelques années. J'ai appris en Thaïlande, mais je n'ai manœuvré que de petites embarcations, six, sept mètres de long, jamais d'aussi imposante que celle-ci, même si ce maudit O'Rourke me met l'eau à la bouche. Qu'en penses-tu, Pete ?

Tu crois que je devrais épuiser mes dernières économies dans un voilier ?

— Je crois que tu ferais bien de consulter ton épouse avant de prendre une décision.

Ce n'est pas moi qui ai dit cela, mais Marie qui avait surgi à cet instant, en quête d'une boisson fraîche.

— Et qu'en pense ma chère épouse ? l'a taquinée Leo un essayant de lui voler un baiser.

Marie le lui a donné, puis elle a caressé son crâne dégarni.

— Notre retraite ne suffit pas à certains caprices. Si tu voulais un voilier, tu aurais dû te marier avec cette millionnaire allemande que tu as bien connue. Comment s'appelait-elle ?

— Et c'est parti…

— Tu sais qu'il a eu une riche prétendante, Pete ? Elle était cliente dans un des hôtels de Dubaï où a travaillé Leo. Tous les jours, elle trouvait une excuse pour l'appeler au téléphone.

— Elle avait beaucoup investi sur moi, s'est moqué Leo. Faut reconnaître que je suis plutôt bel homme. Si j'étais parti avec elle, j'aurais probablement un voilier aujourd'hui.

— Et moi, je pourrais me trouver un prof de gym bien musclé, plutôt qu'un petit vieux capricieux.

— Hé ! Où tu vois un petit vieux ici ?

Tandis que se poursuivaient leurs chamailleries de couple au long cours, j'ai détourné le regard et laissé la brise marine m'éclaircir les idées.

Les jours précédents, j'avais eu quelques moments libres en soirée et j'avais de nouveau joué avec le moteur de recherche sur Internet. D'une certaine façon, je me faisais honte à fouiner ainsi (au point d'effacer l'historique de recherches de mon MacBook de peur que quelqu'un ne tombe dessus un jour), mais le souvenir de cette mystérieuse coupure de presse, cachée au fond d'une armoire, dansait toujours dans ma tête, en forme d'énorme point d'interrogation. Cette deuxième enquête donna un résultat : la même annonce de la disparition du *Fury* dans les archives d'un journal australien. Mais le texte était, si possible, encore plus sommaire et n'incluait pas de nouvelles photos ni de description du couple disparu. Il n'y avait pas d'autres mentions de l'incident : l'équipage disparu du *Fury* ne réapparut jamais, ou tout du moins la nouvelle ne fut relevée par aucun média.

Et il y avait aussi cette histoire de toile, le portrait de ce bébé signé J. Blanchard et caché avec le même soin que l'article. Les théories à ce sujet fleurissaient allégrement dans mon esprit, mais je m'obligeais à ne plus y penser. J'ai toujours méprisé les commérages et me voir si prompt à élaborer des hypothèses étranges sur mes amis me gênait. Peu m'importait la solution de l'énigme : Leo et Marie étaient les deux êtres les plus amicaux que j'aie rencontrés depuis longtemps, presque comme deux parents éloignés soudain retrouvés, et je me refusais à fabuler sur leurs vies. Je me suis expressément interdit d'effectuer de nouvelles recherches les concernant sur Google. "Le mauvais karma est comme un termite, m'avait dit un jour Judie. Laisse-le pénétrer ton esprit et il te mangera vivant."

Au bout de deux heures, nous avons aperçu un groupe de dauphins au nord et décidé de nous éloigner de la côte pour les suivre. Ce fut un de ces moments qui restent gravés à jamais. Je nous revois, Jip et moi, à la proue du voilier, le visage fouetté par la fraîcheur de l'air marin, criant dès qu'une vague nous éclaboussait, ébahis chaque fois qu'un de ces magnifiques animaux surgissait tout près de nous. "Papa ! Regarde ! Là, y en a un autre !", et je le serrais très fort contre moi, à la fois effrayé et fasciné par l'océan.

Ce soir-là, tandis que je préparais le repas, Beatrice est venue se planter à côté de moi, la mine genre "Demande-moi à quoi je pense".

— Judie est ta petite amie ?

— Ma petite amie ? ai-je répondu, en essayant de stabiliser la poêle sur le foyer de la cuisinière. C'est une amie. Une très bonne amie.

— Mais vous vous embrassez, non ?

— Eh bien… oui. Je suppose que c'est ma petite amie, donc. Ça te semble bien ?

— Oui, a-t-elle dit, en plongeant les mains dans ses poches avec une expression "mission accomplie".

— Écoute, ai-je dit en essayant de changer de sujet, parlons plutôt d'autre chose… De tes petits copains, par exemple.

— Mes ? J'en ai qu'un.

— Attends, attends. Pardon ?

— Maman est au courant. Et elle me laisse faire.

Touché. Échec et mat. Jeu, set et match.

— Bon, allez… Va donc mettre la table.

Le soir, après le repas, j'ai évoqué le collège et, par conséquent, la dispute qui avait fait trembler les fondations de cette sacro-sainte institution. Tout avait commencé par une monumentale humiliation : "Moi je suis snob, mais toi t'es une planche à pain, Bea Harper !", tracée au tableau, après une récréation. La plus grande ennemie de Bea, une certaine Maartje Van Ringen, se vengeait ainsi d'avoir été précédemment traitée de petite BCBG. Comment cela avait fini ? En bagarre, bien sûr. Beatrice avait le sang chaud et Maartje n'était pas en reste. Elles avaient cassé une chaise et la vitre d'une des fenêtres de la classe. Super début. Coup de fil aux familles. Réunion dans le bureau du directeur. Niels, le nouveau "papa" de Beatrice, avait dû user de son influence pour atténuer les conséquences.

— Je déteste cet endroit, papa. Je déteste tout le monde là-bas. Y a que des frimeurs. Je veux changer, je veux aller dans le même lycée que Klaartje et Chris. Elles disent que les gens sont normaux, là-bas. Pourquoi est-ce que je dois rester dans un endroit qui ne me plaît pas ?

J'ai essayé de consoler Beatrice autant que possible. Je lui ai promis que j'en reparlerais à sa mère, et lui ai suggéré, "en attendant que nous ayons réglé tout ça" (nous aurions dû remplir les papiers pour le changement bien plus tôt, mais Clem restait campée sur ses positions), d'essayer de voir les bons côtés.

— Je suis sûr qu'ils ne sont pas tous idiots, Bea.

— Si, tous. Vraiment, papa, crois-moi.

Cet endroit ne m'aurait sans doute pas enchanté, moi non plus, me suis-je dit. J'en parlerais avec Clem, même si je connaissais déjà sa réponse : "Je ne vais pas jouer l'avenir de Beatrice sur une mauvaise année. Elle a les capacités de sortir du lot, et mon rôle est d'éviter qu'elle ruine ses chances."

C'était un des aspects de l'éducation sur lequel Clem et moi n'avions jamais été vraiment d'accord. Pour elle, ma façon de voir le monde était "infantile". Faire ce qui nous plaît, suivre son instinct et voir ce qui arrive, sans se compliquer l'existence. "On ne peut rien laisser entre les mains du hasard !" Elle disait que c'était l'erreur que commettaient quatre-vingt-dix pour cent des familles : s'amuser. Et considérait qu'assurer une bonne éducation aux enfants était la mission numéro un des parents. Peut-être que cela avait à voir avec sa propre famille : un père alcoolo, mécanicien sur les ponts de Haarlem, une mère qui passait la moitié de la semaine à jouer aux cartes dans un bar, et une fille travailleuse, mais pas exceptionnelle, qui avait dû se battre pied à pied pour chaque instant de son parcours, se payer elle-même l'université et accéder, un peu tard, au poste d'avocat dont elle avait toujours rêvé.

— Tu t'es déjà demandé pourquoi ils m'appellent la sorcière ou le sergent-chef? Parce que c'est moi qui fais leur éducation, moi qui les vois tous les jours.

"Il n'y a rien à te reprocher, Clem. On t'a donné le rôle de la méchante dans cette histoire."

— D'abord j'ai dû supporter tes échecs, et après j'ai dû supporter ton succès. Tu t'es habitué à ce que le monde tourne autour de toi, à te regarder le nombril vingt-quatre heures sur vingt-quatre, et c'est sans doute très bien pour un musicien, mais comme père et mari, tu ne vaux pas un clou.

Cette phrase, elle me l'avait dite dans une rue d'Amsterdam environ un an plus tôt, à côté d'une voiture de police où Niels recevait des soins d'urgence sur la lèvre que je venais de lui fendre. Je ne l'avais jamais vue hors d'elle à ce point. J'ai cru qu'elle allait me foutre une beigne, et en réalité c'était ce que je désirais. Ça m'aurait fait du bien.

Niels Verdonk, l'homme que je venais de frapper ce jour-là, était un architecte d'un certain renom dans la ville, le créateur d'un nouveau quartier près de Westerdock, des logements du genre loft, devenus la nouvelle recette du succès immobilier dans le centre-ville. Son étude se trouvait dans un bâtiment de Prinsengracht où Clem avait son bureau, et c'est ainsi qu'ils s'étaient connus, lors d'une fête dans les jardins d'une demeure le long des canaux.

— Je crois qu'on peut faire ça bien, Peter. Je crois qu'on peut le faire de la façon la moins douloureuse pour nous et pour les enfants. Je veux un divorce propre, sans bagarres ni rancunes.

L'annonce aux enfants fut parfaite, digne d'un manuel, un discours qui aurait reçu l'approbation de n'importe quel psychologue familial. Malgré tout, voir Jip et Beatrice écouter ça fut peut-être bien l'un des pires épisodes de ma vie. Beatrice l'a nié pendant des semaines. Elle s'est convaincue que nous étions fâchés, tout simplement, et que tout s'arrangerait. Jip, lui, s'est remis à faire pipi au lit, et à se comporter comme un bébé, réclamant toujours plus d'attention. J'ai compris pourquoi beaucoup de couples ne se séparent pas, et suis même parvenu à la conclusion que parfois l'infidélité n'est pas si mal : "Écoute, Clem : va te taper Niels, vis ton aventure avec lui, mais ne détruis pas notre famille, d'accord ?"

J'aurais préféré ne pas avoir d'enfants à cette époque. J'aurais préféré être un type de vingt-cinq ans et mourir de douleur seul. Je serais peut-être parti en voyage, je me serais saoulé toutes les nuits, rendu à toutes les fêtes possibles, à la recherche d'un plan drague facile, et j'aurais lentement récupéré un peu d'estime de soi.

Je suis devenu accro à la douleur. Je me suis appliqué à me torturer. J'ai complètement cessé de jouer du piano. Je ne pouvais plus sortir une seule note, parce que je passais la journée à me demander où pouvait être Clem, ce qu'elle faisait, si elle était avec Niels… Et je me suis mis à la suivre, d'abord au travail, puis dans les bars et les cafés où elle avait ses habitudes. Parfois, quand j'avais beaucoup de chance, Niels venait la chercher pour déjeuner. Ils s'embrassaient et se tenaient par la main. Parfois, c'était pire encore. Je les suivais jusqu'à l'appartement de Niels et je restais là, sous la pluie, à attendre, à imaginer comment ils étaient en train de faire l'amour, Clem gémissant de cette manière si particulière, haletante, tandis que Niels la possédait. Je me rendais compte de l'irrationalité de mon comportement, mais mes pieds se refusaient à faire un pas et à s'en aller de là.

Max Schiffer m'a convaincu de quitter la maison. Il me ferait une petite place dans son appartement jusqu'à ce que "les choses reprennent leur cours". Il a même organisé quelques fêtes et un dîner, où il invitait ses amies célibataires (c'est là que j'ai connu une de mes petites *affaires* après le divorce), pour essayer de me remonter le moral. Le pauvre Max s'en est vite mordu les doigts. Ses voisins demandaient qui était cet homme qui dormait parfois dans les escaliers et empestait l'alcool. À cette époque je n'étais sobre que lorsque je devais voir les enfants. Je passais les récupérer à l'école un jour sur deux. Nous allions nous promener et puis je les laissais à la porte de mon (ancien) appartement. Et je me demandais si Clem avait profité de ce moment pour se taper Niels. Mais le plus dur en réalité, c'était de leur dire au revoir sur le seuil de la porte où j'avais l'habitude, avant, de m'essuyer les pieds chaque jour. Et que mes enfants me regardent et me demandent pourquoi diable je ne pouvais pas entrer. Et de faire demi-tour pour affronter une rue sans fin, dans une ville que soudain je ne connaissais plus. Dans un monde qui soudain me regardait avec hostilité.

J'ai joué à ce jeu-là jusqu'à ce qu'ils m'attrapent. Un voisin de Niels m'avait vu plusieurs fois, prostré devant la maison, et avait dû l'avertir. Niels n'avait rien dit et un jour, pendant que Clem était sous la douche, il était descendu me parler. Il a surgi à côté de moi sans que j'aie le temps de m'enfuir. Il m'a dit comprendre la mauvaise passe que je traversais, mais que ce comportement pouvait être considéré comme du délit de harcèlement. Et qu'il fallait que je m'en aille. Il ne voulait plus jamais me voir ici. J'ai perdu le contrôle. C'était trop de merdier à la fois, et en outre j'étais une vraie barrique de bière ce jour-là. Je l'ai attrapé par le cou et lui ai crié que le vrai délit, c'était de séduire une femme mariée. Il faisait une tête de plus que moi et m'a plaqué contre le mur, mais j'avais mille fois plus envie de cogner et j'ai commencé à me débattre et à lancer mon poing dans tous les sens. Le reste fut digne d'un film. Les voisins appelant la police. Clem, hystérique, me hurlant que j'étais fou. Niels, la lèvre fendue, parlant avec ses voisins et secouant la tête. Moi, assis par terre, fumant une cigarette qu'un des flics avait bien voulu m'offrir.

Niels a déclaré qu'il ne porterait pas plainte, mais qu'il ne voulait plus me voir, ou alors ses avocats me régleraient mon compte sans pitié. Pat, Max et d'autres amis de confiance ont essayé de m'aider. Le contrat avec la Fox est tombé à l'eau et d'une certaine manière je m'en réjouissais : j'étais incapable d'aligner deux notes. J'ai décidé que je devais m'éloigner de tout ça. Même si c'était douloureux à cause des enfants. À cette époque, j'étais une merde ambulante, une boule de nerfs, un ego blessé qui n'avait fait que du mal à ceux qui l'entouraient. Je me suis enfui. J'ai trouvé cette maison à Tremore Beach et j'ai compris que c'était exactement ce dont j'avais besoin. Me soigner. Refermer les blessures. Oublier Clem, Niels, oublier qu'un jour j'avais été un mari heureux. Je devais changer de peau. Repartir de zéro. Et c'était impossible à Amsterdam.

Les avocats ont trouvé un accord, ils ont divisé les biens en deux, nous avons mis la maison en vente, mais la crise immobilière allait retarder cette liquidation (et l'argent qui en découlait). Pendant ce temps, Niels a proposé son immense maison dans Oost à Clem et aux enfants, et elle a accepté. Les juges n'ont vu aucune objection à ce que les enfants commencent à vivre avec Niels, véritable personnalité de la société hollandaise. Surtout quand leur père biologique, un musicien en crise avec un léger antécédent violent et alcoolique à Amsterdam, se trouvait en Irlande. Mes avocats m'ont recommandé de ne pas faire de vagues sur le thème de la paternité, d'autant que Clem s'était montrée généreuse là-dessus : elle n'avait fait aucune difficulté pour que je passe autant de temps que possible avec mes enfants. Ce n'était pas une femme stupide ni égoïste, bien au contraire. Elle me l'a démontré quand les problèmes avec Jip ont commencé. Je savais qu'elle aurait préféré les emmener faire un de ces voyages exotiques auxquels elle s'était habituée depuis qu'elle vivait avec Niels, mais je suppose qu'elle s'est rendu compte que quelque chose se déréglait, qu'elle ne savait pas gérer. Et peut-être que, dans son aveuglement, elle restait suffisamment perspicace pour admettre que cet enfant avait besoin de son père.

Il est bien probable que j'aie été un mari et un père minable, que j'aie été égocentrique, que je n'aie vécu que pour mon œuvre, et qu'ensuite je n'aie vécu que pour soigner ma maudite vanité, en abandonnant mes deux enfants au moment où ils avaient plus que jamais besoin de moi. J'aurais aimé être plus solide et supporter cette douleur de façon plus digne, mais les choses sont comme elles sont, et j'essaie à présent de les arranger à ma manière, pas comme dans les films hollywoodiens, où les héros de celluloïd ont des cœurs robustes et connaissent toujours le chemin de la bonté et de la justice.

Le temps avait fraîchi ce soir-là et j'ai décidé de faire un feu. Ce n'était pas indispensable, mais Jip en avait envie depuis le premier jour. Pendant que Beatrice s'entraînait à plaquer des accords sur son ukulélé, Jip et moi dessinions des dinosaures sur des feuilles, allongés sur le tapis. "Lui, c'est un *Triceratops*, papa", "Et lui, le *Stegosaurus*", "Celui-là, c'est le brontosaure, quand il rugissait ça faisait comme le tonnerre".

À un moment donné, alors que je regardais Jip griffonner et me laissais bercer par les doux accords de Beatrice, je les ai imaginés vingt ans plus tard, Jip penché sur une grande table à dessin. Beatrice avec un violon à la place du ukulélé, entourée de musiciens, jouant dans des orchestres, voyageant.

— Tu vas rester ici pour toujours, papa ? m'a demandé Jip en déployant son armée de dinosaures en plastique par terre.

— Ici ? Tu veux dire en Irlande ?

Jip a confirmé sans quitter des yeux ses reptiles.

— Non, bien sûr, ai-je répondu avec naturel, pas pour toujours. Juste le temps de terminer certaines choses.

— Et après tu reviendras à Amsterdam ?

— J'imagine, oui. Ou peut-être ailleurs…

Pourquoi pas une autre ville, loin de Niels, de Clem, loin de tous ces amis communs. Pourquoi pas dans le Sud. Près de Maastricht ou de Breda. Une maison avec un jardin, peut-être sur une plage aussi. Où je pourrais passer la tondeuse, peindre ma clôture et rencontrer mes voisins. Peut-être même que ce serait des gens sympathiques et intéressants comme Leo et Marie, ou peut-être que non.

— … près de vous, en tout cas.

— Et Judie viendra avec toi ? a demandé Jip, comme s'il avait lu dans mes pensées.

— Ça vous plairait, qu'elle vienne ?

Il a confirmé avec un sourire. À l'autre bout du salon, Beatrice a fait un signe affirmatif de la tête.

— S'il te plaît, papa, persuade-la !

— Oui, a ajouté Jip, en posant un dinosaure sur mon dos. S'il te plaît.

— Eh bien, je ne sais pas si elle aura envie. Elle a l'air très heureuse ici, avec son magasin. Il est possible que l'idée ne lui plaise pas.

— Ça lui plaira. Il suffit que tu lui demandes. Vous êtes amoureux, non ? Vous formez un très joli couple, tout le monde le dit.

— Comment ça ? Qui c'est, "tout le monde" ?

— Leo et Marie. Ils l'ont dit sur le bateau, mais tu ne l'as pas entendu.

J'ai ri tandis que Jip installait un troupeau de bestioles entre mes omoplates.

— Et puis, ce n'est pas bien que tu restes seul, dans cette maison. Ce n'est pas bien, a-t-elle insisté comme s'il s'agissait d'un monologue bien rodé. Maman s'est trouvé Niels, et toi tu as Judie. Ça, c'est bien. Mais rester ici, comme grand-père, tout seul… non.

La référence à mon père m'a remué. J'ai levé les yeux. Beatrice avait baissé les siens et se concentrait sur son ukulélé, mais elle avait les joues en feu, comme si elle savait qu'elle venait de toucher une corde "sensible" et qu'elle attendait une réaction, voire une réprimande.

Mais je n'ai rien fait, rien dit. Je suis resté silencieux, entre autres parce que cette fille de treize ans me faisait réfléchir. À moi, à mon père, au fait que peut-être nos vies n'étaient pas si différentes en fin de compte, en ce moment. Blessés, cachés, dans l'attente que quelque chose nous tombe du ciel, éventuellement.

Jip a fait grimper son dinosaure le long de ma colonne vertébrale, jusqu'à le poser tout en haut de ma tête.

— Ooohh ! La jungle ! a-t-il dit en déplaçant ce reptile miniature à travers la masse de mes longs cheveux.

Je me suis mis à rire.

— Fais attention, là-dedans tu peux rencontrer des bêtes sauvages, des vraies.

Beatrice avait commencé à gratter des accords familiers sur son instrument.

— *Somewhere beyond the sea…*, fredonnait-elle, *somewhere, waiting for me.*

— Hé, je la jouais, cette chanson, quand j'avais ton âge.

— *My lover stands, on golden saaands*, chantait-elle l'air de rien, élevant la voix en jouant la diva.

Je me suis levé et installé au piano. Le piano, qui ces derniers temps me faisait l'effet d'une vieille bibliothécaire renfrognée qui ne veut pas qu'on l'ennuie. "Allez, aujourd'hui c'est la fête, Vieille Dinde, tiens-toi prête."

Au diable le protocole, les postures et la rigueur. Jip s'est assis sur mes genoux et je lui ai donné un petit shaker en forme d'œuf pour qu'il s'amuse à marquer le rythme. Si mes professeurs m'avaient vu à cet instant, ils auraient eu la nausée, ou pire, ils m'auraient brisé le crâne à coups de poing.

Et nous avons commencé à jouer.

— *And watches the ships that go sai-i-ling.*

— Il y a quoi d'autre dans ce livre ? ai-je demandé, en montrant un recueil de partitions pour ukulélé que nous avions acheté dans la boutique de Judie. Un peu de Beatles ?

— *In My Life ?* a proposé Beatrice en lisant l'index.

— *There are places I remember…* ai-je fredonné.

— C'est qui, les Beatles ? a demandé Jip.

— Ta mère ne t'a encore jamais fait écouter aucun disque des Beatles ? Doux Jésus, je crois que je vais devoir prendre le contrôle de votre éducation musicale. Écoute, Jip. C'est l'une des meilleures chansons de tous les temps.

— C'est comment le début ? a demandé Beatrice.

— T'inquiète pas pour le riff, c'est moi qui le joue au piano. Toi, tu fais juste les accords.

— OK.

— Et moi, qu'est-ce que je fais, papa ? s'est inquiété Jip.

— Toi Jip, tu dois donner le rythme, un deux trois quatre… c'est facile. Tout le morceau pareil.

Il a secoué le shaker de haut en bas jusqu'à ce qu'il tienne une bonne cadence. De toute évidence, Jip n'avait aucun don pour la musique, mais il savait tenir le rythme.

Après quelques ratés, l'orchestre Harper a commencé à bien tourner. Ce fut un grand moment. La vieille bibliothécaire frigide a enfilé une robe de fête et a enfin sonné comme elle devait sonner. Beatrice grattait sur son ukulélé avec caractère, sans appréhension. Et nous chantions tous les deux :

There are places I'll remember
All my life, thouh some have changed
Some forever not for better
Some have gone and some remains
All these places have their moments
With lovers and friends I still can recall
Some are dead and some are living
In my life I've loved them all

Et soudain nous formions à nouveau une belle équipe.

Quelqu'un a dit un jour que si tu veux savoir si tu hais ou si tu aimes une personne, il faut partir en voyage avec elle. Ce à quoi j'ajouterais : si tu veux voir l'âme nue de quelqu'un, joue de la musique et chante avec lui. Et voilà, c'est ainsi que nous nous sommes dévoilés ce soir-là. Peter, Jip et Beatrice. Presque sans nous en rendre compte. Avec une chanson des Beatles, peut-être le meilleur choix pour un rituel de ce genre. Et c'est ainsi que j'ai eu la chair de poule et que la musique m'a de nouveau arraché une larme, que j'ai cachée comme j'ai pu, en regardant ces enfants, les miens, à nouveau à mes côtés après tout ce temps. Laissant passer l'orage provoqué par leurs géniteurs, avec leur plus joli sourire.

Nous avons fini *In My Life* (à ma grande surprise, je me rappelais chaque note du solo de clavecin qui vient se glisser au milieu du thème) puis enchaîné avec *Sweet Chariot* et *When the Saints Go Marching In*, et Beatrice s'est mise à la guitare, une Taylor qui n'avait pas quitté son étui depuis des semaines. Nous l'avons accordée et, grâce au pouvoir des six cordes, nous avons joué avec encore plus d'entrain. Elle m'a appris une chanson de Queens of the Stone Age *(No One Knows)* qui allait de *do* mineur à *mi*. Beatrice l'a chantée d'un bout à l'autre, même si nous avons dû sauter la partie de solo, trop compliquée à improviser.

— Papa, arrête avec la pédale de résonance, c'est du rock ça!

Après un tel déploiement d'énergie, il fallait se reposer un peu. Le feu couvait à présent de douces flammes orangées. Dehors, les vagues venaient se briser paisiblement sur le sable. Nous avons allumé la télévision et commencé à regarder *Le Voyage de Chihiro*, loué chez Judie. Avant la moitié du film, Jip s'était déjà effondré contre mon buste, jambes légèrement écartées, un bras tendu vers le haut, dans cette étrange position qu'il adoptait pour dormir. Beatrice et moi en avons ri, mais peu de temps après, c'est Beatrice qui dodelinait de la tête, et finalement, avant que Chihiro parvienne à fuir le palais des bains et à libérer ses parents du sortilège porcin, j'ai pris Jip dans mes bras et l'ai monté dans sa chambre, puis je suis descendu faire de même avec Beatrice, qui s'est réveillée, m'a agrippé le cou et a posé un doux baiser sur ma barbe de sept jours.

— Ça piiiiique.

Cette nuit-là, un vent étrange a soufflé. Le mal de tête, qui m'avait laissé tranquille toute la journée, est revenu. Tic. Tac. Tic. Tac… comme une pendule. Ayant déjà pris la moitié du traitement, j'étais parvenu à la conclusion qu'il était absolument inefficace.

J'ai fermé les yeux et attendu que la douleur me laisse en paix.

4

Et elle l'a fait, elle m'a laissé dormir quelques heures, puis elle est revenue. De plus en plus forte, jusqu'à se transformer en atroce élancement, qui m'a fait ouvrir les yeux en hurlant. “Mon Dieu!” J'étais dans ma chambre. Il y avait un orage dehors. Un orage qui secouait la maison comme les autres fois. Et j'ai compris : j'ai compris que ça recommençait.

La douleur a reculé, comme un serpent qui se retire après avoir mordu sa proie. Elle s'est installée au fond de mon crâne, à un niveau modéré. Le tic-tac, à présent, était comme un vieux compagnon d'infortune agaçant. J'étais trempé de sueur, mais je suis resté au milieu de mon lit en désordre. Je ne voulais pas bouger, je ne voulais pas être là. J'ai fermé les yeux et tenté de retourner à mes rêves, mais ça ne pouvait pas fonctionner. L'orage, ma sueur, le mal de tête, tout concourait à me maintenir éveillé.

Y compris les coups. En bas, à la porte.

“Ceci n'est pas en train de se produire. Pas encore une fois. Je n'ai pas l'intention de me lever. C'est un de ces foutus rêves.”

Je les ai entendus. Deux ou trois petits bruits à la suite, lointains, mêlés au vent, mais qui provenaient très clairement du rez-de-chaussée. Le cœur battant déjà à tout rompre, j'ai tendu l'oreille, comme lorsqu'on entend des grincements dans l'escalier et que notre imagination lugubre se figure les pieds d'un meurtrier tout en espérant qu'en réalité ce soit simplement l'effet du vent, ou le bois du plancher qui travaille. Un nouveau coup a retenti, net et précis celui-ci, qui a traversé la maison. Ce fut comme une grande claque de réalité. J'ai immédiatement craint que les enfants ne l'aient entendu dans leur chambre, et que Beatrice ou Jip ne se lève si je ne le faisais pas moi-même. Ce qui serait pire, assurément pire.

J'ai ouvert les yeux pour de bon.

"Que veux-tu, Marie ?"

Je me suis souvenu de ma dernière conversation avec Judie. Étais-je au milieu d'un de ces rêves lucides dont elle m'avait parlé ? Cela semblait impossible. Tout autour de moi avait la saveur de la réalité. Je sentais le contact des draps, mon pyjama humide de transpiration. Je me suis touché la tête, dans l'obscurité, et j'ai senti mes cheveux en bataille sur l'oreiller. Le vent faisait trembler la maison, mais en quoi cela était-il étrange à Donegal ?

"Allez, rendors-toi."

J'ai respiré profondément, une, deux, trois fois, en me persuadant que le cauchemar allait disparaître comme il était venu. J'ai attendu une longue minute, sans rien entendre. Sinon l'orage qui continuait dehors. Le vent, l'eau, la rumeur du tonnerre très loin de la côte. Maintenant rendors-toi. Un mouton, deux moutons, trois…

Puis le bruit a retenti de nouveau. Sec et fort. Le bruit d'une porte réelle frappant contre quelque chose, comme si elle s'était ouverte.

Je me suis levé d'un bond, sans doutes ni tergiversations. S'il s'agissait d'un rêve, me suis-je dit en pensant à Judie, je n'avais jamais vécu d'expérience sensorielle aussi hallucinante. Puis je me suis souvenu du carnet.

J'ai posé les pieds sur le tapis et tandis que je m'approchais de l'armoire je sentais avec toute ma conscience mes orteils fouler cette texture de laine bleue tressée. J'ai saisi la poignée de l'armoire et apprécié sa température fraîche et la précision du toucher de ce métal usé sous mes doigts. Il aurait fallu que je fume un sacré joint, ou que je m'amuse avec un truc genre mescaline, pour percevoir tout cela avec autant de précision. C'était aussi proche que possible de la meilleure définition du réel.

J'ai ouvert l'armoire et entendu les vieilles charnières grincer, puis j'ai perçu l'odeur des boules de naphtaline dont quelqu'un avait garni les tiroirs et les armoires avant que je ne m'installe dans cette maison. J'ai fouillé dans l'obscurité jusqu'à toucher mon manteau noir. Le petit carnet que Judie m'avait offert quelques jours plus tôt était dans la poche où je l'avais glissé, en compagnie d'un briquet et des restes d'un vieux Kleenex.

"Allons, mon gars, il n'y a jamais de vieux Kleenex dans les rêves."

Je suis revenu au bord du lit, j'ai allumé la lampe de ma table de chevet. J'y ai posé le carnet. C'était un 3M avec une couverture rouge, à spirale métallique. J'ai même vérifié le prix, toujours collé sur une étiquette au dos : sept euros et cinquante centimes. Un petit crayon était glissé dans la spirale. Un crayon jaune et noir, avec une gomme rose au bout. Je l'ai sorti de la spirale, j'ai ouvert le carnet et écrit :

> L'orage m'a encore réveillé. Peut-être aussi des coups. Je ne suis pas certain. Je vais aller jeter un œil. Tout semble réel. Le contact avec ce crayon. Le toucher du papier sous mes doigts… tout est… Note : vérifier que le carnet a coûté 7,50 euros.

Alors que je commençais à douter de ce que j'avais entendu, alors que je me persuadais que c'était le fruit de mon imagination, il y a eu un nouveau bruit en bas. Comme si quelqu'un rampait. Puis j'ai entendu un claquement de porte, mais quasiment en même temps le tonnerre a éclaté et je n'ai plus su clairement d'où était venu le bruit. J'ai écrit encore un mot avant de me lever :

> J'ai peur et ma peur est réelle. Je vais aller jeter un coup d'œil en bas. J'ai entendu quelque chose se déplacer.

Jip et Beatrice dormaient dans leur chambre. Sans allumer la lampe, je distinguais leurs corps et leur respiration sous les couvertures, au milieu du silence. J'ai fermé délicatement la porte et descendu pas à pas l'escalier, pieds nus. Un courant d'air froid montait du salon et j'ai eu la chair de poule sous mon pyjama.

En bas tout était plongé dans la pénombre. Les fenêtres composaient un tableau de noirs et de bleus très sombres. Les vitres tintaient, secouées par le vent et frappées par les gouttes de pluie. Un nouveau coup a attiré mon attention du côté du vestibule : la porte était ouverte.

Le vent la poussait, l'ouvrait et la refermait comme une main invisible, la faisant claquer contre le chambranle. C'était cela, les bruits que j'avais entendus. Et l'origine du courant d'air froid.

"Maintenant je vais m'approcher et me retrouver face à Marie. Morte ou vive."

J'ai respiré un grand coup et me suis avancé.

"Bon, si c'est ce qu'il faut faire, vas-y, qu'on en finisse."

Je tremblais en arrivant dans l'entrée, de froid ou de peur, je ne saurais dire. Le porte-clés tressautait dans la serrure. La clé était sur la porte alors que j'aurais juré qu'avant de me coucher, j'avais fermé à double tour, et accroché les clés au *leprechaun*.

J'ai été tenté de la fermer et de retourner au lit, mais je ne l'ai pas fait. Si cette scène était réelle, je devais en trouver l'explication. Et si c'était un putain de rêve, je voulais comprendre le message une fois pour toutes.

J'ai ouvert la porte d'un coup, comme si j'espérais attraper un fantôme capricieux caché derrière. Mais il n'y avait personne. Une rafale de vent et de pluie s'est faufilée dans la maison et m'a inondé le visage. Si j'avais eu le carnet sous la main, j'aurais écrit : "L'eau est froide, le vent est réel. J'entends la mer dans la nuit. L'air sent le salpêtre."

Dans l'armoire fourre-tout, était rangée une paire de vieilles bottes en plastique. Je les ai sorties et les ai enfilées directement sur mes pieds nus. J'ai aussi jeté sur mes épaules l'épais ciré jaune de pêcheur. J'ai pris les clés et les ai glissées dans la poche du ciré. Puis j'ai cherché l'interrupteur correspondant aux deux lampadaires du jardin. Les deux globes se sont allumés comme deux champignons fluorescents au milieu de la nuit.

Il avait cessé de pleuvoir, mais le vent soufflait fort. L'herbe se couchait d'un côté puis de l'autre. La mer, noire à l'horizon, rugissait en se brisant sur la plage. Une longue bande de sable quasi phosphorescent qui s'étendait bien au-delà de ce que ma vue pouvait atteindre.

Puis, scrutant l'obscurité, mes yeux sont venus se poser sur la clôture.

"À nouveau cassée. Le vent la secoue comme un hochet. Cassée. Cassée… pourquoi ?"

Je me suis avancé pour l'observer puis agenouillé juste à côté. J'avais fini de la peindre quelques jours plus tôt, elle était rutilante. Mais quelque chose l'avait brutalement heurtée, l'avait arrachée de terre comme l'autre fois. Deux piquets étaient fendus et une portion d'environ deux mètres gisait au sol.

Le plus perturbant de l'affaire était peut-être de savoir que cela "n'était pas réel". Parce que je pouvais toucher le morceau de bois brisé. Je pouvais plonger la main dans le trou de terre sombre qu'il avait laissé derrière lui. Je suis resté là, à genoux, faisant passer mon regard de la clôture à la maison en essayant de comprendre ce qui se passait quand je me suis aperçu soudain que quelque chose rayonnait dans mon dos et envoyait une lumière fugace sur la façade de la maison. J'ai pensé une seconde que c'était un éclair, mais en me retournant j'ai vu un rai éblouissant apparaître et disparaître derrière la Dent de Bill.

Quand il a surgi de nouveau, de l'autre côté de la colline, il a transpercé l'obscurité tel le rayon argenté d'un sémaphore. Mais ce n'était pas un sémaphore. C'était mobile. Et le mouvement provenait de la maison de Leo et Marie.

Je suis resté figé, pétrifié, dans le vent qui ébouriffait mes cheveux et faisait crisser mon imperméable en plastique.

"C'est là que je dois aller ? ai-je pensé. C'est là que je trouverai la réponse ?"

La lueur a parcouru le ciel au-dessus des nuages et la pluie a repris de plus belle. Il m'a semblé comprendre de quoi il s'agissait, mais je voulais m'y confronter pour de bon. Je me suis dirigé vers la route, en haut de la colline.

Le grincement des graviers sous mes bottes, le bruit du vent virevoltant au creux de mes oreilles, la pluie, froide, dégoulinant de mes cheveux. À nouveau, tout était aussi réel qu'un homme pouvait en juger. Et néanmoins je doutais. Je n'avais d'ailleurs pas pris ma voiture. Je n'osais pas m'enfermer dans un engin motorisé et risquer de mourir à l'intérieur. Marcher était plus sûr. Si je me réveillais en plein milieu d'un rêve, j'aurais juste l'air d'un crétin en pyjama, en bottes et en ciré, se baladant en pleine nuit.

J'avais parcouru la moitié du chemin entre ma maison et le sommet de la colline, quand j'ai réalisé que les lumières étaient de plus en plus proches. Comme un sémaphore qui aurait perdu la tête, ces tubes éblouissants ont tourné avant de disparaître derrière la silhouette noire de la colline. Et au même moment j'ai commencé à entendre le bourdonnement lointain d'un moteur.

J'ai ralenti le pas. Les rayons de ces projecteurs se sont à nouveau élevés dans le ciel, et cette fois-ci, aucun doute, ils venaient dans ma direction. Le bruit du moteur a dominé le vacarme de l'océan, et au bout d'une minute, alors que je m'étais arrêté au milieu du chemin, j'ai vu devant moi les phares d'une énorme voiture. Une voiture qui arrivait très vite. Bien trop vite.

Je n'ai pas douté une seconde qu'il s'agissait de Leo. Mon esprit a rapidement associé ces quatre lumières (les deux phares avant et les antibrouillards) à son Land Rover Discovery. J'ai levé les bras, planté au milieu de la route, pour qu'il me voie et freine, et me raconte, bon sang, ce qu'il foutait là, à rouler comme un fou en pleine nuit.

Ce géant de deux ou trois tonnes a surgi sur la Dent de Bill comme un taureau furieux, en soulevant une traînée de sable et de poussière sur son passage, qui a pris l'aspect d'un flot de sang dans la lumière des feux arrière. J'ai pensé qu'il allait tourner sur sa gauche et prendre la route de Clenhburran. Il était sûrement arrivé quelque chose chez lui, une urgence, et… Mais, à ma grande surprise, cet animal mécanique a emprunté le chemin qui descendait vers ma maison, en fonçant sur moi.

— Hé !

Je me tenais immobile au milieu de la route étroite, coincé d'un côté par un mur de sable, de l'autre par un ravin, et il m'a fallu quelques secondes pour me rendre compte qu'il n'aurait pas le temps de freiner.

— Stop ! ai-je crié.

La voiture a bondi à toute vitesse. Leo était aveuglé ou ivre, car il n'a absolument pas tenté d'arrêter cet engin. J'ai jeté un coup d'œil au mur de sable, puis au bord du ravin. “C'est l'un ou l'autre”, ai-je pensé. Finalement, je me suis jeté côté ravin juste au moment où la voiture m'arrivait dessus.

Je suis mal tombé, sur la poitrine, dans le sable qui longe le ravin, laissant échapper un gémissement de douleur. Au même instant, cette bête a rugi à quelques centimètres de ma tête, m'envoyant un nuage de sable dans la bouche, le nez et les yeux. Puis j'ai senti mon dos vaciller dans le vide et j'ai commencé à dégringoler le long de la paroi. M'écorchant aux racines et aux chardons, le corps labouré par les pierres, j'ai finalement été freiné dans ma chute par un groupe d'arbustes, dont les épines sont venues me larder le corps.

Je crois que j'ai pensé : "Voilà, c'est fini. Maintenant tu vas ouvrir les yeux et te retrouver au chaud sous tes draps. Ne t'inquiète pas pour les blessures, tu ne les sentiras bientôt plus."

Mais quand j'ai ouvert les yeux, ils étaient pleins de sable, tout comme ma bouche. Ce truc-là était aussi réel que se coincer la queue dans la braguette de son pantalon. Ça faisait mal. Et les rêves ne font pas mal.

Je me suis assis et j'ai senti la douleur dans ma poitrine. J'avais un peu de difficulté à respirer, mais je ne m'étais cassé aucune côte. J'ai craché pour évacuer tout le sable. Puis j'ai utilisé la manche de mon pyjama pour me frotter les yeux jusqu'à ce que je puisse de nouveau les ouvrir et voir plus clairement autour de moi. J'étais au pied de la Dent de Bill, entouré de rochers sur lesquels j'aurais pu me fendre le crâne. La situation n'avait plus rien d'amusant. Et plus rien d'un jeu.

"Qui que tu sois, tu ne t'en sortiras pas comme ça", ai-je pensé en serrant les dents et en regardant là-haut, d'où j'étais tombé.

Mes oreilles, une des rares parties de mon corps qui fonctionnait encore parfaitement, ont perçu le bruit d'un coup de frein. Et ce bruit ne pouvait venir que d'un endroit : la voiture avait freiné devant ma maison, où j'avais laissé mes deux enfants seuls, endormis dans leur chambre. Raison de plus, outre ma rage bleue, de foncer les rejoindre.

Je me suis hâté autant que possible, même si je claudiquais, même s'il est foutrement difficile de courir sur le sable. Je pouvais distinguer les lumières des phares illuminant la façade principale. Est-ce que cela allait réveiller les enfants ? Pas sûr. Leur chambre donnait côté ouest. Mais le bruit du moteur…

J'ai couru en restant parallèle à la dune et quand j'ai atteint le dernier bout de route, j'ai observé la voiture. Elle était garée devant la maison, à côté de la mienne, mais ce n'était pas celle de Leo.

Non, ce n'était pas la voiture de Leo, mais une autre.

Un énorme pick-up, modèle California de chez General Motors, avec porte coulissante. Quand j'avais dix-sept ans, je rêvais de m'en acheter un, d'y mettre ma planche de surf et de parcourir le Sud de la France, de plage en plage. Couleur cerise ou lie-de-vin, ai-je deviné grâce au reflet des phares sur sa carrosserie, avec jantes chromées et d'énormes feux arrière qui imprimaient leur éclat rouge dans l'air nocturne.

J'ai aperçu plusieurs individus à côté du véhicule. Au moins trois. Ils venaient de descendre de voiture et s'approchaient de la maison. Qui étaient-ils ? À cette distance, je ne reconnaissais personne.

J'étais déjà très près d'eux, à une vingtaine de mètres, et j'avais arrêté de courir. J'avançais lentement, en reprenant mon souffle après le sprint sur le sable, et en voyant ces types que je ne connaissais ni d'Ève ni d'Adam et qui avaient failli me rouler dessus, mon sang n'a fait qu'un tour. J'étais à deux doigts de leur hurler dessus : “Vous êtes dingues ou quoi ?” De monter là-haut et de les recevoir à coups de poing. J'ai pensé, j'ignore pourquoi, qu'il s'agissait de touristes perdus, ou d'un groupe de surfeurs qui faisaient la bringue sur la côte de Donegal. Ils allaient m'entendre, merde alors.

Mais à mesure que je m'approchais, l'un d'eux m'est apparu plus précisément. Un type énorme, large comme une barrique, sans cou. Ce n'était pas un surfeur, et il n'avait pas l'allure d'un touriste. Tout de noir vêtu, avec une longue gabardine qui lui arrivait au genou, il avait plus l'air d'un croque-mort, ou d'un agent d'assurances. Il s'est avancé et s'est placé devant les phares du véhicule. Il tenait une main dans son dos et j'ai vu quelque chose briller. Quelque chose qui a immédiatement freiné mes pas. M'a fait ravaler mon cri. M'a coupé la respiration.

Dans sa main, il tenait un long couteau.

Ce furent des secondes sordides, durant lesquelles mon cœur et mes oreilles se sont mis à brûler.

Une fois, au cours d'un vol Amsterdam-Rome, nous avions souffert une petite avarie et le commandant de bord avait annoncé que nous étions contraints à un atterrissage d'urgence. Je me rappelle ce moment, en entendant ses mots dans le haut-parleur, où, tous dans l'avion, nous nous étions regardés l'air de nous demander : "Il a vraiment dit ce qu'il vient de dire?" tandis que nos cœurs pompaient des litres de sang, préparant nos corps à la panique. Cela ne peut pas m'arriver. Ça n'arrive qu'aux informations. Au cinéma. Dans les livres… mais pas dans la vie. Pas dans la mienne.

C'était néanmoins bien en train de se produire, à cet instant précis, sur la plage. Ces gens étaient des criminels. La bande de délinquants d'Europe de l'Est que Marie (ou était-ce Laura O'Rourke?) avait mentionnée lors de ce dîner quelques semaines plus tôt. Ils étaient venus chez moi, peut-être après avoir dévalisé la maison de mes amis. Qu'avaient-ils pu faire à Leo et Marie? Que s'apprêtaient-ils à nous faire, à nous?

Je me suis collé au mur et j'ai essayé de réfléchir, malgré ma gorge qui se serrait, malgré mon cœur sur le point d'éclater, pompant des quantités absurdes de sang. Merde, c'était comme se retrouver face à un requin en pleine baignade estivale, tu peux toujours nager, tu ne seras jamais assez rapide. Le mieux, c'est d'aller droit sur lui et d'être le premier à frapper, entre les yeux.

Je me suis de nouveau redressé, présumant, à tort, que chaque centimètre de ma tête était parfaitement visible. Le type obèse se dirigeait vers la maison, mais un autre individu, parmi ceux qui venaient de descendre du pick-up, s'est approché de lui, lui a barré le passage et lui a parlé. Pour autant que je pouvais en juger de ma position, il s'agissait d'une femme, mince et vêtue de noir, mais elle était de dos et je n'ai pas vu son visage. Pendant quelques instants, j'ai voulu douter – malgré l'éclat du couteau – de ma théorie sur la bande de criminels. Peut-être qu'ils étaient perdus, me suis-je dit. Peut-être qu'ils ne nous voulaient aucun mal. Quel criminel avancerait ainsi à visage découvert, en prenant si peu de précautions? Puis j'ai pensé que c'était précisément le plus terrifiant. Qu'ils se fichent d'être vus. C'étaient des chasseurs dans un terrier de lapins sans défense.

Le gros et la femme discutaient tandis qu'un troisième attendait à côté du GMC couleur cerise. Je le discernais toujours mal, mais j'ai remarqué qu'il tirait sur une cigarette. Les ronds de fumée qu'il expulsait par la bouche s'élevaient dans le ciel, illuminés par les phares du véhicule.

La maison restait plongée dans le noir. J'ai prié pour que Beatrice regarde par la fenêtre et voie ces trois individus louches, et qu'elle aille me chercher dans ma chambre. Et que, ne m'y trouvant pas, elle sente que quelque chose n'allait pas et appelle Judie, ou la police, ou les pompiers.

"C'est une fille intelligente, me répétais-je. C'est une fille intelligente, Pete. Allez, Beatrice, attrape ce précieux iPad que tu aimes tant et donne-lui une réelle utilité : vas-y, envoie des mails, des tweets et des messages à tout le monde sur Facebook. Demande de l'aide!"

J'ai marché en longeant la butte, en avançant de côté sans cesser de regarder vers le haut. Je n'étais plus qu'à une dizaine de mètres d'eux. Je pouvais même entendre le chuintement de leurs voix, tandis qu'ils discutaient tranquillement.

"Donnez-moi encore une minute, juste une minute", ai-je prié.

Si j'atteignais l'escalier en bois, je pourrais ramper vers l'un des flancs de la maison sans être vu et me faufiler à l'arrière. Et après, quoi? Merde, je n'en avais aucune idée. Prendre un couteau dans la cuisine, ou la hache qu'il me semblait avoir vue dans la remise. M'enfermer avec les enfants dans leur chambre et défendre notre forteresse comme je pourrais.

J'ai continué d'avancer sans respirer jusqu'à être suffisamment loin d'eux, puis j'ai filé à toute vitesse vers l'escalier. Je me suis glissé de l'autre côté de la rampe et j'ai commencé à grimper. Le pick-up était garé de telle façon que les phares ne pouvaient éclairer le gazon sur le devant de la maison ni la zone du salon, si bien que dès que j'ai atteint cette partie du terrain, je me suis jeté au sol et me suis traîné jusqu'à la terrasse où nous prenions notre petit-déjeuner tous les matins. Je me suis réjoui de ne pas avoir rangé la table et les chaises de jardin et me suis camouflé sous l'une d'elles quelques secondes pour reprendre mon souffle et analyser la situation.

Le gros type avançait vers la maison la main dans le dos, cachant son couteau. En réalité, gros n'était pas le meilleur mot pour définir son physique. Il était large comme une armoire, et court sur pattes. Les manches de sa gabardine légèrement retroussées laissaient apparaître deux avant-bras de la taille de mes biceps. Il marchait en donnant des petits coups de pied en l'air, comme s'il avait du mal à transporter son propre corps. Son visage, aux traits méditerranéens, était sombre. Sourcils épais et cheveux noirs. Je n'en voyais pas davantage. À côté de lui marchait le troisième individu, le fumeur, qui était plus élancé et se mouvait comme une couleuvre comparé à son lourd compagnon. Avec un signe distinctif sur le visage : des lunettes noires aux verres ronds, comme une version maléfique de celles de John Lennon. Il avait les cheveux coupés court, on aurait dit un casque de la Seconde Guerre mondiale, et collés au crâne, comme s'il venait de se prendre un seau d'eau sur la tête. Il portait une veste en cuir et un pantalon noir, long et ample. Et dans une main, il tenait un pistolet.

Le gros (appelons-le ainsi) a disparu de mon champ de vision. Il se dirigeait sûrement vers l'entrée principale, mais le clone de Lennon (désolé d'utiliser ce gentil Lennon pour décrire un criminel) marchait dans ma direction. Je me suis faufilé sous la table. Les chaises étaient disposées autour. J'ai serré les genoux et me suis ramassé sur moi-même, en boule. Une boule qui a cessé de respirer.

J'ai vu ses jambes passer devant moi. Une paire de chaussures brillantes et noires, avec une grosse boucle argentée sur le côté, s'est soudain arrêtée, tout près de la table. J'ai entendu d'autres pas pressés sur le gazon. C'était la femme. J'ai remarqué ses jambes, élégantes, jolies. Arrivée à notre hauteur, elle a parlé à voix basse, mais j'ai parfaitement saisi ses mots.

— Seulement la salope. Les autres, ils restent ici. Compris ?

Le fumeur a laissé échapper un petit rire. Il a disparu derrière la maison. La femme est restée quelques secondes immobile au milieu du gazon puis est repartie vers le pick-up.

"Les autres, ils restent ici, avait-elle dit. Seulement la salope."

À cet instant quelqu'un a fait retentir la sonnette de la porte principale. C'était le gros. La sonnette a fait un boucan atroce.

Elle a inondé de bruit la maison. Impossible que les enfants ne l'aient pas entendue.

J'étais sous la table, les bras autour des genoux, mort de trouille. Le grand type devait être à la porte de la cuisine, peut-être l'avait-il déjà ouverte. Ou alors il voulait simplement s'assurer que personne ne sortirait de là sans se prendre une balle. Que pouvais-je faire ? Je me serais fait transpercer dès que j'aurais passé l'angle de la maison.

Alors une idée s'est frayé un chemin dans mon esprit, comme un cri désespéré. La baie vitrée. Tous les matins nous l'ouvrions en grand et bien souvent, le soir, elle restait mal fermée à cause de ce verrou défectueux. C'était ma seule chance. Qu'elle soit ouverte et que je puisse me faufiler dans le salon. Mais cela reviendrait aussi à provoquer un bruit qui, à cet instant, m'aurait probablement condamné à mort.

La sonnette a résonné encore une fois et j'ai pensé à mes enfants ("faites qu'ils ne se lèvent pas, je vous en prie, ou qu'ils viennent me chercher, qu'ils se cachent dans les toilettes") ; puis j'ai fait demi-tour sur mon postérieur pour me retrouver face à la porte. J'ai posé mes deux mains sur la vitre et fait pression vers la droite. Je l'ai sentie résister et j'ai cru que la chance ne serait pas de mon côté cette fois-ci, mais lors de ma seconde tentative, elle s'est légèrement déplacée. Elle s'ouvrait ! C'était une immense baie vitrée, dont la glissière était encrassée. Elle grinçait, mais, probablement à cause du vent, ni le gros, ni Lennon, ni la femme ne l'ont entendue d'où ils étaient. La sonnerie a encore retenti, puis il y a eu des coups à la porte. J'avais déjà réussi à déplacer suffisamment la vitre pour me glisser dans l'embrasure, mais un des pieds de la table me barrait le chemin et je ne voulais pas prendre le risque de faire plus de bruit. J'ai donc forcé une dernière fois et me suis enfin ouvert un passage.

Je suis entré dans le salon à quatre pattes, alors que la sonnerie retentissait pour la troisième fois.

— Hé oh, a crié une voix derrière la porte. Il y a quelqu'un ? Écoutez… nous avons un problème avec la voiture… Il y a quelqu'un ?

J'ai regardé attentivement de tous côtés. Il n'y avait personne ici, mais je restais sur mes gardes. Le clone de Lennon pouvait être entré par la cuisine et progresser à cet instant dans le couloir ou l'escalier, avec son pistolet. Je me suis approché de la cheminée et j'ai saisi un tisonnier plutôt massif. L'arme parfaite pour exploser un crâne. Avec ça dans les mains, je me suis dirigé vers la cuisine et me suis penché légèrement. La porte de derrière était fermée. Elle s'ouvrait avec la même clé que la porte principale, outre un verrou qui n'était pas tiré. Je me suis dit que le type au pistolet devait être dehors, mais il pouvait aussi se trouver à l'intérieur et avoir refermé la porte derrière lui. Et ça, je n'allais pas m'amuser à le vérifier.

J'ai traversé le couloir et jeté un œil dans toutes les directions. Vide. Et pas le moindre bruit de pas. Le vieux bois de cette maison était mon meilleur allié.

J'ai gravi les marches lentement, une à une, prêt à dégainer le tisonnier, en regardant en haut, en bas, le cœur battant comme un moteur sur le point d'exploser. J'ignorais qui étaient ces gens, pourquoi ils étaient venus chez moi nous massacrer, mais ça n'avait aucune importance. Tu te poses des questions quand un chien enragé se jette sur toi ou tes enfants ? Non. Tu te prépares juste à cogner pour te débarrasser de lui aussi rapidement que possible, en évitant de te faire mordre. J'étais chez moi et si je tuais quelqu'un, ce serait de la légitime défense (et même si la loi n'était pas ainsi faite, à cet instant précis, je n'en avais absolument rien à foutre).

Le couloir du haut était sombre et silencieux. La porte de la chambre des enfants, entrouverte. Je ne distinguais aucune lumière à l'intérieur, pas même la faible lueur d'une veilleuse. Cela m'a étonné, m'a mis en alerte. Les coups de sonnette et les cris de cet homme auraient dû les réveiller, ou alors c'était le cas et ils s'étaient déjà cachés quelque part.

J'ai murmuré leurs prénoms, “Jip, Beatrice”, d'un ton inquiet, mais personne n'a répondu.

Il n'y avait plus eu de sonnerie, ni de coups à la porte, ni d'appels depuis un moment. J'ai supposé que le gros cherchait un moyen de pénétrer dans la maison sans faire trop de vacarme. Ou alors le serpent à lunettes noires avait cassé la serrure et poserait bientôt ses pieds sur les marches, faisant gémir le bois. Je devais me dépêcher.

J'ai poussé la porte de la chambre de Jip et Beatrice et le grincement de ses vieilles charnières m'a fait l'effet d'un orchestre au complet en pleine répétition. À cet instant, mon cerveau primaire avait activé les réflexes du chasseur. Il avait envoyé un surplus de sang dans les muscles de mes bras pour préparer un coup mortel. Mes oreilles captaient dix fois plus de sons que d'habitude. Mes pupilles s'étaient dilatées au maximum, prêtes à détecter le moindre signe d'alarme.

Mais la paix régnait dans la chambre.

J'ai aperçu deux masses, une dans chaque lit. Je me suis approché du premier. Jip dormait dans sa posture habituelle. La couverture remontée jusqu'au menton, une main au-dehors, posée à côté de sa tête. J'ai mis un doigt devant sa bouche et senti, avec soulagement, la chaleur du souffle émanant de ce petit corps.

J'ai attrapé son épaule et l'ai secouée.

— Fiston, ai-je susurré. Réveille-toi.

Le pauvre lapin a ouvert les yeux, étonné, il était sur le point de dire quelque chose, mais je lui ai fait signe de se taire. Puis je suis allé vers Beatrice et l'ai réveillée à son tour.

— Il y a des gens dans la maison, ne faites pas de bruit. Beatrice, ton téléphone est par là ?

— Des gens ? a répondu Béatrice, effrayée. Des voleurs ?

— Oui, ils sont entrés pour cambrioler. Tu as ton téléphone ?

— Le portable ? Oui… mais dans le salon. Dans le sac à dos.

— Merde… Bon… c'est pas grave. Planquez-vous sous le lit et attendez une seconde. Je vais aller chercher le mien.

— Papa, ne pars pas ! a gémi Beatrice.

— Je reviens tout de suite. Planquez-vous sous le lit.

Beatrice a attrapé son frère et l'a tiré sous le lit de Jip, qui était le plus éloigné de l'entrée. Je me suis approché de la porte. Je me suis plaqué d'un côté puis de l'autre pour examiner le couloir, mais je n'ai rien vu. On aurait entendu une mouche voler.

J'ai quitté ma position et traversé le couloir jusqu'à la salle de bains. J'ai attendu quelques secondes, pour voir si quelqu'un réagissait à mes mouvements, mais, de nouveau, la maison ne m'a renvoyé qu'un étrange silence. Puis je suis sorti de là et j'ai atteint ma chambre en deux foulées.

Ma chambre donnait sur la façade est de la maison, juste au-dessus de la porte d'entrée. J'ai lancé le tisonnier sur le matelas, me suis jeté à terre et déplacé à quatre pattes pour éviter qu'un de ces types ne me voie à travers la fenêtre. Puis j'ai tenté de me rappeler où j'avais bien pu laisser ce foutu téléphone portable. Peut-être dans l'autre poche de mon manteau ? Je suis allé jusqu'à l'armoire et l'ai ouverte doucement ; les charnières ont grincé ("hé, minute, j'avais fermé l'armoire avant ?"). J'ai fouillé dans l'obscurité pour dénicher mon manteau et le tirer de son cintre jusqu'au sol. Et là, en plongeant la main dans la poche, j'ai senti le contact familier des anneaux métalliques. C'était le carnet que Judie m'avait offert.

Je me suis retourné pour jeter un œil sur la table de nuit, où j'aurais juré l'avoir laissé quelques minutes auparavant, après avoir griffonné dessus.

Le crayon était toujours glissé dans la spirale. J'ai ouvert le carnet. La page sur laquelle j'avais écrit était vierge.

J'ai rampé jusqu'à la fenêtre, tout en éprouvant un curieux mélange d'émotions. Du soulagement, certes, mais aussi une salutaire circonspection. J'ai observé l'extérieur à travers les rideaux. J'ai vu un ciel rempli d'étoiles. Pas un nuage ni la moindre trace d'orage. La mer s'étirait sur le sable. Devant la maison, pas de voiture garée, la clôture entière, solide, d'un seul tenant.

Mes jambes se dérobaient sous moi.

"Ça a recommencé. Mon Dieu. Ça a recommencé."

Je ne craignais plus que quelqu'un m'aperçoive. Je me suis redressé et j'ai ouvert les rideaux. Il n'y avait pas le moindre pick-up devant chez moi. Ni aucun assassin aux aguets derrière ma porte.

5

J'ai tout raconté à Judie cette nuit-là, quand elle est venue après mon appel, qui l'a réveillée en pleine nuit : "Cette fois, ne viens pas me parler de rêve lucide. Ça n'avait rien d'un rêve."

Il lui a fallu vingt minutes pour enfiler un jean et traverser les terres humides dans sa vieille Vauxhall. Son arrivée fut comme celle d'un médecin, ou l'apparition d'un ange. Jip tremblait encore et Beatrice était assise sur son lit, ravalant ses larmes.

Mais j'ai insisté sur ce point : "Ça n'avait rien d'un rêve."

D'accord, tout avait disparu. Pour commencer, ma propre écriture, sur le carnet qu'elle m'avait offert. "J'ai peur et ma peur est réelle", je me rappelais cette phrase.

— Mais tu es sûr, Pete ?

— Aussi sûr que je suis sûr d'être là, Judie. Ton carnet coûte 7,50 euros et ce prix apparaissait dans mon rêve. Tout. Tel quel.

Et bien sûr, il n'y avait personne dehors non plus, pas même des traces de cette voiture qui n'était ni la mienne ni celle de Judie. Je suis allé chercher une lampe de poche dans le garage, j'ai allumé les lumières du jardin (qui, bien sûr, étaient éteintes) et nous avons fait une ronde nocturne autour de la maison, avec Jip et Beatrice, recouverts de deux plaids. Ils ne voulaient en aucun cas qu'on s'éloigne d'eux. Ils étaient terrorisés et je ne pouvais pas leur en vouloir.

La clôture était en parfait état. Blanche et droite, sans la moindre égratignure. Je leur ai expliqué que, dans mon "cauchemar", elle était cassée, ses piquets brisés, couchés par terre. Je l'avais touchée, j'avais enfoncé mes doigts dans la terre. Et maintenant elle était aussi stable qu'un arbre centenaire.

Et puis il y avait le problème de l'orage. Judie m'affirmait qu'il n'était pas tombé la moindre goutte de toute la nuit, et il suffisait de regarder la terre pour s'en convaincre. Le chemin était sec.

— Mais moi, ai-je dit en portant mes mains à mes cheveux, qui étaient secs aussi, moi j'ai marché sous la pluie. Ça, j'en suis certain. J'ai enfilé ces bottes et j'ai marché cinq minutes, jusqu'à ce que je croise cette voiture et…

Je lui ai montré le sable sur mon imperméable, sur les bottes, sur le pyjama. Je lui ai montré les éraflures que je m'étais faites en dégringolant du ravin. Je lui ai expliqué sur quelle partie du corps j'étais tombé. Je lui ai dit que, si nous prenions cette lampe de poche et que nous montions le long du chemin, nous retrouverions sûrement mes traces.

— Tout est vrai, Pete, a-t-elle répondu en faisant une grimace en direction de mes deux bambins. Mais à quoi ça servirait ?

L'aube pointait quand les enfants ont enfin réussi à s'endormir. Judie leur avait raconté trois histoires d'affilée, du début à la fin, sans que leurs yeux ne semblent disposés à abdiquer. Puis elle leur avait chanté une vieille ballade irlandaise et sa voix avait rempli la maison de chaleur et de sécurité. Elle avait éloigné les fantômes. Purifié l'air. Le souvenir de leur papa devenu fou, courant avec un tisonnier à la main, s'est peu à peu évanoui, j'ai entendu leur respiration de plus en plus lente, à l'abri sous les couvertures ils regardaient Judie, bouche entrouverte, puis leurs paupières ont cessé de résister et se sont closes pour de bon.

"Papa a fait un cauchemar. Il est vraiment désolé de vous avoir fait peur. Maintenant dormez. Dormez vite. Demain sera une belle journée."

Une fois les enfants endormis, elle est revenue dans ma chambre. J'avais mal à la tête et mal au cœur. J'ai pris des médicaments pour le premier problème et du whisky pour le second. Puis je me suis écroulé dans le lit. Judie s'est assise à côté de moi, sur le bord du matelas. J'ai remarqué qu'elle évitait de s'étendre, malgré sa grande fatigue. Dehors le jour se levait.

— Si Clem était à Amsterdam, je les lui renverrais dès demain, ai-je dit. Là-bas, ils ont un père qui est un crétin, mais pas un dingue.

— Pete… tu n'es pas dingue.

Judie m'a discrètement "subtilisé" le verre de whisky et l'a posé sur la table de chevet. Puis elle a glissé ses doigts dans mes cheveux et les a caressés.

— Il t'arrive quelque chose, mais tu n'es pas dingue.

— Mais qu'est-ce qui m'arrive alors ? Et si dans la prochaine vision je les confonds avec un de ces assassins et que je leur fends le crâne à coups de tisonnier ?

Cette phrase résonnait de manière terriblement plausible. J'ai vu Judie marquer le coup, mais elle a veillé à ne pas m'effrayer plus encore.

— Rien ne dit qu'il y aura une prochaine fois.

— Ça, c'est ce que nous "voulons penser", Judie. Ce sont les "bonnes nouvelles" que nous appelons de nos vœux. Mais cette nuit j'ai terrorisé mes enfants. Je les ai tirés du lit et je leur ai crié de se cacher. Et encore heureux que ça se soit arrêté là. Mais la prochaine fois ? Je ne suis pas disposé à mettre la vie de mes enfants en danger. Et la mienne non plus. Maintenant je veux que tu sois absolument sincère avec moi. Est-il possible que je souffre de schizophrénie ?

La question lui a arraché un petit rire.

— D'où tu sors cette idée ?

— D'Internet. De Dr Google. J'ai lu que les schizophrènes aussi ont des hallucinations.

Judie m'a demandé une cigarette. Le paquet était sur la table de nuit, je l'ai attrapé et Judie en a allumé une. Elle a lancé deux flèches de fumée par le nez.

— Écoute, il y a des maladies mentales, comme la schizophrénie, dans lesquelles l'individu "entend" ou "voit" des choses qui n'existent pas. Mais il y a quantité d'autres symptômes et comportements associés à cette maladie qui ne se manifestent pas chez toi, d'accord ? Tes "visions" sont très organisées, par exemple, et tu es toujours capable de déterminer leurs débuts et leurs fins.

— Et ça me distingue d'un schizophrène ?

— Ça te distingue de la plupart des cas de schizophrénie ou de délire paranoïaque connus, même si je ne peux pas t'assurer à cent pour cent qu'il n'existe aucun cas comme le tien. À mon avis, il t'arrive un truc unique, sur lequel la médecine actuelle est incapable de poser une "étiquette". D'où sortent ces trois personnages si bien définis, mais que tu n'as jamais vus auparavant ? Et cette image répétitive de la clôture cassée ? Si je devais parier de l'argent là-dessus, je dirais que Jung ou Freud auraient plus de chance de t'aider qu'une lobotomie.

— Que veux-tu dire par là ? Que tout ça est comme un rêve et qu'il y a un message derrière ?

— C'est juste une intuition, a répondu Judie. Mais pourquoi pas ? Tout indique que tu "vis" réellement dans ces visions. Tu bouges, tu marches, tu dégringoles même le long d'un ravin quand tu te crois attaqué. C'est comme si tu vivais ce rêve en état d'éveil. Comme si tu portais des lunettes de réalité virtuelle. Mais cela ne change pas la fonction du rêve, ni même la question principale que tu dois te poser : pourquoi fais-tu précisément ce rêve ?

— Pourquoi je fais précisément ce rêve, ai-je répété les yeux fermés. Pourquoi ? C'est comme une menace. Quelque chose qui serait sur le point de s'abattre sur nous. Comme une histoire qui se compose progressivement, pièce par pièce. La première fois, c'était Marie. Elle était effrayée. Il lui était arrivé quelque chose. Puis à Dublin, l'image des morts…

— À Dublin ?

Je me suis rendu compte que je n'avais raconté à personne la vision du journal.

— La nuit où j'ai dormi chez mon père, j'ai eu un autre… cauchemar. J'ai cru voir un journal sur la table de la salle à manger. On y évoquait un massacre, à Clenhburran. Toute une famille. Puis j'ai allumé la lumière et tout est redevenu normal. Comme cette nuit. Comme toutes les nuits. Après, je l'ai oublié.

— Y a-t-il autre chose qui te semble important ?

— Je ne sais pas. Je ne me souviens de rien d'autre. La clôture est toujours cassée. Cela a du sens car le rêve se déroule toujours au cours de la même nuit. Et aujourd'hui, cette nuit, j'ai eu l'impression que les assassins cherchaient quelqu'un dans la maison. Une femme.

Judie a fini sa cigarette et l'a écrasée dans le cendrier. Puis elle est restée silencieuse, plongée dans ses réflexions pendant une longue minute.

— Tu crois que je suis dingue, Judie ? Parce que, là maintenant, tu es l'une des rares personnes au monde en qui j'ai confiance. Ces derniers temps, tout… tout est si étrange. Je vois des choses qui n'existent pas. J'en suis venu à me méfier de Leo, de Marie… et même de toi.

— De moi ?

— C'est stupide, laisse tomber.

— Non, a dit Judie, soudain très sérieuse. Je veux savoir. Pourquoi ?

— Toi aussi… tu es apparue dans un de mes cauchemars. C'était horrible, horrible comme tout le reste. Et après, j'ai eu l'impression que tu avais une réaction bizarre quand tu es tombée sur le nom de Kauffman noté sur un papier dans ma trousse à pharmacie… Dis-moi que je me trompe, s'il te plaît. Dis-moi que je suis en pleine crise de paranoïa.

Ses yeux, noirs dans l'obscurité, me fixaient.

— Qu'est-ce qui se passait dans tes cauchemars, Pete ?

J'ai tiré une longue bouffée sur ma cigarette.

— Tu veux le savoir ? C'est une histoire affreuse.

— Je veux le savoir.

J'ai fini mon verre de whisky. Les glaçons jouaient entre mes lèvres pendant que j'ingurgitais la dernière gorgée.

— Tu étais attachée. Attachée et effrayée. Quelqu'un te cherchait, qui te voulait du mal, et tu me suppliais de t'aider. Tu disais qu'il "allait te tuer". Mais ce n'est peut-être qu'un reflet de la réalité. Il y a beaucoup de nuits où tu… bon, où tu fais des cauchemars. Je suppose que je l'ai intériorisé, comme tout le reste.

— Attachée, a dit Judie.

J'ai vu que ses lèvres se mettaient à trembler.

— Il y avait quelqu'un d'autre ?

— Oui…, ai-je répondu, sans avoir encore compris pourquoi Judie trouvait mon rêve si incroyable.

— Un homme ?

Elle avait l'air vraiment effrayée en posant cette question.

— Non. Ma mère, ai-je répondu. Qui me disait de quitter cette maison.

Judie a levé une main sur son visage. Je ne sais pas si elle pleurait, mais sa respiration était agitée. Je me suis penché vers elle. Brusquement, les rôles avaient changé, c'était elle désormais la patiente et moi le médecin.

— Judie ? Ça va ?

— Oui, Pete, enfin… un peu impressionnée.

— J'ai dit quelque chose qui… ?

— Non, mieux vaut s'arrêter là. Ce n'est pas le moment.

Je l'ai prise par les épaules. La faible lumière de l'aube qui s'infiltrait dans la maison a éclairé son visage. J'ai vu une Judie différente. Pâle. Terrorisée.

J'ai tenté de l'attirer à moi pour l'enlacer, mais elle s'est écartée.

— Écoute, je crois qu'il vaut mieux que je dorme en bas, sur le canapé. Toi, essaie de dormir aussi. Demain est un autre jour.

— Mais, Judie…

— Pas maintenant, Pete. Laisse-moi le temps, d'accord ?

Elle est sortie de la chambre et je l'ai entendue renifler dans le couloir. J'avais de toute évidence touché quelque chose en elle, appuyé sur un bouton. J'étais sur le point de me lever et de la suivre, mais je la connaissais et je savais que je ne réglerais rien cette nuit.

Le soleil pointait à l'horizon quand j'ai réussi à m'endormir. Mais avant, j'avais pris deux décisions. La première : aller voir ce Dr Kauffman, pour tenter de me soigner par tous les moyens. Et de le faire immédiatement. Je voulais en finir avec ce problème une fois pour toutes. Retrouver ma vie.

La seconde décision avait à voir avec Leo et Marie. Si j'étais convaincu d'une chose à ce stade du film, c'est que tout cela avait un rapport avec eux. J'ignorais encore lequel, et c'était précisément ce que je devais découvrir.

6

Un agent de la Garda nommé Ciara Douglas m'a reçu, le lendemain, dans une petite salle d'interrogatoire du commissariat de Dungloe. L'agent d'accueil, un policier grassouillet et rougeaud, avait eu du mal à comprendre ma démarche :

— Qu'est-ce que vous voulez exactement? m'avait-il demandé. Porter plainte?

— Non, je souhaite juste parler avec l'un de vos chefs.

— Vous êtes journaliste?

— Je vous ai déjà dit que non. J'habite près de Clenhburran. Je veux juste voir un responsable.

En y réfléchissant un peu plus tard, je me suis dit que j'aurais dû me faire passer pour un écrivain, ou pour un étudiant en criminologie.

En réalité, je n'aurais probablement même pas dû mettre un pied là-bas. Pourquoi faire? Demander s'il était possible que l'un des personnages sortis de mes rêves soit réel? Mais ce matin, j'avais ressenti le besoin d'agir, de prendre le contrôle de la situation d'une manière ou d'une autre.

— Écoutez, vous pouvez aller à la mairie. Là-bas, ils vous redirigeront vers nous si...

— Non mais franchement, je ne vous volerai pas plus de dix minutes. Il n'y a personne ici qui puisse m'accorder dix minutes?

Ciara Douglas était une grande femme aux cheveux noirs et aux yeux verts, au maintien militaire. Elle a mis une demi-heure à se montrer, avec l'air de perdre son temps et de vouloir se débarrasser de moi aussi vite que possible.

— Tremore Beach ? C'est cette petite plage au nord de Clenhburran, hein ? Je ne savais pas qu'il y avait autant de maisons par là-bas.

— En réalité, il n'y en a que deux. La mienne et celle de mes voisins, les Kogan. Ils vivent là à l'année, moi je loue la propriété seulement pour quelques mois.

— Très bien, monsieur Harper, allons droit au but. Que souhaitez-vous savoir ?

Face à cette question, et face au visage sérieux du sergent Douglas, ses galons et son allure imposante, j'ai réalisé à quel point cela allait paraître puéril. J'ai décidé d'y mettre un peu d'imagination.

— Alors voilà… l'autre jour, lors d'un dîner, des voisins ont mentionné quelques problèmes de… sécurité. Disons qu'ils ont entendu parler de criminels sévissant dans la région. Des bandes d'Europe de l'Est, un truc dans le genre. Et, bon, du coup, comme je vis seul et… si ce n'est qu'en ce moment j'ai mes deux enfants à la maison… Bon, bref, je me demandais, est-ce que vous pensez que je devrais me munir d'un genre d'alarme ou de… ?

Ciara Douglas a étiré sa grande bouche jusqu'à dessiner un sourire. Ce qui, sur son visage, relevait clairement du gros effort.

— Écoutez, monsieur Harper. Je ne peux pas vous conseiller d'installer ou non un système d'alarme. Ce que je peux vous dire en revanche, c'est qu'en effet il y a eu quelques cambriolages, la plupart dans des maisons de vacances inoccupées, et presque tous sans importance. Il y a aussi eu un gros vol de matériel de construction près de Letterkenny il y a deux semaines, suite auquel ont été arrêtés deux délinquants de nationalité irlandaise. Mais aucun Européen de l'Est.

Elle s'est tue, les deux mains unies par le bout des doigts, ses yeux me fixant et me demandant "ça suffit ?", mais je n'avais pas encore envie de soulever mes fesses de cette chaise en plastique.

— Et vous avez déjà entendu parler d'une affaire similaire en dehors du comté ? Je ne sais pas, un mandat d'arrêt international. Des types qui circulent en pick-up et attaquent des maisons…

Ce truc du mandat d'arrêt international, je l'avais tiré d'un épisode de la série *Cops*, et en entendant ça, le sergent Douglas a dû penser qu'elle était en train de discuter avec un apprenti détective privé. Ou avec un touriste désœuvré. Qui attendait que sa femme sorte de chez le coiffeur.

— Non, monsieur. On est à Donegal, ici. Nous n'avons pas ce genre de problèmes, fort heureusement. Si ces histoires vous intéressent, vous devriez aller dans le Sud de l'Europe, par exemple, où vivent les gens riches et où traînent de véritables criminels. Ici, on vole du cuivre, des écrans plasma ou une voiture pour la vendre chez le ferrailleur. Guère plus, monsieur Harper, vous pouvez dormir tranquille. Une autre question ?

Ses doigts tambourinaient sur la table. Elle me regardait avec impatience.

— Une dernière chose, oui. Vous n'avez jamais reçu de plaintes sur Tremore Beach ? Rien qui sorte de l'ordinaire ?

— Vous faites référence à l'une des deux maisons qui s'y trouvent ?

— Oui.

— Je peux vérifier, mais, vous savez quoi ? Je commence à croire que vous avez une autre raison de me poser ces questions.

— Je vous demande pardon ?

— Y a-t-il quelque chose en particulier que vous souhaitiez me raconter, monsieur Harper ? Je trouve toutes ces questions sur les antécédents de votre maison bien curieuses. Un problème avec vos voisins ?

J'ai été tenté de lui raconter mon histoire, mais je me suis retenu. Raconter à un flic que tu es venu au commissariat à cause de tes cauchemars ? Ça aurait tout l'air de relever de la psychiatrie, et avec mes enfants en vacances à la maison (et mon récent divorce), attirer sur moi ce genre d'attention n'était pas indispensable.

— C'est peut-être juste parce que la maison est isolée, ai-je fini par répondre. L'agent immobilier m'avait prévenu, mais je ne l'ai pas écouté. Parfois, la nuit, j'entends des bruits qui m'empêchent de dormir, et avec toutes ces rumeurs sur des bandes de délinquants qui braquent des maisons… Je suppose que je suis resté un petit citadin dans l'âme.

Douglas me fixait toujours comme si elle avait du mal à gober le tour que je tentais de donner à la conversation.

— Ça arrive souvent, a-t-elle dit finalement. Surtout avec vos enfants chez vous. Peut-être que vous avez un niveau d'alerte plus haut que la normale, monsieur Harper. Détendez-vous. C'est sûrement des moutons qui paissent, ou le bruit du vent. On est à Donegal ici, on peut dormir les portes ouvertes.

7

J'étais content que Marie soit absente quand j'ai frappé à la porte des Kogan, cet après-midi-là. Leo m'a expliqué qu'elle était à Clenhburran, concentrée sur les préparatifs de la Nuit du cinéma en plein air, qui aurait lieu le jeudi suivant.

— Où as-tu laissé tes loupiots ? m'a-t-il demandé ensuite.

— Avec Judie, au village. Ils sont allés voir les phoques, au port.

— Une bière ? a-t-il demandé en disparaissant derrière la porte de la cuisine. Je sais qu'il est tôt, mais je reviens d'une balade de deux heures et je suis assoiffé.

— Les falaises ? ai-je demandé à voix haute, tandis que Leo fouillait dans son frigo.

— Oui, monsieur, a-t-il crié. D'ici jusqu'à Monaghan. Une sacrée trotte. Il y a pas mal d'humidité dans l'air, on dirait. J'espère qu'il ne va pas se mettre à pleuvoir juste pour la Nuit du cinéma.

Leo est revenu de la cuisine avec deux canettes de Heineken. J'en ai pris une et l'ai remercié.

— J'ai entendu dire que tu serais la vedette de la soirée. Tu as déjà préparé ton discours ?

— Oh, eh ben, en réalité non. Je dirai quelques mots sur le bonheur de vivre dans un petit village, l'inspiration qu'offrent les choses simples… je ne sais pas. Ou alors je pomperai une idée dans un bouquin.

— Petit village, vaste enfer, voilà ce que j'en pense. Cette commère de Laura O'Rourke s'est mise à raconter partout que nous sommes milliardaires parce que j'ai appelé pour me renseigner sur le voilier. Tu l'apprendras au milieu des rayons du magasin de Durran ! Mais bon, Frank est un saint homme. Il est de bon conseil et il est bien possible que je casse ma tirelire. Tu sais quoi ? Cette idée de voilier m'enchante.

Les enfants répétaient sans cesse à quel point ils avaient passé un bon moment sur le bateau. Leo m'a dit que nous pourrions peut-être renouveler l'expérience avant qu'ils ne repartent à Amsterdam. Ce qui adviendrait dans une semaine et demie.

Nous nous sommes assis sur le canapé, à côté de la cheminée.

— Ça doit être dur de les laisser repartir, pas vrai ?

— Plutôt oui, ai-je répondu. Ils viennent à peine d'arriver qu'ils s'en vont déjà.

— Je comprends, Pete, ils sont extra. Et puis, on voit bien qu'ils t'adorent. De toute façon, tu prévois de rentrer bientôt, non ?

— Oui, j'imagine, ai-je fini par répondre. Je crois que je vais finir d'enregistrer quelques morceaux et après, il faudra que je prenne une décision. Je vais peut-être retourner aux Pays-Bas. Ailleurs qu'à Amsterdam. J'ai des amis à Haarlem. Je pourrais m'installer là-bas. Je verrais les enfants toutes les semaines. Ça pourrait fonctionner…

Leo a bu une longue gorgée de bière.

— Tu nous manqueras, mon ami.

— Et vous aussi, vous me manquerez, Leo. Mais vous allez encore supporter Peter Harper un bon moment dans les parages. Et toi et Marie ? Vous n'avez pas eu votre compte de vent et de froid ? Combien de temps penses-tu repousser encore ton rêve de vivre en Thaïlande ?

— Ooohh…, a-t-il souri, en plissant les rides autour de ses yeux. Je ne sais pas, Pete. Chacun a ses rêves, mais le temps passe et tu te fais vieux, et les rêves se transforment en porcelaine que tu regardes, dont tu retires la poussière de temps en temps, et puis c'est tout. J'ignore si nous partirons un jour d'ici. Je te l'ai déjà dit, Marie est tombée amoureuse de cet endroit. Et au bout du compte, on va tous là où vont nos femmes, non ?

J'ai acquiescé en silence. Puis j'ai senti de nouveau ce regard que Leo posait sur moi.

— Et vous en êtes où avec Judie, si je peux me permettre la question ? Tu vas l'inclure dans tes plans ?

J'ai souri et bu à mon tour une large gorgée. "Holà, holà, c'est moi qui devais poser les questions." Puis j'ai tenté de répondre en me contentant d'un sourire et d'un regard, mais Leo semblait attendre de voir mes lèvres bouger.

— Je ne sais pas. Elle a l'air très heureuse ici, avec sa boutique et son univers cosmique. Ce ne sera peut-être pas si facile de la convaincre.

— Tu n'as qu'à lui demander.

Leo a ri en disant cela.

— Si la tonne et demie de rides qui couvre mon visage m'a enseigné quelque chose, c'est bien ça : parfois, il suffit de dire ce qu'on désire à voix haute pour que tout commence à se mettre en place. C'est une fille formidable.

— Je suis bien d'accord. Et quand je la vois avec les enfants... je commence aussi à imaginer des choses. Mais j'ai peur de leur faire revivre le même genre de situation. Tu comprends ?

— Oui...

Je crois que je m'apprêtais à ajouter autre chose, mais à ce moment-là le téléphone a sonné dans la cuisine et Leo s'est levé pour y répondre. Il est revenu un instant plus tard.

— Maudit service du gaz. Je crois que même s'ils le faisaient exprès, ça ne pourrait pas fonctionner plus mal. Ils m'annoncent maintenant qu'ils ne reviendront pas avant une semaine et on est à court de propane depuis deux jours. Heureusement que c'est l'été. Je vais quand même aller chercher des jerrycans d'essence pour les générateurs chez Andy's. Tu serais libre maintenant ?

J'ai écrasé la canette de bière dans ma main.

— En réalité, Leo, j'étais venu pour te parler d'un truc, ai-je dit.

Leo a froncé les sourcils deux secondes, puis a souri.

— Je me fais des idées ou te voilà bien sérieux ? Allez, quel que soit le problème, tu peux tout me raconter.

— Tu en veux une ? ai-je dit en sortant le paquet de Marlboro de ma chemise. Je crois que ça va nous prendre un bon moment...

— À ce point-là ?

— Eh bien, je reviens de Dungloe, où je suis allé voir la police.

Le regard de Leo s'est pétrifié. Il a bu un coup et a accepté une de mes Marlboro.

— Crache le morceau.

Comme une confession qu'on retient depuis longtemps, cette histoire est sortie de ma bouche d'un seul trait. Tout défilait de nouveau sous mes yeux, chaque détail, sans le moindre doute ni la moindre défaillance de mémoire : les cauchemars qui n'avaient cessé de m'assaillir. Le journal chez mon père, à Dublin. Et tout ce qui était survenu la nuit précédente. La porte frappant contre le chambranle. Les lumières de l'autre côté de la colline. Le pick-up qui avait failli me renverser sur la Dent de Bill. La chute le long du ravin. Et enfin les deux hommes et la femme. Le long couteau luisant.

Tandis que je me remémorais tous ces détails, j'attendais que Leo m'interrompe par un de ses traits d'esprit. Qu'il sorte une blague ou donne un sens à tout ça. Mais rien de tel ne s'est produit. Au contraire. Il m'écoutait plongé dans un silence absolu. Son visage exprimait le plus grand sérieux. Ni inquiétude, ni peur, ni incrédulité. Il écoutait chacun de mes mots comme s'il voulait les mémoriser.

Une fois mon récit terminé, seules la mer et les mouettes qui survolaient la maison ont troublé le silence profond qui s'était installé entre nous. Leo s'était enfoncé dans le canapé et m'observait les bras croisés sur la poitrine, figé. À cet instant précis, il aurait pu me foutre un coup de poing ou se mettre à pleurer, aucune de ces deux réponses ne m'aurait surpris le moins du monde.

— Bon, que penses-tu de tout ça ? ai-je dit en m'allumant une autre cigarette.

Dans le cendrier en face de moi s'étaient accumulés quatre mégots en moins d'une demi-heure.

Leo a réagi. Il a dénoué ses bras et s'est penché en avant, en respirant profondément, coudes appuyés sur les cuisses. Il a lancé un regard perdu sur la table basse où étaient assemblées des photos de lui et Marie.

— Merde, que veux-tu que j'en pense ? On croyait que c'était passé, tout ça… mais je constate qu'on s'est trompés. Je ne sais pas quoi te dire, Pete.

Il m'a piqué une cigarette et l'a allumée. Je suis resté silencieux.

— Je te connais et je crois que tu es un type équilibré. Je ne t'imagine pas exagérer ou inventer des choses. Si tu me les racontes, c'est que ça t'est arrivé, ou au moins que tu en es intimement persuadé. Je peux juste te dire que cette nuit personne n'est passé en voiture sur la Dent de Bill, aucun pick-up avec trois individus ne s'est garé devant ta maison, en tout cas pas dans la dimension où je vis. Et rien ni personne n'a attaqué Marie. Mais ça résout que dalle.

— Et si c'était autre chose ? ai-je demandé.

— Autre chose… comme quoi ?

— Comme…

J'ai levé les yeux au plafond, conscient que ce que je m'apprêtais à dire allait paraître stupide, insensé.

— Une prémonition ?

Leo avait fini ma phrase à ma place, puis il a liquidé sa bière et fixé l'océan.

— C'est ce que tu crois ?

— Eh bien… Quitte à avoir l'air idiot : oui, c'est ce que je veux dire. Qu'une catastrophe se prépare. Une catastrophe qui nous guette tous. Toi, Marie, Judie, moi, mes enfants… Il y a un détail que je ne t'ai jamais raconté à propos de ma famille, Leo. Ça a l'air un peu ridicule, mais ma mère pensait qu'elle avait un don, une sensibilité particulière… pour voir ce qui allait arriver. Mon étrange théorie est qu'il m'arrive à présent le même phénomène, amplifié par cette foudre qui m'a grillé le cerveau.

Leo m'observait attentivement, mais il n'a pas répondu.

“Ça a vraiment l'air débile dit à haute voix”, ai-je pensé pendant ce long silence.

Il s'est levé et a traversé la pièce de long en large en se massant le crâne et en me jetant un regard de temps en temps. J'ai noté qu'il était vraiment nerveux à présent. Bon, c'était plutôt logique. En fin de compte, j'étais en train de lui raconter que, selon moi, une bande de criminels projetait de venir tester ses couteaux de chasse sur lui et sur sa femme.

— Imaginons que tu dises vrai, a-t-il lancé soudain. Pourquoi penses-tu que je peux t'aider ?

— Je ne sais pas encore bien moi-même. Mais il se peut que ce soit lié à Marie. Tout a commencé avec elle… et ces hommes la poursuivent, elle. Enfin, c'est ce que je crois comprendre. Pour rien au monde… je ne souhaite me mêler de ce qui ne me concerne pas, mais je dois te poser une question : crois-tu que cette théorie puisse avoir le moindre fondement ? Existe-t-il une raison pour que quelqu'un poursuive ton épouse ?

— Aucune, a-t-il répondu catégoriquement.

Puis il s'est retourné, comme s'il voulait me cacher son visage.

— Non… il n'y a aucune raison.

Je ne l'ai pas cru. Ensuite, tout s'est déroulé comme si ma bouche agissait de sa propre initiative. J'ai entrouvert les lèvres et prononcé cette phrase (je l'ai prononcée, réellement) à voix haute :

— Qui est Jean Blanchard, Leo ?

Elle est sortie sans crier gare. Je n'ai pas pu la retenir, alors que je m'étais promis de ne pas évoquer ce sujet. Mais j'avais l'intuition que Leo était sur le point de lâcher quelque chose, de parler. J'ai pensé que cela servirait peut-être de détonateur. La goutte qui fait déborder le vase.

Leo a cessé de marcher et est resté muet, immobile au milieu du salon, quelques secondes à peine. Puis il s'est tourné vers moi et m'a lancé :

— D'où sors-tu ce nom ?

Sa voix m'a fait l'effet d'un coup de tonnerre. C'était la première fois que je voyais cet homme se mettre en colère.

Je me suis senti soudain terriblement honteux. Je ne pouvais même pas soutenir le regard de Leo. Je lui ai expliqué. Je lui ai dit la vérité. Je lui ai raconté comment j'avais trouvé ce tableau par hasard, quand j'étais monté aux toilettes avec Jip durant ce dîner de bienvenue.

Après ça, je m'attendais à tout. Que Leo me chasse de chez lui à coups de pied en me traitant de sale fouineur, qu'il se fâche et ne m'adresse plus jamais la parole. Mais au lieu de cela, je l'ai entendu pousser un profond soupir, comme s'il voulait oublier ce qu'il venait d'entendre, puis il s'est écroulé sur le canapé, en face de moi.

— Jean Blanchard est un très vieux surnom que Marie utilisait il y a bien longtemps pour signer ses tableaux. Le dernier qu'elle a peint sous ce nom, celui que tu as trouvé par hasard sur l'étagère, est un portrait de Daniel, notre unique enfant.

Le mot est resté en suspens. Il a pénétré mes oreilles et m'a coupé le souffle une seconde.

— Votre… enfant ?

Leo a levé les yeux. J'y ai vu une expression douloureuse et j'ai profondément regretté ce que je venais de faire. Je n'ai pas pu ouvrir la bouche, pas même pour le prier de m'excuser. Je me sentais terriblement idiot.

— S'il avait vécu, s'est-il mis à raconter, il aurait ton âge, peut-être un peu plus jeune. Mais il est mort tout petit, et la douleur fut si forte qu'elle nous a rendus fous. Nous l'avions appelé Daniel. Il est né au Brésil, en 1972, avec deux mois d'avance. On nous a expliqué que cela avait généré une insuffisance cardiaque. Il a vécu à peine trois mois, comme un papillon, comme un petit ange. Je l'ai vu sourire une seule fois, à l'intérieur de cette prison de verre, qui fut tout ce qu'il a vu du monde, et ce petit sourire est resté gravé dans nos mémoires.

Marie a peint ce tableau alors qu'elle était en pleine dépression, et ne s'en est jamais séparée, tout en étant incapable de l'accrocher au mur. Parfois, la nuit, elle le déroulait et restait un moment à le regarder. Elle lui souriait, lui murmurait des choses. Elle disait qu'elle pouvait communiquer avec lui. J'étais très inquiet. J'ai décidé de chercher un travail dans une autre partie du monde, le plus loin possible. C'est ainsi que nous avons atterri au Proche-Orient d'abord, puis en Asie du Sud-Est, pour échapper à ce terrible souvenir. Nous n'avons plus jamais essayé d'avoir d'enfant. Je crois que nous avons abordé ce drame de la même façon. Nous avons laissé passer le temps, nous nous sommes habitués à être deux. J'imagine que nous n'avons jamais réussi à nous débarrasser de la peur.

— Je suis vraiment désolé, Leo. Je regrette vraiment d'avoir remué cette histoire.

— Pas de souci, mon garçon. Peu m'importe que ce soit ton cerveau ou Dieu qui te parle. Je te suis très reconnaissant d'être venu me prévenir si tu croyais nécessaire de le faire. Mais maintenant tu m'as rendu triste, c'est vrai.

Il ne m'a pas invité à m'en aller, mais j'ai compris qu'il le souhaitait.

"Voilà comment je te remercie de ton invitation à dîner, voilà comment je te remercie de ton amabilité, mon cher Leo : en fouillant dans tes étagères et en ressortant de vieux et douloureux souvenirs."

Je suis sorti de la maison le cœur gros. J'aurais aimé faire demi-tour, me frapper la tête contre sa porte et lui demander mille fois pardon.

8

— Je crois que je suis en train de perdre la boule, Judie. Je veux aller voir ce médecin.

Il était près de 20 heures, nous étions dans la cuisine de la pension Houllihan. Les enfants, qui venaient de dîner, étaient déjà dans les lits gigognes, Beatrice lisant *Twilight* et Jip jouant à Angry Birds sur l'iPad. Judie nous avait invités à passer la nuit ici, loin de cette maison qui leur donnait encore la chair de poule, et je lui en étais infiniment reconnaissant. Toute la journée, en circulant dans le village et en assistant à une réunion sur le cycle de cinéma durant laquelle furent mis au point les détails de ma participation, j'avais tenté de garder le sourire, surtout devant les enfants. Ce que j'avais plus ou moins réussi jusqu'à ce que je me retrouve seul avec Judie, à essuyer les assiettes du dîner.

— Quelle journée de merde. Je me suis ridiculisé chez les flics et, pire encore : je crois que j'ai blessé un ami.

Judie a rapidement deviné de qui il s'agissait.

— Oui, Leo. Je suis allé chez lui pour discuter. En réalité pour lui mettre la pression jusqu'à ce qu'il me dise ce que je voulais entendre : que je ne suis pas fou, qu'il y a une raison à tout ce qui m'arrive. Et tout ce que j'ai réussi à faire, c'est rouvrir de vieilles blessures. Je l'ai poussé à parler d'un vieux souvenir très douloureux. Et j'ai avoué avoir fouillé dans ses affaires le soir où les enfants sont arrivés.

Judie a tourné vers moi un visage de glace.

— Tu as fait ça ?

— Presque par accident, mais oui. J'ai découvert deux choses qui m'ont paru étranges, cachées sur une étagère. Une intuition m'a poussé à regarder là. Tu sais quoi ? Il est temps que je te confie un secret sur ma famille. Sur une aptitude un peu bizarre que les Harper ont dans le sang.

Quasiment dans un murmure, entre une assiette et une autre, je lui ai parlé de ma mère. De l'oncle Vincent, de l'accident d'Aer Lingus et de la voix qui m'avait parlé le soir de l'orage, avant que je sorte de chez moi. Et de Jip, de sa course inattendue entre les rochers et de ces fois où il "sentait" un malheur arriver. Et, tout en le lui racontant, je me suis rendu compte que j'avais agi comme mon père. J'avais tenté d'occulter les faits, de les enfouir sous une dalle, en me persuadant que ce secret disparaîtrait peut-être si je ne l'évoquais pas.

— Et maintenant, tu as le droit de me prendre pour un fou, ai-je dit en finissant mon récit.

— Peut-être que tu n'es pas si fou, a répondu Judie.

Je lui ai demandé à quoi elle faisait référence, mais elle a posé un doigt sur ses lèvres et m'a invité à la suivre. Nous sommes passés devant la chambre aux lits gigognes, où Jip s'était endormi, laissant l'iPad tomber par terre à côté du lit. Sur le lit supérieur, Beatrice était voûtée sur sa lampe de poche, plongée dans sa lecture.

Nous avons descendu l'escalier en silence. En bas, juste à côté de la porte d'entrée, une autre porte donnait sur la boutique. Judie l'a poussée et nous avons traversé le magasin dans la pénombre, au milieu des phares, des maquettes de bateaux et des présentoirs de livres d'occasion, jusqu'à l'arrière-boutique.

— Je veux être sûre qu'ils n'entendent pas ça.

— Quoi donc ?

— Ce que je dois te raconter depuis l'autre nuit, depuis que tu m'as dévoilé ce rêve me concernant. Mais d'abord, peux-tu me répéter ce que tu as vu dans ce rêve ?

Elle s'était assise et avait ouvert la petite boîte où elle rangeait l'herbe.

— Écoute, Judie, je ne sais pas si j'en ai vraiment envie. Je t'ai déjà assez embêtée avec ça pour aujourd'hui. Et je sais que ça t'a fait du mal. Je ne veux plus faire de mal à personne.

— Mais, Pete, c'est moi qui te le demande.

— OK, ai-je dit, et je suis revenu sur l'image : elle, pieds et mains liés dans le châssis de mon piano, dans un bain de sang, me suppliant de l'aider. Un homme était sur le point de venir lui faire du mal.

Judie s'était roulé un petit joint et l'avait allumé pendant que je lui détaillais ma vision. À la fin, elle m'observait avec un mélange de peur et de fascination.

— C'est incroyable, Peter, vraiment incroyable.

— Quoi donc ?

— Mais tout concorde, surtout après ce que tu m'as expliqué sur ta famille. Je crois que le moment est venu pour moi aussi de t'avouer quelque chose. Cet homme, Donald Kauffman. C'est vrai qu'il a été mon professeur, mais il m'a aussi soignée dans le passé. J'ai été sa patiente.

— Toi ?

— Oui. Il y a eu un moment dans ma vie où j'ai eu besoin d'aide. Avant de voyager en Inde. J'ai eu un… – elle a tiré une autre bouffée sur le joint et a laissé la fumée s'échapper – un accident.

Je me suis assis. J'ai tendu mon bras jusqu'à toucher sa main. Je l'ai serrée.

— Ces cicatrices sur le flanc, hein ? Les cauchemars.

Elle a acquiescé d'un signe de tête.

— Elles ne viennent pas d'un accident de moto, mais je suppose que tu l'avais deviné. Et les cauchemars… ça fait des années que je n'avais pas dormi plus d'une nuit avec quelqu'un. Tu as été le premier. Je savais que tu finirais par te poser des questions. Je pensais t'en parler un jour… en réalité, j'avais envie de le faire, mais je le redoutais aussi. C'est comme ouvrir une porte par laquelle tu laisses entrer beaucoup de douleur.

Elle a tiré une bouffée peut-être un peu trop longue et m'a tendu le joint. Je l'ai pris et elle a expulsé par la bouche un grand nuage à la saveur aromatique.

— Toi aussi tu es l'une des rares personnes en qui j'ai confiance, Peter. Et ça fait très longtemps que je n'ai plus raconté cette histoire, mais je crois que tu as le droit de savoir.

Elle a poussé un soupir.

— Il y a eu un homme qui m'a fait du mal, Peter. Beaucoup de mal. Il m'a fait cette blessure sur le torse, mais ce n'est qu'une égratignure comparée à ce qu'il a fait à ma tête. Il apparaît encore la nuit. Ce visage…

Elle tenait fort ma main entre ses doigts, sûrement sans même s'en rendre compte.

— C'est arrivé il y a cinq ans. Je vivais à Londres, je travaillais au Princess Grace comme interne en psychologie. Ça, c'est ce que tout le monde, à Clenhburran, connaît de ma vie à Londres. Mais il y a autre chose. La véritable raison de mon départ.

Tous les jours, l'été, j'allais jusqu'à Regent's Park pour déjeuner. Là-bas, je me suis liée d'amitié avec un homme nommé…

Elle s'est arrêtée un instant, comme si le rappel de ce nom dans son esprit avait provoqué quelque chose. Mais elle a tenu le coup. Elle a surmonté l'émotion.

— Il s'appelait Pedro. Il était portugais et travaillait dans l'un des *take-away* proches de la station de métro. Il servait des falafels, mon plat préféré, alors quatre jours sur cinq j'y passais, on discutait un peu et puis j'allais au parc m'asseoir au soleil, avec mon déjeuner et un livre.

Ça faisait déjà un mois que je venais là quand je me suis rendu compte que Pedro me regardait souvent droit dans les yeux, qu'il était plus éduqué que les autres et qu'il se rappelait chaque détail que je lui racontais me concernant. Lui aussi, il me plaisait. J'étais seule, je venais de me séparer d'un homme avec qui j'avais vécu pendant trois ans et je ne cherchais rien de sérieux. Connaître des gens amusants, ça suffisait, et Pedro m'amusait. Il avait un beau sourire et parlait toujours de son petit village au Portugal, des plages, de la nourriture et du vin de son pays. Il me plaisait, même si ce n'était pas vraiment mon genre, et un soir j'ai accepté de prendre un verre avec lui. Nous sommes allés dans un bar, près du parc, après le travail, et Pedro a insisté pour m'inviter, et m'a dit de ne pas bouger de table : "Dans mon pays, les hommes se chargent de tout", a-t-il ajouté en souriant. J'ai juste éprouvé une sorte de plaisir romantique. Ça remontait à quand, la dernière fois qu'on avait eu tant d'égards pour moi ?

On s'est mis à boire et à bavarder. Tout se passait parfaitement bien jusqu'à ce que je commence à me sentir nauséeuse et somnolente. J'ai même fait une blague à ce sujet, en bâillant. J'ai dit à Pedro qu'il ne fallait pas croire que je m'ennuyais en sa compagnie, que j'avais sûrement accumulé beaucoup de fatigue cette semaine. Il a souri et dit qu'il ne le prenait pas comme un affront. On était vendredi en fin de compte, non ? J'avais le droit d'être crevée. Il m'a parlé d'un autre endroit, un peu plus animé, qui me réveillerait peut-être. Une boîte de nuit dans la même rue. Et nous y sommes allés. Mais à la tournée suivante, mes paupières ont commencé à se fermer tandis que Pedro me parlait de sa vie, de son projet d'acheter une petite propriété à Madère… et finalement, c'est lui qui m'a proposé de m'approcher de chez moi. "Tu ne peux pas prendre le métro dans cet état, a-t-il rigolé, tu vas te réveiller au terminus."

À ce niveau de fatigue, la boîte de nuit et ses bruits se brouillaient, je me suis dit que j'avais bu trop vite, et l'idée m'a traversé l'esprit que j'étais en train de commettre une erreur, que je ne devrais pas monter en voiture avec cet inconnu. Mais ça m'a paru ridicule, et de toute façon j'étais presque endormie quand Pedro m'a aidée à sortir du bar. Juste avant de m'écrouler complètement, j'ai eu le temps de penser que je ne lui avais même pas donné mon adresse. Quelle idiote, pas vrai ?

Judie a inspiré par le nez. Une larme a glissé sur sa joue, mais elle souriait. Je lui ai serré la main.

— Hé… Tu n'as pas à…

Mais elle a poursuivi comme si elle ne m'avait pas entendu.

— Il m'a violée, a-t-elle dit dans un filet de voix, avant de pincer les lèvres. Pendant que je dormais… et après, quand j'ai ouvert les yeux. On était dans un endroit atroce. Une pièce sans fenêtres. Plus tard, j'ai su que c'était une cave à Brixton. Il m'avait attachée au lit. Les pieds et les mains, Peter, comme dans ton rêve.

— Merde…

J'ai sorti le paquet de cigarettes de la poche de ma chemise. Il n'en restait qu'une, que j'ai allumée.

— Je suis restée là deux jours, et d'une certaine manière j'y suis encore. Une partie de moi demeure là-bas pour toujours. J'ai compris qu'il y en avait eu d'autres. J'ai vu des griffures sur les murs, des vêtements de femme, et des taches sur le sol qui ne pouvaient être que du sang. J'ai tout de suite imaginé quel serait mon sort. J'ai tout compris. J'avais vu son visage. Jamais il ne me laisserait quitter cette cave en vie.

Avant de s'en aller, le matin, il m'injectait quelque chose dans le bras : de l'héroïne. Je passais la majeure partie de la journée à dormir. Mais quand je me réveillais et que je me rendais compte de tout, je me mettais à crier, ou du moins je tentais de crier à travers mon bâillon. Je me suis débattue avec ces liens en cuir, j'ai tiré dessus, prête à m'amputer la main s'il le fallait, et finalement, l'un d'eux a légèrement cédé. Toute ma vie, j'avais râlé contre ces foutus poignets trop fins, et voilà qu'ils allaient me sauver la vie. Quelle ironie, non ?

Je parvenais à glisser mon pouce sous le lien, mais l'os l'empêchait d'aller plus loin. Bien, inutile d'y réfléchir à deux fois. J'ai donné des coups secs, violents, avec mon bras, dans la position la plus adéquate pour parvenir à me disloquer l'os. Finalement, j'ai réussi à me libérer une main et, avec celle-ci, à me débarrasser du bâillon. Et je me suis mise à crier à l'aide, tellement fort que je me suis cassé la voix.

Si Pedro avait utilisé des menottes pour m'attacher, je serais morte à l'heure qu'il est, mais cette ordure devait compter sur le fait que je dormirais toute la journée. Grâce à Dieu, il s'est trompé. Ce putain de dégénéré avait d'abord tué sa mère, puis il avait utilisé cette cave pour commettre trois autres meurtres. Trois femmes qui avaient sûrement des mains plus larges que les miennes, ou qui n'ont pas résisté à la drogue comme mon corps l'a fait. Trois femmes de trente-huit, quarante et un et dix-neuf ans, portées disparues à Londres, comme tant d'autres personnes. Je n'ai jamais voulu en savoir trop à leur sujet. Combien de temps elles sont restées là. Ce qui leur est arrivé. J'ai seulement demandé à la police une photographie de chacune, et souvent j'essaie de les visualiser et de leur envoyer un sourire. Ça m'aide beaucoup de penser qu'elles m'ont soutenue. D'une certaine manière, elles m'ont dit : "Toi tu peux, Judie ! Tu échapperas à tes liens ! Fais-le, toi, moi je n'ai pas réussi !"

Quand Pedro est apparu ce soir-là à la porte, j'ai su que mes cris étaient arrivés quelque part. Il était affolé, en rage. Je me suis remise à hurler, et il s'est agenouillé sur moi et m'a donné trois coups de poing en pleine figure qui m'ont assommée. Puis il a annoncé qu'il allait se débarrasser de moi de la même manière que des autres, et m'a détaillé le programme, comme s'il parlait à un miroir : il allait me découper en morceaux, dans sa baignoire, puis les brûler, un par un, dans le four de la maison. Mais comme je m'étais très mal comportée, il allait me remettre le bâillon et me faire subir ça vivante.

Grâce au ciel, un voisin a donné l'alerte et la police est arrivée à temps. Ils étaient déjà venus dans le quartier quand, des mois plus tôt, un chauffeur de taxi avait affirmé avoir vu un homme porter une femme saoule dont la description coïncidait avec une disparue : la victime précédente. Mes cris et l'appel de ce voisin (un jeune Indien nommé Asif Sahid que j'appelle tous les ans pour lui souhaiter un joyeux Noël) ont activé toutes les alarmes. La police a frappé à la porte et Pedro a décidé que j'allais payer puisqu'il avait été découvert par ma faute. Il m'a planté son couteau de boucher dans le flanc, deux fois, avant qu'un agent de la police métropolitaine ne lui tire trois balles dans la poitrine.

— La cicatrice…

— Oui. Ce fut la fin, mais l'histoire ne s'arrête pas là, bien sûr. Pendant six mois, après ça, je n'ai plus dormi. Cette terreur m'habitait. J'étais assaillie de cauchemars, qui s'emparaient de moi à tout moment. Je me réveillais en criant… ou plutôt en hurlant d'épouvante. J'ai fini par trouver une petite astuce : aller dormir dans les auberges de jeunesse. Entourée de trente personnes, au milieu des ronflements et des pets : c'était la seule façon pour que le sommeil l'emporte.

Mais ça n'allait pas être si facile : une nuit à l'hôpital, dans la solitude d'un couloir, j'ai vu un homme qui ressemblait à Pedro. Même si j'avais vu son certificat de décès et son cadavre, j'ai pensé que mon meurtrier avait survécu d'une façon ou d'une autre. Je me suis enfermée dans une salle destinée aux produits d'entretien et j'ai passé la nuit cachée là. À pleurer.

J'ai commencé à me droguer. D'abord des drogues légales, faciles à obtenir *via* mon travail, puis d'autres plus fortes. J'ai passé cinq ou six mois de ma vie sur ce mode. Je ne supportais pas de rester seule une minute et j'ai commencé à fréquenter les bars, à choisir pour amis les hommes les plus grands, les plus forts et les plus violents que je rencontrais. Je suis devenue farouche, je suis devenue accro à certaines substances… Je crois qu'un jour je me suis réveillée dans une maison que je ne connaissais pas, à côté d'un type que je ne connaissais pas, et je me suis rendu compte que ce chemin-là me mènerait directement en enfer. En outre, à l'hôpital, ils m'ont rendu une fière chandelle, en me virant. Mon chef de service m'a dit qu'ils avaient tenté de "fermer les yeux" sur mes continuelles absences et l'état dans lequel je me présentais à l'hôpital, mais qu'ils pensaient sincèrement que je n'étais pas apte à travailler. C'est lui qui m'a parlé de Kauffman, parce qu'il savait que je le connaissais et l'admirais (je parlais souvent de lui et de sa méthode d'hypnose à la pause-café, quand je buvais encore du café), et qui m'a suggéré de prendre rendez-vous avec lui à Belfast. Bon, en réalité, il m'a carrément forcée à composer son numéro. Et j'y suis allée.

Kauffman a écouté mon histoire et m'a dit qu'il m'aiderait, mais qu'il fallait que j'emménage à Belfast. "Ma méthode est intensive, mais elle fonctionne. Il est possible qu'en un mois nous ayons réparé la majeure partie des dégâts."

Je visitais l'Irlande pour la première fois et j'ai aimé ce pays dès le début. Les week-ends, quand je n'étais pas en consultation chez Kauffman, je louais une voiture et je me promenais dans le Nord. Je me suis dit que ça me plairait de vivre ici un jour. Et puis j'ai fini par me paumer dans le coin, à Clenhburran, où j'ai fait la connaissance de Mrs Houllihan. Il faisait un temps de chien et sa boutique était la seule ouverte. Elle m'a servi du thé et m'a offert le gîte (à cette époque, il n'y avait pas de pension). C'était une femme délicieuse. Une voyageuse qui avait parcouru la moitié de la planète. Nous avons passé la nuit à discuter, et même si je ne lui ai jamais raconté la vérité sur moi, je crois que d'une certaine façon elle a tout deviné, ou du moins une bonne partie. Elle m'a confié qu'elle pensait prendre sa retraite dans quelques années et qu'elle ne connaissait personne qui soit prêt à prendre les rênes de son magasin. Je crois qu'elle savait que j'accepterais et elle n'a pas eu l'air surprise que je me dise intéressée… "Mais avant j'aimerais voyager dans un pays lointain, comme vous l'avez fait."

"Très bien, ma petite, a-t-elle dit. Mais ne tarde pas trop." Ce soir-là, pour la première fois depuis un an, j'ai dormi sans l'aide d'aucune drogue ni de rituel particulier. Et quand je me suis réveillée le lendemain et que je suis descendue au port, et que j'ai vu les vieux jeter à manger aux phoques, j'ai décidé que j'aimais cet endroit.

Un mois et demi plus tard, Kauffman et moi avions fait d'immenses progrès. Je souffrais toujours de cauchemars, et Kauffman a été sincère là-dessus : "Ça va continuer ainsi, Judie, peut-être pour toujours. Ils sont la cicatrice d'une blessure très profonde. Mais au moins cette blessure a cessé de saigner." Et c'était vrai. Grâce à l'hypnose, je suis parvenue à éloigner de moi ce monstre, à le transformer en une voix opaque et brouillée dont je sais me défendre désormais. J'étais prête à prendre mon sac et à larguer les amarres. Et c'est ce que j'ai fait. Viêtnam, Thaïlande, Inde, Népal. Retraites spirituelles. Méditation. J'ai appris à contrôler mes émotions, à les accepter comme quelque chose d'inévitable et à les remettre à leur place. Là où elles ne m'empêcheraient pas d'avancer dans la vie. Et quand je me suis sentie prête à revenir, Mrs Houllihan m'attendait toujours pour prendre sa retraite et partir vivre à Tenerife.

— Je suis content que tu sois revenue, ai-je dit en saisissant de nouveau sa main et en l'embrassant. Je suis content de t'avoir rencontrée ici, et que les lignes de ta main t'aient guidée jusqu'à Clenhburran.

— Moi aussi, je suis contente, Peter. Maintenant tu connais la vérité. Peut-être que tu n'es pas si fou.

— C'est vrai. Mais, quoi qu'il en soit, je veux voir Kauffman. Je n'ai plus confiance en moi. Je dois essayer de contrôler tout ça, et pour le moment ce nom semble être la seule option raisonnable. Tu peux m'aider à le rencontrer dès que possible ?

— C'est comme si c'était fait, Peter, a répondu Judie. Je vais arranger ça.

9

Donald Kauffman m'a reçu dans sa maison de la rue Archer, à Belfast, quatre jours plus tard. Judie l'avait appelé le mardi, mais il avait un agenda si chargé qu'il n'avait pu me proposer, et encore était-ce une faveur personnelle, qu'une séance le dimanche, son jour de repos.

Kauffman était un homme d'une soixantaine d'années, petit, très vif, à la voix forte et déterminée, et doté de grands yeux de hibou. Des poils lui sortaient des oreilles et il portait un pull en laine fine et col roulé. Il avait l'allure d'un génie, et selon Judie c'en était un, une authentique éminence dans le domaine de l'hypnose clinique, auteur de livres qu'on étudiait dans les universités du monde entier, fondateur de méthodes innovantes qui avaient changé la façon de travailler de nombreux psychiatres et psychologues. Toute cette énergie créatrice et cette connaissance se concentraient chez cet homme sec et nerveux qui se tenait à présent devant moi.

Le cabinet était installé au sous-sol de son domicile, un lieu accueillant et lumineux d'où l'on apercevait, à travers les fenêtres, les jambes des passants. Les étagères remplies de livres montaient jusqu'au plafond, et sur son bureau, un petit secrétaire en bois, les livres s'empilaient d'une manière invraisemblable, autour d'une petite machine à écrire dans laquelle traînait un texte à moitié achevé.

Je me suis confondu en remerciements dès que je suis entré. Mais il a secoué la main comme pour chasser tant de diplomatie.

— Pas de problème, a-t-il dit, Judie est une bonne amie.

Kauffman m'a proposé du thé et m'a invité à prendre place sur un confortable canapé en cuir marron clair. Puis il est allé droit au but.

— Judie m'a raconté un peu au téléphone, mais il vaut peut-être mieux commencer par entendre ça de votre propre bouche.

Enfoncé dans ce canapé, j'ai à nouveau tout relaté depuis le début. La foudre, l'apparition de Marie, la nouvelle macabre sur le journal chez mon père... Ensuite le pick-up et ses trois maléfiques occupants, gangsters, assassins ou je ne sais quoi. Je les ai décrits un par un, la femme aux jolies jambes, le gros qui marchait comme s'il défonçait des portes, et le silencieux reptile aux lunettes noires et aux cheveux aplatis. Je ne voulais rien laisser dans l'ombre.

Kauffman, regard pénétrant et aura de sorcier, écoutait, concentré, sans prendre la moindre note. Calé sur l'accoudoir d'un canapé, les bras croisés devant la poitrine, il a à peine bougé pendant l'heure qu'a duré le récit de mes cauchemars. C'était comme être chez le médecin, à parler de cette toux qui nous inquiète tant. Le seul fait d'en parler suffit à faire disparaître la moitié des symptômes.

Il m'a posé quelques questions. Avais-je regardé une fois ma montre ? Non, ai-je répondu, pour je ne sais quelle raison, jamais. Avais-je joint quelqu'un par téléphone ? Mon portable était toujours éteint. Pourquoi n'avais-je pas réveillé mes enfants quand j'avais entendu des coups à la porte ? J'ai répondu que je ne voulais pas les inquiéter. "Parlez-moi de cette dernière nuit, monsieur Harper : à quel moment les malfrats ont disparu, selon vous ?" "Je ne sais pas. Quand je suis retourné dans la maison, je suppose."

Il a marqué une pause pour fumer et je me suis excusé, le temps d'aller aux toilettes. Dans le vestibule, j'ai passé un rapide coup de fil à Judie pour savoir si tout se passait bien. Jip et Beatrice avaient eu l'air un peu inquiet ce matin, quand je leur avais expliqué que je n'irais pas avec eux au zoo parce que je devais voir un médecin.

— Ils s'éclatent, ne te fais pas de souci, a-t-elle répondu. Comment ça se passe de ton côté ? Donald va bien ?

Je lui ai dit qu'il était en train de fumer sa pipe. Et Judie a ri.

— C'est un de ses trucs pour s'accorder une pause. Il fait toujours ça.

Elle m'a raconté qu'ils allaient manger au Burger King et qu'ensuite ils avaient envie d'aller au cinéma voir un film d'animation. Kauffman avait parlé d'une séance intensive qui pourrait se prolonger jusqu'à 17 ou 18 heures.

— Ce soir, quand je sors, on va dîner tous ensemble.

Puis je suis retourné au sous-sol. Kauffman fumait sa pipe et vérifiait quelque chose sur un carnet. Je me suis assis sur le canapé, j'ai accepté une autre tasse de thé, puis je lui ai demandé ce qu'il pensait de tout ça.

— C'est un cas insolite, je ne vais pas vous le cacher, a répondu le médecin. J'ai entendu des choses analogues mais plus fragmentaires, chez vous c'est une véritable symphonie. Vous possédez un cerveau absolument fascinant.

J'ai souri, même si j'appréciais moyennement le compliment.

— Veuillez pardonner cette plaisanterie, monsieur Harper. Quand on passe sa vie à écouter des histoires, on ne peut que se réjouir d'en entendre une qui sorte de l'ordinaire. Comme la vôtre. Indéniablement, le choc électrique provoqué par la foudre est à l'origine de vos visions. Il agit, selon moi, comme un grand amplificateur émotionnel. Peut-être de manière psychosomatique. Ce qui explique que toutes les tomographies soient correctes. Sincèrement, je ne crois pas que vous ayez le moindre problème physique.

— Vous voulez dire que, mes maux de tête, je les imagine ?

— Je ne dis pas que vous les imaginez, mais que la cause de cette douleur n'est probablement pas là où nous croyons. Vous suivez un traitement qui ne vous fait aucun effet, cela ressemble en bien des façons à un banal trouble psychosomatique. Mais, avant d'approfondir d'une façon ou d'une autre, je vais vous noter le téléphone d'un excellent neurologue à Dublin. Si vous souhaitez un deuxième avis, vous pouvez vous adresser à lui. Dites-lui que vous venez de ma part.

Kauffman s'est ensuite concentré sur les visions et les épisodes qu'il n'hésitait pas à qualifier de parasomnie.

— Je suis pratiquement certain qu'il s'agit de cela.

J'avais lu ce terme lors de mes recherches sur Internet et je savais qu'il faisait référence à un phénomène très proche du somnambulisme.

— Et comment expliquer que je sois parfaitement capable de me souvenir de tout ?

— D'abord, ça, c'est ce que vous croyez. Il n'y a aucune garantie que vous ayez "expérimenté" pour de vrai ce dont vous vous souvenez. Personne ne vous a enregistré ni n'a été témoin de vos mouvements. Comment être aussi certain que vous ayez dégringolé ce ravin ? Peut-être que vous êtes juste tombé devant la porte de votre maison et que votre rêve l'a interprété de cette façon. Les traces de sable, d'après la description que vous m'avez faite de l'endroit où vous vivez, pourraient venir de n'importe où. Il est possible que ce soit une série de reconstructions, monsieur Harper. Des combinaisons que vous réalisez à partir de faits sensoriels réels provoqués par votre somnambulisme. Très souvent, on les confond avec des rêves lucides ou des voyages astraux.

— Mais, la première fois que c'est arrivé ? J'ai conduit ma voiture, j'ai réveillé mes voisins chez eux. Ça n'avait rien d'une reconstruction. J'étais bien là-bas.

— Je ne doute pas que ça se soit passé ainsi, au moins en ce qui concerne les événements eux-mêmes. Mais on a constaté des cas de conducteurs somnambules, et même des individus qui font l'amour en plein épisode de somnambulisme. J'ai moi-même eu une patiente qui cuisinait endormie, et elle rêvait parfois qu'elle gagnait des prix culinaires. Ne vous torturez pas, monsieur Harper, vos visions sont l'explication effrayante que votre cerveau, pour une raison ou une autre, donne à vos promenades nocturnes.

— Mais d'où vient cette histoire ? Le pick-up, ces trois personnes si réelles. Je pouvais même entendre leurs voix.

— Croyez-moi, elle peut venir de n'importe où. Ce sont peut-être des gens que vous avez croisés deux fois dans votre vie, dans une autre ville, ou bien dans un train. Le cerveau peut stocker une donnée telle qu'un visage durant des décennies et nous la présenter lors d'un rêve, comme si notre esprit l'avait créée de toutes pièces. Vous connaissez *L'Interprétation des rêves* de Freud ? Il y a une histoire dans ce livre qui illustre parfaitement cela, à propos d'un homme qui rêve qu'il soigne des animaux avec une plante médicinale dont il se rappelle le nom à son réveil : *Asplenium ruta muralis.* Cet homme, qui s'appelait Delbœuf, n'en revient pas lui-même quand il constate, le lendemain, que ce nom rêvé existe et correspond à une plante médicinale. Alors qu'il n'a lui-même aucune connaissance dans le domaine ! Ce n'est que seize ans plus tard que le mystère se dissipera, quand il tombera par hasard, pendant un voyage chez un ami en Suisse, sur un petit livre de plantes médicinales séchées, accompagnées de notes faites de sa main et de son écriture ! Ce jour-là, seize ans plus tôt, l'esprit de Delbœuf avait enregistré, compilé puis oublié le nom de cette plante, jusqu'à ce qu'une nuit, son esprit, organisant un nouveau rêve, décide de sortir cette donnée de son coin poussiéreux et de la placer sous les projecteurs de la scène mentale.

Cela arrive très souvent. La première explication qui nous vient à l'esprit est d'ordre paranormal : vies antérieures, réincarnation, voire visions divines, dont vous imaginez peut-être souffrir vous-même. Mais la réponse est scientifique à cent pour cent. Obscure, mais scientifique. La mémoire et le cerveau humain sont de vastes univers dans lesquels la science n'a envoyé, à ce jour, qu'une minuscule sonde, monsieur Harper. Nous sommes allés sur la Lune, mais nous sommes incapables d'expliquer ce qui arrive dans nos crânes ! Dans votre cas, celui d'un crâne abritant un esprit artiste et créatif, habitué à exprimer des sentiments profonds et inconscients, les séquelles d'un choc électrique comme celui que vous avez reçu peuvent tout à fait être la cause d'épisodes si radicaux. Quant à la forme qu'ils prennent, leur symbolisme, nous pourrions consacrer une année entière de psychothérapie à leur analyse. Pourquoi de telles menaces hantent vos rêves, quels sentiments cachés, peut-être même interdits, vous essayez ainsi d'actionner, etc.

— Vous pensez que j'essaie de me dire quelque chose, à moi-même, avec ces visions ?

— Vous essayez de vous répondre à vous-même, a dit Kauffman. Considérez-vous que vous avez une vie parfaitement heureuse et harmonieuse ?

— Non, ai-je dit sans réfléchir. Je… bon, j'ai divorcé récemment. J'ai traversé une sale période. Avec nos deux enfants au milieu… et je crois que cela affecte aussi mon travail. Je suis compositeur et je souffre d'une panne d'inspiration.

— Et ça ne vous est pas venu à l'esprit que toutes ces visions pouvaient être liées à votre divorce ?

— À mon divorce ? Mais comment… ?

— De mille manières imaginables.

Kauffman a agité ses mains en l'air.

— Votre vie s'est brisée, son équilibre a été mis à mal. Il se peut que ces "attaques" qui ont lieu dans vos rêves ne soient que des façons de revisiter ce trauma. Des procédés qu'utilise votre cerveau pour se remémorer certaines choses que vous "l'obligez" à oublier trop vite.

Le médecin a retiré la pipe de ses lèvres, son regard s'est perdu dans la pièce, comme s'il suivait des yeux un fantôme.

— Peut-être même que cela est dû à un sentiment exacerbé de protection envers vos enfants. Vous avez vu votre fonction de père mise à mal après le divorce, et maintenant que vos enfants sont de nouveau sous votre responsabilité, peut-être que votre esprit veut recréer une menace qui vous donnerait l'occasion de réaffirmer votre rôle protecteur. Qui sait…

Il a remis la pipe entre ses lèvres et m'a souri, comme pour s'excuser de s'être perdu dans les hauteurs un instant.

— Ce ne sont que des théories esquissées à grands traits. Il faudrait entamer une thérapie pour toucher la réalité du problème, mais cela prendrait du temps. Aujourd'hui, la priorité, c'est votre somnambulisme. Vous vous faites du souci, avec raison, pour vos enfants. Mais il est encore plus probable que vous finissiez par vous blesser vous-même si des épisodes d'une telle intensité se reproduisaient. Avez-vous déjà entendu parler de l'hypnose clinique ?

— Vous allez m'hypnotiser ? ai-je demandé sans pouvoir retenir une ébauche de sourire.

Kauffman a souri à son tour.

— Je comprends votre incrédulité, monsieur Harper. La télévision et certains charlatans ont participé à créer un mythe erroné autour de l'hypnose, mais croyez-moi, il s'agit d'une discipline à l'efficacité reconnue et éprouvée dans le monde médical, et plus spécifiquement dans le domaine du somnambulisme. Vous ne perdrez pas conscience, du moins pas nécessairement, et ne vous retrouverez pas non plus à ma merci – je ne vous ferai pas attaquer des banques comme dans ce célèbre film de Woody Allen. Quoi qu'il en soit, sachez que toute la séance sera filmée par une caméra scellée et qu'une copie du film vous sera remise. Vous seriez d'accord pour participer à un traitement de ce type ?

— Je ferais n'importe quoi pour me soigner.

Il était 14 heures et les persiennes du bureau étaient complètement baissées pour réduire la luminosité, même si Kauffman avait gardé entrouverte une fenêtre, laissant s'infiltrer une petite brise et le bruit de la rue. Puis il était monté à son domicile pour revenir avec une caméra vidéo, désormais installée sur un trépied et pointée sur moi.

— Je n'ai rien d'un magicien, monsieur Harper, je ne suis qu'un guide, mais c'est vous qui devez m'ouvrir toutes les portes. Je veux que vous vous relaxiez si profondément que vous en oublierez que vous êtes avec moi, mais pour cela j'ai besoin que vous commenciez par relaxer votre corps, morceau par morceau, tout en respirant régulièrement. Vous êtes musicien, vous pouvez certainement me dire à quelle vitesse vous respirez à présent. *Andante ?* Ah, vous voyez ! Maintenant, nous avons besoin que vous ralentissiez un peu, d'abord jusqu'à l'*adagio*. Et pendant ce temps, vous pensez à vos orteils, à vos chevilles… vous sentez ? On est en train de leur donner des vacances, libérez-les, laissez-les aller, qu'ils soient comme morts. Remontons à présent. Ces genoux sont encore très contractés…

J'ignore combien de temps il m'a fallu pour passer d'*adagio* à *lento moderato*, mais à un moment Kauffman a commencé à décrire une scène et m'a demandé de me la représenter :

"Vous marchez dans un désert. Il fait une température agréable. Une brise fraîche souffle. Je veux que vous fixiez un point au loin, à au moins un kilomètre. C'est le sommet d'une pyramide, vous le voyez ? Il n'y a rien d'autre dans toute la plaine. Continuez à respirer et approchez-vous."

Pour je ne sais quelle raison, mon esprit a choisi la couleur rose pour peindre le sable de ce désert. C'était un endroit agréable, exactement comme l'avait expliqué le médecin. Le ciel était semé de nuages vert pâle. J'ai marché jusqu'à atteindre le sommet, qui dans mon esprit semblait de cobalt, très sombre, et le médecin m'a demandé de chercher une porte sur l'un des quatre côtés. Il m'a dit que je la reconnaîtrais tout de suite, et en effet, elle était là. Une porte ellipsoïdale, couverte d'une fine épaisseur de sable. J'ai utilisé mes doigts pour en tracer les contours, puis j'ai nettoyé le sable qui la recouvrait jusqu'à trouver un anneau.

"Tirez dessus", a ordonné la voix (du médecin), et je me suis exécuté.

"Vous allez voir un escalier collé au mur, qui s'enfonce dans l'obscurité. Entrez, empruntez l'escalier et commencez à descendre. Respirez une fois et descendez une marche. Respirez de nouveau, et descendez une autre marche…"

C'était facile. Une marche, puis une autre. Il y en avait toujours une nouvelle sous mes pieds, et j'ai eu l'impression qu'une éternité passait tandis que je descendais, mais qu'en réalité cela ne me gênait pas vraiment. "Les pyramides sont gigantesques, me suis-je souvenu, et ces marches semblent mener très loin, dans les profondeurs."

Mais je me sentais bien en descendant cet escalier. En réalité, je me sentais mieux que bien. Et la voix était toujours là, m'expliquant ce que je devais faire.

"Quand vous arriverez tout en bas, prenez une torche et avancez dans le couloir. Nous sommes près. Nous sommes tout près, Peter."

Le couloir était étroit et en pente. Il y avait de longs paliers, comme ceux que j'avais vus une fois dans les rues de Venise. Et les murs en petites briques me rappelaient le gymnase de mon école à Dublin. "Vous êtes puni Harper : dix tours." "Oui, m'sieu."

J'ai continué à descendre dans le noir sans me poser la moindre question. À quoi cela m'aurait-il servi de toute façon ? Dans la vie, on prend ce qui vient. Fais avec les cartes qu'on t'a données, Peter, comme s'il n'y avait pas de lendemain. Moi, je t'attendrai, mon tout-petit. "Qui est avec vous, Peter ?"

"Désolé, j'ai pensé que c'était ma mère."

"Pas de problème. Continuez à marcher. Respirez."

Nous sommes enfin arrivés. Au bout d'un temps indéfini. Le saint des saints était un endroit immense et ancien, une grande voûte éclairée par des centaines de bougies réparties sur le sol. Cela m'a rappelé la salle d'examen du conservatoire d'Amsterdam. "C'est un jour d'audition, mais les gens ne sont pas encore arrivés."

"Concentre-toi, Harper, la peur t'aide. Fais-en ton allié."

La voix m'a dit de me concentrer sur un grand écran blanc qui se trouvait au centre de la salle. Un écran de cinéma. "Tu veux voir quoi, Peter ? Qu'est-ce que tu as envie de voir sur le grand écran ?"

"Je peux choisir, vraiment ?"

Le visage de Clem s'y est projeté.

C'était le même jour, que je revoyais encore et encore. Le jour où la chaleur s'était transformée en glace. J'avais voulu me le représenter de nombreuses fois, mais ma mémoire m'en offrait toujours une image déformée.

Assise dans la cuisine, vêtue d'un pull gris foncé, tournant une cuillère dans une tasse de thé qui avait refroidi. Elle m'attendait. "Où sont les enfants ?" "Avec ma mère, Peter. Je ne voulais pas qu'ils soient à la maison… aujourd'hui… j'ai quelque chose à te dire…"

Et alors, comme par magie, la grande voûte, le saint des saints, s'est évaporée dans le ciel.

"Où allons-nous maintenant, monsieur Harper ?" La voix venait de quelque part sur le côté.

"Bonne question ! ai-je crié. J'aimerais bien le savoir moi aussi."

À présent, j'étais à la Dent de Bill et il faisait nuit. Le grand cumulonimbus noir flottait au-dessus de la colline, sur le point de s'abattre sur moi. Ou bien était-ce déjà fait ?

"Que voyez-vous ?"

La traînée. La traînée de la foudre flottait encore dans l'air. C'était une cicatrice phosphorescente, une déchirure, une faille dans le vide. Dessinée à l'endroit précis où elle était tombée, à côté du vieil arbre. Et ses ramifications s'étendaient comme les doigts démesurément longs de la main d'une sorcière.

Je me suis approché avec prudence, parce que ce truc-là risquait fort de m'envoyer une décharge électrique et de me cramer sur place. J'étais maintenant à un mètre. Pouvais-je le toucher ? J'ai tendu la main et j'ai senti quelque chose, comme du verre. Un mur de verre immense, fissuré. Et alors, de l'autre côté du verre, entre deux épaisses branches de lumière, j'ai vu que quelqu'un s'approchait dans la nuit, sous la pluie.

J'ai mis un peu de temps à le reconnaître, tout en reculant de deux pas, effrayé. Était-ce l'un de ces gangsters ?

J'ai mis un peu de temps, oui. Il avait une barbe de trois jours, un tee-shirt blanc maculé de sang, les yeux pleins de fatigue. "Tu es dans un sale état", c'est ce que je me disais généralement quand je voyais mon reflet dans un miroir le matin. Et c'était précisément ce que je voyais à cet instant. Un reflet de Peter Harper de l'autre côté du verre.

Mais l'autre Harper était blessé et terrorisé. Il m'avait vu lui aussi et avançait dans ma direction. Il boitait et se tenait les côtes. Son visage était tuméfié et un filet de sang coulait à la commissure de ses lèvres.

Il s'est approché du verre, presque aussi près que moi avant que je m'en écarte. Il a levé un poing et l'a laissé tomber sur cette vitre. Tout a vibré.

Son visage. Il ne faisait même pas l'effort d'ouvrir la bouche. C'était comme s'il était sorti de ses (mes) gonds. Quelque chose saignait là-dedans. Il avait les yeux exorbités. La vieille pendule qu'il portait sur les épaules s'était brisée.

"Pete, vous êtes toujours là ?"

Un autre coup sur le verre. Et un autre. L'autre Harper voulait que je lui ouvre une porte. Une porte inexistante.

Je me suis mis à trembler. "Que veux-tu ?" ai-je crié.

"Pete, il est l'heure de remonter. D'accord ?"

"Non ! Attendez. Pas maintenant."

Malgré la répulsion et la peur, je me suis approché de cette vitre fissurée et j'ai planté mes yeux dans ceux de mon reflet monstrueux. Il me regardait, effrayé, j'ai vu des larmes de sang couler sur ses joues.

"Dis-le-moi, Peter. Allez, dis-le-moi. Qu'est-ce qui se passe ?"

"Nous allons compter jusqu'à trois, monsieur Harper. Un..."

La lumière a commencé à se faire de plus en plus forte. J'ai senti que j'étais en train de quitter cet endroit.

"Allez, enfoiré. Crache le morceau. Il faut que je sache."

Le Peter démoli n'était pas sorti de ses gonds. Lorsqu'il a ouvert la bouche, un mince fluide sombre s'en est échappé. Il s'est approché le plus possible du verre et j'ai collé mon oreille contre sa bouche.

"Deux..."

Et j'ai entendu une phrase, murmurée, expulsée par une gorge éraillée et désespérée.

"Il est trop tard. Ils sont tous morts."

"Trois."

10

À la fin de cette longue journée, Judie et les enfants sont apparus dans la rue Archer.

Kauffman avait préféré ne pas voir Judie avant la séance, peut-être souhaitait-il éviter toute "familiarité" avant la consultation, mais dès qu'elle est arrivée, il a changé d'attitude. Il l'a prise dans ses bras une longue minute, comme lorsqu'on retrouve un ami cher après bien des années. Judie n'a pas pu retenir quelques larmes. Ce matin, pendant que nous petit-déjeunions à l'hôtel, j'avais noté qu'elle était nerveuse et elle avait admis que tout cela – venir à Belfast, savoir qu'elle verrait Kauffman – la ramenait à des jours très durs de son passé. "J'ai débarqué ici tel un fantôme et je suis repartie en tant qu'individu, et chaque fois que je remets les pieds dans cette ville, j'ai les nerfs à fleur de peau."

Judie et le médecin ont échangé quelques mots pendant que les enfants exploraient une collection de figurines en porcelaine qui trônait à une distance dangereuse de leurs mains, sur la commode de l'entrée. Ils se sont promis de se revoir très vite, peut-être à Clenhburran, a dit Kauffman, qui n'y était jamais allé. Puis, au moment de nous saluer, le médecin m'a abordé dans l'entrée, alors que Judie et les enfants étaient déjà dehors. Il m'a dit qu'il serait bien qu'on se revoie. "Il s'est passé des choses intéressantes pendant la séance. Il serait bon de renouveler l'expérience." Nous avons évoqué un rendez-vous en août ou septembre, quand les enfants seraient rentrés à Amsterdam. D'ici là, il m'a conseillé de mener une vie tranquille, de profiter de mes enfants et de me tenir aussi loin que possible des médicaments. “Si une autre vision survient, essayez de la noter. Et envoyez-moi un mail.”

Le lendemain, nous faisions la route en silence, sous la pluie. L'esprit toujours troublé, en ce qui me concerne. Après une longue et intense journée dans le cabinet de Kauffman, je n'avais pas pu fermer l'œil. Et Judie ne se sentait pas bien non plus. Revenir à Belfast l'avait totalement déstabilisée. Cette nuit, que nous avions passée à l'hôtel, dans des chambres différentes, elle avait fait des cauchemars très intenses. Beatrice, qui avait dormi avec elle dans la chambre double, me l'avait raconté au petit-déjeuner.

“Elle n'a pas arrêté de gigoter, comme si elle avait peur. Je l'ai réveillée et après on s'est rendormies serrées l'une contre l'autre, tout le reste de la nuit.”

Nous avons fait une pause à la Chaussée des Géants. Le mauvais temps n'a pas empêché Beatrice et Jip de sortir de la voiture, prêts à explorer ce – quasi irréel – labyrinthe de colonnes basaltiques, qui ce jour-là apparaissaient et disparaissaient dans la brume basse.

Nous les avons laissés filer entre les montagnes de pieux et avons profité d'un moment où ils avaient disparu derrière les colonnes pour échanger un tendre baiser. Avec les enfants dans les parages, et notre timidité d'adultes, nous avions oublié la saveur de nos lèvres. Quand nous nous sommes écartés l'un de l'autre, j'ai contemplé le beau visage de Judie, marqué par une ou deux rides de maturité et quelques taches de rousseur sur le nez.

Nous avons entendu les enfants crier et rire au loin. J'ai pris les deux mains de Judie dans les miennes et l'ai regardée fixement.

— Écoute… j'aimerais qu'on parle de quelque chose.

J'ai senti son corps trembler légèrement. Cette phrase avait eu le ton qu'elle devait avoir : celui qui annonce une conversation importante.

— Non, ai-je dit en riant à moitié, avant que tu prennes peur et que tu partes en courant, je n'ai aucune alliance cachée dans le manteau.

Elle a acquiescé de la tête, sans dire un mot.

— Je réfléchis à un retour aux Pays-Bas, ou en Belgique, à la fin de l'année. Je veux être plus près des enfants, je me suis rendu compte que j'en ai besoin, qu'ils font partie de ma vie et que je ne peux pas y échapper. Les voir tous les trois mois, c'est trop peu.

Son visage a changé d'expression. Elle a serré les dents, peut-être qu'un peu d'inquiétude est venue voiler son regard. Peut-être qu'en fin de compte, elle aurait préféré l'alliance. Et peut-être que mes mots sonnaient comme un adieu.

— Bien sûr..., a-t-elle dit. Je suis d'accord... C'est ce que tu dois faire. Ce sont deux enfants fantastiques. Ils méritent d'avoir leur père près d'eux.

J'ai noté qu'elle tirait ses mains, comme si elle voulait se libérer. Je m'y suis doucement accroché.

— Attends. Je me demandais si tu ne viendrais pas avec moi.

Après avoir lâché cette phrase, j'ai commencé à me sentir nerveux, comme si j'avais à nouveau quatorze ans et que je demandais un rendez-vous à mon amour de collège sur le quai de la gare de Tarah, à Dublin.

Judie a ouvert des yeux immenses. Un petit rire lui a échappé.

— Quoi ? Aux Pays-Bas ?

— Oui... sur le continent. Allemagne, Pays-Bas, Belgique. On pourrait choisir l'endroit, tant qu'il y a un train direct pour Amsterdam. Tu sais, Judie, je pourrais t'aider à monter quelque chose dans le même genre que la boutique de Mrs Houllihan, ailleurs. Tu es bosseuse et tu as beaucoup de talent, je suis sûr que ça fonctionnerait à nouveau. N'importe où dans le monde.

Elle a souri.

— Je... je ne sais pas quoi dire, Pete.

Elle m'a pris la main.

— Merci. Merci de me faire une place dans ta vie. Je ne m'y attendais pas.

Cette réponse n'était pas non plus celle que j'avais espérée (pourquoi pas plutôt un oui ferme, et qu'elle se jette dans mes bras et me dise qu'elle me suivrait au bout du monde ?). La pluie s'est un peu calmée.

— Bien sûr, Judie... Bon, les choses se sont faites toutes seules. Je ne crois pas les avoir forcées, mais ces derniers temps j'ai commencé à éprouver de vrais sentiments pour toi. Bien plus forts que pour une simple aventure. Et je me demandais si tu ressentais la même chose.

— Oui, moi aussi, a-t-elle dit en s'essuyant légèrement les yeux. Mais c'est… très inattendu.

"Inattendu", ça avait tout l'air d'un préambule à un "Désolée, MAIS"… J'ai cru que mon cœur allait flancher.

— Je peux y réfléchir un peu ? Je ne veux pas que ça ait l'air d'un "non", mais tu m'as carrément prise au dépourvu. Comprends-moi, je… je ne suis pas comme ça. Je ne peux pas prendre une telle décision si vite. Je suis désolée si ça manque de romantisme.

Elle a serré ses doigts entre les miens.

— Pas de problème. On n'avait jamais évoqué l'idée avant. C'est de la folie. Pardonne-moi. J'ai été idiot de te mettre dos au mur.

— Non, Peter… C'est bien, mais comprends-moi. C'est… énorme. Un changement énorme.

— Oui, bien sûr, Judie, ai-je répondu.

Les enfants étaient réapparus derrière l'une des colonnes. Deux petites silhouettes en ciré rouge et jaune.

— Papa ! Judie ! Venez voir ça ! On a trouvé un crabe géant !

J'ai souri comme j'ai pu. Judie aussi s'est comportée de son mieux quand nous sommes allés voir le crabe, puis dans la voiture, de retour à Clenhburran, sous la pluie. J'ai mis un CD après l'autre jusqu'à ce que nous arrivions au village. Je n'avais pas trop envie de parler.

TROISIÈME PARTIE

1

Une camionnette noire, de l'enseigne Blake Audiovisuels, était garée devant le magasin de Chester, portières ouvertes. Deux techniciens zélés, tout de noir vêtus, entraient et sortaient du véhicule en portant des caisses, des haut-parleurs et des rouleaux de câble.

— Ils vont l'installer où, l'écran ? a demandé Donovan.

— Là, au bout du port, à côté du porche, lui a répondu Chester.

— Ben, je ne vois pas d'échafaudage. Je me demande bien comment ils comptent s'y prendre.

Chester, Donovan et Mr Douglas avaient pris leur journée pour profiter de l'animation du port. Adossés à la vitrine du bureau de tabac, une canette de Bavaria à la main, ils s'appliquaient à observer et commenter les mouvements des gens et des engins.

C'était le jour de la séance de cinéma nocturne en plein air, et dans le village flottait un air de fête. L'idée, qu'ils avaient copieusement critiquée au pub et pour laquelle ils n'avaient pas montré grand intérêt, les intriguait désormais. Les femmes avaient réussi à organiser tout ce bazar ? "Avec quel fric ? Ah ! les réserves de la mairie pour la culture ! On ne savait même pas que ça existait. L'année prochaine, on devrait aller le demander, nous, cet argent ! On installerait un écran géant pour le tournoi des Six Nations. Qu'est-ce que vous en dites ?" Tout le monde avait acquiescé, l'air ravi, la canette de Bavaria à moitié vide toujours à la main, conscient que cela n'arriverait probablement jamais et que les femmes, avec leur façon discrète mais tenace d'avancer dans le monde, finiraient par remporter la mise aussi l'année prochaine.

— Comment ça va, Harper ? m'ont-ils salué quand je suis arrivé. On a entendu dire que vous alliez jouer du piano ce soir. On a hâte de vous entendre. Une petite bière ?

J'ai décliné la proposition avec un sourire. J'étais juste venu chercher du tabac et le journal. Avaient-ils vu Judie ? Elle n'était pas dans sa boutique, et des femmes m'avaient dit qu'elle se trouvait au port.

— Il m'a semblé la voir vers la halle. Nous, on n'a pas le droit d'y entrer, c'est pour ça qu'on reste ici. Mais vous, elles vous accepteront. Allez-y et venez nous raconter ce qu'elles fabriquent, les bonnes femmes.

S'en sont suivis quelques francs éclats de rire. Chester a dévoilé ses six dents solitaires avec la fierté de celui qui montre une médaille. Puis il m'a accompagné à l'intérieur et nous avons procédé à notre transaction habituelle. Tabac, *Irish Times* et le dernier polar arrivé au village. Quand nous sommes retournés dans la rue, Donovan demandait aux techniciens où ils pensaient installer l'écran, et comment. Un gars à la barbe et à la chevelure rousses, rondouillard et en sueur, leur a expliqué qu'il n'y avait rien à "installer", vu que l'écran sur lequel seraient projetés les films était une grande toile gonflable qu'on fixait simplement sur quatre points au sol, pour éviter que la brise nocturne ne la fasse trembler. Cela cloua sur place les quatre clampins. "Gonflable ? Vous voulez dire comme ces châteaux qu'on monte pour les enfants ?" "Oui, a répondu le technicien, mais avec une face blanche, prévue pour refléter la lumière du projecteur."

— Mince alors, ça, je l'aurais jamais imaginé, a commenté Donovan.

J'ai profité de l'occasion pour me présenter et informer cet homme que j'étais le musicien qui ferait l'ouverture de l'événement. Le piano ne devait plus être très loin. "On va l'installer sous l'écran et on le déplacera quand vous aurez fini, a-t-il expliqué, mais amenez-le dès que possible pour avoir le temps de tester le son."

J'ai pris congé du petit bataillon d'"ingénieurs" et me suis dirigé vers la halle, un grand hangar crasseux en béton et en fer transformé en centre logistique de l'événement. Il y avait là une douzaine de femmes nettoyant des chaises et préparant l'avalanche de nourriture et de boissons qui serait servie ce soir. Du chocolat chaud Cadbury pour les petits, des litres d'eau chaude et des sachets de thé Barry's, une barrique entière de bière. Les gens de chez Andy's allaient installer un petit présentoir de bonbons et même une machine à pop-corn. J'ai vu Judie et Laura O'Rourke à une table du fond, en train de plier des couvertures, dons de la paroisse où cas où l'air fraîchirait pendant la nuit.

— Et tes enfants ? m'a demandé Judie dès qu'elle m'a aperçu.

— Ils se sont fait de nouveaux amis et m'ont abandonné.

Ce matin, en arrivant au village, les jumeaux O'Rourke attendaient Beatrice à côté de la boutique de Mrs Houllihan. "On s'en est parlé sur WhatsApp", m'a-t-elle expliqué quand je lui ai demandé comment ils s'étaient débrouillés pour se donner rendez-vous sans utiliser le téléphone. Il y avait aussi deux Anglaises, des amies des O'Rourke ("Oh oui, Becky et Martha, avait confirmé Laura O'Rourke, elles sont charmantes toutes les deux"), qui passaient, semblait-il, l'été sur une plage à cinq miles de la nôtre, ainsi qu'un garçon un peu plus grand qui s'avéra être le plus jeune fils des Douglas, les propriétaires du pub. Le garçon, du nom de Seamus, les avait invités à faire un tour sur sa petite barque à moteur et Beatrice était venue me demander la permission d'y aller avec eux. Un des O'Rourke l'accompagnait, comme pour l'aider à me convaincre. "On ira seulement jusqu'à la lagune. On a des gilets de sauvetage pour tout le monde, même Jip. On reviendra en fin d'après-midi, juste à temps pour le film."

Au fond, ça m'arrangeait plutôt de leur laisser leur liberté, vu que ce matin je devais m'occuper du piano de Mrs Douglas, l'essayer et me préparer pour le petit concert qui m'attendait. Et je suppose qu'après une excursion de trois jours avec Judie et papa, les enfants avaient envie de profiter de leur indépendance, de l'été et de leurs nouveaux amis. Je leur ai donné un peu d'argent pour qu'ils s'achètent de quoi manger chez Andy's, puis je leur ai demandé de s'approcher pour leur infliger quelques instructions. "Beatrice, tu ne te sépares pas de Jip et tu surveilles qu'il mette son gilet de sauvetage, d'accord?" "Oui, papa." "Et toi, Jip, écoute ta sœur et ne te sépare pas d'elle, d'accord? Et n'enlève pas ton tee-shirt, tu es encore un peu malade." "Oui, papa." "Et ne faites pas les fous juste pour imiter les autres, hein?" En chœur, cette fois : "Oui, papa."

Puis j'étais entré dans la boutique de Judie, le quartier général de l'événement, où régnait une activité fiévreuse. Trois femmes, attablées au comptoir, s'appliquaient à corriger à la main une erreur qui s'était glissée dans l'impression des programmes. "Deux cent cinquante exemplaires, tous pareils, se plaignait Mrs Norton sans lever les yeux de sa tâche. C'est écrit 20 h 30 au lieu de 20 heures, alors il faut changer le 3 en 0 deux cent cinquante fois, mais ne vous inquiétez pas, monsieur Harper, la partie qui vous concerne est correcte. Le discours d'ouverture, prononcé par Mrs Douglas, aura lieu à 19 h 30. Puis vous serez appelé sur scène à 19 h 40 et, après quelques mots, ce sera l'heure du concert. Qui devrait s'achever vers 19 h 55, et ensuite on lancera le premier film."

J'avais cherché Judie et on m'avait informé qu'elle était au port. Un camion avait déchargé une cinquantaine de chaises pliables dans l'une des halles du port et un petit groupe de femmes s'occupait de les dépoussiérer et de les installer en rangs.

— Alors, comment ça avance? Vous avez besoin d'un coup de main pour le punch? ai-je demandé à Judie.

— De ce côté-là, tout est sous contrôle. Et le piano?

— J'imagine qu'il ne va pas tarder à arriver, non?

Judie m'a jeté un regard surpris.

— Mais... tu n'as pas reçu mon message?

— Un message? Comment ça?

J'ai glissé simultanément la main dans la poche de ma veste, où je rangeais mon portable. Je l'ai sorti et j'ai vu l'icône en forme d'enveloppe fermée en haut de l'écran.

"Mrs Douglas ne pourra pas amener le piano. Peux-tu aller chez elle le récupérer? Elijah Road, 13. Juste à droite après chez Andy's."

Envoyé presque deux heures plus tôt.

— Et mince, je ne l'ai pas vu. Je suis désolé.

— On a encore le temps, a-t-elle dit. Tu peux t'en charger… ?

Cet art d'exprimer un ordre du genre “si tu ne le fais pas, je te tue” sur ce délicieux ton musical ne cessait de me surprendre chez Judie. Bien sûr, je n'allais pas lui expliquer qu'un pianiste ne devait pas porter son instrument quelques heures avant un concert. Qu'en réalité, j'aurais dû laisser mes mains au chaud dans mes poches et me relaxer. Mais ce n'était pas non plus le Royal Albert Hall, simplement une halle de pêcheurs à Clenhburran, et je m'étais engagé à donner un coup de main.

— Je ne sais pas si ça va rentrer dans ma Volvo, ai-je dit. Il faudrait incliner les sièges.

— Mrs Douglas a dit que son cousin Craig possède une camionnette, en cas de besoin, mais il vit à Dungloe. Tu peux essayer d'abord et m'appeler si ça ne rentre pas ?

Il y avait du stress dans sa voix.

— D'accord. Je vais voir ce que je peux faire.

J'ai opiné de la tête, salué ces dames, et quitté la halle d'un pas pressé. En chemin vers la voiture, j'ai de nouveau dépassé le groupe d'hommes désœuvrés qui s'agglutinait devant la boutique de Chester. Je leur ai rendu le salut qu'ils m'adressaient sans prendre le temps de leur délivrer la moindre information. Puis je me suis dépêché de remonter la rue jusqu'au magasin de Judie, devant lequel j'avais garé ma Volvo. Juste à ce moment-là, j'ai vu Marie sortir de la boutique et j'ai senti mes pieds freiner un peu, comme s'ils voulaient faire demi-tour et partir en courant dans la direction opposée.

C'était la première fois que je la croisais depuis ma discussion avec Leo, que je n'avais pas revu non plus. Le lendemain de cette catastrophique conversation, j'avais tenté de le joindre par téléphone, mais sans succès, puis nous étions partis à Belfast avec Judie et les enfants, et j'avais passé trois jours sur la route à essayer de tout oublier, en me disant qu'au retour il faudrait le joindre et lui parler. L'image de son visage attristé par les souvenirs que j'avais remués me faisait toujours mal.

Marie portait un carton rempli (comme j'avais pu le constater en m'approchant d'elle pour la saluer) de ces fameux programmes corrigés à la main. Elle allait au port les déposer à la halle et m'a demandé où j'allais moi-même. Je lui ai expliqué le malentendu à propos du piano, et que je me rendais chez Mrs Douglas pour le récupérer.

— Bon, parfait, a-t-elle dit, en calant sa charge sur le toit de ma Volvo. Dans ce cas, tu vas nous emmener, le carton et moi, et en échange je t'aiderai pour le piano.

J'ai acquiescé de la tête, un peu surpris, en réalité je m'étais attendu à une certaine froideur de sa part, ou alors Leo ne lui avait-il rien raconté ? J'ai ouvert la voiture et l'ai aidée à glisser le carton sur le siège arrière. Puis elle s'est assise à la place du passager et j'ai tourné à cent quatre-vingts degrés pour sortir du village.

Incapable de deviner si Leo avait oui ou non évoqué notre conversation avec Marie, je réprimais mon envie d'aborder le sujet. Elle m'a posé des questions sur le séjour à Belfast, et avant que je me mette à évoquer notre excursion à la Chaussée des Géants, elle m'a dit qu'elle savait – par Leo – que je m'étais rendu chez un spécialiste du sommeil.

— Comment tu te sens ? Tu crois que ça t'a été utile ?

Trois jours étaient passés depuis ma visite chez Kauffman et j'avais constaté une réelle amélioration. Je dormais bien, plusieurs heures d'affilée, et le mal de crâne avait diminué jusqu'à n'être plus qu'une gêne infime, présente surtout en fin de journée, et qu'un cachet d'aspirine suffisait à combattre. J'ai raconté à Marie que Kauffman était convaincu que ces maux de tête étaient d'ordre psychosomatique et que je commençais moi-même à y croire.

— Psychosomatique ? Tu veux dire… inventé ?

— Quelque chose comme ça.

— Et ces rêves, ces cauchemars si réels, qu'en est-il ? Leo m'a raconté que tu en avais eu un autre.

“Leo le lui a donc dit.”

— Oui, ai-je répondu après un petit silence, en essayant de donner un air de normalité à tout ça. Mais la théorie de Kauffman est que tout n'est qu'invention. Quelque chose comme être éveillé et endormi en même temps. Je me lève de mon lit, je marche dans la maison et dans le jardin, et je me raconte une histoire pour me distraire.

— Et toi, qu'en penses-tu, Pete ?

— Je veux juste oublier tout ça, Marie. Je retournerai chez Kauffman une fois les vacances de Jip et Beatrice terminées. Je suivrai une thérapie. Je ferai ce qu'il faut. Je veux simplement retrouver ma vie normale.

Nous étions arrivés au croisement de Main Street et de la route régionale. J'ai marqué le stop pour laisser passer deux énormes camping-cars d'immatriculation française. Puis j'ai avancé et tourné à droite.

— Écoute Pete, Leo m'a dit ce qui s'était passé, a lancé Marie. Votre conversation, ce que tu as trouvé sur notre étagère. Le portrait de Daniel.

J'ai senti mon sang se glacer.

— Il m'a aussi dit que tu pensais que tout ça pourrait être un avertissement, une sorte de prémonition.

J'aurais dû prendre la première rue après chez Andy's, mais j'ai continué tout droit. Sans même m'en rendre compte.

— Je suis vraiment désolé d'avoir fouillé dans votre maison, Marie.

Marie a posé sa main sur la mienne, sur le volant, pour me demander de lui laisser la parole. J'ai réalisé que j'avais dépassé le croisement avec Elijah Road et j'ai cherché un espace sur la route pour faire demi-tour.

— Ça va, Pete. Je ne vais pas te mentir : ça nous a blessés, mais nous sommes capables de comprendre. Leo était assez triste le premier jour, mais après il a pensé t'appeler. Je lui ai conseillé d'attendre que tu sois de retour. Nous savons que tu es quelqu'un de bien, nous l'avons su dès le premier jour. Tu te rappelles ? Ce fameux jour où nous avons débarqué chez toi, sans te prévenir, et toi qui nous regardais l'air de te demander qui pouvaient bien être ces deux vieilles pies.

J'ai éclaté de rire, et elle aussi.

— On a du mal à se faire des amis, Pete, a-t-elle repris. De plus en plus de mal. Peut-être est-ce dû à l'âge, ou à notre vie de nomades. Mais nous sommes devenus exigeants, méfiants envers les gens, et rares sont ceux à qui nous ouvrons notre cœur. Je veux croire que tu es l'une de ces rares personnes.

— Moi aussi, Marie.

— Bien, alors oublions tout ça. En une minute Leo t'aura pardonné, et encore plus vite autour d'une bière. Quant à tes cauchemars… eh bien, espérons que ce médecin dise vrai et que ce ne soit rien de plus qu'une sacrée hallucination, mais s'il y a autre chose que tu souhaites nous demander, n'importe quoi qui te tarabuste encore, fais-le.

— N'importe quoi ? ai-je dit en essayant d'être drôle, alors qu'en réalité, OUI, autre chose me tarabustait.

— Oui, Pete. N'importe quoi.

J'ai failli évoquer la coupure de presse, l'histoire du *Fury* et du couple disparu, mais cela m'a franchement paru une très mauvaise idée. Je voulais préserver mon amitié avec Leo et Marie et oublier cette histoire une fois pour toutes.

J'ai trouvé un petit renfoncement sur le bord de la route, où je me suis rapidement déporté pour rebrousser chemin. Nous avons rejoint le cottage des Douglas en silence. C'était une maison d'un blanc resplendissant, entourée d'un jardin décoré de manière obsessionnelle de nains, de libellules en plastique et autres éléments artificiels. Keith, le fils aîné de Mrs Douglas, avait été chargé de nous attendre. Dans le salon, nous avons trouvé le piano, paradis des toiles d'araignées. Un piano numérique Korg, de quatre-vingt-huit notes au toucher lourd, avec des pédales et une solide armature qui, grâce au ciel, était démontable. Ce truc-là devait avoir un son correct, ai-je pensé.

Nous avons baissé les sièges de la Volvo et Keith m'a aidé à charger par l'arrière le clavier, l'armature et un tabouret, que nous sommes parvenus, après trois tentatives, à encastrer en une parfaite diagonale.

Ceci fait, nous sommes repartis au village, et sur le trajet ni Marie ni moi ne sommes revenus sur le sujet. Nous avons parlé du temps, du cinéma, de tout et de rien. C'était mon tour de les inviter à dîner, et j'ai promis de le faire avant que les enfants ne repartent à Amsterdam.

J'ai garé la voiture le plus près possible du port, juste à côté de la clôture qui en interdisait l'accès par la route ("NUIT DU CINÉMA EN PLEIN AIR DE CLENHBURRAN. Veuillez nous excuser pour la gêne occasionnée"). Puis j'ai convaincu Donovan et un autre gars de m'aider à transporter le mastodonte jusqu'au spacieux morceau de moquette que les techniciens de Blake Audiovisuels avaient déroulé au pied de l'écran gonflable et qui ferait office de scène pour l'événement.

Un des techniciens avait déjà commencé à tester le projecteur et la sono, et les haut-parleurs diffusaient une musique de fond. Voyant arriver le piano, il s'est approché et y a jeté un œil.

— Vous avez apporté les câbles ? Il en faut deux, pour la sortie stéréo.

— Des câbles ? ai-je dit, avec mon expression de surprise la plus totale. Je pensais que vous les auriez, les câbles.

Le gars a soupiré et a essuyé la sueur sur son front. On avait besoin de deux câbles, d'au moins un mètre et demi de long, pour brancher la sortie stéréo du clavier à la table de mixage. On a vérifié à l'intérieur du piano et dans le tabouret (où traînaient un recueil de partitions de Clayderman et un autre de versions des Beatles pour néophytes). Mrs Douglas n'avait jamais eu besoin de brancher le piano à aucun ampli, par conséquent elle ne possédait aucun câble.

— Attendez, je vais voir dans le camion, a dit le type.

Mais pas de chance : dans le camion, il n'y avait que des câbles de micro, qui n'étaient d'aucun secours pour le clavier.

— Personne ne nous a demandé d'apporter des câbles. Vous pensez que vous pourrez en trouver ?

— J'en ai chez moi, ai-je dit en jetant un coup d'œil à ma montre.

Il était 18 h 15.

— En me dépêchant, je serai de retour dans moins d'une demi-heure. On aura encore un peu de temps pour tester le son.

— Deux câbles, ce serait mieux qu'un, a insisté le technicien, sinon le son sortira en mono.

— OK.

J'ai couru à la voiture. Dès que j'ai fermé la portière, vitres remontées et à l'abri de toute oreille indiscrète, je me suis senti libre d'exprimer mes pensées à voix haute :

— Bordel, mais pourquoi tu t'es laissé embarquer là-dedans ?

J'ai démarré et quitté le village en trombe.

En moins de quinze minutes, j'étais chez moi. À cette heure-là, la mer semblait embrasée. Le soleil, immense et orange, voilé seulement par quelques légers nuages, répandait une lumière intense. La plage était déserte et on distinguait un ou deux voiliers à l'horizon. J'ai pensé à Jip, à Beatrice et à leur expédition vers la lagune. J'espérais qu'il ne leur était venu aucune idée folle, ni l'envie d'aller au large.

J'ai fait une manœuvre pour garer la voiture de manière à perdre le moins de temps possible en repartant. Dans la maison, je suis allé directement vers la caisse fourre-tout que je gardais dans le salon. J'y rangeais des câbles, des chargeurs, un disque dur externe et autres innovations qui m'aidaient à brancher mon clavier Midi à l'ordinateur et ainsi à m'enregistrer. J'ai rapidement trouvé ce que je cherchais : deux câbles longs et épais qui allaient régler le problème (et auxquels, idiot que je suis, j'aurais dû penser avant de partir ce matin).

De retour à la voiture, je les ai lancés sur le siège passager et j'ai démarré le moteur, prêt à pulvériser mon temps de parcours sur les douces collines, sans être gêné par le soleil cette fois-ci. Plus j'arriverais tôt, plus j'aurais de temps pour les essais son, et je craignais fort que ce Korg ne regimbe à jouer correctement du premier coup. Tandis que d'une main je mettais ma ceinture, de l'autre j'ai retiré le frein tout en appuyant sur l'accélérateur, en imaginant déjà mon bolide faire un bond en avant. Mais, à ma grande surprise, le bond s'est tout bonnement fait dans la direction opposée. J'avais laissé la marche arrière et la voiture a reculé d'un coup sec. Avant que j'aie le temps de lever le pied de l'accélérateur, j'ai senti que je heurtais quelque chose.

CRAC !

Puis le moteur a calé et la voiture s'est totalement immobilisée.

— Et merde ! ai-je râlé, en serrant le frein à main. Plus on se hâte, moins on avance…

Ce n'est qu'en me libérant de ma ceinture de sécurité, et en réfléchissant à ce que j'avais pu heurter, que j'ai commencé à envisager une sinistre possibilité. “Ça alors, ce serait vraiment une blague de mauvais goût”, me suis-je dit.

Ma crainte n'a fait que grandir en ouvrant la portière, en sortant de la voiture et en faisant le tour en direction du coffre. Je me suis rendu compte qu'il n'y avait ni pot de fleurs ni aucun autre objet ayant pu faire obstacle, à part cette “chose” que j’avais à l’esprit.

Une fois arrivé à l’arrière, j’en ai eu la confirmation. Comme quand on valide une théorie qui avait quatre-vingt-dix-huit pour cent de chances d’être juste.

Le pare-chocs avait embouti la clôture, à un mètre et demi du portail, brisant quatre piquets. Elle avait été arrachée et traînée par terre sur un mètre.

La clôture.

Si quelqu’un m’avait vu à cet instant, je suppose qu’il m’aurait pris pour un doux dingue. Je demeurais là, muet, les bras croisés, opinant du bonnet, terrorisé par ces – par ailleurs légers et purement domestiques – dégâts. Pour une raison quelconque, l’image du Dr Kauffman, de son visage confiant et sûr de lui, m’affirmant que tout était le produit de mon subconscient, m’est apparue. “Vous avez vu ça quelque part, vous l’avez mémorisé, et à présent votre esprit vous le renvoie pour que vous l’utilisiez.”

“Vous en êtes vraiment sûr, docteur Kauffman ? Parce que, personnellement, je ne me rappelle pas avoir jamais cassé de clôture de ma vie.”

À part celle-ci.

Je me suis penché sur la partie à présent déracinée et l’ai observée, fasciné, comme j’aurais observé la naissance d’un serpent qui sort de son œuf. C’était l’exacte copie de ce que j’avais vu dans ces deux cauchemars, les piquets étaient étalés sur l’herbe, créant une sorte de sentier, ou un clavier de piano. J’ai eu l’impression que c’était la dernière pièce qui manquait au puzzle. Le dernier message.

J’ai été tenté de la remettre en place, comme si ce geste pouvait arranger les choses. Je me suis agenouillé dans l’herbe et j’ai saisi deux piquets, pour les redresser. Mais ce chaos de bois fendu et d’échardes s’est de nouveau affaissé. La clôture était cassée, détruite pour de bon.

Je crois que j’ai dit quelque chose à voix haute, du genre : “Allez Peter, c’est juste une foutue coïncidence.” Mais en réalité ça ne servait à rien. Au fond de moi, j’avais cessé d’écouter tous ces conseils “raisonnables”. J’ai démarré le moteur et filé d'ici à toute allure, avec peut-être une vague idée : foutre le camp ce soir même du village.

— Ce serait possible de dormir chez toi cette nuit ?

Judie a ouvert de grands yeux, un peu surprise par ma demande.

Je venais d'en finir avec les essais son, et tout était prêt. La cinquantaine de chaises qu'on avait installées pour l'auditoire étaient occupées par des gens du coin et des visiteurs, à qui un bataillon de femmes fournissait des couvertures, bien que la nuit fût plutôt douce. Les alentours de cet auditorium improvisé s'étaient remplis de gens qui n'avaient pas trouvé de chaise libre (certains chanceux avaient pris place sur la terrasse improvisée par Chester devant son magasin), mais qui souhaitaient aussi profiter de l'événement. C'était une nuit d'été parfaite. Pas de vent, un magnifique ciel étoilé dominant le grand écran sur lequel pour le moment étaient projetées une série de photographies d'acteurs des années 1950 et 1960, tirées du disque dur de l'ordinateur de Judie.

— Oui, bien sûr que vous pouvez, Peter, a-t-elle répondu. Il est arrivé quelque chose ?

— Non, rien. C'est juste qu'on va finir tard et... – en réalité, cet argument ne m'avait jamais empêché de parcourir les quinze minutes de trajet qui nous séparaient de la plage – bon, ce serait plus pratique pour les enfants.

— Bien sûr, a dit Judie, en fronçant légèrement les sourcils, pas de problème. Tu sais que l'idée m'enchante. Et puis la pension est vide aujourd'hui. Mais... tu es certain que tout va bien ?

J'ai été tenté, très tenté, de lui raconter : "Tu te rappelles la clôture que je voyais toujours cassée dans mes rêves, Judie ? Tu te rappelles que tu m'as dit que ça devait signifier quelque chose ? Eh bien, écoute un peu ça : maintenant elle est vraiment cassée, exactement comme j'avais prévu que ça arriverait. Je l'ai rêvé. J'ai eu une prémonition, exactement comme je te l'ai dit. Et si la clôture est cassée, alors tout le reste aussi va se produire. Marie, les gens dans leur pick-up. Tout. Tu comprends, Judie ?"

Mais je ne l'ai pas fait. J'ai décidé de tout garder pour moi. Pourquoi ? Peut-être que Judie avait trop de choses à gérer ce soir-là et que je ne voulais pas l'interrompre – encore une fois – avec mes problèmes tout droit sortis de la quatrième dimension. Peut-être que je redoutais qu'elle ne tente de rationaliser les faits : "La clôture est cassée, et alors quoi ? Il est même possible que tu l'aies cassée exprès. Qu'au fond de ton esprit, tu aies voulu que tout concorde, que tout trouve une bonne explication." Le Dr Kauffman aurait approuvé cette théorie. Oui, monsieur.

Ou peut-être que je n'arrivais pas vraiment à y croire moi-même. Que la clôture soit cassée. Et cette idée a grandi tout au long de la soirée.

À 19 h 30 précisément, Mrs Douglas et Judie ont pris le micro et ont tenté un nerveux "tap tap, vous m'entendez ?" auquel ont répondu blagues et commentaires du public. Il y a eu un petit silence et les deux projecteurs que Blake Audiovisuels avait installés chacun sur un trépied de chaque côté de la scène ont lancé leur puissante lumière blanche. Je me tenais un peu en retrait, les bras croisés, essayant de me concentrer sur ce que je m'apprêtais à jouer.

— Chers voisins et visiteurs, a commencé Mrs Douglas, soyez les bienvenus à cette première édition de la Nuit du cinéma en plein air de Clenhburran.

Applaudissements. Hourras. Mrs Douglas a souri.

— Il y a quelques mois… – elle a dû élever la voix – Il y a quelques mois, quand notre amie Judie Gallagher a proposé cette idée, nous, les femmes de l'association culturelle du village, nous en avons presque ri. C'était un peu ironique… organiser un cycle de cinéma en plein air à Donegal, rien de moins… – quelques rires et murmures se sont fait entendre –, mais le projet avait une part d'idéalisme et d'aventure qui nous a plu, et il semble que les dieux partagent ce sentiment, car ils nous offrent une merveilleuse nuit d'été pour l'inaugurer. Alors profitons-en vite avant qu'ils ne se ravisent !

Encore des rires, des applaudissements ici et là : Mrs Douglas s'était vite mis les spectateurs dans la poche. J'ai regardé en direction du public, mais la lumière des projecteurs m'empêchait de voir au-delà des premiers rangs. La nuit commençait à tomber et je me suis demandé si les enfants étaient de retour. Le petit jumeau O'Rourke avait dit "en fin d'après-midi", mais à quelle heure cela correspondait-il exactement ? Bon, ils allaient sûrement bien, peut-être même qu'ils étaient installés sur l'une de ces chaises, impatients d'écouter leur père jouer.

— Nous avons choisi deux films pour inaugurer le cycle ce soir. Un court et un long métrage. Judie a préparé une petite présentation pour chacun, a dit Mrs Douglas en passant le micro à Judie.

Judie avait changé de tenue à la dernière minute et portait maintenant une robe noire assez moulante. Elle avait attaché ses cheveux et y avait planté une rose rouge en harmonie avec la couleur intense de son rouge à lèvres. Elle a pris le micro, souri à l'auditoire et a entamé la présentation.

— Merci, Martha, et bonsoir les amis…

"Il n'y a aucune garantie que vous ayez expérimenté pour de vrai ce dont vous vous souvenez." Je me rappelais les paroles de Kauffman entendues trois jours plus tôt. "Personne ne vous a enregistré ni n'a été témoin de vos mouvements. Il est possible que ce soit une série de reconstructions, monsieur Harper. Très souvent, on les confond avec des rêves lucides ou des voyages astraux."

"Et si c'était une nouvelle vision ? ai-je pensé. Et si en réalité je n'avais pas cassé la clôture ?"

Mais je l'avais touchée de mes propres mains. Et sur le pare-chocs de ma Volvo, il devait sûrement rester des traces de peinture blanche. C'est à cet instant que j'ai pris ma décision : j'y retournerais cette nuit même pour m'en assurer. Et peut-être que j'appellerais Leo, au passage, pour qu'il le constate en personne. Et peut-être aussi le Dr Kauffman, le lendemain. Ou mieux, pourquoi pas, tous mes amis et amies. Et la Garda. Et l'armée…

— Peter ?

Soudain, je me suis rendu compte que Judie et Mrs Douglas me fixaient, l'air embarrassé.

J'ai émergé de mes pensées, libéré mes bras noués sur ma poitrine, fait un pas en avant pour me retrouver sur la scène.

— Et maintenant, avec nous, notre célèbre voisin : Mr Peter Harper !

Une immense ovation a résonné dans le port. La première fois qu'on m'applaudissait depuis bien longtemps. Ce fut comme goûter de nouveau un plat délicieux dont on est privé depuis des années.

Je me suis approché du micro et j'ai lancé quelque chose comme "Bonsoir, chers amis". Je n'ai jamais été très bon pour parler en public et j'ai tendance à faire bref. J'ai dit que le cinéma en plein air était une "bonne idée" et souligné à quel point j'étais "heureux" qu'on m'ait invité à ouvrir l'événement. Puis Judie m'a posé quelques questions sur ma carrière. Je me suis concentré sur son joli visage et sur son sourire, et j'ai répondu avec une certaine verve comique. Puis je me suis installé au piano. Dès que j'ai posé les doigts sur le clavier, j'ai réussi à chasser toutes les autres pensées de mon esprit, et – contre toute attente – je m'en suis bien sorti, vraiment. Le morceau n'avait rien de compliqué, et ce soir-là mes doigts vibraient d'une énergie particulière, comme si j'avais voulu me cacher entre les touches du piano et rester là pour toujours, et le public a dû le sentir lui aussi, qui a explosé en une nouvelle formidable ovation dès que j'ai eu posé le dernier accord et retiré mes mains du clavier.

Je ne me rappelle pas bien ce que j'ai dit ensuite, quand Judie s'est approchée et m'a tendu le micro, mais ce dont je me souviens, c'est d'avoir entendu l'assistance réclamer un "bis". Je me suis alors rendu compte que ça avait été une idée formidable, et en regardant Judie me sourire, j'ai compris que le fait que je joue ici, ce soir, et que je retrouve un public, était peut-être le fruit d'une sorte de conspiration. C'étaient ces spectateurs, ces cent personnes, qui donnaient sens à ma musique. Et pas les directeurs de la Fox, ni Pat Dunbar, ni les stars de la télévision – tout ça, ce n'était qu'un écran de fumée. Mon apitoiement sur moi-même, ma misère, mon isolement dans cette maison m'avaient fait oublier ce qu'était mon véritable métier : raconter une histoire à travers la musique. Et une histoire sans public était comme une fête sans invités.

Jip et Beatrice sont arrivés en courant le long de la jetée dès que les applaudissements se sont éteints et j'ai eu le droit de m'asseoir sur une chaise réservée au premier rang. Jip s'est installé sur mes genoux, Judie a fait une place à Beatrice, et quand le film a commencé, je voulais juste oublier tous mes tourments, me concentrer sur ce moment de pur bonheur. J'avais envie de me remettre à jouer. De former un groupe et de faire des tournées dans le coin. Une idée lumineuse venait d'éclore, bien meilleure que toutes les mélodies qui pouvaient me traverser l'esprit. Que ce soit au piano ou non, les idées allaient revenir, j'en étais certain.

Mais avant, il restait quelques détails à résoudre.

2

Un dernier détail. Et ce soir était l'occasion parfaite. Les enfants seraient avec Judie, en sécurité dans la pension. Personne ne courrait de danger, à part moi peut-être. La maison m'appelait… elle m'avait envoyé un message clair et concis, et je devais m'y rendre, seul, cette nuit, pour mettre au jour un ultime secret. Cela, je le savais, de même que je savais que je n'aurais pas dû sortir de chez moi cette nuit d'orage, quelques mois plus tôt. De même que ma grand-mère savait qu'oncle Vinnie ne devait pas monter dans le bus scolaire. De même que je savais que ma mère ne vivrait pas un an, la dernière fois que je l'avais vue dans ses vêtements ordinaires, quand elle avait franchi les portes de cet hôpital.

Après le film, la fête s'était déplacée au Fagan's, où tout le monde insistait pour me payer une pinte. J'acceptais avec diplomatie, les unes après les autres, pendant que les enfants buvaient des sodas avec leurs nouveaux amis, assis sur les barriques dans l'arrière-cour du pub, se racontant des blagues et des histoires. Beatrice gonflait un peu le torse, fière d'avoir un père important, et deux de ses amies (les Anglaises) sont venues me demander timidement un autographe. "Beatrice nous a dit que ça vous dérangerait pas…"

Leo et Marie sont apparus eux aussi. Les femmes de l'association, Donovan et sa clique, ainsi que Teresa Malone (collée sur ma droite, de la tête aux pieds) m'encerclaient mais je suis quand même parvenu à m'ouvrir un passage et à atteindre Leo à travers la foule. Il m'a adressé un de ses fameux sourires qui plissaient tout son visage, et m'a donné une bourrade amicale sur le flanc.

— Tu as été grandiose, Peter. On avait tous des frissons.

— Merci, Leo, sincèrement. Écoute… – j'ai baissé la voix pour éviter que d'autres n'entendent –, je crois que je te dois des excuses.

Le grand Leo Kogan s'est fendu d'une gentille tape sur ma joue et m'a souri.

— Oublie ça, Pete. En ce qui me concerne, c'est déjà fait.

— Mais…

— Pas de mais, je suis sérieux. Tu as commis une petite erreur, et encore, à peine. Je sais que tu as bon fond. Ça compte plus à mes yeux que cette légère indiscrétion. Pour moi, affaire classée.

— OK. Mais accepte au moins une bière.

— Oui, ça, j'y comptais bien, ça fait un bail maintenant qu'on ne s'est pas assis sur ta terrasse pour admirer le coucher de soleil et refaire le monde autour de ces fameuses bières belges. Et puis, il y a cette clôture qui a besoin d'une deuxième couche de peinture de toute urgence…

Mon sourire s'est imperceptiblement figé en entendant mentionner la clôture, et j'étais vraiment à deux doigts de raconter à Leo ce qui était arrivé cet après-midi, mais je me suis interdit cette option : "Ne fous pas encore la merde. Ne reviens pas là-dessus." Je lui ai promis que j'irais à Derry cette semaine sans faute pour acheter des Tripel Karmeliet à bon prix que j'avais repérées. On les dégusterait face au soleil, en refaisant le monde entre amis, un point c'est tout.

Nous avons échangé encore quelques mots, avant que Leo et Marie ne s'en aillent. Les enfants aussi étaient épuisés, et vers 23 heures j'ai annoncé à Judie que nous souhaitions rentrer. Ayant encore des choses à régler, elle m'a donné les clés de la pension et m'a demandé de nous installer tranquillement. "Je dormirai dans le bureau pour ne pas vous déranger."

J'ai couché les enfants. Ils m'ont raconté leur balade en bateau et une histoire de crabe qui avait grimpé sur le genou de Jip. Beatrice semblait absolument fascinée par Seamus, le garçon qui avait navigué jusqu'à la lagune. Elle m'a expliqué qu'il lui avait appris à plonger du bord du canot. J'ai tenté de me rappeler l'allure du garçon et il m'a semblé un peu plus âgé qu'elle, mais bon, je suppose qu'il était nettement plus séduisant que les O'Rourke, et puis les garçons plus âgés sont toujours plus fascinants. J'ai pensé que j'assistais à la naissance d'un amour d'été, cent pour cent *made in Donegal.*

Au bout d'un moment, ils se sont endormis profondément et je suis resté immobile, à fixer le sommier du lit du dessus, et à me demander si je ne devrais pas en faire autant et laisser tomber mon projet.

Judie est arrivée vers minuit et demi. J'ai entendu la porte de la pension s'ouvrir et se refermer, puis des pas dans la boutique. Comme elle l'avait annoncé, elle s'est installée dans le bureau. Cela faciliterait grandement les choses.

Ma montre indiquait 2 h 30 du matin quand j'ai décidé qu'il était temps d'agir. Le silence régnait sur la pension. Les enfants dormaient dans les lits superposés. Leur respiration tranquille et leurs petits corps sous les couvertures m'ont rempli de tendresse. Je les ai quittés sur un doux baiser.

J'ai enfilé mes vêtements dans la salle de bains puis descendu l'escalier en essayant de ne pas faire de bruit. Depuis l'arrière-boutique, il y avait peu de chance que Judie m'entende ouvrir la porte et sortir dans la rue.

Le village dormait profondément après la longue fête. La rue tout entière était comme une parfaite image de la vie nocturne. Les volets fermés, des chats sur les toits, et le son lointain de la télévision d'un insomniaque.

La Volvo était garée près du port. J'ai démarré en moins de temps qu'il n'en faut pour le dire. Sans hésiter. Quelqu'un, dans son lit, pouvait entendre le moteur. Un voisin pouvait même s'amuser à épier par la fenêtre. Puis j'ai roulé lentement dans la rue principale jusqu'à dépasser les dernières maisons. Au bout d'un mile, j'ai bifurqué sur l'étroite route qui menait à la plage.

La nuit paraissait encore plus sombre sur cette vaste plaine sans habitations. Le ciel était pur. Les étoiles brillaient comme des boutons d'argent dans ce vide immense. Au sol, la tourbe noire prenait l'aspect d'un manteau froissé. Les phares de ma voiture éclairaient des arbres secs et des oiseaux de nuit. Et m'annonçaient de temps en temps un virage inattendu et trop serré. Mais cette nuit-là, je roulais lentement.

J'ai peu à peu distingué la ligne d'horizon. À l'ouest, le rayon doré d'un phare ratissait la profondeur infinie de l'océan.

La Dent de Bill était toute proche. Mes phares ont illuminé le vieil orme mutilé par la foudre. J'ai tourné le volant à gauche pour descendre le long de la côte. La maison m'a accueilli, plongée dans le noir, endormie. À mesure que je m'approchais, les phares éclairaient la clôture. J'ignore ce qui aurait été préférable : la trouver intacte, d'un seul tenant, et me rendre compte que mon cerveau continuait à se jouer de moi ou… cassée. Comme je l'avais laissée. À terre, démolie.

La clôture était toujours brisée. Ça n'avait pas été une vision.

J'ai garé la voiture à quelques mètres, les phares dirigés sur les piquets. C'était exactement comme dans mes visions. RIEN ne différait à cet instant. Sauf peut-être qu'aucun orage ne grondait au-dessus de moi.

Je suis sorti de la voiture. J'ai fermé la portière derrière moi et je suis resté planté devant la maison. J'y étais. Au croisement des chemins, au milieu de la nuit. J'avais dessiné le pentagramme. J'avais allumé les bougies et j'étais prêt à répéter trois fois le nom de Véronique devant le miroir. La planche d'ouija bénite. La flamme de la bougie des morts se dressant au milieu de la pièce.

"Allez ! C'est parti ! Montrez-vous maintenant !"

Seule la brise a répondu à mon exhortation. L'herbe dansait dans le jardin et on entendait un grillon gratter sa guitare quelque part. Rien de plus.

J'ai attendu au moins trente minutes, en faisant des allers-retours entre la voiture et la clôture, allumant clope sur clope, avant de perdre espoir. Peut-être devais-je faire un peu plus que de rester immobile. Les visions avaient toujours commencé alors que je me trouvais à l'intérieur de la maison. "D'accord, alors entrons."

J'ai ouvert la porte avec la prudence d'un intrus. Tout était tel que je l'avais laissé cet après-midi, dans l'urgence du concert. La caisse de matériel électrique au milieu du salon, entourée de câbles et autres objets dispersés sur le tapis.

Je me suis assis sur le canapé. Dehors, on n'entendait que le bruit des vagues. Une autre cigarette. J'ai jeté un œil aux magazines posés sur la table, j'ai même été tenté d'allumer la télévision.

C'était stupide. J'ai commencé à me dire que je m'étais trompé. Je m'étais imaginé que j'avais le pouvoir d'invoquer ce phénomène, de le mettre en branle quand j'en avais envie. D'où avais-je tiré une idée pareille ?

Je me suis levé. Je suis allé me servir un verre d'eau dans la cuisine. Puis je suis monté au premier étage et j'ai visité toutes les pièces. Dans la chambre des enfants, les lits étaient défaits, vêtements et livres traînaient allègrement par terre. J'ai tout rangé. Au moins, cette visite n'aurait pas été complètement inutile.

Puis je suis allé dans ma chambre. Mon lit aussi était défait. Je me suis écroulé sur les draps et j'ai retiré mes chaussures. J'ai plié en deux le traversin pour m'y adosser. J'ai saisi le cendrier sur la table de chevet et l'ai posé sur mon ventre. Une nouvelle cigarette. Il ne m'en restait plus que trois. Je l'ai allumée avant de souffler une longue bouffée dans le silence de la pièce.

"Mieux vaut te casser d'ici, Pete Harper, et arrêter de faire le con. Personne ne va venir cette nuit. Pas de Marie en chemise de nuit. Pas de pick-up rempli d'assassins. Va donc rejoindre tes enfants et Judie, et oublie définitivement cette histoire. Demain sera un autre jour et, qui sait, peut-être que ces visions ne reviendront plus jamais."

J'ai fermé les yeux et revu Judie, une nuit, un mois ou deux plus tôt, où nous faisions l'amour dans ce même lit. Gémissant sur moi, sans retenue. Personne ne pouvait nous entendre dans cette maison sur la plage, et elle aimait ça. Elle aimait pouvoir donner de la voix en atteignant le climax. Crier aux quatre vents.

Une autre bouffée.

"J'aimerais qu'elle soit ici, maintenant."

Et à cet instant je l'ai senti. L'élancement. S'intensifier à l'intérieur de ma tête. Ça a commencé comme chaque fois, des battements sourds au creux des tempes, une sorte de pulsation dans mes veines, et c'est allé *crescendo*, gagnant de la place au centre de mon crâne, comme deux auriculaires qui appuieraient de plus en plus fort sur les oreilles.

J'ai ouvert les yeux. J'ai éteint mon mégot dans le cendrier. C'était sur le point d'arriver.

En quelques secondes, le battement s'est transformé en cette douleur suprême que j'avais ressentie les autres fois, ce long clou qui pénétrait dans mon oreille et traversait de part en part la chair tendre de mon cerveau. J'ai posé mes mains de chaque côté de la tête et poussé un cri de douleur, comme si un dentiste invisible me perforait une dent cariée. Je me suis retourné dans tous les sens sur le lit, au point de finir par terre, entraînant le cendrier, les mégots et une montagne de cendre. À la seconde même où j'ai ouvert la bouche pour hurler, le clou est sorti d'un coup. La carie a été arrachée. La douleur s'est volatilisée. Et je suis resté allongé par terre, le souffle coupé.

J'ai entendu un bruit de porte venant du jardin. Quelqu'un avait fermé une portière de voiture.

Dehors, le vent s'était mis à souffler. La pluie frappait les tuiles.

"Abracadabra. Ça fonctionne."

À nouveau le silence. Étendu au sol, oreilles grandes ouvertes, ne pas faire de bruit.

J'ai entendu un moteur. Des voix. Ils étaient là. De retour. Devant la maison.

C'était de la magie. Et je la maîtrisais. J'étais à deux doigts de l'éclat de rire hystérique face à un tel succès, mais j'ai dû me retenir, serrer les lèvres. L'important, maintenant, c'était l'étape suivante.

J'ai rampé sur la moquette jusqu'à la fenêtre. Elle était garnie de vieux rideaux jaunâtres qui n'étaient pas vraiment de mon goût, mais cette nuit, je me suis félicité de ne les avoir jamais foutus à la poubelle. Lentement, collé au mur comme un reptile, je me suis redressé jusqu'à passer ma tête à la fenêtre... *et voilà!* Ils étaient là, mes vieux amis. À nouveau tous réunis.

En bas, devant la clôture, à côté de ma Volvo, était garé le pick-up GMC California couleur cerise, avec jantes chromées, éclairé comme un vaisseau spatial. Ses quatre feux avant et les antibrouillards illuminaient la façade de la maison, on aurait dit une scène de crime au flash info de minuit.

Et sur cette scène, se déroulait un nouvel épisode. Que je n'avais encore jamais vu mais que, d'une certaine façon, j'avais déjà imaginé. Le gros et la copie maléfique de John Lennon traînaient une femme en direction de leur véhicule. Cette femme avait perdu connaissance ou était morte, ses pieds nus, tournés en dedans, raclaient le sol. Les hommes qui la tenaient utilisaient ses bras comme deux anses. Sa tête tombait entre ses épaules et elle portait le même pyjama que la première fois que je l'avais vue. C'était Marie. Les hommes l'ont assise au bord du véhicule et ont allumé la lumière intérieure.

J'ai constaté alors qu'elle était vivante, mais complètement décomposée. Elle chancelait comme si elle était droguée et n'arrêtait pas de s'adresser aux hommes. Elle les suppliait, elle pleurait.

L'autre femme a surgi d'un des flancs de la maison. Je ne pouvais pas bien distinguer son visage, seulement les cheveux châtains coiffés en queue de cheval. Sa silhouette fine et élégante toute de noir vêtue s'est dirigée d'un pas décidé vers le pick-up, pour se planter devant Marie. Elle l'a saisie par les cheveux et a violemment tiré dessus pour lui faire lever la tête. Elle lui a flanqué deux baffes. Puis lui a crié quelque chose que je n'ai pas entendu, et lui a de nouveau envoyé deux beignes en pleine tête.

— Putain de salope, ai-je murmuré.

Il était temps d'arrêter d'observer comme un lâche et de faire ce pourquoi j'étais venu. J'étais le maître de tout ça, je devais me le rappeler encore et encore. "Je suis le maître de cette vision."

Mais mon corps me pesait, le sol était dur et j'avais du mal à respirer l'air qui m'entourait. J'avais peur. Une peur authentique.

J'ai quitté mon poste à la fenêtre. Je me suis glissé à l'extérieur de la chambre, à quatre pattes. Puis je me suis redressé. Je savais (c'était l'un des avantages d'être un vieil ami de cette folie) que le groupe d'assaillants se réduisait à trois individus et qu'ils étaient tous les trois dehors. Je me suis donc empressé de descendre l'escalier, prêt à agir mais sans trop savoir comment.

Dans le salon aussi, la situation avait changé. La caisse de câbles n'était plus par terre. La baie vitrée, grande ouverte, laissait entrer la tempête. Les rideaux volaient comme le drap d'un fantôme, le sol et la télévision étaient trempés de pluie. La table basse était renversée et les magazines, éparpillés par terre. Sur le canapé, les coussins étaient en désordre.

Il flottait dans l'air une odeur familière. Je l'ai immédiatement reconnue, car elle m'a rappelé les soirées du Nouvel An à Amsterdam, pyrotechniques et crépitantes. C'était l'odeur de la poudre.

J'ai entendu un bruit de portes qu'on fermait à l'extérieur. Hors de question de les laisser s'échapper. J'ai couru vers la cheminée pour attraper le tisonnier.

“Ils vont me tirer dessus et me descendre, mais c'est un rêve, non ? On peut mourir dans un rêve ?”

J'ai couru à travers le vestibule en criant comme un véritable possédé, le tisonnier brandi telle l'épée d'Arthur : “BANDE DE SALAUUUUDS !”

Ils montaient dans la voiture et fermaient les portières. Ils n'avaient pas dû me voir, ni entendre mon cri de guerre. J'ai sauté les marches en pierre et les lanternes du jardin, pour essayer de les rattraper. La portière coulissante s'est fermée d'un coup, le pick-up a démarré et, dans un violent demi-tour, il est venu heurter l'aile de ma voiture, puis a filé d'ici dans un grand nuage de poussière et de sable rougis par ses feux arrière.

— Arrêtez ! ai-je crié de toutes mes forces.

Mais la voiture a poursuivi sa route le long de la colline.

“Non, ça ne va pas s'achever comme ça, on va aller jusqu'au bout. Jusqu'aux dernières conséquences. Tu sais où ils l'emmènent. Chez elle. Et là-bas, il y aura aussi Leo, mort ou vivant. Prends ta foutue caisse et essaie de les suivre.”

J'ai couru à ma voiture, mais la portière était verrouillée. Alors que j'étais sûr de l'avoir laissée ouverte. Bien sûr, “cela n'a pas eu lieu aujourd'hui”, me suis-je dit. Les clés devaient être sur le *leprechaun.*

J'ai foncé à l'intérieur de la maison et vérifié le porte-clés, mais il était vide. Pourquoi ? Je suis allé dans le salon, qui semblait avoir été le théâtre d'une bagarre. L'odeur de poudre était plus intense, et davantage encore – me suis-je rendu compte – à mesure que je m'approchais de la cuisine. Que s'était-il passé ici ? Les lumières étaient éteintes, mais les lueurs des appareils électroménagers suffisaient à distinguer trois personnes assises à table. Immobiles dans l'obscurité.

Un homme et deux enfants. D'environ treize et huit ans.

Je suis resté dans l'encadrement de la porte, incapable d'avancer ou de reculer, pétrifié. Le bruit du tisonnier tombant sur le carrelage a résonné à mille lieues de mon cerveau.

J'ai ouvert la bouche pour dire quelque chose. Pour interroger ces trois silhouettes qui se tenaient, figées, dans la pénombre. Mais aucun mot n'est sorti. Et à quoi cela aurait-il servi de toute façon ?

Jip avait les yeux ouverts. Il regardait droit devant lui, l'air détendu. Il avait les bras appuyés sur la table, ses deux poignets unis avec un bout de ruban adhésif. Ils avaient tiré sur un côté du front, en diagonale. Le trou semblait gigantesque sur cette minuscule frimousse. Un véritable cratère d'où coulait juste un filet de sang. En revanche, à l'arrière, son crâne avait éclaté comme une boîte à surprises et on devinait des morceaux visqueux, tombant le long de la chaise.

Beatrice n'était plus Beatrice. Calée sur sa chaise, elle n'avait plus de visage. On n'aurait pu distinguer sa bouche de ses yeux. C'était un chaos de formes ravagées. On lui avait aussi lié les mains avec un ruban adhésif. Ses jambes étaient croisées d'une manière absurde.

Et pour finir j'ai vu un homme qui ne pouvait être que moi. Si impossible que cela puisse paraître, je me trouvais face à mon cadavre.

Le corps était resté penché en avant, appuyé sur le rebord de la table. Il avait la bouche entrouverte, comme s'il avait voulu dire quelque chose pile au moment où on lui avait tiré une balle dans l'œil. Comme s'il avait voulu insulter cette balle sur le point de lui traverser le crâne.

Quelqu'un criait, hurlait de douleur dans ma tête, mais ma bouche restait verrouillée à double tour. Je me suis approché de la table et j'ai fermé les yeux de Jip. Ses paupières froides ont cédé sous ma pression comme les ailes d'un papillon. Le peu de raison qui me restait à cet instant m'a fait verser une larme solitaire.

J'ai évité de regarder de nouveau Beatrice. Sa tête était un gouffre. C'était trop atroce. J'ai pensé que je pourrais poser un sac en plastique dessus. Je ne voulais pas qu'on la voie dans cet état.

Je me suis regardé moi-même. L'œil encore ouvert fixait droit devant, comme si j'étais encore vivant. Et à cet instant j'ai senti que je glissais sur le sol. Que je m'enfonçais dans un long et profond terrier de lapin.

"Il est là ! Pete, Pete ! Mon Dieu !"

"Il est… ?"

"Non… il respire. Vite, aide-moi à le porter dans la voiture !"

Des sirènes. Des sirènes. Des sirènes.

"Je suis désolé, Clem. Je suis tellement désolé. Nos enfants. Nos enfants !"

"Du calme, Pete."

"Il délire. Pauvre garçon."

"Il vaut mieux qu'il se rendorme. C'est vraiment nécessaire, tout ce bruit ?"

Des sirènes. Des sirènes. Des sirènes.

C'étaient des policiers. Les policiers qui veillaient sur les cadavres dans le journal de papa. D'un coup, ils étaient autour de moi. Des visages inconnus qui m'observaient, l'air inexpressif. On m'emmenait quelque part et moi, je ne voulais qu'une chose, voir mes enfants, mais ils me disaient : "Vos enfants vont bien, Peter", en me saisissant un bras, puis l'autre. Pourquoi me disaient-ils ça de Jip et Beatrice alors que nous "savions" que ce n'était pas vrai ? Au bout d'un moment, j'en ai eu marre de ces mains, je voulais faire demi-tour, retourner dans la maison. Je voulais être avec mes petits. Mais les mains m'ont serré plus fort, elles refusaient de me laisser m'en aller. Alors je me suis rebellé. J'ai donné un coup de bras brutal, et compris que j'avais visé juste. Quelqu'un a crié, puis j'ai senti tous ces gens se masser autour de moi. J'ai encore réagi, j'ai frappé ici, là, "putain de guêpes, laissez-moi tranquille !", je me suis battu de toutes mes forces. Je voulais tous les aplatir et partir d'ici en courant. Mais quelqu'un m'a saisi au cou et a serré fort jusqu'à bloquer ma respiration. Au même instant, l'une des guêpes s'est posée sur mon bras pour y planter son dard. Et je suis retourné au fond de mon terrier obscur.

3

En dessous. Là, en dessous, mes yeux dansaient derrière leurs paupières. C'était une sensation agréable, de pur bien-être. Je pouvais visualiser mes yeux à l'intérieur de leurs orbites, tournant comme deux petites planètes. C'était un rêve plaisant, mais qui a bientôt tourné court.

Quelqu'un avait retiré la bonde de la baignoire remplie d'eau chaude dans laquelle je flottais. Le niveau de l'eau descendait et j'avais de plus en plus froid. Mon corps était nu, à découvert. Si froid qu'il avait congelé et que je ne pouvais plus bouger les mains. J'ai essayé de les approcher de moi, en vain.

Puis une voix a surgi de je ne sais où :

— Vous êtes à l'hôpital de Dungloe. Vous m'entendez ?

J'ai tenté de parler mais ma langue remuait maladroitement dans ma bouche. On aurait dit un homme ivre réclamant son dernier verre. J'ai soupiré en abandonnant ma tentative de communication, puis j'ai tenté d'ouvrir les yeux, mais tout était d'une blancheur céleste. J'ai noté une présence à mes côtés et, presque au même instant, un élancement douloureux dans mon bras gauche.

— Maintenant, reposez-vous.

J'ai rêvé de Clem, déguisée en sorcière pour Halloween. C'était la plus belle des mamans. Je la contemplais, ravi, pendant qu'elle discutait avec des amis et je me disais : "Tu es l'homme le plus chanceux de la Terre", tandis qu'elle jetait des sorts avec sa baguette magique à tous les enfants qui l'entouraient. Moi aussi, j'étais envoûté.

J'ai rêvé de mon appartement d'étudiant à Amsterdam. Dans tout l'immeuble, il n'y avait que des musiciens. On faisait la fête, en jouant de la musique et en buvant du vin chaud. C'était Noël.

J'ai rêvé du jour où Beatrice est née.

J'ai ouvert les yeux, lentement. La lumière était très intense au début, mais elle s'est adoucie peu à peu et les ombres se sont transformées en objets.

J'ai examiné le plafond au-dessus de moi, le néon à deux tubes, les minces écailles repeintes à la va-vite. Il y avait une fenêtre d'un côté de la chambre à travers laquelle on apercevait un arbre, qu'une légère brise berçait. On entendait des bruits de voitures circulant sur une route proche.

Mes mains demeuraient immobiles, quelque chose les retenait de chaque côté du lit. J'ai un peu tiré dessus, mais je ne pouvais rien y faire.

— Peter, vous avez les mains attachées. Nous y avons été contraints cette nuit. Vous vous en souvenez ? Vous savez pourquoi vous êtes ici ?

La personne qui me parlait se trouvait à ma gauche. J'ai mis du temps à la situer, et lorsqu'elle est enfin apparue devant mes yeux, un peu floue, je l'ai reconnue. C'était Anita Ryan, le médecin aux cheveux roux. J'ai tendu la nuque pour me redresser, mais mes mains attachées m'ont retenu. Je me suis laissé retomber sur l'oreiller. Je flottais encore dans cet agréable vertige et je n'avais pas la force de lutter. Je me rappelais avoir crié et m'être révolté contre des douzaines de mains qui tentaient de m'immobiliser. Je voulais voir mes enfants mais ces gens m'en avaient empêché. J'avais eu l'impression qu'ils conspiraient contre moi. À ce moment-là, j'étais certain que Jip et Beatrice avaient été assassinés, mais les autres – ces voix – prétendaient que tout allait bien.

— Mes enfants, ai-je dit.

Ma voix était rauque et j'avais mal à la gorge comme si j'avais passé la nuit à hurler dans un concert de black metal.

— Où sont mes enfants ?

— Dans la salle d'attente, ils vont très bien. Vous pourrez bientôt les voir.

— Bientôt ? Pourquoi pas maintenant ?

— Nous voulons nous assurer que vous vous sentez parfaitement bien avant de les voir. Vous avez subi un gros choc, Peter. Vous vous rappelez ce qui s'est passé ?

— Je…

J'ai fermé les yeux et la vision m'est immédiatement revenue. Les cauchemars, même les pires, se diluent au matin pour devenir de vagues souvenirs qu'on oublie après un jour ou deux. Cette vision, en revanche, restait fraîche et intacte dans ma mémoire. Ce n'était en aucun cas un cauchemar.

— Vos amis vous ont trouvé. Vous étiez étendu par terre, inconscient, chez vous. Vous aviez conduit jusque-là en pleine nuit, pour une raison quelconque. Vous vous souvenez de cette raison ?

— Non… je ne me souviens de rien.

Le visage du médecin s'est fait plus net. Ses beaux yeux verts m'ont observé quelques secondes. Puis ils se sont posés sur une poche en plastique transparent qui pendait d'un côté du lit. J'ai alors découvert un fin tube qui partait de là et finissait dans mon bras gauche, par un cathéter.

— C'est quoi ? Pourquoi on m'a mis ça ?

— Un calmant. On a dû vous l'injecter pour éviter que vous ne vous blessiez. Vous étiez extrêmement agité.

— Je veux voir mes enfants.

— Détendez-vous, Peter, vous les verrez bientôt. Pour le moment, vous devez vous reposer. Vous rétablir.

Le médecin me parlait comme si j'étais un enfant, mais je ne devais en effet pas avoir l'air très adulte à cet instant. Elle a griffonné quelque chose sur un papier et m'a informé qu'elle reviendrait dans cinq minutes.

J'ai de nouveau contemplé le plafond. Les néons. L'arbre de l'autre côté de la fenêtre. Lentement, j'ai réalisé ce qui s'était passé.

“Vos amis vous ont trouvé…”

À nouveau, quelqu'un est entré dans ma chambre. C'était Anita, mon médecin, accompagnée d'une infirmière et d'un brancardier, qui poussaient un lit.

— Nous allons effectuer une IRM, a annoncé Anita Ryan, mais pour ça nous devons vous transférer dans une autre partie de l'hôpital. Peter, je vous connais, je vous fais confiance, je sais que vous allez rester calme quand nous allons vous libérer les mains. N'est-ce pas ?

Le brancardier, une armoire qui aurait très bien pu faire carrière dans la lutte libre, me regardait d'un air menaçant. L'expression de l'infirmière n'était pas beaucoup plus douce. J'en ai conclu que j'avais dû mettre un sacré bazar la veille.

— Je serai calme. C'est promis. Je crois que je peux y aller en marchant.

Le brancardier a souri comme si cette phrase était un piège. Puis il a tapoté de la main sur le lit et a dit :

— On va vous emmener. C'est plus pratique.

Le plafond a changé de couleur, il était orange à présent. Les lampes étaient différentes. Carrées. J'en ai compté une douzaine le long du couloir. Il y avait des gens ici, des inconnus. Certains en robe de chambre, d'autres en tenue de ville. Ils me regardaient avec compassion, se demandant ce qui justifiait que je sois cloué sur cette civière. "Il a l'air bien jeune, c'est peut-être un cancer", "Un problème de cœur", "Non… non… regarde ses yeux. Et ces cheveux longs : sûrement un drogué".

Une nouvelle chambre. Des gens qui parlaient entre eux sans m'accorder beaucoup d'attention. Le retour du *donut* géant.

J'ai eu de nouveau l'impression de voler, porté par quatre bras. Qui m'ont posé sur un autre brancard étroit et froid. Puis la machine m'a avalé tout entier. J'ai fermé les yeux, je ne voulais rien voir. Le vacarme était infernal. Des bruits mécaniques de tous côtés et une voix qui me disait : "Maintenant détendez-vous, monsieur Harper."

Les effets du Valium se diluaient peu à peu et mon estomac s'est mis à gronder pour exiger sa pitance – j'avais dû sauter quelques repas. Quand je suis revenu dans la chambre, quelqu'un avait anticipé le problème. Une infirmière est apparue, poussant un chariot qui sentait la nourriture. Elle s'est approchée, en a tiré un plateau qu'elle a déposé sur une tablette mobile fixée à mon lit.

Anita Ryan est venue me parler à ce moment-là.

— Écoutez, Peter, je ne pense pas qu'il soit nécessaire d'utiliser ces attaches, mais vous devez savoir que vous êtes sous stricte surveillance. Hier, vous avez frappé deux brancardiers qui vous avaient pris en charge en urgence. Vous comprenez la gravité de la situation ?

— Oui.

— La direction de l'hôpital nous a demandé d'évaluer l'éventualité d'un transfert en centre psychiatrique, mais je suis au courant de votre situation personnelle, alors nous allons faire tout notre possible pour vous garder ici jusqu'à ce qu'on ait clarifié les événements d'hier. D'accord ?

— D'accord.

Ryan a échangé quelques mots avec l'infirmière puis elles ont quitté la chambre. Cinq minutes plus tard, l'infirmière est revenue accompagnée de Judie. Son visage était creusé par de profonds cernes. Pâle, sans maquillage, et les cheveux attachés en queue de cheval. Elle portait un long pull en laine sombre et un jean. L'allure qu'on a quand on saute du lit trop tôt.

— Si vous voulez, je peux rester ici avec vous, a dit l'infirmière.

— Je vais me débrouiller, a-t-elle dit. Merci.

L'infirmière m'a jeté un coup d'œil méfiant puis elle a regardé Judie. "Merde alors, ai-je pensé en voyant son expression, on dirait que je me suis fait une belle réputation dans cet hôpital."

— Si vous avez besoin de quoi que ce soit, utilisez le bouton d'urgence. Le bureau des infirmières est à vingt mètres.

Judie a acquiescé en souriant et l'infirmière a quitté la chambre, nous laissant seuls.

— Je suis désolée, Jud, ai-je dit.

Je n'avais pas trouvé de meilleure façon d'entamer cette conversation.

Elle s'est approchée et a posé sa main sur mon front.

— De quoi es-tu désolé, Peter ? Tu n'as rien fait de mal.

— Je suis désolé de vous avoir fait peur. Je suis désolé pour tout ça.

— Il ne s'est rien passé, Pete. Tout va bien.

C'était le genre de "tout va bien" qu'on dit aux fous.

— Comment vont les enfants ?

— Bien…, a-t-elle répondu d'une voix peu convaincante. Ils sont inquiets. On est tous inquiets, Peter.

Elle a saisi le bord de la tablette mobile et l'a poussée pour placer le plateau-repas en face de moi.

— Maintenant, il faut que tu manges quelque chose.

— Apporte-moi le téléphone, Judie, ai-je répondu. Je dois appeler Clem. J'ai merdé. Il faut qu'elle vienne récupérer les enfants.

"Qu'elle les emmène loin d'ici, et le plus vite possible. Avant que…"

— Ne t'emballe pas, Peter. Ce n'est pas le meilleur moment pour prendre des décisions.

— On m'a attaché les mains, Judie, ai-je dit sur un ton acerbe, voire sarcastique. On m'a mis du Valium en intraveineuse, qu'est-ce qu'il vous faut de plus ? Je ne veux pas qu'ils voyagent seuls jusqu'à Amsterdam. Mais toi, tu pourrais y aller avec eux, toi !

Judie est restée silencieuse, les joues en feu.

— Ils ne voyageront pas seuls, Peter, a-t-elle répondu.

— Qu'est-ce que tu veux dire ?

— Écoute, l'assistance sociale de l'hôpital a contacté l'ambassade des Pays-Bas. Ils essaient de localiser Clem.

— Oh, mon Dieu…

Je savais ce que cela signifiait. Les assistantes sociales. Les ambassades. Ils avaient déjà établi leur diagnostic.

— Le médecin dit que tu ne te souviens de rien, a poursuivi Judie. C'est vrai ?

— Non. Je lui ai menti.

— Pourquoi ?

— Je ne crois pas que ça puisse m'aider.

— Taire les choses ne va pas t'aider non plus. L'autre soir aussi, tu m'as caché quelque chose, pas vrai ? Tu avais cassé la clôture, exactement comme dans tes visions. Tu avais cassé la clôture avec ta voiture. C'est pour ça que tu es retourné chez toi ?

— Oui… comment le sais-tu ?

— J'y suis allée ce matin, Peter, a-t-elle dit avant que j'aie le temps d'aller au bout de ma question. Je suis allée récupérer des affaires et je l'ai vue. Pourquoi tu ne l'as pas dit ?

— Je n'étais pas sûr que ce soit vrai. Et puis, merde, je ne voulais gâcher la soirée de personne. J'en ai marre d'être Peter l'Oracle. Quand m'avez-vous trouvé ?

— Tôt ce matin. Jip s'est réveillé pour aller aux toilettes et ils se sont rendu compte que tu n'étais pas là. Ils sont venus me réveiller. J'ai pensé que tu étais parti faire un tour dans la rue, à cause d'une insomnie. Mais quand j'ai vu que ta voiture n'était pas là non plus, j'ai commencé à m'inquiéter pour de bon. J'ai d'abord appelé chez toi. Je me suis dit que tu avais peut-être oublié quelque chose et que tu étais retourné le chercher. Mais tu n'as pas répondu au téléphone. Puis j'ai appelé Leo. C'est lui qui t'a trouvé.

— Dans la cuisine ?

— Oui… tu étais par terre. Il a cru que tu avais eu une attaque, c'est pour ça qu'il a appelé une ambulance. Puis il a compris que ça n'avait rien à voir. Tu délirais. Tu disais des choses. Tu parlais de morts. Tu disais que…

— Je sais ce que je disais, Judie. C'est ce que j'ai vu et ce n'est pas un putain de cauchemar. Ce n'est pas une hallucination. C'est… c'est…

— C'est l'avenir, pas vrai ?

Le mot a paru parfaitement juste et lucide au milieu de cette conversation. J'y avais pensé mille fois, mais jamais je n'aurais imaginé que cela sonne si vrai dit à voix haute.

J'ai confirmé d'un signe de tête.

— Oui, c'est ce que je crois.

— La clôture s'est cassée et s'est retrouvée exactement dans le même état que dans tes visions. Ça prouve que tout est vrai. Tes visions vont finir par se réaliser. C'est ça, la théorie, non ?

J'ai confirmé. Judie a souri. Je suppose que c'était la meilleure réaction à avoir face à la loufoquerie de la situation.

— T'inquiète pas, ai-je dit. Je suis conscient que personne ne va croire à mon histoire. En fin de compte, c'est impossible. Personne ne peut voir l'avenir. C'est pour ça que j'ai décidé de me taire et de ne rien raconter au médecin. C'est comme le rasoir d'Ockham : "Les hypothèses suffisantes les plus simples sont les plus vraisemblables." Et l'hypothèse la plus simple est que je suis fou, que je souffre de schizophrénie et que je délire. C'est leur diagnostic, pas vrai ?

— Il n'y a pas de diagnostic, Peter, mais hier tu as réagi très violemment en arrivant à l'hôpital. Tu as fendu la lèvre d'un des brancardiers et une infirmière s'est retrouvée le cul par terre en essayant de te faire une piqûre. Ajoute à ça deux enfants en bas âge et un divorce récent et tu obtiens une sale équation. Voilà les mauvaises nouvelles, Peter, ils envisagent de les garder jusqu'à ce que Clem arrive.

— Quoi ?!

— Leo discute avec le directeur du service, en ce moment même. Il essaie de les convaincre que Marie et lui peuvent les prendre en charge, mais tu sais les proportions que ça prend quand il y a des enfants en jeu.

— Non ! C'est… c'est une erreur.

— Je suis désolée, Peter. Sincèrement désolée.

— Je peux les voir ? Juste une minute, s'il te plaît.

— Dans un petit moment. On va attendre la décision du directeur du service. Mais ils vont bien, ils ont envie de te voir.

— Et qu'est-ce qu'ils savent de tout ça ?

— On leur a dit que tu étais allé chercher quelque chose à la maison et que tu étais tombé dans l'escalier. Je crois qu'ils n'ont pas mordu à l'hameçon, mais ils feront un effort pour y croire si, toi, tu ne dis rien.

— D'accord.

Judie s'est levée et s'est dirigée vers la porte.

— Écoute Judie, ai-je dit avant qu'elle ne quitte la chambre. Toute cette histoire de visions… autant que ça reste entre nous, OK ? Je ne veux pas compliquer davantage les choses. Prétendre que je peux voir le futur, je ne crois pas que ça arrangera mon cas.

Elle a acquiescé.

— Et autre chose : je préfère que les enfants passent la nuit chez toi. Si c'est possible.

— Compte sur moi, Peter, a-t-elle dit avant de disparaître derrière la porte. Et maintenant mange, avant que ça refroidisse.

Le Dr Ryan est venue une heure plus tard, accompagnée d'un autre médecin, un jeune homme svelte, cheveux frisés et lunettes rondes, qui s'est avéré être l'assistant en psychiatrie de l'hôpital. Il n'avait pas pu me voir en urgence, mais c'est lui qui avait ordonné par téléphone qu'on m'administre ces calmants (qui n'étaient pas du Valium finalement, mais ce qu'on appelle des neuroleptiques). Il avait procédé à une analyse complète du cas, à partir des divers témoignages, parmi lesquels ceux de Leo et de Judie, et ce jour même il avait eu une longue conversation téléphonique avec le Dr Kauffman à Belfast. Il m'a informé qu'ils avaient certains doutes quant au fait de me laisser rentrer chez moi aussi vite que je le souhaitais.

— Croyez-nous, monsieur Harper, nous faisons tout cela pour votre propre sécurité et celle de vos enfants.

En entendant ces mots, ma vue s'est troublée et j'ai été pris de nausées.

Il avait environ une dizaine d'années de moins que moi, et une tronche de fils de bonne famille. Une tronche à jouer au golf avec son beau-père et à avoir une jolie épouse. À cet instant, je n'étais plus son égal, un type avec qui il aurait pu avoir une conversation amicale en le croisant dans une station-service. À cet instant, j'étais l'un de ses "cas". J'avais cessé d'être un individu pour me transformer en "cas".

— Suis-je schizophrène ? ai-je demandé au bout d'un moment.

Le médecin a marqué une pause.

— La schizophrénie est un diagnostic évolutif, monsieur Harper. Il faut remplir un certain nombre de critères sur une période déterminée pour en être certain. Pour le moment, nous savons avec certitude que vous avez traversé un épisode psychotique aigu. Mais nous ne pouvons écarter aucune hypothèse.

— J'en ai eu d'autres, ai-je dit. J'ai vu d'autres choses. Et appelez-moi Peter, s'il vous plaît.

— D'accord, Peter. Le Dr Ryan m'a informé de l'accident que vous avez eu il y a quelques semaines. Pour le moment, et connaissant votre histoire, nous allons tâcher d'être optimistes et de relier ces faits à cet accident. Kauffman soutient cette théorie. Par ailleurs, les hallucinations visuelles évoquent un autre type de pathologie que la schizophrénie. Quoi qu'il en soit, j'ai recommandé que vous restiez hospitalisé une ou deux nuits supplémentaires, le temps que nous puissions réaliser une série d'examens. Je voudrais savoir si nous avons votre consentement là-dessus.

— Qu'est-ce que vous voulez dire ? Que cela relève de ma volonté ?

Les deux médecins ont échangé un rapide coup d'œil. J'ai su que je n'allais pas aimer ce qui allait suivre.

— Monsieur Harper, disons les choses ainsi, a poursuivi le médecin : il serait préférable que vous vous y soumettiez volontairement.

— Et si je ne veux pas, que se passe-t-il ?

— Cela compliquerait tout. Croyez-moi. Pour le moment, ce qui prime, outre votre propre protection, c'est celle des deux mineurs. Je ne peux pas signer votre autorisation de sortie en l'état. Il faudrait donc contacter le juge, attendre qu'un médecin légiste vienne vous examiner. Nous devrions aussi contacter l'assistance sociale et…

— Voyons, Peter, est intervenue Anita Ryan. Ça ne prendra qu'un jour ou deux, pas plus. Nous savons que vous n'avez aucun antécédent de violence. C'est une pure formalité.

— Mais mes enfants…

Le jeune psychiatre s'est raclé la gorge.

— L'assistant social de l'hôpital a accepté que vos amis les prennent en charge momentanément, au moins jusqu'à ce qu'on ait localisé leur mère. Il semble qu'elle soit en voyage.

— Oui, ils sont en Turquie. Elle est avec un homme nommé Niels Verdonk, son nouveau compagnon. C'est un architecte connu. Essayez de passer par lui.

Le Dr Ryan a noté le nom sur un papier.

— Pour le moment, personne n'a émis d'objection à ce que vos enfants restent auprès de vos amis. Judie, en outre, est une psychologue diplômée et tous les gens qui la connaissent s'accordent à dire que vous avez toute votre tête.

J'ai ri.

— Écoutez, je promets de faire tout ce qu'il faut pour accélérer ces vérifications.

J'ai rejeté la tête en arrière et fermé les yeux aussi fort que possible, en espérant que tout ça ne soit qu'un mauvais rêve. Que la foudre ne me soit jamais tombée dessus. Que je n'aie jamais eu ces visions. Mais quand je les ai rouverts, j'étais toujours dans cette chambre d'hôpital, et les deux médecins attendaient toujours ma réponse.

— OK, ai-je enfin dit.

Jip et Beatrice sont entrés comme deux enfants entrent dans la chambre d'un mort. Timides, effrayés, mais les yeux grands ouverts. Ils ont eu l'air impressionnés en me voyant, mais ils ont vite surmonté leur appréhension, et quand je leur ai souri et leur ai dit de venir m'embrasser, ils m'ont sauté dessus tels deux petits tigres.

Jip m'a demandé si j'avais encore mal et j'ai répondu "oui, un peu", mais que le médecin m'avait assuré que ça passerait vite. Beatrice, de son côté, restait silencieuse, et je pouvais lire le doute dans son regard. "Si papa est tombé dans l'escalier… où est la jambe plâtrée ? la minerve ? Même pas un misérable bleu à montrer ?" Mais, exactement comme Judie l'avait prévu, elle s'est très vite mise à plaisanter en parlant d'autre chose.

Judie, Leo et Marie sont entrés une minute après. Marie tenait un grand bouquet de fleurs et une boîte de bonbons enveloppée dans un papier où il était écrit : "Prompt rétablissement !" Leo, lui, apportait tout son humour. Il allait m'acheter un casque et m'obliger à le porter en permanence, a-t-il blagué. C'était bien lui, cet humour franc, efficace, mais je devinais un poids, un nuage noir dans chaque regard qu'il posait sur moi.

Pendant toute leur visite, je me suis appliqué à paraître en pleine forme devant mes enfants, mais mon sourire me faisait l'effet d'un masque grossier risquant de tomber à tout moment. Leurs visages me ramenaient directement à la scène de la nuit précédente. Je regardais Beatrice et je voyais cet abîme à la place de la tête, ce morceau de crâne défoncé. Et Jip, avec son trou au front et ce long filet de "matière" tombant par-derrière. Je me mordais les lèvres et je les serrais tous les deux fort contre moi, je les couvrais de baisers et j'essayais de sécher mes larmes d'une main avant qu'ils puissent les voir. Je ressentais la même émotion envers Marie, qui a passé quasiment toute la visite à l'autre bout de la chambre, à parler avec Leo et Judie. J'avais encore des frissons en la revoyant traînée par ces hommes, giflée, humiliée, probablement sur le point d'être exécutée.

Mais j'ai parfaitement caché mon désarroi et joué mon rôle. Les enfants passeraient la soirée avec Judie. Ils feraient des pizzas maison avec des formes bizarres, joueraient au Monopoly et regarderaient un Pixar. Le lendemain, papa serait de retour car le médecin lui avait dit qu'il devait rester une nuit de plus à l'hôpital. Papa allait bien, il n'y avait pas de quoi s'inquiéter. J'aurais voulu y croire, moi aussi.

Ils sont tous partis vers 20 heures. Judie, les enfants, Leo et Marie. Leo a été le dernier à quitter la chambre. J'ignore s'il l'a fait exprès ou non.

— Leo, ai-je dit, tu peux attendre une seconde ?

Il a ralenti le pas comme s'il avait anticipé cet instant. Puis il s'est retourné, avec un sourire accablé.

— Dis-moi, Pete.

— Deux choses. La première : merci de m'avoir amené ici.

— De rien, mon garçon. Même si tu m'as envoyé une sacrée droite.

Il a ri.

— Je suis désolé, Leo… je n'étais plus moi-même. La deuxième chose est… en rapport avec ce que j'ai vu la nuit dernière.

À ces mots, son visage s'est assombri.

— Peter, je ne crois pas que j'aie envie d'entendre ça.

— Je sais. Moi non plus, je n'ai pas envie, Leo, mais je ne peux pas simplement laisser tomber. Écoute, vieux camarade. Il se peut que je sois fou et que tout ça ne soit qu'une hallucination. Seul le temps nous le dira. Si dans deux mois je suis interné en asile psychiatrique, les bras coincés dans une camisole de toile blanche, alors tu pourras oublier ce que je vais te dire, d'accord ? Dans ce cas-là, pense juste à m'envoyer des fleurs de temps en temps, et à cacher une flasque de whisky dans le pot.

Leo a esquissé un sourire.

— Allons, Pete…

— Non. Écoute-moi, Leo. En attendant. En attendant que ces médecins décident si je suis dingue ou non, je te demande de m'accorder une faveur. OK ?

— OK.

— Possèdes-tu une arme ? ai-je demandé.

Le visage de Leo a exprimé sa stupéfaction.

— Quoi ?

— Un revolver, un fusil, n'importe quoi.

— Pour quoi faire, Pete ?

— Peu importe, tiens-le prêt. Charge-le et garde-le près de ton lit, d'accord ? Dans toutes mes visions… ils sont armés. Tu auras besoin d'une arme à feu pour te défendre s'il s'avère que j'ai raison.

— Très bien, mon garçon, a dit Leo en jetant un coup d'œil vers la porte. J'y penserai.

— Et si tu vois un pick-up arriver chez toi, un General Motors, couleur cerise et jantes chromées, avec trois individus à l'intérieur, une femme et deux hommes, ne leur laisse aucune chance de vous approcher. D'accord ? Accepte sans poser de questions, Leo. Tu le feras ? Bon Dieu, dis-moi que tu le feras.

— Je le ferai, Pete. Je te le promets.

J'ai inspiré et poussé un gros soupir.

— Espérons que tout ça relève de la pure folie, Leo…

Marie est entrée à ce moment-là, pour chercher son mari. Leo m'a pris la main et l'a serrée fort tout en plantant sur moi un regard étrange.

— Prends soin de toi, Peter.

J'ai acquiescé de la tête.

Marie s'est approchée une dernière fois. Elle m'a observé fixement et je l'ai regardée à mon tour. Nous sommes restés silencieux.

— Prenez soin de vous, Marie.

— Nous le ferons, Peter, a-t-elle répondu.

Et j'ai réalisé que j'avais lu une profonde terreur au fond de ses yeux.

4

Le psychiatre aux cheveux frisés et aux petites lunettes s'appelait John Levey, et nous avons passé toute la matinée du lendemain à discuter ensemble dans son cabinet de consultation à l'hôpital. Il m'interrogeait et je répondais, sans la moindre hâte. Je lui ai parlé de mon divorce, des raisons pour lesquelles j'avais quitté Amsterdam, de mon travail, de mes enfants. Je lui ai parlé de tout ce qu'il souhaitait. Je n'ai rien caché, j'ai tenté d'être éduqué, civilisé, inoffensif… Pour la bonne raison que cet homme tenait la clé de mon avenir immédiat : rentrer chez moi… ou dans ce bâtiment blanc, entouré de jardins, où les gens discutent avec les mouches.

Nous avons évoqué les visions. Il avait eu un échange avec Kauffman la veille, il était donc déjà averti de tous les épisodes, mais il a voulu entendre ma propre version. Je lui ai raconté, en essayant de ne pas paraître trop "émotif", comme si je faisais le récit d'un rêve. Le jeune médecin, avec son col de chemise jaune sous un pull Lacoste vert, son pantalon serré et ses derbys Burton, a pris quelques notes et les a regardées un moment. C'était un garçon tout droit sorti de l'université, bardé de diplômes. Un garçon élevé dans un monde d'hommes importants qui n'acceptent jamais l'erreur. Voilà qu'il se retrouvait face à un foutu charabia, et pour rien au monde il n'aurait admis ne pas savoir par quel bout le prendre.

Il a parlé de délire de persécution, de paraphrénie et de paranoïa. De personnes sujettes à un grand stress émotionnel (un divorce récent, de graves problèmes professionnels, vous voyez ?), avec un niveau d'estime de soi plus bas que terre. Chez ces personnes, en particulier les plus intelligentes, le subconscient fabrique une illusion. Quelque chose qui donne un nouveau sens à leur existence. Qui naît de l'envie de survivre à la douleur. Mais parfois cette illusion est néfaste, elle nous détruit, nous éloigne de l'essence véritable de la vie. "Croyez-vous que cela puisse être en train de vous arriver, Peter ?" "Oh, bien sûr, John, c'est une possibilité. C'est réellement une possibilité."

John Levey, le jeune psychiatre de trente-trois ans, voulait établir le bon diagnostic, il voulait que tous les livres qu'il avait lus au cours de son onéreuse et belle carrière universitaire aient un sens, alors j'ai fait en sorte qu'il en soit ainsi. Et je les ai laissés me fourrer ces trois pilules sous la langue et me renvoyer dans ma chambre. C'est peut-être comme ça que la folie commence.

"Fou, Pete."

Ce jour-là, tandis que je flottais sous les effets du calmant, mon esprit jouait avec cette possibilité.

Fou. Finir fou. Finir ses jours fou. Dans un institut, quelque part. Être une de ces âmes égarées qui déambulent en robe de chambre le long d'un couloir à l'odeur de désinfectant. Un de ceux qui ne sont plus dans la course. Dix pilules par jour. Vivre abruti, dans une camisole chimique, et même pour certains avec une moitié de cerveau trépanée. Errer dans des jardins. S'asseoir sur des bancs et passer la journée à regarder les oiseaux, à parler aux fleurs. Une retraite anticipée. Peut-être que ce ne serait pas si mal. Il n'y aurait plus à composer, il n'y aurait plus de musique ni d'échecs.

Ils me parlaient de visions, de rêves, de somnambulisme, et j'étais prêt à y croire, mais au fond j'étais certain, absolument certain que j'avais vu, entendu et senti tout ça. J'avais des marques sur le corps et des cicatrices ouvertes à l'âme. La peur, la terreur absolue d'avoir vu ces hommes attaquer ma maison, et l'atroce résultat de leurs crimes. Tout était réel. Il n'y avait ni cauchemars, ni songes lucides, ni voyages astraux. Je l'avais vécu. Et soudain, sans plus d'explication, tout se dissipait. C'était comme une farce macabre. Comme le dessin animé de Michigan J. Frog, la grenouille qui chantait (de l'opéra) lorsqu'elle était seule avec son maître, mais se taisait quand celui-ci tentait de la montrer au monde.

"Fou."

Peut-être qu'il n'y aurait plus de retour en arrière. La foudre avait cramé un circuit dans ma tête et personne ne le voyait. Mais combien de choses la science ignore-t-elle ? Et pour ce fatras de troubles incompréhensibles, il existait un mot :

"Fou."

La société avait créé des lieux pour ça. À moins que je n'arrive à résoudre cette énigme, à moins que je ne sois capable de répondre à la Grande Question, j'étais probablement en train de le devenir.

"Fou."

Les pilules, le déjeuner et une nuit d'insomnie m'ont fermé les paupières dans l'après-midi. J'ai fait une longue sieste et à mon réveil, le jour commençait à décliner. L'arbre qu'on voyait de ma fenêtre s'agitait, laissant tomber des brindilles. Un vent fort s'était levé et le ciel s'était assombri.

J'ai appelé l'infirmière, qui a tardé deux minutes à apparaître. C'était une jeune femme aux cheveux blonds et aux grands yeux bleus pleins d'ennui.

— Il y a très peu de personnel aujourd'hui, a-t-elle dit pour s'excuser. Je vous apporte votre repas tout de suite.

Je lui ai dit de ne pas s'en faire pour le repas et lui ai demandé l'heure. Il était 18 h 30. J'ai entendu un grondement de tonnerre au loin.

— Il y a de l'orage ?

— Oh oui, monsieur. Un de ces orages d'été. Ils avaient annoncé une soirée douce, mais vous voyez…

J'ai répété :

— Un orage…

— Pardon ?

— Rien. Désolé… Vous savez si le Dr Levey est ici ? J'aimerais lui parler.

— Non, monsieur. Je crois qu'il est parti vers 17 h 30. Mais il assure des gardes depuis son domicile. Vous avez besoin de quelque chose ?

— Non, non, laissez tomber. Ce n'est pas important. J'aimerais appeler mes enfants. Vous voulez bien attraper mon téléphone ? Il doit être dans ma veste.

L'infirmière a ouvert l'armoire et fouillé dans ma veste à la recherche de mon portable. Elle me l'a donné puis m'a demandé si je préférais de la viande ou du poisson pour dîner. J'ai choisi la viande.

Une fois seul, j'ai tapé le numéro de la boutique de Judie. J'ai laissé sonner dix fois – personne n'a répondu. Il était presque 19 heures et elle avait probablement déjà fermé, mais je croyais qu'elle devait rester à la pension avec les enfants. Ou non ? J'ai tenté de la joindre sur son portable, sans plus de réponse. Merde alors, où pouvaient-ils bien être ?

J'ai commencé à me sentir nerveux et de mauvaise humeur, surtout en pensant à ce foutu John Levey, avec son sourire de fils à papa, qui était parti en me laissant là une nuit de plus, comme si cet endroit était un parc d'attractions où n'importe qui serait ravi de rester à tout jamais.

Et puis il y avait ce satané orage.

"Un orage d'été, rien d'extraordinaire à cette époque."

Je me suis demandé ce qu'il se passerait si je quittais ce lit, si je m'habillais et franchissais la porte de cet hôpital. Est-ce qu'ils donneraient l'alarme ? Est-ce qu'ils lanceraient la police à mes trousses ? Le Dr Ryan m'avait dit que j'étais "sous stricte surveillance" et mes enfants étaient avec Judie parce que les hautes instances avaient pensé que c'était "plus humain" que de les envoyer dans un centre d'accueil. Cela signifiait, en résumé, qu'il valait mieux éviter le faux pas. J'étais certain que Levey serait enchanté de signer la demande d'admission dans un hôpital psychiatrique, peut-être tout près de là, et de pouvoir faire de moi son cobaye personnel. Il n'avait encore jamais réussi à publier l'article important qui le rendrait célèbre au sein de la communauté scientifique, et je serais son cas historique. Détruire ma vie, celle de ma famille et de mes amis était un faible prix à payer.

J'ai refait une tentative sur le portable de Judie, cette fois l'appel n'a même pas abouti. La voix de l'opérateur m'a informé que l'abonné n'était pas disponible ou se trouvait hors réseau.

"Mais merde, où es-tu Judie ?"

"Je suis allée faire un tour au village avec les enfants. Ou bien à Monaghan, puisque finalement tu ne les y as jamais emmenés, ou alors on est en train de manger du pop-corn sur le port. Relax, Peter Harper."

J'ai passé une demi-heure à me retourner dans le lit, en écoutant le vent et la rumeur du tonnerre, encore loin de la côte. "Je pourrais aller jusqu'à Clenhburran pour jeter un coup d'œil, pensais-je. Faire un tour, prendre l'air, m'assurer que tout le monde va bien et revenir cette nuit même. Judie pourrait me ramener en voiture. Je suis sûr qu'ils ne s'en rendraient même pas compte. D'autant que l'infirmière s'est plainte qu'il y a très peu de personnel ce soir."

À cet instant, le téléphone a vibré entre mes doigts. "Ouf, Judie. Grâce à Dieu."

— Oui ?

— Peter ?

La voix à l'autre bout de l'appareil n'était pas celle de Judie. Ni de Leo ni de Marie. J'ai mis une seconde à la reconnaître.

— Imogen ?

— En chair et en os, mon cher. Comme ça va ?

Déconcerté par cet appel, ayant du mal à comprendre pourquoi diable Imogen se manifestait à cet instant, il ne m'est venu qu'un bref : "Bien, tout va bien."

— Désolée d'appeler si tard, j'étais en Écosse pour visiter des propriétés et je suis revenue à Londres il y a deux jours. Ça te plairait de vivre dans un château ? J'ai déniché un donjon rénové à une vingtaine de miles d'Édimbourg… Mais bon, ce n'est pas pour ça que je t'appelle. J'ai la réponse à ta question.

— Ma question ? ai-je demandé, impossible de me souvenir de quoi il s'agissait.

— Oui, la petite enquête, tu te rappelles ? Tu voulais savoir s'il s'était passé quelque chose de bizarre dans la maison. Le fantôme dont ton amie avait senti la présence.

— Ah, mon Dieu ! J'avais complètement oublié cette histoire, désolé.

Un coup de tonnerre a retenti au loin.

— Bon, je n'ai rien trouvé sur des fantômes, mais j'ai discuté avec une collègue qui s'occupait de la propriété avant moi. Elle m'a raconté une drôle d'histoire. Tu te rappelles, je t'avais parlé d'un jeune Allemand qui avait loué la maison avant toi ?

Celui qui faisait des recherches sur les oiseaux migrateurs. Ce devait être un type un peu étrange, genre universitaire érudit qui ne sait pas se faire cuire un œuf quand il rentre chez lui après avoir bossé sur sa thèse. Il a raconté un truc étonnant sur tes voisins, ceux qui habitent la maison un peu plus loin sur la colline. Il s'est plaint que quelqu'un avait pénétré chez lui et il a certifié que c'étaient eux. Laurie, l'autre agent, lui a demandé s'il voulait porter plainte, mais l'Allemand a dit non. Que c'était juste une intuition, que rien n'avait disparu. Une fois, depuis l'un de ses postes d'observation, il les avait vus par hasard rejoindre des personnes "bizarres". On ne sait pas non plus d'où il a tiré cette histoire. Il avait payé pour six mois mais il n'est resté que cinq. Il est parti en perdant le dépôt de garantie. Tu as eu des problèmes de ce style ?

J'ai tardé à répondre. Mon cœur commençait à s'emballer, j'avais la bouche sèche, le souffle rapide et anxieux.

— Je… je ne sais pas, ai-je fini par lâcher.

— Hé, tu vas bien, Pete ? Si tu veux, on peut procéder à un échange. Ça ne te coûtera rien, je prends les frais en charge. Il y a d'autres maisons libres dans la région. Bon, pas tant que ça non plus vu que l'été vient de commencer, mais on trouvera toujours quelque chose.

— Non, ce n'est pas la peine, Imogen. Ça va. Merci pour tout. Maintenant, je dois te laisser.

J'ai raccroché et me suis rendu compte à quel point j'avais été stupide.

Tout s'emboîtait. Les dernières pièces du puzzle avaient trouvé leur place. Et maintenant c'était…

… la dernière nuit à Tremore Beach.

5

J'ai attendu que le dîner arrive. L'infirmière s'appelait Eva, et même si elle avait l'air assez pressée de pousser son chariot de plateaux-repas le long du couloir, je suis parvenue à lui arracher un brin de conversation. Il en est ressorti que l'autre infirmière, Winny, était en lune de miel et que Geraldine s'était fait porter pâle, quant à Luva, elle était censée être de garde mais elle avait appelé pour dire qu'une de ses filles vomissait tripes et boyaux, l'estomac attaqué par une bactérie quelconque. Résultat, il n'y avait plus qu'elle pour s'occuper de la moitié du service. "C'est comme ça l'organisation, ici. Tout le monde disparaît et y en a plus qu'une pour abattre la besogne."

Je lui ai dit de ne pas s'inquiéter pour moi. Quelle était ma prescription ?

— Une pilule d'olanzapine et une autre de ces bleues, avant de vous coucher. Je crois que je peux vous les laisser, après tout il est déjà 20 heures…

— Bien sûr, partez tranquille. Je les prendrai directement après dîner pour ne pas oublier.

Dès qu'Eva a fermé la porte, j'ai sauté du lit et commencé à m'habiller. J'ai remercié Dieu que personne n'ait eu l'idée d'emporter mes vêtements et mes chaussures. Cela aurait ruiné mon plan. Tout était rangé dans un sac en plastique, à côté d'une veste et de quelques habits supplémentaires que Judie était allée chercher chez moi. Dès que j'ai été prêt, j'ai enfilé le peignoir par-dessus et quitté la chambre.

J'ai traversé le couloir à pas lents, la mine affligée, exactement comme l'aurait fait un patient, en jetant un coup d'œil à l'intérieur des chambres, dont certaines étaient ouvertes, et où l'on apercevait des gens qui regardaient la télévision, des visiteurs parlant en brassant du vent et des malades assis sur leur lit, les yeux dans le vide. Avec ma barbe de trois jours, mes cheveux longs pas lavés et le peignoir sur le dos, je ressemblais à une autre de ces âmes plombées par la maladie. Les gens me lançaient des regards compatissants et je prenais mon air profond.

Dans le hall d'entrée, le comptoir des admissions était désert. Eva n'avait sans doute pas fini de distribuer les repas.

Dehors, sur le perron, un homme fumait et je suis sorti le rejoindre. Un type maigrichon, au visage émacié, regard quasi transparent. Je lui ai demandé une cigarette, il me l'a donnée en ronchonnant.

— Le tabac, c'est pas donné, mon pote.

J'ai fumé en silence, en attendant que cet individu mal luné s'en aille. J'en ai profité pour observer la route et constater que le trafic était rare. Bon Dieu, comment allais-je me rendre à Clenhburran ?

Au-dehors, le vent s'était mis à rugir. Je connaissais ce bruit. Ce sifflement furieux. Bientôt arriveraient les nuages en forme de spirale, chargés d'électricité. Mais il restait encore du temps.

— On dirait qu'on va se prendre une bonne saucée cette nuit, ai-je dit pour lancer la conversation, mais le type mal luné a fait comme s'il ne m'avait pas entendu.

Il a continué à fumer sa cigarette, l'air de rien.

Au bout de deux minutes, comme envoyé par le ciel lui-même, un taxi est apparu sur le chemin de l'hôpital et s'est arrêté au pied du perron. J'avais toujours la robe de chambre sur le dos et le type mal luné était toujours là, tirant jusqu'au bout de sa putain de cigarette. Que devais-je faire ? Si j'essayais de monter dans le véhicule en robe de chambre, j'allais éveiller les soupçons.

Les passagers sont descendus et le chauffeur nous a regardés de derrière sa vitre.

— Vous avez besoin d'un taxi ? nous a-t-il crié.

J'étais sur le point de dire quelque chose, mais le mal luné s'est chargé de le congédier avant que j'aie le temps d'ouvrir la bouche.

Le taxi est parti par où il était arrivé. Peu après, le mal luné en a fait autant. Je me suis retrouvé seul sur le perron, la cigarette consumée. Le hall de l'hôpital était toujours vide, ce qui m'a décidé à agir rapidement. Je me suis débarrassé de la robe de chambre, que j'ai cachée sous un petit banc en bois. Ayant retrouvé mon allure de citoyen lambda, j'ai descendu les marches et pris le chemin de la sortie.

Il y avait un arrêt de bus de l'autre côté. La ligne 143 faisait la jonction avec la route régionale de Dungloe et s'arrêtait à l'entrée de Clenhburran. Quant à savoir quand le prochain passerait par ici, c'était une autre histoire. Attendre un bus le week-end en Irlande revenait, et revient toujours, à attendre un miracle.

J'ai décidé de rester près de l'abribus pour faire du stop. Dans la région, il était tout à fait habituel de croiser des gens qui levaient le pouce pour parcourir quelques miles. L'hôpital était près de Dungloe et la majeure partie du trafic qui passait là allait dans cette direction, mais je ne pensais pas attendre trop longtemps avant de voir une voiture dans le sens contraire.

Trois ou quatre véhicules m'ont dépassé sans s'arrêter, malgré la petite bruine qui tombait depuis peu. Je suppose que mon allure ne jouait pas vraiment en ma faveur. J'ai tenté le coup en souriant de toutes mes dents, ou en prenant l'air abattu. J'ai même essayé en agitant les bras comme s'il s'agissait d'une urgence, mais cette nouvelle tactique a surtout convaincu l'automobiliste suivant d'appuyer à fond sur l'accélérateur.

Un moment après, j'ai vu une voiture quitter le parking de l'hôpital. J'ai pressé le pas jusqu'aux barrières de sortie et abordé le chauffeur au moment où il marquait le stop.

— Vous allez en direction de l'est ? ai-je demandé en faisant un geste avec mon pouce. Ça fait une demi-heure qu'aucun bus n'est passé.

Un tout jeune homme se tenait au volant, et une femme plus âgée était assise à ses côtés.

— Oui, a répondu le gars. Vous allez où ?

— À Clenhburran.

— Ah oui… je connais. Je peux vous laisser à la station-service, au croisement. – J'ai pensé qu'il faisait référence au

Andy's. – De là, il ne vous restera plus que deux ou trois miles à faire à pied.

— OK, merci.

Je suis monté à l'arrière de cette vieille Toyota confortable, jonchée de bouteilles de Gatorade vides et de journaux. Le gars s'appelait Kevin et cette dame était sa grand-mère. Ils venaient de rendre visite à la mère de Kevin, hospitalisée pour une tumeur aux ovaires.

— Et vous ?

— Moi… Ah… un vieil ami. Il s'est cassé le dos dans un accident. Ils l'ont recouvert de plâtre, mais sinon il va plutôt bien.

La grand-mère a demandé ce que j'avais dit et Kevin lui a répété ma réponse à voix haute. Et tout le voyage s'est déroulé plus ou moins sur ce rythme. Kevin posait une question, je répondais et Kevin répétait ma réponse pour sa grand-mère, qui semblait chaque fois très contente d'écouter tout ça. Un succès des Frames, *Revelate*, passait à la radio.

“Parfois, j'ai juste besoin d'une révélation.”

Au détour d'un virage, le Andy's est apparu. Au loin, encore suffisamment loin, le front orageux avait pris les contours d'un fantôme titanesque. Une longue cape sombre s'étendait partout où l'on posait les yeux. J'estimais que cette chose n'atteindrait pas la côte avant une heure.

Kevin s'est déporté vers la station d'essence pour me laisser descendre.

— Je vous aurais bien conduit jusque chez vous, mais on est un peu pressés, s'est-il excusé.

Je lui ai répondu de ne pas s'en faire, que je serais rentré avant qu'il se mette à pleuvoir. Il ne me restait que dix minutes de marche jusqu'au village, où je pensais retrouver Judie et les enfants à la pension. J'ai dit au revoir à mon chauffeur en le remerciant, puis, à voix haute, à sa grand-mère. La Toyota a rejoint la route et a disparu après le premier virage.

Le Andy's faisait office de restauroute, ce genre d'endroit où on ne devrait jamais manger un sandwich ni boire un café si on veut éviter d'avoir le ventre en vrac pour le reste du voyage. J'avais sauté le dîner, mon estomac commençait à rugir, et j'ai envisagé, un instant, de m'acheter une barre de chocolat, mais j'ai décidé qu'il valait mieux rejoindre au plus vite Judie et les enfants.

J'étais face au restauroute quand j'ai remarqué quelques voitures garées là.

"Allez, Peter, traverse cette foutue route et va chercher tes enfants."

Des touristes, sûrement. Pas mal de monde visitait le Nord du pays en été. Allant d'un camping à l'autre. Parfois, les distances étaient longues et il fallait s'accorder une pause.

Parmi les véhicules il y avait un monospace blanc, mais juste à côté, il y avait…

Je distinguais à peine plus que le capot, mais un détail m'a cloué sur place, sur le bord de la route.

C'était le logo reconnaissable entre tous de General Motors.

"Un de ces pick-up avec porte coulissante. Quand j'avais dix-sept ans, je rêvais de m'en acheter un, d'y mettre ma planche de surf et de parcourir le Sud de la France, de plage en plage."

Couleur cerise. Jantes chromées.

Ça ne pouvait être que celui-ci. Le pick-up de mes pires cauchemars.

6

À ce moment-là, aucun automobiliste ne faisait le plein. Le vent éparpillait les pages d'un journal autour des pompes à essence. Les haut-parleurs de la station retransmettaient une partie de hurling entre Leinster et Munster.

Une des feuilles du journal est allée se coincer sous le châssis du véhicule General Motors qui, sous la faible lumière du parking, semblait vide.

"Ce n'est pas possible. Je vais juste jeter un coup d'œil pour écarter cette idée ridicule. Un tel hasard n'est pas possible."

Je me suis approché du bâtiment en faisant semblant de jeter un œil aux articles en vente à l'extérieur du magasin. Du bois et de la tourbe pour les cheminées, de la glace dans des sacs en plastique, des croquettes pour chien, des journaux. Certaines personnes ne veulent même pas descendre de leur voiture pour acheter le journal. Et après on se demande pourquoi l'infarctus est la première cause de mortalité en Irlande.

J'ai atteint l'angle du bâtiment. Le monospace blanc était le véhicule garé le plus près du bâtiment, juste avant le pick-up GMC.

J'ai senti mes jambes flageoler.

Un GMC modèle Savana tout neuf et rutilant, couleur cerise, immatriculé à Belfast. Il y en avait beaucoup, bien sûr, de ces pick-up dans le monde. Un General Motors Savana couleur cerise, immatriculé à Belfast. Mais combien avec des jantes chromées ? Quelques-uns de moins, j'imagine.

J'étais tellement sidéré que j'ai fermé les yeux et me suis dit : "Réveille-toi à l'hôpital, maintenant, et avale ton dîner." Mais quand je les ai rouverts, j'étais toujours sur le parking.

Une hécatombe de moustiques maculait le pare-brise, et j'en ai conclu que le véhicule venait de parcourir une longue route. J'ai aussi remarqué le désodorisant qui pendait au miroir du rétroviseur, sur lequel était dessiné le logo Hertz. "De location", ai-je pensé, comme si cela faisait sens.

Je me suis attardé devant des bidons d'huile de moteur en essayant de mémoriser l'immatriculation. J'ai cru l'avoir retenue, mais une minute plus tard je l'avais déjà oubliée. Mon cerveau galopait à cent à l'heure.

Je me suis dirigé vers l'entrée de la station-service, les portes mécaniques se sont ouvertes devant moi. À gauche, derrière le comptoir, une adolescente couverte d'acné m'a salué aimablement. Je lui ai rendu son salut de la tête. Ma gorge sèche et nouée par la peur ne m'aurait pas permis d'émettre un seul son. Sur la droite, se trouvaient la partie restauroute et la mini-supérette. Je me suis faufilé entre deux étagères remplies de magazines, de sachets de chips et de pains au chocolat, pour finalement dépasser un présentoir qui m'empêchait de voir les clients installés aux tables du restauroute. J'ai pris une revue sur les rayons et fait mine de lire. Ça aurait pu être du porno zoophile, je ne m'en serais pas rendu compte.

Il y avait deux tables occupées. À l'une d'elles dînait une famille – probablement les propriétaires du monospace blanc garé à côté du GMC. Deux enfants de l'âge de Jip couraient autour de la table en se disputant un jouet, tandis que les parents mangeaient en silence, compensant par une expression honteuse le vacarme de leurs gosses.

L'autre groupe était installé près des fenêtres et composé de quatre personnes. Dont trois – une femme brune, un homme corpulent et un autre plus mince, portant des lunettes de soleil rondes et une coupe au bol, cheveux plaqués sur la tête – que je connaissais déjà. Le quatrième, un grand type robuste que je n'avais jamais vu, était assis à côté de la femme et étudiait une carte routière. Les autres buvaient leur café et mangeaient des sandwiches en silence, en jetant de temps à autre des coups d'œil à leur téléphone ou sur la carte. On aurait dit qu'ils cherchaient à localiser un point sans y parvenir. Tremore Beach ?

Il est difficile de décrire ce qui me passait par la tête à ce moment-là. J'essayais de tenir la revue entre mes mains et de garder les lèvres serrées, alors que j'avais envie de hurler. Je me suis demandé si je ne devais pas les stopper ici même. Les tuer. Les couvrir d'essence et les faire flamber.

J'ai passé une longue minute à les observer tout en essayant de réfléchir à la meilleure chose à faire. Quatre individus à l'allure un peu exotique, qu'on aurait pu prendre pour des hommes d'affaires ou même des gens du cinéma. J'étais le seul à savoir qui ils étaient, et ce qu'ils s'apprêtaient à commettre. J'ai remis la revue à sa place. Je suis allé au guichet acheter un paquet de chewing-gum. L'adolescente acnéique m'offrait un paquet gratuit si je répondais à une enquête. Je lui ai dit que je n'avais pas le temps et lui ai laissé un billet de dix euros.

— Juste une chose, ma belle, ai-je dit. Tu vois les quatre assis là-bas au fond ?

— Oui.

— Je ne parle pas de la famille, mais les trois hommes et la femme. Tu les vois ?

— Oui, oui, bien sûr.

— Ils sont arrivés dans cette voiture, n'est-ce pas ? ai-je dit en signalant le GMC qu'on pouvait voir à travers la vitrine. Celle couleur cerise. Tu la vois d'ici, hein ?

— Oui, pourquoi ?

— Oh, pour rien. Il me semble les avoir vus ce matin à Dungloe, je crois que ce sont des gens du cinéma. Peut-être qu'ils cherchent un coin pour tourner un film.

— Sérieux ? a dit la fille, en ouvrant des yeux comme des soucoupes. Ma sœur Sarah veut être actrice.

— Alors tu devrais peut-être leur faire la causette quand ils s'en iront.

Je suis sorti de là, la tête et l'estomac sur le point d'éclater, en marchant lentement jusqu'à la route. Je l'ai traversée prudemment. Vu mon état d'effroi, j'aurais facilement pu me faire renverser par un camion. Et puis, ces quatre criminels étaient près de la vitrine et je ne voulais pas qu'ils voient quelqu'un courir, affolé, en direction du village.

Une fois de l'autre côté de la route, j'ai sorti mon téléphone de ma veste et tapé le numéro de Judie. La voix d'une opératrice m'a annoncé que ce numéro n'était pas disponible. Puis j'ai essayé de joindre Leo et Marie. Leur fixe sonnait occupé et leurs portables n'étaient même pas allumés. J'ai regardé le front orageux, grondant à l'horizon. J'ai pensé que le mauvais temps devait déjà brouiller les lignes. Cela dit, je reconnais que je réfléchissais assez peu à ce moment-là. Gagné par une panique totale, mon esprit s'embrouillait. J'aurais pu m'adresser à un automobiliste, le supplier de m'aider (en est-il seulement passé ?), j'aurais même pu me diriger vers High Street, entrer au Fagan's et alerter tous ceux qui s'y trouvaient, mais la seule idée qui m'est venue à l'esprit a été de courir à toutes jambes. Je voulais arriver à la boutique de Judie, mettre mes enfants à l'abri et ensuite passer les mille coups de fil que je devais passer, en commençant par la maison de Leo et Marie, la police, l'armée, et je ne sais quoi encore.

J'ai donc pris la route régionale de Clenhburran. D'abord d'un pas normal, puis, une fois suffisamment loin de la station-service, en accélérant l'allure, jusqu'à la limite de mes forces.

J'ai tenu dix minutes à ce rythme, en courant comme je n'avais plus couru depuis dix ans. J'ai vite été obligé de faire une pause pour respirer, le temps de laisser passer d'atroces haut-le-cœur. Je suppose que les pilules prises à l'hôpital n'aidaient pas vraiment, pas plus que les dix cigarettes quotidiennes. Tout en m'efforçant de remplir mes poumons d'air et de repousser une nausée malvenue, j'ai honni mon corps mou et geignard.

J'ai regardé la route. Cette bagnole pouvait me dépasser à tout moment, et il ne me resterait plus qu'à hurler ou me jeter sous ses pneus. Je suis reparti d'un pas pressé, une sorte de marche désespérée, à bout de souffle, mes poumons produisant des efforts asthmatiques pour continuer à se gonfler d'air.

Quand j'ai enfin atteint les premières maisons de Clenhburran, il pleuvait pour de bon. Le village était désert, tout le monde, imaginais-je, s'était réfugié au Fagan's, autour d'une bonne bière et d'une mine de potins et d'histoires qui les occuperait jusqu'au bout de la nuit.

J'ai descendu Main Street sans croiser personne, à part deux enfants qui ont lâché un rire moqueur en me voyant marcher à fond de train et hors d'haleine. La boutique de Judie était fermée, aucune lumière ne filtrait derrière la vitrine. J'ai foncé sur la porte et tambouriné de toutes mes forces, comme un dernier exploit avant de tomber raide mort.

J'ai profité des quelques secondes de silence qui ont suivi pour reprendre un peu mon souffle, puis j'ai entendu qu'on descendait l'escalier en courant.

"Judie, ai-je pensé. Grâce à Dieu."

Cependant ce n'est pas Judie qui m'a ouvert, mais un grand gars à la barbe rousse foisonnante, qu'il me semblait avoir déjà croisé, sans me rappeler précisément où ni quand.

— Qu'est-ce que je peux faire pour vous, l'ami ?

J'ai dû déglutir avant de parler.

— Où… est Judie ?

En entendant ma voix rauque et angoissée, l'homme n'a pas caché sa surprise. Bras croisés et jambes écartées, il s'est planté dans l'encadrement de la porte de manière à entièrement l'obstruer.

— Judie ? a dit le barbu, en me regardant de haut en bas.

J'imagine que j'avais une allure épouvantable.

— Qui la demande ?

J'aurais aimé lui crier à la figure, mais je n'avais plus assez d'énergie.

— Elle est avec mes enfants… S'il vous plaît, dites-lui que c'est Peter.

Ces mots l'ont fait réagir.

— Ah oui, bien sûr ! Vous êtes le père des gamins. Vous êtes déjà sorti de l'hôpital ? Judie pensait que vous y resteriez encore une nuit…

— Ils m'ont… libéré.

— Ah, très bien, félicitations. Écoutez, Judie n'est pas là. Elle est partie chez des amis à elle, sur la plage.

J'ai senti le sol se dérober sous mes pieds.

— Comment ça… ?

— Je crois que c'est de notre faute, vous voyez, a poursuivi le type, tout à fait aimable désormais. On a débarqué cet après-midi à l'improviste. Comme la pension est presque toujours libre, on n'a même pas passé un coup de fil pour prévenir, et Judie n'a pas voulu nous laisser à la rue.

Je me suis alors souvenu d'où je connaissais ce gars. C'était l'un des musiciens qui jouaient souvent au Fagan's. Et à cause de lui, mes enfants se retrouvaient en danger. Judie les avait emmenés là où tout devait se passer… précisément cette nuit !

— Vous avez une voiture ? J'ai besoin que vous me prêtiez votre voiture.

— On ne conduit jamais quand on vient ici. Vous voyez ce que je veux dire, a-t-il dit en me faisant un clin d'œil et en mimant d'une main le geste de descendre une pinte. Mais si vous voulez, je peux vous prêter un vélo. Judie en a deux trois qui traînent derrière, dans le jardin.

J'ai regardé d'un côté et de l'autre de la rue, déserte. Si j'entrais au Fagan's en demandant de l'aide, peut-être que quelqu'un se proposerait de m'emmener… mais ils pourraient être longs à convaincre. Le pick-up n'était pas encore apparu, j'ai pensé à ses propriétaires, confortablement installés, buvant leurs cafés. Peut-être laissaient-ils filer le temps, pour qu'il soit vraiment tard. Impossible d'avoir aucune certitude là-dessus.

— Oui, ai-je dit finalement. Je vais prendre un de ces vélos.

Le fantôme continuait à grossir à l'horizon. Noir, de plus en plus noir. Un globe gigantesque s'était formé au milieu de ce mur de nuages, une sorte de planète sur le point d'exploser au-dessus de nos têtes.

Pédalant sur le vieux biclou, mes jambes étaient dures, comme tétanisées. Un vent d'orage freinait mes efforts. La pluie inondait mes yeux, et la faible clarté n'aidait pas à distinguer clairement les virages capricieux de la route.

Je n'avais jamais parcouru à pied la distance qui sépare Clenhburran de la Dent de Bill, pas même pendant les beaux jours. Je me déplaçais systématiquement en voiture, et comme je ne croisais presque jamais personne (sauf éventuellement Leo et Marie), j'avais l'habitude de rouler vite, à cinquante ou soixante miles à l'heure, et de parcourir le trajet en un quart d'heure. Ce soir-là, en revanche, la route me semblait interminable. Cela faisait quinze ou vingt minutes que je pédalais de toutes mes forces et je n'apercevais toujours pas la mer. C'était comme si des lutins avaient trafiqué la route pour qu'on n'en voie jamais la fin.

J'ai atteint une première butte, où un arbre mort et solitaire m'a salué de ses branches en forme de griffes. J'ai fait une pause pour reprendre haleine après avoir tant lutté dans la côte. J'estimais que j'étais plus ou moins au premier tiers de la distance. J'ai jeté un coup d'œil derrière moi et vu les lumières de Clenhburran estompées par la pluie, comme une peinture à l'aquarelle. Aucun véhicule ne s'approchait sur la route.

J'ai voulu refaire une tentative au téléphone, mais cette fois-ci je n'ai pas même pas eu la voix de l'opérateur. Au milieu de cette étendue de tourbe, l'icône de la couverture réseau n'affichait pas la moindre barre.

"Allez. Continue, me suis-je dit. Ne t'arrête pas, même mort."

Je me suis lancé à fond dans une longue descente, sans cesser de pédaler. Je me souvenais qu'il y avait un autre virage après la pente et je me suis préparé à tourner. Mais la courbe est arrivée plus tôt que prévu. Sans doute suis-je arrivé trop vite, ou alors j'ai pris le virage dans le mauvais sens. En tout cas, il était déjà trop tard quand j'ai vu le bord de la route arriver sous ma roue, et trop tard pour mes vieux freins, qui ont patiné avant de produire le moindre effet. Le vélo a été projeté dans les airs. Puis il est allé heurter deux ou trois pierres avant de stopper d'un coup sur un obstacle plus important, me faisant perdre l'équilibre. Je suis tombé de côté sur un sol spongieux et humide, en réussissant néanmoins à me cogner l'épaule contre une surface très dure.

J'ai entendu craquer, mais je n'avais plus assez de souffle pour gémir de douleur.

"Merde. Merde. Merde!" ai-je braillé contre cette steppe sauvage, tandis que la pluie achevait de tremper le côté de mon corps qui n'était pas encore maculé de boue.

J'ai ressenti une douleur atroce dans l'épaule gauche. Elle n'était pas cassée, vu que je pouvais la bouger un peu, mais sûrement disloquée ou fêlée. Je me suis relevé. Le vélo était sur le bas-côté. Je l'ai attrapé avec le bras droit et l'ai ramené sur l'asphalte.

Je l'ai prudemment enfourché, en essayant de ne pas appuyer mon bras sur le guidon, et j'ai posé le pied sur la pédale droite. J'ai voulu prendre de l'élan, mais la pédale a refusé de tourner.

Après avoir maudit tous les démons et farfadets d'Irlande d'une telle guigne, j'ai laissé tomber l'engin sur la route pour l'installer à l'envers, roues en haut. J'ai cherché la chaîne noire et l'axe graisseux du pignon, mais le problème semblait plus grave. La chaîne s'était coincée dans le système de braquet, quelque part sous la protection en plastique, qui – pour arranger encore les choses – était vissée sur trois points au corps du vélo.

J'ai essayé d'arracher le plastique, mais il était foutrement bien fixé, et les bords étaient si effilés que je n'ai réussi qu'à m'y couper deux doigts. J'ai pensé chercher une pierre pour le casser en tapant dessus, mais j'ai fini par renoncer. Dans un élan de fureur primitive, je l'ai labouré de coups de pied et abandonné au milieu de la route, avant de continuer mon chemin en marchant à toute vitesse.

"Allez, putain de merde, t'y laisseras tes jambes s'il le faut, mais cours."

J'étais incapable de tenir la distance, je le savais, mais j'ai marché aussi vite que possible. Il y avait une autre légère butte en face de moi et, si mes souvenirs étaient bons, derrière, s'étendait une plaine qui donnait directement sur la Dent de Bill. Ça me prendrait encore vingt bonnes minutes, mais j'y arriverais.

Les éclairs, qui jusqu'à présent étaient restés contenus dans les nuages, ont commencé à s'abattre au loin, peut-être encore au-dessus de la mer. Chaque décharge illuminait la terre quelques secondes, créant de longues ombres sur le sol, sur cette vaste steppe inhospitalière gorgée d'eau et de vent, où j'étais comme un insecte à l'aile brisée se traînant lamentablement.

Il y avait des années qu'aucune prière n'était plus sortie de ma bouche. Il y avait des années que j'avais oublié Dieu, mais à cet instant c'est tout ce qui m'est venu à l'esprit. Lui demander pardon de L'avoir oublié, et Lui demander une faveur particulière : qu'Il me donne du temps, juste un peu de temps, pour rejoindre mes enfants.

Peut-être que Dieu m'a écouté et qu'Il a mal compris mon souhait. Ou peut-être qu'Il l'a parfaitement compris, mais qu'il a décidé de me faire une petite farce. C'est ce que je me suis dit quand j'ai vu ma propre ombre s'agrandir sur le sol devant moi. J'ai d'abord imaginé qu'il s'agissait d'un éclair, mais l'ombre est restée là et lentement la terre s'est illuminée de tous côtés. Alors j'ai compris.

Je me suis retourné et j'ai observé les phares d'un véhicule s'approchant sur la route. Il était déjà trop tard pour me jeter sur le bas-côté, ou pour tenter de me cacher, je suis donc resté immobile, au milieu de la route, la main en visière pour ne pas être aveuglé par les lumières. C'est la seule idée qui m'est venue, rester immobile et les empêcher de continuer.

Alors qu'ils arrivaient à mon niveau, j'ai levé la main et souri. Le véhicule a freiné et j'ai pu le voir plus clairement. Bien sûr, c'était le GMC Savana couleur cerise.

7

Je me suis approché d'un pas lent, prudent, craignant de bafouiller de terreur si je me voyais obligé de dire quelque chose. J'ai vu descendre la vitre du conducteur. Derrière, est apparu ce nouveau type, celui à la mâchoire carrée que j'avais aperçu à la station-service. Il avait un air agréable, genre jeune premier du cinéma des années 1960. À ses côtés se tenait la femme, et pour la première fois, j'ai vu son visage. Elle avait les cheveux noirs relevés en chignon, un visage rond, lunaire, où les yeux brillants, froids, dessinaient deux entailles en pierre noire.

— C'est Dieu qui vous envoie, ai-je dit, et l'angoisse a percé dans ma voix. Mon vélo s'est déglingué là-bas derrière et…

— On l'a vu, m'a interrompu le type à la large mâchoire, avec un accent de toute évidence américain. Vous l'avez laissé en plein milieu de la route. J'ai failli rouler dessus, vous savez ?

— Oh, désolé, vraiment, ai-je répondu. Je…

À cet instant, la femme, qui regardait droit devant elle sans me prêter attention, a dit quelque chose en français. Le conducteur a acquiescé d'un léger mouvement de tête. Puis il a souri, dévoilant deux rangées de larges dents blanches, et s'est accoudé à la vitre.

— Vous habitez sur la plage ?

— Oui. Vous allez par là-bas ?

C'était une question stupide puisque le chemin n'allait que dans ce sens.

— On va rendre visite à des amis, a fini par dire le conducteur. Vous les connaissez peut-être. Ils s'appellent Leo et Marie Kogan.

“Évidemment que je les connais, putain de salaud…”

— Oui, bien sûr. Ce sont mes voisins.

— Vos voisins ! Quel hasard, s’est réjoui le gars.

Puis il a jeté un regard dans le rétroviseur et s’est adressé aux passagers du siège arrière.

— Randy, Tom, faites un peu de place. Voici le voisin de Leo et Marie. On va le ramener chez lui.

J’ai entendu le bruit de la portière coulissante qui s’ouvrait et glissait sur le rail.

— Installez-vous confortablement, l’ami, on va vous épargner une longue marche sous la pluie.

À l’arrière, se trouvait Randy, le grand dégingandé clone de Lennon, avec ses petites lunettes rondes cachant ses yeux et ses cheveux qui semblaient couverts de goudron. Il était assis dos au conducteur, et je me suis installé en face de lui, à côté du gros, qui s’appelait Tom.

“Enchanté de vous connaître enfin”, ai-je pensé.

Tom m’a fait un peu de place à ses côtés et a lâché un commentaire que je n’ai pas bien entendu, mais qui faisait, je crois, référence à mon allure. Randy a esquissé un sourire. Le sourire d’un serpent sur le point d’engloutir une souris.

— *Hey* mec, qu’est-ce qui est arrivé à ton vélo ? a-t-il demandé.

Il avait une voix rauque et revêche, comme si on lui avait coupé deux ou trois cordes vocales et qu’on les avait remplacées par du papier de verre. Et, tout comme le conducteur à la mâchoire d’acier, il avait incontestablement un accent américain. Son haleine empestait le tabac.

— J’ai glissé et je me suis cassé la figure, ai-je répondu en frottant mon épaule douloureuse. Ce foutu vélo a bien failli me tuer. Je reviendrai le chercher plus tard.

J’ai noté que ma voix tremblait légèrement et que ma gorge était nouée. J’ai dégluti lentement en tentant de me calmer. Tom et Randy se sont regardés en souriant.

— Oui, plus tard, bien sûr, a dit Tom.

Ils ont savouré la blague en silence, complices. Pour un peu, ils se seraient esclaffés. Ils avaient des sourires de loups, de prédateurs. Mais je n'avais pas besoin de ça pour le savoir, j'avais déjà vu de quoi ils étaient capables.

J'ai tenté de me concentrer. Le pick-up avançait à bonne allure, nous aurions très vite atteint la Dent de Bill. Que devais-je faire ? Me jeter sur le conducteur, lui enfoncer les doigts dans les yeux, provoquer un accident ? Je doutais que cela fonctionne. Le gros me trancherait probablement le cou avec son couteau (qu'il devait cacher sur lui, peut-être sous sa gabardine noire) avant que je puisse compter jusqu'à trois. J'ai examiné l'air de rien l'habitacle. Tout était très sombre. J'ai observé les mains de Tom et Randy. Celles de Tom, posées sur ses cuisses, étaient immobiles. Randy faisait craquer ses doigts d'un geste nerveux. À première vue, ils n'avaient rien sur eux, mais leurs armes ne devaient pas être bien loin. Peut-être que si je parvenais à m'emparer d'un revolver… mais à quel moment pourrais-je faire un truc pareil ? Quoi qu'il en soit, je ne devais pas les laisser arriver chez Leo et Marie. Judie et les enfants étaient là-bas. Il fallait que je trouve une idée… et vite.

Puis je me suis rendu compte que Randy me regardait fixement. Il avait une bouche minuscule, pleine de petites dents effilées.

— Vous avez une cigarette ?

— Non, désolé, ai-je dit, en portant la main à ma chemise, où je conservais le paquet de chewing-gums acheté chez Andy's. Mais je peux vous proposer un chewing-gum.

— Prends sur toi, Randy, on y est presque, a crié le conducteur.

— Va te faire foutre, Frank.

Il a refusé mon offre d'un geste méprisant. Et j'ai ainsi su comment s'appelait l'homme au volant.

— Vous vivez ici toute l'année ? m'a-t-il ensuite demandé.

— Juste quelques mois, ai-je répondu. Je loue la maison pour l'été.

— Pour l'été, a-t-il répété, sarcastique. T'as entendu ça, Tom ? Ils appellent ça l'été en Europe.

Le gros Tom a souri et a acquiescé en remuant sa tête, qui reposait sur un cou large et très court. Ce genre de vermine était incapable de cacher sa vraie nature. Ils suintaient la délinquance, et s'en foutaient sûrement. Ils avaient peut-être déjà décidé de me tuer quoi qu'il arrive.

— Vous êtes américains ? ai-je demandé.

J'avais hésité à leur poser des questions, mais j'ai pensé que c'était la seule attitude naturelle dans ce genre de situation.

— Tous sauf Manon, a répondu Randy, en faisant un geste en avant, vers la femme. Elle est française, vous voyez? *La France**, a-t-il dit en exagérant l'accent français. On était tous des collègues de Leo. À l'hôtel. Il vous a raconté, pas vrai ?

— Ah, oui. L'hôtel, ai-je dit.

— On est en voyage dans la région et on a voulu lui faire une surprise.

— Quelle bonne idée.

— Vous êtes venu en famille ? a demandé Tom. En vacances ?

J'ai souri et toussé pour me donner le temps de réfléchir.

— Oui. Ça fait des années que je viens par ici, je connais presque tout le village. D'ailleurs ce soir j'ai organisé une petite fête. Vous êtes les bienvenus. Dites-le à Leo et Marie quand vous les verrez.

— Oh, une fête, super ! T'as entendu ça, Manon ? a-t-il dit en tournant la tête vers la femme, qui restait silencieuse, le regard droit devant. Peut-être qu'on pourra convaincre Leo et Marie d'y aller tous ensemble. Vos maisons sont loin l'une de l'autre ?

J'ai regardé la femme dans le rétroviseur. Elle souriait froidement.

— Non… pas très loin. Il va y avoir pas mal de monde, ai-je souligné. N'hésitez pas.

Ce mensonge à propos de la fête, et du monde que j'attendais ce soir, m'avait paru une bonne idée. Peut-être que ces meurtriers mettraient un frein à leurs ambitions s'il devait y avoir une certaine affluence dans le coin. Cette invention m'a inspiré. Quand Randy m'avait demandé si nos maisons se trouvaient loin l'une de l'autre, il m'avait permis de réaliser que ces types n'avaient jamais mis les pieds ici. Leur ignorance du secteur jouait en ma faveur. D'autant qu'il n'y avait pas le moindre panneau sur cette route.

* En français dans le texte.

Nous approchions de la Dent de Bill quand j'ai émis un raclement de gorge et dit :

— Quand on arrivera au croisement, vous pourrez me laisser là. Je descendrai chez moi à pied.

— Pas question, mon vieux, a répondu Frank depuis son poste de pilote. Manquerait plus que ça. On va vous ramener jusque devant votre porte.

— C'est clair, a ajouté Randy, on va pas vous laisser marcher avec ce qui tombe. Les amis de Leo et Marie sont nos amis.

Ce dernier commentaire a fait rire les trois hommes. J'imaginais bien pourquoi. Manon en revanche restait muette, regard concentré. En pleine réflexion ?

Il était évident en tout cas que rien ne pressait. Ils s'apprêtaient à fondre sur les Kogan comme un aigle royal fond sur une souris endormie, alors quoi de plus avisé que de jeter un coup d'œil aux alentours ? D'ailleurs, ils avaient peut-être déjà décidé de venir me régler mon compte après s'être chargés de Leo et Marie. Ne serait-ce que pour effacer toute trace. Ou alors ils étaient sur le point de le faire.

Il m'est venu à l'esprit un plan plutôt risqué, mais qui sur le moment m'a paru brillant : les amener directement chez Leo et Marie. "Avec un peu de chance, Leo se rappellera ce que je lui ai dit et, en voyant le pick-up, il nous accueillera à coups de fusil. Moi, je me tiendrai prêt à me jeter au sol. Et, de toute façon, avant même qu'ils découvrent le pot aux roses, j'aurai le temps d'alerter tout le monde. Leo a une radio. On s'enfermera dans la maison et on tiendra le siège."

C'était ma seule chance.

Les phares du véhicule ont éclairé le vieil arbre de la Dent de Bill et je me suis raidi. J'allais jouer le tout pour le tout – même si, à ce stade, il y avait peu à perdre. Cette nuit ne pouvait s'achever que de deux façons : avec une balle dans la tête, ou sans. Et à ce moment-là je pensais uniquement à Jip, Beatrice, Judie et mes amis, à leur donner une chance contre ces monstres. C'est tout. Je mourrais tranquillement si j'étais au moins capable de les sauver.

— Tournez à droite, ici, s'il vous plaît, ai-je dit quand la voiture a commencé à ralentir au croisement.

Je l'ai dit sans tremblement dans la voix. Mon mensonge a retenti comme une indication routière stricte et déterminée.

J'ai noté néanmoins un silence tendu chez mes compagnons de voyage.

— On vous dépose devant chez vous, l'ami, a répété Frank, au volant. C'est par là ?

— Oui, ai-je répondu en essayant de conserver un ton calme et assuré. Pour aller chez les Kogan c'est sur la gauche, en descendant par ce chemin. Moi, je vis dans une maison un peu plus grande, en montant sur la droite, ai-je dit en montrant la maison de Leo et Marie.

Après un silence de quelques secondes, qui m'a paru une éternité, Manon a regardé le conducteur et a confirmé d'un mouvement de tête. Frank a tourné à droite et a filé vers chez Leo et Marie.

Visiblement, ils avaient gobé mon histoire. Il ne me restait plus qu'à cacher mon jeu aussi longtemps que je le pourrais.

La tempête était juste au-dessus de la plage. Les essuie-glaces du véhicule, à leur vitesse maximale, ne suffisaient plus à dégager toute l'eau qui nous tombait dessus, comme si nous étions coincés dans un lave-vaisselle. L'image m'était familière : cette même tempête m'avait douché trois fois ces derniers mois.

Le pick-up est monté lentement jusqu'à la maison, où des lumières étaient allumées. J'ai prié pour que Leo ne nous voie pas arriver et ne fasse pas mine de nous accueillir (ou alors, que ce soit en nous arrosant de plombs). Et je me suis aussi souvenu de la boîte aux lettres à côté de la grille du jardin où était indiqué – certes, en lettres minuscules – Kogan, et non Harper.

— Vous pouvez faire demi-tour ici, ai-je dit avant qu'on ne soit trop près. Là-devant, il y a pas mal de sable, avec toute cette pluie vous risquez de patiner.

"Bravo, Peter. Très en verve aujourd'hui."

— Sûr, l'ami ? Vous allez être trempé.

— Pas de souci. Il ne reste que cent mètres à faire. Avec la marche que vous m'avez épargnée, je peux bien courir un peu sous la pluie.

Frank a suivi mes indications cette fois encore. Il a freiné une vingtaine de mètres avant la maison et a fait une légère manœuvre pour placer la portière coulissante face au chemin. Une fois la voiture immobilisée, très lentement, j'ai cherché la poignée, fait glisser la portière et sauté dans le sable.

— Un grand merci pour tout, ai-je crié dans le vent. Vous m'avez rendu un sacré service.

Frank a baissé sa vitre et regardé la maison, les yeux brillants. À côté de lui, la femme s'allumait une cigarette et la flamme a éclairé ses yeux de pierre, de poupée inanimée.

— Jolie baraque, a dit Randy en souriant entre les sièges avant.

Et la façon dont il souriait ne m'a pas plu.

— Merci, ai-je répondu en soutenant du mieux possible son regard. Saluez Leo et Marie de ma part. Motivez-les un peu, et venez tous à la maison. Ce sera sympa.

La vitre est remontée et Frank a repris la direction de la Dent de Bill.

J'ai accéléré le pas, le souffle à nouveau coupé. Arrivé à la porte, j'ai regardé derrière moi et vu les phares de la voiture se perdre derrière le premier virage. Le cœur sur le point d'exploser, j'ai frappé à la porte de toutes mes forces.

— Leo ! Marie ! Ouvrez !

L'histoire se répétait. Une nuit d'orage. Des coups à la porte. Une visite imprévue.

8

C'est Leo qui est venu m'ouvrir. Cette fois, je n'ai pas attendu de voir sa réaction. J'ai poussé la porte et pénétré brusquement chez lui, entraînant avec moi toute la pluie et la saleté de la plage, tout l'orage sur son tapis.

— Ferme la porte! ai-je hurlé, en m'essuyant les yeux avec la manche de ma veste.

Face à moi se tenait mon ami, vêtu d'un jean et d'une chemise à carreaux. Il me regardait, stupéfait, des points d'interrogation dans les yeux.

J'ai regardé de tous côtés à la recherche des enfants, de Judie, de Marie. Je m'étais attendu à les trouver réunis dans le salon, autour d'une partie de Scrabble et d'un chocolat chaud. Mais il n'y avait personne ici.

— Où sont mes enfants, Leo?

Ma voix tremblait. En réalité, tout mon corps semblait sous l'effet d'un tremblement de terre. La tension que j'avais accumulée dans la voiture, entouré de ces assassins, réclamait une issue de secours. J'avais envie de pleurer, de crier, mais d'abord je voulais mes enfants. Un dans chaque bras.

— Pete! s'est exclamé Léo. Qu'est-ce qui s'est passé? Que fais-tu ici?

Marie est apparue à la porte de la cuisine, vêtue d'un pyjama couleur pourpre. Je me suis tourné vers Leo. Je lui ai parlé aussi vite que j'ai pu, mais mes mots se chevauchaient.

— Les enfants, Leo, où sont-ils? On n'a plus le temps. Ils sont déjà là. Il faut protéger les enfants.

— Du calme, Pete. Ils sont avec Judie, à l'abri. Qu'est-ce qui s'est passé ? Tu as fichu le camp de l'hôpital ?

— Oui… oui… L'orage menaçait et j'ai pensé… j'ai pensé que ça allait se produire cette nuit. J'avais raison. Je les ai croisés au Andy's… Leo, les types de mes cauchemars sont arrivés. Eux… la femme… les hommes… le pick-up. Ils sont là. J'ai essayé de venir vous avertir, mais j'ai eu un accident… et je suis tombé sur eux sur la route. J'ai réussi à les berner. Je leur ai dit que c'était ma maison ici et ils m'ont amené. Je pensais vous trouver tous ici. Où sont Judie et les enfants ? Ils ne sont pas à la pension. Là-bas, on m'a dit qu'ils étaient avec vous.

Leo a regardé Marie avec une expression qui ne pouvait signifier qu'une chose : "Retourne à la cuisine et appelle l'hôpital."

— Pete, écoute, a-t-il dit en essayant de surmonter une surprise ou une inquiétude évidente. Tu dis que quelqu'un t'a amené ici dans un pick-up ? Moi, je n'ai vu aucune lumière s'approcher.

— Leo, non… je n'ai pas eu de vision.

J'ai eu du mal à prononcer ces mots. Était-il possible que Leo n'ait aperçu aucune lumière ? Mais la fille de la station-service les avait bien vus, elle. C'était réel.

— Il y a quatre meurtriers là-dehors, et dès qu'ils vont se rendre compte que je leur ai menti, ils vont débarquer ici et nous tuer tous les trois. Dis-moi où sont les enfants, Leo.

Leo s'est approché de la fenêtre, a jeté un œil dehors. J'ai fait de même. On ne voyait aucune lumière, ce qui était étrange par une nuit aussi noire. On aurait dû au moins distinguer les phares du GMC se déplacer en direction de ma maison.

— Écoute, Pete, a dit Leo. Pourquoi tu ne t'assois pas une seconde, qu'on discute ?

J'ai reculé.

— Leo, putain, je te dis la vérité ! ai-je crié. Où sont mes enfants ?

J'ai vu le visage de mon ami se décomposer.

— Ils sont chez toi, Pete, a répondu Marie à la porte. Avec Judie. Ils sont allés chercher des vêtements pour la nuit. Ils ont dit qu'ils reviendraient tout de suite.

Ce fut un coup de massue. J'ai levé les mains sur ma tête, mes doigts ont palpé mes tempes comme s'il y avait là un bouton pour rembobiner cette conversation. Je suis resté sidéré quelques secondes.

À la maison… ils étaient à la maison… et moi j'avais envoyé ces assassins droit sur eux. Le pick-up était sur le point d'arriver. Le couteau. Le long couteau du gros. Exactement comme je l'avais rêvé. Maintenant ils devaient faire le tour de la maison. Être sur le point d'entrer. Judie aura vu le véhicule arriver. Peut-être même qu'elle sera sortie vérifier qui c'était.

J'ai couru dans la cuisine, où je savais qu'il y avait un téléphone, mais j'ai trébuché sur le tapis et me suis cassé la figure avant d'arriver à la porte, me donnant un coup sur la même épaule qu'un peu plus tôt à vélo. J'aurais voulu crier de douleur mais je n'ai émis qu'un râle d'animal moribond. Un gémissement à la mort.

— Le téléphone, ai-je dit à Marie en levant la tête. Il faut les prévenir.

Je ne voyais que ces pieds, enfoncés dans de confortables chaussons couleur gris perle, mais, pour une raison quelconque, j'ai su qu'à cet instant Leo et elle échangeaient un regard. Leo faisait sûrement un geste des mains : "On va d'abord le calmer, après on appellera une ambulance."

— Marie. Crois-moi, s'il te plaît. Ils sont là. Tout va se passer cette nuit. Appelle chez moi… pour l'amour de Dieu… Crois-moi !

Je me suis appuyé sur un coude et j'ai levé les yeux. Son doux visage était déformé par une terreur profonde. Ce n'était pas seulement la stupeur de me voir là, complètement trempé, souillé de sable, suppliant pour la vie de mes enfants – il y avait autre chose. Elle était terrorisée par la possibilité que je dise vrai.

— S'il te plaît, Marie…

Elle a acquiescé de la tête, s'est retournée et a disparu dans la cuisine. Je me suis tourné pour parler à Leo et lui demander les clés de sa voiture, mais il était déjà près de la porte, en train d'attraper son blouson d'aviateur marron.

— Bon sang, je vais jeter un coup d'œil.

Et alors c'est arrivé. La porte s'est ouverte d'un coup, renversant le portemanteau et toutes les vestes et blousons qui y étaient accrochés. Le vent s'est infiltré dans la maison comme un long tentacule affamé. Je suppose que, pendant de brèves secondes, nous avons tous pensé que c'était l'effet de la tempête. Mais Randy est apparu, dégoulinant de pluie, un pistolet à la main.

Jusqu'à cet instant, j'avais encore pu douter de moi. Mais je l'ai vu franchir le seuil et pointer son arme sur la tête de Leo, qui a levé les bras et s'est mis à reculer. Et ça, ce n'était pas une hallucination.

Tout est allé très vite. J'ai cru qu'il allait le tuer sur-le-champ. "Voilà, me suis-je dit. C'est fini." J'ai attendu, replié sur moi, la détonation. Après ils se débarrasseraient de moi, et un peu plus tard de Marie. Fin de l'histoire. Mais au lieu de cela, Randy a repoussé Leo contre le canapé avant de lui envoyer un terrible coup de crosse sur la tête, l'envoyant valser sur les coussins comme une marionnette.

J'étais près de la porte de la cuisine et j'ai commencé à m'y traîner, jusqu'à caler mon dos contre le chambranle. Randy a pointé son arme sur moi.

— Pas un putain de geste, toi, le mariole, a-t-il dit en levant à peine la voix, avec ses cheveux trempés collés sur son crâne et ses lunettes noires, complètement inutiles, sur le nez.

Je suis resté immobile à ma place, sur le seuil de la cuisine, et j'ai entendu un très léger bruit derrière moi, comme celui d'une porte se fermant tout doucement. La cuisine était reliée au garage, qui donnait lui-même sur la façade latérale de la maison, côté plage.

"Bien sûr, a dit une voix étrangement tranquille dans ma tête. C'est le moment où Marie part chez toi, en courant sur la plage. C'est le moment où elle appelle, en plein milieu de la nuit, derrière ta porte. Mais tu n'es pas là pour lui ouvrir, Peter. L'histoire est différente. Elle a changé."

Il y avait une nouvelle version de l'histoire. Avec une nouvelle fin ?

Derrière Randy, est apparu le Gros Tom. Lui aussi cheveux et vêtements complètement trempés. On aurait dit une barrique de chair et d'os. Il a traversé le salon, s'est approché de moi et, sans dire un mot, m'a balancé un coup de pied dans l'estomac. Je me suis plié en deux, l'intestin en compote.

— Je n'aime pas cette putain de pluie, a-t-il dit en posant un pied sur mon visage. C'est pas des chaussures faites pour la pluie et maintenant elles sont foutues à cause de toi.

Il a appuyé le pied sur ma tête. Je me suis mis à vomir, sous le poids de cette baleine humaine. Je me suis dit que c'était la fin. Ma tête allait exploser comme une pastèque. Mais la pression a légèrement diminué.

Puis il m'a libéré le crâne.

— Ton tour viendra.

Je suis resté étalé par terre, le regard droit devant moi. Leo était affalé de tout son long sur le canapé et saignait de la tête. Peut-être était-il mort. J'ai vu Randy parler dans un portable. Il discutait avec quelqu'un à l'extérieur.

— La voie est libre, Manon, a-t-il dit. Tout est en ordre.

Les phares du pick-up n'ont pas tardé à balayer les vitres. À travers la porte, j'ai vu qu'il freinait à quelques mètres de la maison, derrière la clôture. Ma ruse n'avait pas fonctionné, le pick-up ne s'était pas beaucoup éloigné de la maison… "Au moins, me suis-je dit avec soulagement, ça signifie que Judie et les enfants sont toujours en sûreté." Il y avait encore de l'espoir.

La femme est apparue. Elle s'est arrêtée sur le seuil, pour contempler la scène. J'étais par terre, à me masser l'estomac, en quête d'un peu d'oxygène. Le coup du Gros Tom m'avait laissé à moitié mort. Leo bougeait faiblement, il délirait sur le canapé. Il était vivant. Randy avait retiré sa gabardine et s'était assis face à lui. Il nous surveillait tranquillement. Sans même garder son pistolet en main – il l'avait posé sur le canapé le temps de fouiller dans ses poches.

— Et merde, j'ai dû les laisser à la station-service. T'es sûr que t'as pas de clopes, Tom ? a-t-il crié.

Mais Tom ne l'a pas entendu. Le gros était à l'étage, en train d'inspecter la maison. On entendait des bruits de meubles qui tombent par terre, de verre brisé. Il devait chercher Marie.

Manon a regardé Randy.

— Et la femme ? a-t-elle demandé.

— Je sais pas. Tom la cherche. Peut-être que le petit salopard les a prévenus, mais en même temps, le vieux, je l'ai eu par surprise, j'en suis sûr.

Manon s'est avancée. Je me suis ratatiné, prêt pour un nouveau coup de pied ou pire, mais elle s'est agenouillée devant moi. Elle m'a attrapé les cheveux au niveau des tempes et a tiré dessus pour me faire tourner la tête. On s'est retrouvés les yeux dans les yeux.

— Bien essayé. Je suis sûre que tu pensais nous avoir embobinés, cher voisin.

Puis elle a placé un objet devant mes yeux. C'était un GPS. On y voyait une carte très détaillée de la zone littorale de Tremore Beach. Un point rouge flottait sur la maison de Leo et Marie, à droite de la Dent de Bill.

— Vous saviez, ai-je dit. Alors pourquoi avoir attendu ?

— Tu nous as flairés en moins de dix secondes. Comment tu savais ?

En ouvrant la bouche pour répondre, j'ai remarqué qu'un filet de vomi coulait sur ma barbe. J'ai souri :

— Vous ne me croiriez pas.

Elle a lâché mes cheveux et a laissé ma tête retomber. Puis elle s'est relevée et a appelé Tom.

Le gros a redescendu l'escalier au bout de quelques secondes.

— Rien. L'étage est vide. Je vais voir dans le garage.

— Merde, a murmuré Manon.

Elle a extrait un autre appareil qu'elle portait accroché à sa ceinture, et dans lequel elle s'est mise à parler. Ce n'était pas un portable, plutôt une sorte de talkie-walkie.

— Frank… La femme n'est pas à l'intérieur. Fais le tour de la maison, pour voir si tu trouves quelque chose. Fais gaffe ! Je ne sais pas comment, mais le voisin avait compris.

Elle s'est à nouveau penchée sur moi et j'ai vu la lame brillante d'un poignard entre ses doigts, qui est venue frôler un de mes yeux.

— Dis-moi où est la femme ou je t'arrache un œil.

— Je ne sais pas, ai-je répondu, même s'il m'était très difficile de résister avec ce couteau si près.

— Je vais t'arracher l'œil droit, t'as compris ? Et je te le ferai manger.

— Je vous dis que je ne sais pas. Leo était seul quand je suis arrivé.

J'ai senti la lame se poser sur l'orbite droite. Elle a appuyé et j'ai fermé les yeux. L'idée m'est venue qu'un œil c'était accessoire, tant qu'elle ne me coupait pas les doigts. "Y a des yeux de verre. Je pourrai toujours jouer du piano."

— Comment tu as su qui nous étions ? a-t-elle encore demandé.

Je les avais réellement déconcertés. Ça m'a fait plaisir. J'ai de nouveau souri. Puis j'ai senti une claque brûlante sur ma joue et Manon m'a lâché la tête, qui a rebondi sur le tapis.

Le Gros Tom est revenu du garage. Il a dit qu'il n'y avait rien, mais que quelqu'un avait très bien pu sortir par la cuisine.

— Le verrou de la porte n'est pas fermé. Je parierais que quelqu'un s'est cassé par là.

Manon s'est levée et s'est dirigée vers le canapé.

— Réveille le papi.

Puis, en saisissant le talkie-walkie, elle a crié :

— Frank ! La femme est peut-être sur la plage. Va jeter un œil.

Mon opération de chirurgie oculaire était repoussée à plus tard, ce qui a été un grand soulagement. Le Gros Tom m'a saisi sous les épaules, a relevé mes quatre-vingt-dix kilos comme une brique de lait et m'a emmené sur le canapé.

Randy donnait quelques petites gifles à Leo. Mon ami était blessé à la tête et perdait pas mal de sang. Malgré tout, il a fini par ouvrir les yeux. Une fois sa tâche accomplie, Randy est retourné s'asseoir à sa place, a saisi son arme qu'il a pointée sur nous.

— Bien, monsieur Blanchard, a dit Manon, installée derrière le canapé. Vous m'entendez ?

Leo a mis quelques secondes à fixer son attention sur la femme.

— Mon nom est Leo Kogan, a-t-il dit. Vous vous trompez de personne.

— Nous savons parfaitement qui vous êtes, Leonard Blanchard. Et vous savez parfaitement qui nous sommes, et pourquoi nous sommes ici. Alors, maintenant que les présentations sont faites, cessons de perdre du temps. Où est votre femme ?

— Je vous dis que vous vous trompez, a insisté Leo. Je ne m'appelle pas Blanchard, mais Kogan. Vous êtes en train de commettre une terrible erreur. Je suis un simple touriste américain…

Alors Manon a baissé la main et l'a posée sur l'épaule de Randy.

— Le genou droit.

Randy a déplacé le canon de son arme avec précision et avant qu'on ait pu bouger, il a appuyé sur la détente. Un bruit sec a retenti et Leo s'est jeté en avant. Il a serré les mains autour de son genou et s'est écroulé sur la table basse. Je me suis empressé de le saisir par les épaules et de le tirer en arrière pour l'asseoir de nouveau sur le canapé. Leo serrait si fort la mâchoire qu'il semblait sur le point de se briser les dents.

— Voyons si nous pouvons nous entendre, monsieur Blanchard, a dit Manon à voix haute. Le plus vite serait le mieux.

Leo se tenait le genou. Un flot de sang coulait entre ses doigts et maculait sa jambe de pantalon.

— Sale garce, a répondu Leo, les dents serrées de douleur. Marie est allée voir une amie à Londres, elle ne reviendra pas avant une semaine. Vous êtes venus pour rien.

— C'est bidon, a dit Randy. L'autre genou ?

— Attends, a répondu Manon. On n'est pas là pour le saigner à mort. Tom, qu'en dis-tu ?

— La femme était par là. Sûr et certain. Dans la cuisine, il y a des tas de marmites chaudes et une tarte au four, et je parie ma bague en or que ce vieux ne sait même pas se préparer un hamburger. L'autre mec a dû la prévenir. Ou alors elle s'est enfuie quand elle nous a entendus entrer.

Manon a pris son talkie-walkie. À l'autre bout, on entendait le rugissement du vent.

— Frank ?

— Rien… je ne vois rien, a répondu Frank dans la tempête. Je vais un peu plus loin.

Les yeux de la femme se sont posés sur moi.

— Écoute, l'ami. On n'a aucune raison de te tuer, mais on le fera si tu ne parles pas. Où est la femme ?

— Je ne sais pas, ai-je répondu. Je ne l'ai pas vue. Je le jure. Ça doit être vrai qu'elle est à Londres.

Randy a pointé le pistolet sur ma tête. Il était confortablement installé sur le canapé en face, les jambes croisées, l'arme levée comme une coupe de champagne. Et sur le point de me descendre.

— Je le refroidis ? a-t-il demandé en direction de Manon.

Manon n'était pas aussi pressée que Randy de voir couler le sang. Elle a de nouveau pris le talkie-walkie. Frank avait fait le tour de la maison et n'avait rien vu. Elle lui a demandé s'il pensait qu'elle avait pu s'enfuir par la plage. Il a répondu que c'était "une option".

— Peut-être que ça s'est passé quand Randy et Tom sont entrés dans la maison. La femme serait sortie par-derrière juste à ce moment, alors qu'on était dans la bagnole.

Randy a levé le pistolet au niveau de ses yeux. Il visait mon crâne.

— Manon ?

— Non, pas encore, lui a-t-elle répondu. On va vérifier qui se trouve dans l'autre maison. C'est peut-être vrai qu'il a une famille, et même qu'il organise une fête.

Elle a planté ses beaux yeux cruels dans les miens. Je n'ai pu éviter un mouvement nerveux des cils, des sourcils, du visage… Manon l'a immédiatement saisi.

— Oui, oui… Je crois qu'il y a un peu de vrai dans tout ça. Et peut-être qu'il fera moins le héros quand il verra ce qu'on peut leur faire. On va tous les amener ici et jouer un peu ensemble, jusqu'à ce qu'ils nous disent où est Marie.

— Non ! a crié Leo.

J'étais tellement terrorisé, tellement désespéré, que je n'ai pas pu me contenir.

— Vous êtes foutus, ai-je dit. On a averti la police par radio. Ils vont bientôt arriver.

— Ils n'ont pas eu le temps, est intervenu Randy.

Mais Manon est restée silencieuse, soupesant une telle éventualité. Ma réaction rapide l'inquiétait toujours, ce qui était logique. Si quelqu'un avait utilisé son portable (en imaginant que celui-ci ait fonctionné), la police pouvait être en chemin et débarquer ici dans peu de temps.

— Tom, cherche la radio.

— Je l'ai vue dans la chambre à l'étage, a-t-il dit, mais elle était éteinte. Ils n'ont pas eu le temps de…

— Ça, tu me laisses en décider ! a-t-elle crié. Monte et vérifie à nouveau. Il y a peut-être une fenêtre ouverte. Et détruis cette putain de radio.

Tom a couru dans l'escalier. On a vite entendu les dégâts sur son passage. Pendant ce temps, Manon élaborait son plan devant nous – nous étions probablement déjà des morts vivants à ses yeux : il fallait bouger, et vite. Randy resterait avec nous pendant que Frank surveillerait au-dehors, talkie-walkie allumé. Tom et elle iraient jeter un œil dans l'autre maison. Ils doutaient beaucoup qu'il y ait la moindre fête, mais il faudrait avancer prudemment. Peut-être que Marie avait eu le temps d'arriver, si, comme ils le pensaient, elle s'était enfuie par la porte de derrière.

Je suppose que tout le monde se posait la même question que moi à cet instant : est-ce qu'une femme de soixante-cinq ans pouvait parcourir deux miles de plage en moins de quinze minutes ? J'en doutais, mais si elle avait réussi (et je priais que ce soit le cas), Judie et les enfants auraient une chance de s'en sortir.

Tom et Manon sont partis, en nous laissant à la surveillance de Randy et Frank. Le moteur du pick-up a rugi, et les phares ont traversé les vitres du salon tandis qu'il faisait demi-tour. Au bout d'un moment, le bruit s'est perdu dans le vent. J'ai pensé à cette voiture qui rejoignait la Dent de Bill pour se diriger à toute vitesse chez moi. L'histoire n'avait pas tellement changé, finalement.

Randy était assis en face de nous, pistolet à la main, posé sur sa cuisse. Leo, à côté de moi, se tordait de douleur. Le sang paraissait couler moins fort de la blessure, mais il s'était mis à trembler. Il claquait des dents.

— Il faut que je me fasse un garrot ou je vais me vider de mon sang.

— Silence ! s'est exclamé Randy.

— Mais c'est vrai, suis-je intervenu.

— La ferme, tous les deux, a-t-il dit en avançant le canon.

— Qu'est-ce qui se passe là-dedans, bordel ? a-t-on entendu Frank crier à la porte.

— Le vieux perd du sang, a répondu Randy à voix haute.

— Eh ben fais quelque chose, putain.

Randy m'a regardé avec ennui et a fait un geste avec le pistolet.

— C'est bon, va l'aider. Mais tu ne quittes pas le canapé.

— Mais comment… ?

— Avec ta chemise, Pete, m'a interrompu Leo, d'une voix presque éteinte. Enlève-la et enroule-la. Ça suffira.

Randy s'est levé et a avancé jusqu'à la porte sans cesser de nous viser. Il a parlé avec Frank, qui était quelque part sous le porche de la maison, et lui a demandé une cigarette.

— Merde, mec. Tu peux pas tenir jusqu'à ce qu'on ait fini ?

J'ai déboutonné ma chemise à toute vitesse et commencé à l'entortiller. Je m'apprêtais à entourer la cuisse de Leo avec, mais j'ai remarqué qu'il faisait un geste des mains.

— Je vais le faire, a-t-il dit. Toi, tiens le coussin.

Ça m'a paru bizarre, mais j'ai vu que Leo me regardait fixement et j'ai compris qu'il y avait autre chose. J'ai placé mes mains autour du coussin et l'ai serré. Pendant ce temps, il a commencé à garrotter sa jambe. À cet instant, nos têtes étaient très proches et Randy, lui, très loin, attendant que Frank trouve une cigarette et un briquet dans sa veste.

— J'ai un revolver, a murmuré Leo en s'occupant de son garrot. Il est sur ma cheville droite, dans un holster. Prends-le. Il ne peut pas te voir, là. C'est notre seule chance.

Je lui ai jeté un regard surpris. “Grâce à Dieu, ce vieil entêté m'a écouté.”

Randy était toujours à la porte, à faire le pied de grue pour du tabac, tout en blaguant sur le “temps de malade” qu'il faisait. Avec ce vent et le bruit de la mer, il ne pouvait pas entendre grand-chose. Et de toute façon, il pensait sûrement qu'un vieux type de soixante ans blessé à la jambe et un quarantenaire passé à tabac ne représentaient pas une grande menace.

Je me tenais légèrement incliné vers Leo, le coussin entre les mains, et Randy se trouvait dans un angle d'où il ne pouvait distinguer mes gestes. J'ai libéré une main pour la descendre lentement sur la jambe de pantalon droite de Leo, en palpant à la recherche d'une bosse. Le canapé était bas, j'avais à peine besoin de me pencher. Et finalement, juste au-dessus de sa cheville, je l'ai senti.

— Dépêche-toi, a murmuré Leo. Il revient.

Dans un rapide mouvement, j'ai retroussé son pantalon et palpé à la recherche du revolver. J'ai repéré la surface râpeuse de la crosse sous mes doigts et l'ai saisie. Je me suis retrouvé avec l'arme dans la main à l'instant même où j'ai entendu les pas de Randy qui revenait vers nous. J'ai fixé Leo, qui me fixait aussi sans pouvoir prononcer un mot. Que devais-je faire? Tirer sur-le-champ?

Je n'ai pas pu. Je sentais le canon du pistolet de Randy pointé sur nous. Il serait mille fois plus rapide. J'ai préféré le cacher sous l'un des gros coussins du canapé, entre les jambes de Leo. Qui m'a jeté un regard glacial. Un mauvais geste de mes doigts et je lui explosais les testicules.

Tandis que Randy se laissait tomber dans le canapé, Leo a rapidement et discrètement agité sa jambe droite pour que le bas de son pantalon recouvre à nouveau le holster.

— Comment ça va, le genou? a demandé un Randy beaucoup plus détendu, en laissant échapper de sa bouche un long trait de fumée.

— Bien, ai-je répondu. Il va tenir.

Randy s'est collé sa clope entre les lèvres, a étiré les jambes sur la table basse placée entre lui et nous et a attrapé, de sa main libre, une des photos posées dessus, à côté d'une petite lampe. Il a émis un sifflement.

— C'est Mrs Blanchard, ça? La vache! Elle est plutôt bonasse, a-t-il dit en laissant tomber la cendre sur la moquette du salon. Ouais, bon, elle doit avoir quelques années de plus au compteur maintenant. Sacrée beauté, en tout cas. On pourrait passer un moment, rien qu'elle et moi…

— N'y pense même pas, sale merde, a répondu Leo.

— Oh! reste poli, mon gars. Et surtout, laisse ta femme décider. Peut-être qu'avec un pistolet sur le crâne, elle hésitera pas trop longtemps à me descendre le futal et à me soulager un peu. Tu as des filles, toi, le voisin?

— Tu vas crever cette nuit, Randy, ai-je dit. Je te le jure.

J'ai regardé Leo et je me suis rendu compte qu'avec Randy en face, pointant son arme sur nous, j'avais peu de chance de sortir ce revolver et de tirer, à moins qu'on n'arrive à le distraire.

— Non, a-t-il répondu, ça, ce serait une jolie fin. Une fin comme dans les romans. Cette nuit, ceux qui vont mourir, d'une mort "lente et atroce" selon les ordres, c'est vous. Et je vous garantis que ça me démange grave entre les jambes, et que je compte bien m'amuser avec vos femmes et vos filles, l'une après l'autre. Et Frank aussi, hein Frank ? a-t-il crié, en sortant la cigarette de sa bouche et en éclatant de rire.

Frank n'a pas répondu.

— Vous n'auriez pas dû faire "ça". Maintenant, vous allez payer pour votre trahison, monsieur Blanchard. Et la famille de votre voisin avec.

— De quoi il parle, là, Leo ? ai-je commencé à dire. Qu'est-ce que vous avez fait ?

Leo m'a dévisagé, surpris. Je lui ai jeté à mon tour un regard glacé.

— Vous ne l'avez pas raconté à votre voisin ? a dit Randy. Vos amis vous ont probablement baratiné. Je suis sûr qu'ils ont fait un joli portrait d'eux. Mais ce sont des balances et des voleurs. C'est pour ça qu'ils vont finir avec un trou dans la tête.

— Ferme-la, sale vipère, a grogné Leo.

— Laisse-le parler ! ai-je crié. Je veux connaître la raison de tout ça. Vous avez mis ma famille en danger. Ils sont sur le point de les trouver et…

— Viens pas fourrer ton nez là-dedans, a répondu sèchement Leo. Ça ne te regarde pas, Peter.

J'ai pensé que Leo avait compris mes intentions. Ou peut-être pas, peut-être qu'il l'avait dit tout à fait sérieusement. Quoi qu'il en soit, c'était exactement ce que j'avais espéré.

— Comment ça, ça ne me regarde pas, vieux con ! ai-je crié. Tu m'as menti sur toute la ligne en me disant que tu avais été un honnête agent de sécurité dans un hôtel et maintenant on va tous crever !

Randy rigolait en contemplant la scène.

— Boucle-la, putain, ou c'est moi qui vais te la boucler, a répondu Leo.

— Ah oui ? ai-je crié.

Et je me suis jeté sur lui. Je savais que j'allais lui faire mal, mais j'ai enjambé son genou blessé et me suis placé juste en face de lui, en le saisissant par la chemise et en gueulant. Il a souffert pour de bon et a lâché un hurlement sincère. Randy, derrière moi, se marrait, mais il m'a rapidement demandé de m'écarter de Leo. Frank aussi a braillé quelque chose depuis la porte. À cet instant, j'ai vu Leo glisser sa main sous le coussin puis me braquer le revolver sur le ventre. C'était le moment-clé. Je me suis écarté d'un coup, en me jetant par terre, et j'ai immédiatement entendu une terrible explosion au-dessus de ma tête. BAM ! Suivie d'un cri étouffé, un gémissement de douleur.

Je suis resté au sol quelques secondes. Il y a eu deux autres tirs. Une balle a brisé du verre, je n'ai su que plus tard qu'il s'agissait d'une fenêtre donnant sur le jardin.

J'ai vu les chaussures de Randy, sous la table, qui pivotaient à mesure que son corps s'effondrait sur le canapé. Puis son visage est apparu devant moi, les lunettes légèrement déplacées dévoilant deux petits yeux sans vie, la cigarette encore fumante entre les lèvres.

— Hé, Peter, ai-je entendu dans mon dos.

C'était Leo. Il s'était aussi jeté à terre.

— L'autre aussi, tu l'as eu ?

— Je crois que oui, je ne suis pas sûr. Il m'a semblé le voir tomber, mais il a tiré. Il est peut-être en vie. Je ne peux plus bouger, tu vas jeter un œil ? a-t-il dit en me tendant le revolver.

Je l'ai attrapé et le contact de ce métal entre mes mains m'a procuré un agréable sentiment de sécurité. Si j'avais pu choisir, je serais resté immobile comme une statue, entre ces deux canapés. Mais mes enfants et Judie allaient recevoir la visite de Manon et du gros. Peut-être même était-il trop tard, mais si Dieu avait tenu à nous laisser une chance, je devais en profiter, et vite.

J'ai pensé que le meilleur angle pour tenter mon coup était à gauche du canapé, où gisait le corps de Randy. J'ai rampé en arrière et Leo s'est glissé derrière le canapé sur lequel nous étions assis pour dégager la voie.

J'ai passé la tête lentement, le revolver pointé devant mon nez, prêt à ouvrir le feu. Frank n'était pas là, du moins pas visible depuis mon poste de guet. La porte principale était ouverte et j'apercevais un bout du porche, où une pluie violente continuait à tomber. Mais où était-il ?

S'il s'était planqué près de la porte, il se trouvait dans l'angle opposé, et cela m'empêcherait de l'atteindre, à moins que les balles ne traversent le mur. Je suis resté quelques secondes figé, puis mon cerveau s'est activé : je ne pouvais pas me permettre de rester coincé ici, mes enfants étaient sur le point de se faire massacrer. Dans un élan d'authentique folie suicidaire, je me suis relevé et précipité dans l'entrée, pistolet en avant. J'ai collé le canon contre le chambranle, pointant à l'aveugle vers la gauche, et tiré deux fois. La fumée et l'odeur de poudre ont rempli la nuit. Je me suis penché : il n'y avait personne.

— Pete, attention ! a crié Leo derrière moi.

J'ai tourné la tête et vu Frank, chancelant, à la porte de la cuisine. Il avait fait tout le tour pour nous coincer par-derrière. Il a tiré sur Leo, sorti de sa cachette, et l'a touché. Le corps de Leo s'est effondré derrière le canapé. Au même moment, j'ai visé et serré la détente trois fois – deux balles seulement sont parties. J'étais à court de munitions.

Mais j'ai eu de la chance. Je l'ai eu au cou et un jet de sang sombre a éclaboussé l'encadrement de la porte et le mur rose du salon. Frank Mâchoire d'acier est resté debout deux ou trois secondes avant de s'écrouler de tout son long devant la porte de la cuisine. Son arme lui a échappé des mains.

J'ai couru la récupérer par terre. Il était encore en vie. Il tremblait et se contorsionnait comme une poupée aux piles usées. Une petite mare de sang se répandait sur le tapis au niveau de son cou. Ses yeux me fixaient et j'ai eu envie de l'achever, mais je n'ai pas pu. Puis j'ai regardé Leo. Il avait pris une balle dans le bras, et le soutenait d'un air douloureux.

— Leo !

— Va-t'en. Les clés de ma voiture sont dans mon blouson. Cours ! J'appellerai la police.

Je n'ai pas réfléchi à deux fois. Le blouson de Leo était dans l'entrée. Les clés, à l'intérieur. Je suis sorti avant de réaliser que la voiture était au garage. Frank avait abandonné son talkie-walkie sur les marches du porche. Avait-il eu le temps de prévenir les autres ?

J'ai ouvert le garage et grimpé dans le 4×4 de Leo. Le moteur a rugi et j'ai foncé dans l'obscurité.

9

En m'installant au volant de la voiture de Leo, j'avais ressenti une vive douleur dans l'abdomen, comme si quelqu'un me plantait un couteau. Je l'ignorais alors, mais le Gros Tom m'avait bousillé deux côtes en m'envoyant ce coup de pied. La douleur à l'épaule était toujours là, ainsi qu'une légère nausée produite par cette menace de laminage de crâne. Mais rien de tout ça n'était vraiment important. Pas même le fait que je venais de tuer un homme. Je suppose qu'il y a des gens qui verront la situation d'un autre œil, mais pour moi, dézinguer ce type d'un coup de revolver avait été aussi facile que nécessaire. Je sentais encore mes mains trembler, le bruit assourdissant dans mes oreilles, et j'avais l'image de ce corps tombant comme un sac de sable. "Fin de partie, Frank. Mieux vaut que ce soit toi plutôt que moi." Mais rien de tout ça n'était très important non plus.

Ce qui importait, ce qui importait vraiment, c'était d'arriver à temps.

La tempête était à son apogée. Si, comme le prétendent certaines mythologies, c'était un acte d'amour entre les dieux du ciel et les dieux de la terre, alors ils atteignaient le troisième acte d'une partie de jambes en l'air historique. L'illustre mère de la guerre, un cumulonimbus titanesque de plusieurs miles de haut, était posée sur la côte. Les éclairs se faufilaient entre ses failles, tels de grands fouets qui venaient frapper l'océan et les falaises. La mer se soulevait, meurtrie, lançant ses troupes vers le ciel, comme des griffes d'écume qui auraient voulu chasser une armée de guêpes.

Traversant cet incroyable spectacle, le Land Rover de Leo Kogan, ou Leo Blanchard, a atteint la Dent de Bill, a bondi comme un cheval emballé, avant de retomber de tout son poids sur la route. À cette vitesse, et avec les trois tonnes du modèle Discovery, j'aurais provoqué la mort de tout ce qui aurait tenté de croiser mon chemin. Un être humain aurait été pulvérisé comme une poupée de porcelaine. Un véhicule, réduit à une crêpe, en cas de choc frontal contre ce monstre effréné. Mais je n'y pensais pas. Je maintenais le volant droit, de mes deux mains, le pied à fond sur l'accélérateur. Et je me disais que j'aurais infiniment aimé que tout ça fasse partie d'une longue hallucination, et qu'en arrivant à la maison, tout soit paisible. Que ce soit un autre de ces foutus tours de magie. Que je sois fou à lier.

"Il s'est échappé de l'hôpital, il a volé la voiture de son voisin et l'a emboutie contre la porte. Heureusement, ses enfants étaient à l'abri. Quant à lui, eh bien, il paraît qu'il vit dans un très joli endroit, entouré de jardins et d'infirmières."

Et justement, en parlant de ma pauvre tête, c'est quand j'étais là-haut, sur le plateau de la Dent de Bill, que tout a recommencé.

Je l'ai d'abord attribué aux séquelles des coups du gros sur ma tête. Mais non. Je la reconnaissais parfaitement : ma vieille amie la piqûre de douleur, la pulsation logée au centre de mon crâne. Clap-clap-clap-clap-clap-clap. Ça montait.

Clap-clap-clap-clap-clap-clap. Et cette fois – la dernière de toutes –, elle allait battre des records.

J'ai été tenté de fermer les yeux et de lâcher le volant pour poser les mains sur mes tempes. Hurler de douleur. La pulsation ne se contentait plus d'être une épine au milieu de mon cerveau, une aiguille perdue dans mon cortex. Elle étendait son emprise comme jamais auparavant. Elle s'ouvrait comme une fleur, comme la gueule d'un requin qui aurait émergé à l'intérieur de ma tête.

Et m'aurait mordu.

À cet instant, bien que je ne puisse en avoir aucune certitude, j'ai senti à nouveau ce flot de lumière tombant des falaises de vapeur dressées au-dessus de moi. Je crois que c'était un éclair – ça ne pouvait être autre chose. Tout est devenu blanc, tandis que la douleur atteignait son zénith, comme si un médecin malveillant avait décidé de pousser au maximum le courant électrique et de le maintenir ainsi, pour voir combien de temps ma tête pourrait tenir avant d'éclater comme une pastèque.

Je serrais les dents avec une telle force que j'ai bien cru qu'elles allaient se briser, comme du cristal, mais j'agrippais toujours le volant, en maintenant à grand-peine les yeux ouverts, et c'est alors que j'ai vu ce que j'ai vu.

Comme un film. Ça a mis une seconde à défiler dans mon esprit.

Judie et les enfants s'étaient amusés un peu. Ils avaient déjà préparé leurs sacs, avec les pyjamas, les serviettes et les brosses à dents, mais ils étaient à présent dans le salon et Beatrice voulait jouer un petit air au piano pour Judie. Ils étaient contents d'être ensemble. Même s'ils se faisaient du souci pour papa, la présence de Judie était une grande consolation. Elle était gentille, jolie et intelligente. Ils voulaient qu'elle soit la nouvelle petite amie de papa. Pour eux, elle serait une sorte de grande sœur. Et une grande sœur comme elle, c'était carrément la classe !

Ils devaient y aller, Judie le répétait gentiment tandis que Beatrice s'amusait avec les touches du piano de papa, quand soudain ils ont entendu un bruit et vu des lumières inonder le salon. Judie s'est penchée à la fenêtre et Beatrice a couru à la porte d'entrée, prête à l'ouvrir, pensant que c'était peut-être papa.

Mais Jip, qui avait déjà son sac à dos à l'épaule, a crié :

— N'ouvre pas la porte ! Il faut qu'on se cache !

Au même instant, Judie a découvert le pick-up en train de se garer, et distingué sa forme, sa couleur, ses jantes chromées. Un frisson lui a parcouru l'échine.

— On s'en va ! a-t-elle crié. Par la porte de derrière. Vite !

Les enfants se sont précipités dans la cuisine, mais, au moment d'ouvrir la porte, Judie a ralenti. Son visage a pâli. Pourquoi ?

J'ai entendu un rugissement au-dessus de ma tête, qui a fait trembler la terre. Un coup de tonnerre.

J'ai repris conscience. J'étais dans le Discovery de Leo. La nuit défilait derrière le pare-brise moucheté de gouttes de pluie, j'ai vu les phares pointés sur la plage et je me suis rendu compte que je voyageais assis sur un boulet de canon. La voiture était hors de contrôle, à deux doigts de la sortie de route.

J'ai appuyé à fond sur le frein, imprimant une pression douloureuse dans ma jambe droite, mais la voiture dérapait déjà sur le gravier, et ce coup de frein n'a fait qu'aggraver les choses. J'avais de la chance d'être à bord d'un Discovery et non de ma vieille Volvo, qui aurait sûrement quitté la route en enchaînant les tonneaux. Le 4×4 de Leo s'est relativement bien comporté. Il a pris la pente de front et est tombé sur ses roues avant, m'envoyant embrasser violemment le volant, ce qui a failli me coûter deux dents. Puis il a continué sa chute en glissant sur le sable en direction de la plage, et j'ai tenté de reprendre le contrôle. Je pensais pouvoir tracer un virage et filer sur la plage parallèlement à la côte, mais mes nerfs en vrac m'ont fait braquer le volant trop vite, et j'ai vu un côté de la voiture s'élever dans les airs. Pendant quelques secondes, elle a conservé un équilibre parfait, puis elle est retombée d'un coup. L'impact fut sec, mais j'ai eu le temps de m'y préparer. Ma tête a heurté la vitre de la portière, la poignée s'est enfoncée dans mes côtes, et c'est tout. La voiture a dérapé lentement sur le sable puis s'est immobilisée, sous la pluie.

J'ai dû m'endormir. Ou peut-être ai-je perdu connaissance un instant. Quand je me suis réveillé, une forte odeur d'essence se propageait autour de moi. J'ai eu peur. J'ai pensé que la voiture allait exploser (les voitures explosent dans les films, non ?) ou au moins prendre feu.

Je me suis tourné pour me mettre à genoux, et me suis hissé, en prenant appui sur le frein à main, vers la porte du passager, qui était maintenant comme une trappe au plafond de cette prison. Je l'ai ouverte sans difficulté et, les pieds fermement calés sur la boîte de vitesses, j'ai glissé la tête, puis le dos, jusqu'à parvenir à sortir la moitié de mon corps. Et là, je me suis souvenu du pistolet. Alors je me suis laissé tomber et l'ai cherché dans l'obscurité. Il devait être coincé dans la portière de gauche, ou sous un siège, mais j'étais incapable de voir quoi que ce soit. “Il faut que je le trouve. Il faut que je le trouve.”

Impossible cependant de mettre la main dessus, et avec le moteur qui dégageait une sorte de gaz, j'ai craint que cette foutue voiture n'explose. J'ai repris mon ascension pour m'extirper de là.

J'ai sauté sur le sable et réalisé par la même occasion qu'il n'y avait plus beaucoup de parties de mon corps qui ne fussent une souffrance. Tout se répétait d'une façon étrange. Je me retrouvais de nouveau sous ce ravin, après une chute. Tous les événements que j'avais vus dans ces prémonitions s'étaient mélangés, avaient muté à la suite de mon intervention, produisant une nouvelle créature.

Je me suis mis à courir vers la maison.

Il m'a fallu cinq minutes pour me traîner le long de la plage jusqu'à la maison. Les phares du pick-up illuminaient la façade principale. Je me suis collé à la dune, exactement comme dans l'autre hallucination, mais cette fois-ci je n'ai perçu aucune conversation venant de l'extérieur. Au lieu de cela, j'ai vu des lumières dans le salon, éclairant la terrasse, sans pour autant pouvoir distinguer quiconque depuis mon poste d'observation. J'ai franchi l'escalier en bois pour monter par le côté opposé, foulant le sable plutôt que les marches grinçantes.

Une fois en haut, caché derrière l'un des grands pots de fleurs de la terrasse, j'ai pu en voir un peu plus.

Judie était assise sur le canapé, mains attachées, une traînée de sang coulant le long d'une tempe. Manon se tenait en face d'elle. Elle semblait s'être lassée de la frapper. Judie avait le visage baissé, une arcade à moitié fendue, elle restait silencieuse, sans pleurer ni supplier.

Manon parlait dans le talkie-walkie, ou essayait plutôt ? Elle l'a éloigné de son visage et l'a regardé comme s'il ne fonctionnait pas. Elle tentait sûrement de contacter Frank, et ne pas y parvenir la rendait nerveuse. Elle a crié quelque chose à Judie, qui a fait non de la tête. Comme seule réponse, Manon a abattu la main qui tenait le talkie-walkie sur son visage, envoyant Judie valdinguer sur le canapé.

J'avais envie de me lever et de me jeter sur la fenêtre pour tuer cette ordure. Puis je me suis rappelé :

"Dans la remise, Peter : il y a une jolie hache."

Dans le salon, aucune trace du gros. Ni de mes enfants ni de Marie. J'ai repris mon avancée dans le sable tel un lézard, et rampé en longeant la terrasse jusqu'à me trouver hors de l'angle de vue du salon. Je ne cessais de me demander où pouvaient bien être Jip et Beatrice, et ne pas avoir vu le Gros Tom non plus alourdissait cette question d'une terreur particulière.

Je suis arrivé à la remise par l'arrière du jardin et j'ai observé la maison depuis ma nouvelle planque. Il y avait une lampe allumée dans la chambre des enfants. Étaient-ils là ? Avec Tom ? Le gros était-il en train de prendre du bon temps avec ma fille ? Mon cerveau refusait d'envisager une idée aussi insoutenable.

Je suis entré dans la remise et me suis emparé de la hache, d'une taille trop modeste pour couper du bois mais pas pour fendre en deux une tête adulte. Avec la hache dans les mains, je suis retourné dans le jardin et me suis dirigé vers la porte de la cuisine, mais à cet instant, j'ai aperçu une ombre se déplaçant rapidement à mes côtés, comme une araignée qui aurait couru sur le mur d'angle de la maison.

Au milieu des ombres et de la pluie, je n'ai distingué qu'une chose : le couteau du Gros Tom, un éclat argenté tombant de haut en bas en direction de mon cou. J'ai levé le bras instinctivement et sa main s'est heurtée au manche de la hache. Et alors j'ai vu son visage. Un large sourire plein de dents, des yeux vides – comme un monstre.

Sa force a eu raison de ma hache, et j'ai fini par lâcher prise. Son couteau s'est retrouvé libre de nouveau et je me suis jeté en arrière en agitant la hache en l'air. Le Gros Tom aurait pu crier pour alerter Manon, mais il n'en a rien fait. Il se contentait de sourire en silence et de remuer son couteau, en dessinant des formes dans le vide.

— Tu veux te battre ? a-t-il dit doucement, en se déplaçant sur ma droite.

Je me calais sur ses mouvements. Comme la Lune et la Terre. Comme deux planètes en orbite parfaite. Je dansais au son de ses pas. Il m'est revenu à l'esprit un vieux conseil sur les bagarres au couteau que j'avais un jour entendu, ou lu, ou vu à la télévision : "Dans une bagarre au couteau, règle numéro un : ne jamais essayer d'attraper la main qui tient l'arme. Règle numéro deux : attaquer à contrecoup. Règle numéro trois : tu ne feras pas long feu si tu te contentes d'être en défense."

Le couteau de Tom était comme une couleuvre qui menait une valse hypnotique devant mes yeux. Le gros était plus rapide que ce que j'aurais pensé. Il zigzaguait à petits pas rapides, et je m'efforçais de suivre le rythme.

— Tu n'y arriveras pas. Tu n'as aucune chance, a-t-il dit. Laisse-toi faire. Ça ira vite.

— C'est ce qu'ont dit Frank et Randy, ai-je répondu. Et ils sont morts maintenant.

Je pensais que cette phrase le refroidirait un peu, mais elle n'a pas semblé avoir le moindre effet. Son sourire est resté imperturbable.

— Tu mens, a-t-il dit tout en faisant des petits pas sur la droite.

J'ai compris son projet : me coincer contre le mur.

Je me suis écarté d'un bond, et il a tenté de me porter un coup de haut en bas, qui est passé à quelques centimètres de mon torse.

Je me suis encore éloigné et j'ai brandi ma hache à hauteur de sa tête.

Cette histoire d'attaquer à contrecoup, c'était facile à dire, mais en pleine nuit, sous une tempête de tous les diables et avec un corps roué de coups, je sentais que tôt ou tard ce dard allait se planter dans mon foie, dans mon rein ou dans un poumon. Et Tom ne cessait de sourire.

— Ne résiste pas, mec. Tu sais ce qui va se passer. Tu sais que tu ne peux rien contre moi. C'est quoi ton métier ? T'es avocat ? Ingénieur ? Tu ne sais pas te battre. T'as des mains de pucelle.

Il a sauté d'une foulée dans ma direction, je me suis jeté en arrière. Tom a envoyé deux coups de couteau dans l'air, et j'ai abaissé ma hache si maladroitement que j'ai failli me la planter dans le genou. Il en a profité pour lancer un nouvel assaut et cette fois il a été à deux doigts de mettre dans le mille. La pointe du couteau m'a griffé la pommette droite, j'ai senti la chaleur du filet de sang sur ma joue.

Nous nous étions écartés de la maison et avions atteint le recoin du jardin le plus éloigné de la plage. Je voyais bien que le gros était en train de me pousser contre un autre mur, formé par la colline. Chaque fois que j'essayais de dévier de cette trajectoire, il se jetait sur moi couteau en avant et m'obligeait à rebrousser chemin. Une fois qu'il m'aurait amené là, acculé, ce serait un jeu d'enfant de me planter sa lame. Je n'aurais plus assez d'espace pour l'éviter.

Alors que je continuais à reculer, mon pied a heurté quelque chose. La plaque en béton de la fosse septique. Toujours pas recouverte. J'avais noté mentalement d'y remédier en deux occasions : quand elle avait brisé la lame de la tondeuse et quand elle avait fait tomber Jip. Maintenant, je me réjouissais de l'avoir systématiquement oublié. D'un coup, ça m'a paru évident : le pauvre type aux "mains de pucelle" tenait sa chance.

Comme un chat se faufilant en haut d'un mur, j'ai placé un pied derrière l'autre jusqu'à me trouver plus ou moins au milieu de la plaque. Tom était concentré sur mes bras et n'avait pas remarqué l'ombre noire qui s'ouvrait sous ses pieds. J'ai levé ma hache encore davantage pour m'assurer que ses yeux restent bien en haut et me suis légèrement décalé sur la droite, l'obligeant à se déplacer pour me faire face et l'empêchant de sortir de sa propre embuscade. À cet instant, son pied gauche a marché dans le vide. Un trou de vingt centimètres seulement, mais c'était suffisant. La sensation l'a déconcerté. Il a jeté un regard par terre, effrayé, s'imaginant tomber dans un piège plus grand, et j'en ai profité pour m'approcher et abattre la hache sur sa tête. Il était un peu plus petit que moi, le coup fut quasi parfait. J'ai entendu un craquement sec, suivi par un gémissement étrange, saisi de surprise. Il s'est effondré comme un pantin désarticulé, j'ai lâché le manche et laissé mon arme tomber à terre. Le Gros Tom appartenait désormais au passé et j'avais gagné un combat que je n'aurais jamais dû gagner.

Soudain, tout se retrouvait plongé dans un étrange silence. Il pleuvait toujours et le vent venant de la mer secouait la maison. Les éclairs naissaient et mouraient là-haut, entre les nuages, ou venaient fouetter un point sur la terre ferme. Mais pour une raison quelconque, j'ai eu l'impression que le monde avait sombré dans le silence. Chacun de mes pas devait résonner à des miles d'ici.

Je m'apprêtais à ouvrir la porte de la cuisine quand j'ai pris conscience de mes mains : dire qu'elles tremblaient serait un euphémisme. Elles trépidaient. J'étais pratiquement incapable de les poser sur la poignée. Et mes jambes étaient dans le même état. Cette nuit j'avais tué deux hommes, et le dernier, à coups de hache dans le crâne. Je suppose que je ne m'en sortais pas trop mal.

J'ai ouvert la porte de la cuisine avec prudence, la peur au ventre, au souvenir de la dernière vision que j'avais eue ici même. Mais la cuisine était vide. Nul enfant assis sur les chaises, mains attachées par du ruban adhésif, sauvagement exécuté. Ma frayeur a un peu faibli. "Grâce à Dieu", ai-je murmuré.

Je me suis approché d'un tiroir, l'ai ouvert. J'ai dû tenir mon poignet droit avec la main gauche pour extraire un couteau sans faire de bruit. Pas trop grand mais maniable, avec une pointe affûtée. Celui que j'avais utilisé des jours plus tôt pour couper les tomates, en embrassant Judie. Je l'ai serré entre mes doigts. Cette nuit, j'avais tué avec un pistolet, avec une hache… pourquoi pas tenter le coup avec un couteau ?

— Tom ? a crié Manon dans le salon. C'est toi ?

La cuisine et le couloir étaient dans le noir. Je me suis adossé au frigo et j'ai attendu. Si Manon se montrait, je l'attraperais par le cou et lui planterais le couteau dans les reins.

— Tom… ? a répété la voix, puis elle a soupiré, en riant presque. Ahhh… je vois, ce n'est pas Tom.

Puis j'ai entendu deux terribles détonations et la porte du frigo a explosé, à côté de ma joue. Je suis tombé le cul par terre, et j'ai rampé dans un angle, le plus loin possible de la porte. C'était la fin, Manon allait surgir dans l'encadrement et m'exécuter à terre, comme un rat.

Mais ça ne s'est pas passé comme ça.

— Qui es-tu ? Blanchard ? Le voisin ? Mon Dieu, Frank et Randy, quel duo de crétins.

— La police est en route ! ai-je crié. T'es foutue !

En réponse, Manon a de nouveau tiré une balle qui s'est fichée dans la porte avant d'aller briser une des fenêtres.

— J'ai la femme avec moi, a-t-elle dit. Et on va partir ensemble, tout de suite. Si vous pointez le museau, je l'exécute.

Pour je ne sais quelle raison elle n'a pas osé venir dans la cuisine. Étant donné qu'elle avait utilisé le pluriel, elle devait penser avoir affaire à Leo et moi. Logiquement, elle devait aussi imaginer que nous avions les armes de Randy et Frank.

J'ai entendu un cri (de Judie) et la voix de Manon lui ordonnant de bouger. Il y a eu des pas sur le sol et j'ai reconnu le bruit de la fenêtre du salon qu'on faisait coulisser. Elles passaient par la terrasse. Je me rappelle qu'à cet instant, j'ai pensé sortir par la porte de derrière et la coincer quand elle ferait monter Judie dans son pick-up, mais un cri a retenti, suivi d'un autre, puis quelqu'un a vociféré une insulte. Je me suis levé, j'ai traversé le couloir en courant jusqu'au salon. Là, dans l'encadrement de la baie vitrée, il y avait trois femmes en pleine bagarre. Manon et Judie, auxquelles s'était ajoutée Marie, surgie du néant.

Je n'ai pas compris sur l'instant, mais j'ai su ensuite que Marie avait vu arriver la voiture de Tom et Manon juste quand elle atteignait elle-même la maison, après avoir couru comme une dératée sur la plage. Elle s'était cachée dans l'obscurité du jardin et m'avait vu ramper, mais, épuisée et terrorisée, elle n'avait pas bougé. Ayant entendu les coups de feu, elle s'était de nouveau approchée de la maison, et s'était heurtée à Manon, qui sortait, de dos, avec Judie. Elle en avait profité pour l'attraper par le cou et tenter de libérer Judie, et c'est à cet instant que j'avais débarqué dans le salon.

Les choses, telles que je les ai vues (et telles qu'elles ont été enregistrées ensuite dans la déclaration que j'ai faite à la police), se présentaient de la manière suivante : surprise par Marie, Manon avait lâché Judie, et Marie s'était jetée sur la main qui tenait l'arme. Le pistolet pointait le toit de la maison et elle luttait pour le maintenir dans cette position, mais Manon avait réussi à se libérer un poignet et avait frappé Marie à l'estomac. Judie, tombée à genoux, s'était retournée sur Manon, la ceinturant de ses bras et tentant de retenir les coups portés à Marie, mais Manon s'était débarrassée de Judie d'un puissant coup de pied et était parvenue à baisser son arme et à ouvrir le feu.

J'avais traversé le salon et me jetais déjà sur les trois femmes quand j'ai vu l'éclat au niveau de la poitrine de Marie, et tout le corps de cette merveilleuse femme trembler sous l'impact de la balle. Son pyjama couleur pourpre s'est assombri, elle est restée debout quelques secondes, puis s'est effondrée sur l'herbe.

J'ai crié :

— Mariiie !

J'ai piqué droit sur Manon tel un bombardier, je l'ai poussée de toutes mes forces et j'ai senti son corps se raccrocher à l'encadrement de la baie vitrée. Elle a réussi à conserver son pistolet dans cette position, et à tirer une balle qui s'est perdue dans la nuit noire. Je lui ai rapidement attrapé les mains et j'ai senti toute la force que dégageait ce corps. C'était comme essayer d'écraser un cobra avec un balai. J'ai réussi à immobiliser le poignet qui tenait l'arme, mais elle a secoué l'autre tandis que j'essayais de le coincer entre mes doigts et, finalement, en moins d'une seconde, sa paume ouverte s'est abattue sur mon cou. Un coup sec sur la trachée qui m'a asphyxié sur-le-champ. Pendant que je portais instinctivement la main à mon cou, elle en a profité pour me frapper sous le biceps, provoquant une autre vague de douleur intense qui m'a démonté le bras droit, puis elle a immédiatement enchaîné avec un coup sur le flanc qui m'a envoyé valser.

Avant que je m'en rende compte, cette vipère m'avait anéanti. En quelques coups de genou, elle s'est libérée de mes jambes, et a fini à califourchon sur mon ventre.

Nous nous sommes regardés droit dans les yeux. Un filet de sang coulait sur son front. Elle avait les cheveux emmêlés. Des yeux noirs incandescents.

— Maintenant fais ta prière, connard.

À travers mes paupières enflées, mi-closes, j'ai vu le canon de son pistolet. J'ai étiré le cou en vain, sachant que la détonation allait retentir et que tout s'achèverait exactement comme dans mes rêves. Peter Harper, l'œil traversé par une balle, la cervelle répandue sur le sol de sa jolie maison irlandaise en bord de mer. Le journal que papa lirait demain serait approximativement le même que celui que j'avais vu. Des corps recouverts de draps. De grosses larves blanches. Et mon père se remettrait à boire, à fumer, à faire toutes les choses qui mettaient ma mère hors d'elle. Il n'y survivrait pas longtemps. Peut-être qu'un jour il trouverait le courage de se jeter sous un train.

Tout s'était accompli. Toutes les cartes sans exception étaient retournées. Une nuit de tempête. Marie courant sur la plage. La clôture cassée. Les quatre assassins et leur pick-up. Le couteau du Gros Tom. L'accident sur la colline. La remise. La hache. L'histoire de ma propre mort, survenue de trois manières différentes : une improbable catastrophe naturelle, un coup de couteau et une balle dans la tête.

— Bouge plus, sale garce, a dit une voix à cet instant.

C'était Judie. Elle s'était relevée et serrait le tisonnier de la cheminée entre ses deux mains. Elle venait d'achever son *backswing*, le tisonnier était en haut et sur le point de tomber sur la balle – en l'occurrence le visage de Manon. Manon l'a vue elle aussi, et est restée bouche bée. Elle a tenté de lever sa main et de la pointer sur Judie, mais Judie a été plus rapide. Le tisonnier s'est abattu de toutes ses forces sur le visage de la vipère et l'a pulvérisé. Je ne saurais dire ce qui s'est brisé et ce qui est resté en place, car la tête de Manon s'est remplie de sang et a rebondi sur le sol comme un sac de poissons morts.

Quand je me suis relevé et que j'ai enlacé Judie, tout son corps tremblait, et elle ne quittait pas Manon des yeux.

— Je l'ai tuée ? a-t-elle demandé en sanglotant.

— J'espère bien que oui.

Marie gisait par terre, la bouche et les yeux ouverts.

Judie a couru appeler une ambulance, alors qu'au loin, très loin, dans le rugissement du vent, on entendait déjà des sirènes.

10

Après deux jours de voyage en Anatolie centrale, dès qu'elle avait eu à nouveau du réseau, Clem avait reçu deux messages simultanés. Dans le premier, Joost Ligtvoet, attaché de l'ambassade néerlandaise en Irlande, lui demandait de se mettre rapidement en contact avec lui – c'était le message envoyé la veille des faits, quand j'avais perdu la raison chez moi et m'étais retrouvé à l'hôpital. Le second appel était de moi. Il disait : "Il faut que tu viennes à Donegal dès que possible. Il s'est passé quelque chose de terrible."

Après un vol Istanbul-Londres-Derry, quasiment sans prendre le temps de respirer, ils étaient arrivés à l'hôpital de Dungloe le lendemain, vers 16 heures. Malgré mes messages (un à chaque correspondance) et les paroles rassurantes du membre de l'ambassade qui était allé l'accueillir à l'aéroport, Clem est arrivée blanche comme un linge.

Patrick Harper était arrivé aussi quelques heures plus tôt. Il avait pris le taxi le plus cher de sa vie à Dublin (finalement, un événement était parvenu à le sortir de sa maison de Liberty Street) et avait débarqué à Dungloe le matin même. Des dizaines de journalistes, de policiers et de curieux s'agglutinaient déjà dans les couloirs et à l'extérieur du bâtiment, et mon père, l'estomac noué, a serré la mâchoire, persuadé de devoir affronter le pire. Puis, une fois qu'il a eu vérifié que son fils et ses petits-enfants étaient sains et saufs, il a pris le contrôle de la situation, comme s'il retrouvait son rôle de chef de gare. Il s'est occupé des enfants, a parlé avec la Garda, avec les journalistes, a tenu fermement tout ce monde loin de nos chambres, et quand

Clem est arrivée, il a été le premier à tout lui expliquer : "Il y a eu un échange de tirs, des hommes ont attaqué la maison de Peter, mais les enfants se sont cachés sur la plage, ils sont restés là, entre les rochers, jusqu'à ce qu'on vienne les chercher au petit matin. Ils ont pris froid et ils ont quelques égratignures, mais ils vont bien."

Clem s'est précipitée sur eux. Elle les a serrés dans ses bras pendant cinq longues minutes, vérifiant chaque centimètre de leur peau, de leurs cheveux, et les a couverts de baisers. Alors, et seulement alors, elle a ouvert les yeux et s'est rendu compte qu'elle était en Irlande.

"C'est Jip qui a donné l'alerte, il a dit qu'on devait courir, et Judie a tout compris tout de suite. Elle nous a dit de sortir par la porte de derrière, racontait Beatrice à sa mère, entre deux sanglots, sous le regard stupéfait de Niels et de mon père. Mais là, elle nous a dit qu'elle nous rejoindrait dans une minute. Jip et moi, on a descendu la dune. Jip me tirait comme un fou. Il disait qu'on devait aller dans les rochers, pour nous cacher dans les petites grottes. On y est restés un long moment, et puis on a entendu des tirs. Je me suis mise à pleurer, je pensais qu'ils avaient tué Judie, mais Jip ne m'a pas laissée partir. Plus tard, on a vu quelqu'un qui venait nous chercher. C'était papa."

Clem et Niels sont apparus à la porte de ma chambre vers midi. Ils avaient des visages bronzés mais l'air de ne pas avoir dormi depuis longtemps. D'une certaine façon, j'étais content de les voir. Cela m'a fait plaisir que Niels n'ait pas l'idée stupide de rester à l'extérieur de la chambre ou quelque chose dans le genre. Il est entré, m'a serré la main et m'a demandé comment je me sentais. Je lui ai répondu que ça allait. La dernière fois que je l'avais vu, je venais de lui fendre la lèvre d'un coup de poing, à présent c'était moi qui me retrouvais avec deux côtes cassées et la bouche explosée. L'ironie était tellement sinistre qu'elle nous a fait rire tous les trois.

"Mais qu'est-ce qui s'est passé ? La police ne nous a pas dit grand-chose. Seulement qu'il y avait eu une fusillade dans la propriété de ton voisin, une bande de voleurs. Aux informations, un présentateur a annoncé qu'il y avait eu des tirs, que tes voisins ont été blessés…"

Tout le monde voulait connaître l'histoire, mais l'histoire était difficile à raconter, et puis j'avais d'autres soucis en tête.

Quelqu'un avait-il des nouvelles de Leo et Marie ? La dernière chose dont je me souvenais, pendant ces brefs instants, en attendant l'arrivée de la police et des ambulances, c'est que Judie tentait de contenir la blessure de Marie tandis que j'allais chercher mes enfants sur la plage. Puis j'étais revenu avec eux et j'avais vu qu'on les introduisait toutes les deux dans une ambulance. Marie avait une sale mine, le visage blanc comme un linge, couvert d'un sac en plastique qui l'aidait à respirer. Avant qu'on puisse échanger un mot, l'ambulance avait quitté les lieux à toute allure. En haut de la Dent de Bill, d'autres sirènes hurlaient en direction de la maison de Leo. Je l'avais laissé à terre dans son salon, avec deux balles dans le corps, et maintenant personne n'était capable de me dire s'il était mort ou vivant.

Papa est allé poser quelques questions et est revenu dans ma chambre m'informer que mes voisins n'étaient pas à l'hôpital de Dungloe. “Ils ont été emmenés ailleurs, je ne sais pas où ni pourquoi.”

Encore des questions sans réponse.

“On m'a dit que tu étais à l'hôpital hier, que tu avais eu une crise de nerfs et que tu étais parti sans prévenir personne. C'est vrai ?”

Cette partie de l'histoire intéressait aussi beaucoup les inspecteurs de la Garda qui s'étaient pointés ici très tôt le matin. “Racontez-nous exactement comment vous vous êtes retrouvé au village si vous étiez censé passer la nuit à l'hôpital.”

Je m'en suis tenu à la stricte vérité. Je leur ai dit que j'étais parti parce que j'avais eu un mauvais pressentiment concernant ma famille. Je leur ai expliqué tout mon trajet de l'hôpital de Dungloe à Clenhburran, y compris le jeune gars et la vieille dame qui m'avaient pris en voiture, et qui venaient de rendre visite à quelqu'un qui avait une tumeur aux ovaires – ils ont vérifié l'histoire en contactant le bureau d'accueil de l'hôpital –, mon passage chez Andy's, puis à la pension de Judie, où j'avais emprunté un vélo. Rien que des faits absolument vérifiables, y compris l'accident sur la route et ma rencontre avec les criminels qui m'avaient pris en voiture et qui, dès les premiers instants, avaient confirmé mon pressentiment, mais grâce à Dieu j'avais eu le temps d'avertir Leo et Marie. Les *gardas* ont tout noté, sans cesser d'échanger des regards soupçonneux. "Parlez-nous encore de votre pressentiment. Quand dites-vous l'avoir eu ?"

Je les ai vus dans le couloir, parler avec le Dr Ryan et John Levey, le psychiatre de l'hôpital. Tous les deux remuaient la tête en signe d'impuissance, abasourdis, et je pouvais imaginer leurs pensées : il n'y avait aucune raison de m'accuser, mais mon histoire était difficile à avaler.

Ce qui explique probablement que deux flics ont surveillé la porte de ma chambre toute la journée, jusque tard le soir. J'avais alors enfin retrouvé Judie et nous étions ensemble dans la chambre, avec papa et Niels. Clem était allée faire un tour avec les enfants après qu'ils eurent achevé leur déclaration, et Clem, papa et Niels s'étaient confondus en remerciements auprès de Judie, pour sa réaction courageuse : être restée dans la maison pour faire face aux criminels, ce qui lui avait valu de sacrées ecchymoses et une entaille à l'arcade. Néanmoins tout le monde continuait à se poser la même question : "Comment avez-vous su qu'ils venaient vous faire du mal ? Comment avez-vous pu anticiper leurs intentions ?"

— Je n'ai pas aimé leur allure, a répondu Judie tout en me serrant la main. Et puis on avait entendu beaucoup d'histoires ces derniers temps. Des boutiques cambriolées. Une maison, près de Fortown, dévalisée pendant le sommeil de ses propriétaires. Ce genre de choses. J'ai juste vu une camionnette et quelque chose m'a mise sur mes gardes.

— Eh bien, que Dieu bénisse votre instinct, mademoiselle Gallagher, a conclu papa.

Les *gardas* ont paru gober beaucoup plus facilement cette histoire, le visage angélique de Judie – orné de quelques travaux de chirurgie – leur inspirait peut-être davantage confiance.

J'ai su ensuite que les Drs Ryan, Levey et Kauffman avaient émis un avis conjoint sur mes présumées "visions anticipatrices". Ils les qualifiaient d'"heureuse chance" qui avait aidé à prévenir une agression. “Un phénomène totalement déconnecté de la réalité, bien entendu.” Dans cet avis, il était aussi fait mention de ma visite au commissariat de Dungloe, et de l’entretien avec l’agent Ciara Douglas, qui confirmait mon témoignage : “Il était sincèrement inquiet pour la sécurité de sa maison. Il m’a paru légèrement paranoïaque. Peut-être que cela lui a sauvé la vie en fin de compte.”

— Ce sont des cas isolés, avait déclaré un voisin aux informations de la RTE le jour même. Mais avant, ça n’arrivait jamais, à ce qu’on dit. Il y en a qui parlent d’une bande d’Europe de l’Est. En tout cas, ce n’est pas juste un bobard inventé par les vendeurs d’alarmes. C’est vrai, et nos petites communautés isolées doivent être protégées, ou se défendre de la même manière que Mr Harper, qui a fait le boulot lui-même. Si vous voulez mon avis, moi, je me réjouis : aujourd’hui il y a quatre salauds de moins dans le monde.

Au cours de la soirée, d’autres inspecteurs, d’un genre différent, sont arrivés et nous ont expliqué que Leo et Marie avaient été transférés à l’hôpital de Derry. Ils étaient vivants, mais Marie avait dû subir une intervention de toute urgence.

— Sa vie est en danger ?

— Impossible de se prononcer avant demain. Maintenant, j’aimerais revoir quelques détails de la déclaration de Leo, si vous n’y voyez pas d’inconvénient…

Il y avait quatre macchabées, quatre morts à expliquer. Ils ne nous ont pas lâchés avant minuit.

Le lendemain, la situation a paru changer. La police avait disparu. On nous a dit qu’il y avait eu des “informations de dernière minute”.

On nous a aussi informés que Marie était hors de danger. “Son état reste très instable mais il progresse favorablement.”

Nous pouvions rentrer chez nous, mais nous ne devions pas quitter le pays dans les jours suivants. Il y aurait encore des questions et un rendez-vous au tribunal.

Clem et Niels sont restés un jour de plus, jusqu’à ce que Judie et moi ayons reçu l’autorisation de sortie. Puis j’ai insisté pour qu'ils retournent à Amsterdam, avec les enfants, sans plus attendre. Plus tôt ils s'éloigneraient de cet endroit, de cette maison, plus vite ils oublieraient tout ça. Je leur ai promis que je reviendrais bientôt.

— Promis, papa ?

— Promis, ma puce. Dès que tout ce bazar sera résolu, je vous rejoindrai à Amsterdam.

Me séparer d'eux ce jour-là, alors que le taxi les attendait devant la pension de Judie, a été très difficile. La moitié du village était présent. Les amis que s'étaient faits Beatrice et Jip durant ce court mais intense été à Donegal sont venus leur dire au revoir et leur apporter des fleurs et des cadeaux. Il y avait aussi Laura O'Rourke, ainsi que Mrs Douglas et la moitié des habitués du Fagan's. Tous bienveillants, posant peu de questions. Il y avait désormais une histoire officielle : "Des agresseurs avaient trouvé la mort dans une tentative violente de cambriolage à Donegal", et ni Judie ni moi n'allions la contester.

On entendait dire que les vendeurs d'alarmes antivol et de stages d'autodéfense s'en mettaient plein les poches depuis la nouvelle. Mr Durran s'était lancé dans la vente de capteurs de mouvements pour jardins et de fausses alarmes. La fille de chez Andy's était passée à la télé et avait dit, entre deux rires nerveux, que les quatre criminels lui avaient fait une sale impression. Qu'ils avaient pris quatre expressos et que l'un d'eux avait oublié son paquet de tabac sur la table. Et qu'à son avis ils étaient d'origine caucasienne, mais elle n'en était pas vraiment sûre… Sa déclaration aura au moins servi à lever quelques doutes à mon sujet. Elle avait confirmé qu'elle m'avait vu entrer dans la station-service ce jour-là, que je lui avais posé des questions sur ces individus avant de partir assez rapidement.

Dans une petite colonne parue dans l'édition de l'*Irish Times* datée du dimanche 21 juillet, un commissaire de la Garda faisait part de ses "sérieux" doutes quant à l'appartenance des agresseurs à une "bande de voleurs ordinaires", il expliquait qu'ils collaboraient avec Interpol sur cette affaire, et qu'ils obtiendraient très bientôt de nouvelles informations.

Ces dernières informations ne furent jamais publiées.

Papa est resté une semaine supplémentaire, installé à la pension, avec Judie et moi. Le vieux grincheux connaissait une sorte de renaissance. Du jour au lendemain il était devenu un autre homme. Il nous préparait le petit-déjeuner et interdisait à Judie de travailler dans la boutique. “Je me charge de tout, bon Dieu de bois, vous n’êtes pas en état de faire quoi que ce soit.” En fin de compte, peut-être que tout ce dont il avait besoin dans la vie, c’était d’une mission. J’étais vraiment heureux de le voir de nouveau de mauvaise humeur, même si au bout d’une semaine je l’ai convaincu de rentrer à Dublin. En lui assurant que j’irais très bientôt lui rendre visite.

Pendant tout ce temps, nous sommes restés sans nouvelles de Leo et Marie. J’avais passé un coup de fil à l’hôpital de Derry, pour apprendre qu’ils n’étaient plus là. “La femme s’est parfaitement rétablie et ils sont partis en ambulance en direction de Dublin, il y a deux jours.” Destination finale ? Inconnue.

Leurs téléphones portables étaient hors service. J’ai tenté auprès des inspecteurs de la Garda. Qui m’ont dit que Leo et Marie s’étaient rendus à Dublin pour faire une déclaration au tribunal, où ils avaient retrouvé des membres de l’ambassade des États-Unis. Apparemment, l’affaire était passée dans “d’autres mains”.

— Lesquelles ?

— Je l’ignore, monsieur Harper. Mais je peux vous dire deux choses : ces types qui vont ont attaqués ne sont pas des criminels ordinaires, comme le racontent les journaux. Rien à voir avec des cambrioleurs. Et vos amis non plus n’ont rien à voir avec M. Tout-le-Monde.

Un mois est passé. Le village a retrouvé un calme relatif. Je vivais toujours avec Judie, à la pension. Ma maison et celle de Leo étaient sous scellés pour l’enquête policière. Aucune nouvelle de Leo et Marie. Pas un appel. Rien.

Le 26 août, les scellés ont été levés dans les deux maisons. Imogen Fitzgerald a réglé les papiers pour que je puisse rompre le contrat de location sans pénalisations. Elle s'est en outre chargée de coordonner les experts de l'agence d'assurances et un service de nettoyage qui a remis la maison en état en quelques jours. Elle m'a aussi aidé avec l'agence de déménagements internationaux. Le 15 septembre, je rendrais les clés et ferais mes adieux à Clenhburran.

Judie restait muette à propos d'Amsterdam et je respectais son silence. Nous étions toujours meurtris. Fragiles. Souvent la nuit je me réveillais en criant. Le Gros Tom apparaissait au pied de mon lit, prêt à se venger. Ma hache, toujours plantée dans son crâne, lui avait sectionné le système nerveux et faisait trembler sa bouche et tournoyer ses yeux… C'était Judie à présent qui me tirait de mes cauchemars. Elle m'enlaçait, posait un tendre baiser sur ma joue et au bout d'une heure ou deux, je parvenais à me rendormir.

Le 8 septembre, je suis retourné sur les lieux pour la première fois depuis les événements. Judie a insisté pour m'accompagner, mais je préférais y aller seul. J'avais besoin d'y aller seul.

Je suis arrivé à Tremore Beach par une matinée pluvieuse et grise. La vision de la clôture, reconstruite et tenue par des cordes en attendant d'être fixée, a provoqué un léger frisson.

J'ai fait le tour de la maison et me suis dirigé à l'arrière du jardin, là où aurait dû se trouver le cadavre du Gros Tom si personne ne l'avait mis dans un sac en plastique et ne l'avait emporté loin d'ici. Le service de nettoyage d'Imogen avait donné un coup de peinture rouge argile à la plaque de la fosse septique, peut-être pour dissimuler une tache qui aurait refusé de partir. Je suis resté là, face à cette étrange pierre tombale, et n'ai prononcé aucune prière pour le salut de son âme. Immobile, je contemplais ce lieu et pensais à cette nuit. Le bruit du crâne se brisant en deux résonnait dans mes oreilles. “C'est toi qui l'as cherché, mon gars.”

Je suis entré dans la demeure endormie, qui m'a accueilli au son des gouttes de pluie tintant sur le toit. On avait changé le verre de la baie vitrée. Le tapis et les meubles avaient été retirés. Imogen estimait qu'elle allait mettre un siècle à la relouer, vu sa mauvaise réputation récente, en plus d'être chère et située dans un coin trop solitaire. Mais c'était une belle maison. Idéale pour un artiste en quête de refuge.

Il y avait des cartons du premier déménagement dans le grenier. Je suis allé les chercher et les ai descendus au salon. Je n'avais pas grand-chose à empaqueter. Des vêtements et quelques livres, des instruments. Je ferais tout envoyer dans mon bureau, à Amsterdam. Je réfléchirais ensuite à quoi faire de tout ça. Max Schiffer m'avait proposé sa maison. Pat Dunbar aussi. Ce bon Pat n'avait cessé de m'appeler depuis que l'affaire était parue dans la presse. D'une façon ou d'une autre (et j'avais mon idée là-dessus), mon nom avait fini par filtrer dans les médias : "Peter Harper, le compositeur, attaqué dans son refuge sur la côte irlandaise." La nouvelle était presque épique. On m'y décrivait en héros qui avait défendu ses enfants et ses voisins à la hache, parvenant à terrasser plusieurs assaillants. Ce genre d'informations, on le sait bien, font les délices des tabloïdes, et Pat recevait désormais des dizaines d'appels par semaine l'interrogeant sur mes projets. "Publicité gratuite, Pete (bon, qui m'aura juste coûté deux côtes), tu ne peux plus me dire non. Ça sent l'argent. Tout le monde veut ta musique. Tu dois te remettre au boulot."

Une heure plus tard, j'étais assis par terre dans le salon, le nez dans les cartons. La pluie s'était calmée et la lumière déclinait doucement au-dehors. La maison était de plus en plus froide, alors je me suis levé et suis allé chercher un peu de bois pour la cheminée. Je suis revenu au salon avec les dernières réserves de bûches et petit bois de la remise. Cet endroit allait me manquer malgré tout, ai-je pensé. Me réveiller le matin et entendre les oiseaux, les vagues. Ramasser du bois et allumer un feu. Tondre le gazon. Voir Leo courir sur la plage, sortir, l'appeler et l'inviter à boire une bière.

J'ai formé un petit tas de brindilles dans le foyer, en me disant que quelques revues qui s'empilaient à côté du canapé pourraient rendre un dernier service à la maison sous forme d'énergie calorifère. Mais pile au moment où je frottais une allumette et m'apprêtais à embraser une de ces boules de papier au fond du foyer, pile à cet instant, deux choses se sont produites. D'abord, le vent a soufflé par la cheminée et a éteint mon allumette. Puis quelqu'un a frappé à la porte de la maison.

Trois coups. Sur le bois.

Mon cœur s'est serré et j'ai cessé de respirer. Non, ça ne pouvait être vrai.

Les coups se sont répétés.

Je me suis levé et j'ai avancé sans hâte jusqu'au vestibule. Je n'ai pas posé de question, ni élevé la voix. Pour quoi faire ? J'ai tiré le verrou, tourné la poignée et ouvert la porte.

Quelqu'un attendait de l'autre côté. Quelqu'un que je connaissais. Trempée de la tête aux pieds. Le visage souriant.

— Harper ! Heureusement que vous m'avez vite ouvert ! a dit Teresa Malone, la factrice du village. J'étais sur le point de repartir en courant !

— Te… Teresa ? ai-je bégayé. Qu'est-ce que vous faites ici ?

Elle était entièrement recouverte d'une tenue en plastique. Son scooter, que la pluie et le vent m'avaient empêché d'entendre, était garé à côté de ma Volvo, dans le jardin.

— Judie m'a dit que vous étiez venu et, bon, j'ai pensé que je devais… même si ça me fichait des frissons. Je ne sais pas comment vous avez pu revenir ici. Bref, un paquet est arrivé à votre nom. À-votre-nom, on ne peut pas dire mieux. Pour Peter Harper. Je me suis dit que je devais vous le remettre en personne.

Elle me l'a donné, enveloppé dans un sac plastique. Un petit paquet, avec simplement mon nom écrit dessus, et une phrase : "À remettre en mains propres."

— Il est arrivé au bureau de poste empaqueté dans un autre carton. En l'ouvrant, j'ai vu votre nom, rien d'autre.

Je l'ai regardé.

— Vous savez d'où il a été envoyé ?

— Il n'y avait pas d'expéditeur, mais il portait un cachet britannique. Il était dans une boîte plus grande, avec juste l'adresse du bureau de poste écrite dessus.

— C'est peut-être quelqu'un du village. Quelqu'un qui nous connaît tous les deux. Allez savoir.

Nous sommes restés là, à nous regarder avec un demi-sourire.

— Vous avez eu des nouvelles ces derniers temps ? a demandé Teresa.

J'ai fait non de la tête.

— Hier, deux camions de déménagement sont arrivés, a-t-elle dit. Ils ont vidé la maison. Je le sais parce que mon cousin Chris connaît un *garda* de Dungloe qui a dû assurer le rôle de témoin. Il a demandé où est-ce qu'ils emportaient tout ça, et on lui a répondu "dans un dépôt". Qu'il n'y avait pas de destination. D'une certaine manière, c'est ce qu'on imaginait tous, hein, qu'ils ne reviendraient pas. Moi, ça ne m'étonne pas. Après une histoire pareille. Mais on se serait attendus à des adieux. Quelque chose…

Ses yeux se sont posés sur le paquet que j'avais entre les mains.

— Merci, Teresa, merci de me l'avoir apporté jusqu'ici.

— J'ai entendu dire que vous aussi, vous pensez partir. C'est vrai ? a-t-elle dit en posant sa main sur mon avant-bras. Je regrette tellement ce qui vous est arrivé, à vous et à vos enfants. Dans le village, on est tous horrifiés. Promettez-moi que vous viendrez nous dire au revoir avant de vous en aller.

— Je vous le promets, Teresa.

Sa main a glissé doucement le long de mon bras, jusqu'à ma main, où elle s'est attardée.

— Je n'aimerais vraiment pas que vous disparaissiez sans me laisser vous dire au revoir, vous savez, Peter ? Je tiens à vous faire mes adieux.

— Quand je m'en irai, ai-je dit en retirant délicatement ma main et en la posant sur la poignée de la porte, que j'ai commencé à refermer, vous serez la première au courant. Et la première tournée, c'est pour moi.

Je me suis esquivé avec un grand sourire et j'ai laissé Miss Malone rejoindre son scooter, sous la pluie, et s'en aller sur deux coups de klaxon chevrotants, avant de mettre le cap sur la Dent de Bill.

Puis j'ai fermé la porte, allumé le feu et ouvert ce paquet.

Il n'y avait qu'une seule chose à l'intérieur : une lettre.

Je me suis installé tout près de la cheminée et l'ai dépliée.

Peter,

J'aurais aimé avoir plus de temps pour t'écrire, mais j'ignore où tu seras dans un mois ou deux, et où je serai, moi, et je voulais m'assurer que tu reçoives au moins une explication. Il ne m'est pas permis de me mettre en contact avec toi et je t'écris presque en secret, mais je me sens dans l'obligation de le faire. J'ai une immense dette envers toi et ta famille, et je crois que tu mérites au minimum de connaître la vérité.

En premier lieu, j'espère que tes blessures guérissent progressivement, ainsi que celles de Judie, et je prie pour que tes enfants soient en parfaite santé, et pour que ce cauchemar dont je me sens responsable ne soit bientôt plus qu'un mauvais souvenir, qu'ils pourront un jour oublier, ou au moins raconter comme une aventure.

Je veux ensuite te remercier de nous avoir sauvé la vie. Marie a reçu un sale coup, qui aurait pu être mortel, mais elle a parfaitement réagi à l'opération et à ce jour, elle est hors de danger, grâce à Dieu. C'est une femme forte. Quant à mon genou et à l'autre balle dans l'épaule, j'imagine que je ne pourrai plus courir aussi vite, mais au moins suis-je en vie pour le raconter. Et tout ça grâce à toi. Si tu n'avais pas surgi à notre porte cette nuit-là… si tu n'avais pas insisté pour que je garde un revolver sur moi, tout aurait été très différent. Ce jour-là, après t'avoir rendu visite à l'hôpital, quand tu m'as averti, j'ai tenté d'évacuer l'idée de mon esprit, mais je n'ai pas pu. Je suis monté au grenier et j'ai dépoussiéré un vieux revolver que j'avais acheté des années plus tôt. Au début, j'ai décidé de le laisser à portée de main, dans un coin du salon par exemple, ou sous l'oreiller. Mais ce soir-là, ce soir où tout est arrivé, tes enfants allaient passer la nuit chez moi et je ne voulais pas laisser traîner une arme, et puis il y avait cet orage… Était-il possible que tu aies raison après tout? Quoi qu'il en soit, l'arme a fini contre ma cheville, et tu as fini par franchir la porte… et par nous sauver la vie, Peter. Tu as donné à Marie l'occasion de partir en courant, tu as freiné l'attaque. Et même si on s'est pris quelques balles, je crois que nous n'aurions pas eu la même chance sans toi, sans ton entêtement, sans ta folie, sans ton don…

Car tu en as un, Pete. Je ne sais pas d'où tu le sors, mais prends-en soin, protège-le comme de l'or. Je sais que tu en as souffert, mais je crois qu'il t'offrira aussi de bonnes choses. Qui sait. Tu pourrais bien un jour voir les numéros du loto, et la vie aura un parfum de rose. Le fait est que personne n'aurait pu prévoir ça, à part toi.

Tu avais raison, tu as toujours eu raison, depuis le premier jour. Mais nous t'avons menti, nous avons été obligés de te mentir. Ou, plus précisément : nous avons évité de te dire la vérité.

J'imagine qu'aujourd'hui tu dois nous détester de nous être montrés si entêtés. Tu as su dès le premier jour que cela allait arriver, et par notre refus de l'admettre, nous avons mis ta famille en danger. Je suis désolé, Peter, vraiment, mais nulle part dans le monde on ne t'apprend à l'école à croire aux fantômes, aux visions… surtout quand ils annoncent ton pire cauchemar. Je suppose que nous avons tenté de nier leur importance.

J'étais sur le point de tout te raconter ce jour-là. Quand tu as parlé de Daniel, du portrait que tu avais trouvé dans notre bibliothèque… J'ai failli te courir après, car je sentais que tout ça était stupide. Je t'ai considéré comme un ami depuis le jour où je t'ai connu, Peter, le premier véritable ami que je me faisais depuis des années. Tu as une âme qui me plaît. On peut voir à travers, et ce qu'on y voit est bon, voilà pourquoi j'étais sur le point de te livrer mon secret. Mais mes jambes ont refusé de me porter. Ma vieille et stupide tête m'a convaincu que je ne devais pas le faire. "Et si tu te trompais ? me suis-je dit. Et si ce garçon cachait quelque chose de bizarre ?" Marie avait confiance en toi. Elle n'a jamais douté de ta transparence. Elle disait que tu avais peut-être eu un pressentiment de manière subconsciente ; que nous avions peut-être laissé échapper trop de détails, ou quelque chose qui n'aurait pas collé dans ton esprit, et que nous avions mis une grande confiance en toi. Pour ma part, j'avoue, j'ai douté. Cette première nuit, après que tu es apparu à la porte de la maison, je l'ai passée à réfléchir, à envisager toutes les possibilités. "Est-ce que tout ça fait partie d'un plan ? Est-ce qu'il essaie de nous faire avouer quelque chose ?" Je suppose que c'est une déformation professionnelle après tant d'années contraints à la méfiance, à tenter de ne pas nous laisser piéger par les apparences. Surtout quand tu sais que quelqu'un te cherche pour te faire la peau.

J'ai mené ma petite enquête sur toi, et j'en suis vraiment désolé, mais que puis-je faire d'autre aujourd'hui que te prier de bien vouloir m'excuser ? Si cela peut te consoler, j'en avais fait autant avec le type qui louait la maison avant toi, un Allemand un peu étrange qui passait son temps à observer les oiseaux. Ce type me rendait nerveux, vraiment, chaque fois que je tournais la tête je le voyais en haut d'un rocher, avec ses jumelles pointées sur ma maison. J'en suis même venu – et c'est un secret entre toi et moi parce que Marie n'est au courant de rien – à me faufiler chez lui pour jeter un œil. Il a dû le remarquer, mais ça n'est jamais allé plus loin. Il a fini par quitter le plancher au bout de quelques mois.

À ce stade, tu dois avoir compris. Oui, Leo et Marie Blanchard, c'est bien nous. Ou du moins l'avons-nous été. Et pas Kogan, un nom curieux il faut dire, et qui ne m'a jamais plu. Le nouveau, celui qu'on vient de nous assigner, est bien plus banal. Par sécurité, nous avons aussi étrenné de nouveaux prénoms. Tu le comprendras, je ne peux pas te les révéler, mais ils sonnent bien. Ils nous collent à la peau. C'est un des mensonges que nous t'avons racontés et je te promets qu'il y en a peu d'autres. Presque tout le reste est vrai : que je travaillais dans la sécurité hôtelière, que Marie peignait des tableaux et voyageait avec moi. Et c'est vrai aussi qu'en 2004 j'envisageais déjà de prendre ma retraite. Comme je te l'ai dit, j'avais passé vingt-cinq ans à voyager, j'avais vécu dans une douzaine de villes, et je me sentais las. Las de ma vie de nomade, de ne pas pouvoir me faire plus de deux ou trois bons amis à chaque endroit avant de tout recommencer à zéro.

Marie et moi projetions de nous trouver une modeste propriété près de la plage de Phi Phi, en Thaïlande, de monter un petit hôtel ou une pension et de passer là le reste de notre vie, à bronzer au soleil et à faire du bateau. J'ai dit adieu à l'hôtel où je travaillais, prêt à entamer ma nouvelle vie, mais ce même mois, sans l'avoir cherché, j'ai reçu une superbe offre dans un petit établissement tout neuf, un six-étoiles à Hong Kong. Un contrat d'un an comme "conseiller" pour mettre en place la sécurité de l'hôtel et former une équipe. "Six étoiles", tu sais ce que ça signifie ? Le salaire était quatre fois plus élevé que mon salaire habituel. Cela aurait dû me mettre en garde. À une époque où le business de la sécurité rapportait de moins en moins, d'où sortaient de telles sommes ? Mais j'ai été trop gourmand. Cet argent nous permettrait de combler les derniers trous de notre projet en Thaïlande. J'ai accepté et nous avons déménagé dès l'été. C'est l'erreur qui m'a coûté le plus cher de toute ma vie.

J'ai commencé à travailler le 2 mai et n'ai pas mis bien longtemps à me rendre compte que quelque chose tournait mal. Après tant d'années de travail, tu reconnais certains détails, surtout ceux qui ne collent pas, et il y avait là-bas un paquet de choses qui ne sentaient pas bon, ou plutôt qui empestaient. Le directeur, un parfait amateur, m'a tenu un discours de bienvenue étrange qui semblait composé pour envoyer un message entre les lignes : "Nous avons des clients très particuliers et très distingués. La discrétion est la règle numéro un de l'établissement, monsieur Blanchard. J'espère que vous comprenez. Fidélité et discrétion." Ensuite, il suffisait de comparer l'activité de l'hôtel, relativement basse, et l'argent qui circulait. Ce truc-là puait le poisson pourri. Nom de Dieu, j'aurais dû démissionner dès le premier mois, mais je ne l'ai pas fait. J'ai dû me dire : "Ne mets pas ton nez dans ce qui ne te regarde pas. Va au bout du contrat, empoche en un an ce qui t'en aurait pris quatre, et fiche le camp d'ici."

Je pourrais te raconter des tas de choses qui m'ont progressivement convaincu de mon erreur. Les clients, pour commencer, tout sauf des gens "propres". Il n'y avait qu'à voir leurs tronches, leurs énormes limousines garées à l'entrée, leurs gardes du corps aux costumes bon marché, leurs putes et les orgies qui avaient lieu dans les suites, et dans lesquelles je ne mettais le pied que pour sortir de là une fille saoule ou un type qui s'était pris une beigne. Jour après jour, j'étais de plus en plus persuadé qu'après des années de travail honnête, j'avais mis le doigt sur un nid de vipères. Cet endroit était ce qu'en langage policier on appelle une "plaque tournante", et j'y étais plongé jusqu'au cou. Quoique, pas tout à fait, puisque j'avais un poste de conseiller. J'installais des caméras, j'expliquais les procédures, et ils plaçaient leur propre personnel devant les ordinateurs, dans les salles de surveillance. Mais en fin de compte, je détenais quand même la clé de l'information. Je savais comment m'y prendre et, vu les circonstances, j'ai jugé opportun de me préparer une voie de sortie en cas d'urgence.

Bien sûr, "ils" m'envoyaient des signaux. Beaucoup d'argent, des cadeaux. Ils nous ont acheté une Porsche pour fêter mes six mois de contrat et "un travail bien fait, dévoué et loyal". La loyauté, c'est le mot-clé dans ce petit monde, Pete. Ils couvraient Marie de bijoux presque tous les mois. Des bijoux qu'elle ne voulait pas accepter, et que je l'obligeais à conserver. Une erreur de plus. Mais nous étions à la moitié du contrat et je me rendais compte que démissionner serait dangereux. Et puis, au bout de huit mois environ, ce directeur de pacotille m'a appelé dans son bureau pour me proposer un contrat à durée indéterminée au sein de "la maison". Ils étaient très contents de moi et voulaient "me faire une place dans la grande famille". Il aurait fallu que tu entendes comment ce genre de phrases résonne dans la bouche d'un criminel. Et la tête qu'il fait quand, après avoir l'avoir remercié, tu fronces les sourcils et déclare qu'en réalité tu as d'autres projets. "La retraite? Mais vous êtes encore très jeune, monsieur Blanchard. Ce serait une grande déception de vous voir partir si vite. Nos investisseurs seraient un peu contrariés, voyez-vous?"

À partir de là, les choses ont changé. Je l'ai remarqué. Moins de travail. Moins d'entretiens avec le directeur. Ils m'ont fermé les portes petit à petit et je m'en suis réjoui, au début. Je leur avais envoyé un message qu'ils avaient saisi sur-le-champ. Et puis un soir, en rentrant chez moi, deux voitures m'ont suivi sur la voie rapide. On m'a fait signe de prendre une déviation et on m'a guidé jusqu'à un coin isolé du port. Là m'attendait un étrange cortège d'hommes en costume bleu sombre, présidé par un type aux cheveux blancs nommé Howard, qui s'est présenté comme responsable d'Interpol en Chine.

— Nous venons d'arrêter, cette nuit même, à Hong Kong, un tueur à gages qui portait ceci, a-t-il dit en me montrant un dossier.

À l'intérieur, il y avait des photos de moi et de Marie, l'adresse de notre maison, le numéro d'immatriculation de notre voiture.

— Il avait "carte blanche" pour se débarrasser de vous d'ici la fin de l'année. Un accident de la route ou une explosion domestique, c'est ce qu'ils font en général avec ceux qui n'acceptent pas le "baptême". Vous ne pouvez pas reprendre votre vie normale, monsieur Blanchard. Aucune chance. Mais il vous reste une option. Interpol dispose d'un programme de protection de témoins similaire au Witsec américain, au niveau international. Cependant, pour y entrer, vous devez collaborer avec nous.

Autrement dit, Marie et moi étions comme des morts vivants et Interpol nous offrait la résurrection, notre seule alternative : ils nous donneraient deux nouveaux passeports et un peu d'argent pour recommencer nos vies ailleurs. En échange, nous devions les aider sur un point, et ce point se trouvait dans les ordinateurs de l'établissement. Des noms, des téléphones, des dates, auxquels j'avais accès.

Ils nous ont accordé très peu de temps pour réfléchir. Tu aurais dû nous voir ce soir-là, quand j'ai tout raconté à Marie. Nous avons quitté la maison à pied, en laissant la voiture, et nous sommes faufilés dans le centre commercial, parmi la foule, pendant quatre heures, quasiment jusqu'à la fermeture. Puis nous avons dormi dans un hôtel, sans passer par la maison. À 4 heures du matin, j'ai téléphoné à Howard et je lui ai annoncé que nous acceptions le marché. Ils ont envoyé leurs agents à l'hôtel et nous y avons organisé ce qui devait se passer le lendemain. L'un d'eux a passé la nuit entière à boire du café, assis sur le canapé, un revolver entre les mains. L'autre a pris une chaise et a surveillé la porte. Ils nous ont dit de nous éloigner des fenêtres. Nous avons dormi une ou deux heures.

J'avais encore accès à certaines données de l'hôtel. Je devais tout faire en un seul jour puis disparaître. J'avais les nerfs en pelote ce matin-là en arrivant, mais j'ai tenté de sauver les apparences. J'avais passé la moitié de ma vie à traquer des voleurs et voilà que j'en devenais un. J'ai choisi l'un des garçons les moins malins pour lui faire avaler mon bobard. Je lui ai expliqué que j'allais vérifier deux trois détails dans le software du serveur et que j'avais besoin d'entrer dans la salle de surveillance une seconde. Là, j'ai procédé au téléchargement : pas loin de mille fichiers dans un dispositif de la taille d'un ongle. Je l'ai glissé sous ma langue pour passer la fouille, dont je leur avais moi-même enseigné la technique. Puis je suis parti en prétextant un déjeuner au bout de la rue. Ils ne m'ont plus jamais revu.

Voilà comment a démarré tout le processus, notre vie de témoins protégés. Le jour même, d'autres agents sont arrivés. Huit au total, dans deux véhicules blindés. Ils nous ont expliqué qu'on allait rejoindre une maison isolée dans la baie de Dashen, ce qui s'est révélé faux. Notre sang valait de l'or pour Interpol, et cela impliquait qu'ils se méfient même de nous, de ce que nous pourrions raconter à un inconnu. Nous ne reviendrions pas chez nous, ils nous achèteraient de nouveaux vêtements, tout ce dont nous aurions besoin, mais hors de question de s'exposer. Abandonner notre maison, nos voisins, nos livres, nos habits, les tableaux de Marie… ça a été terrible. Je me rappelle que nous étions en état de choc. Marie s'est mise à arroser les plantes avant de s'en aller. Tout était si insensé. Ne pouvions-nous pas au moins laisser le chat à la voisine ? Non, même pas.

Munis de casquette, chapeau et lunettes de soleil, nous sommes arrivés dans une maison à la frontière chinoise, une ancienne caserne avec caméras, grilles et gardiens vingt-quatre heures sur vingt-quatre. Ils m'ont suggéré d'envoyer un bref message à l'hôtel. Un proche était tombé malade et je devais m'absenter sur-le-champ. Nous enverrions bientôt plus de nouvelles.

Nous sommes restés là deux semaines, enfermés comme des délinquants. C'était terrible. On nous traitait comme du bétail et j'ai perdu patience au moins deux fois, parce qu'on ne nous laissait même pas approcher de ces maudites grilles. Marie s'est lassée de pleurer, et moi aussi. C'est la seule fois de ma vie où je me suis réjoui que notre fils Daniel n'ait pas vécu pour voir ça.

La deuxième semaine de notre réclusion, on nous a convoqués pour nous délivrer trois informations : la première, que l'"organisation" s'était rendu compte de l'entourloupe et que nos noms et photos circulaient déjà dans les réseaux des tueurs à gages. Ma tête était mise à prix à 100 000 dollars à cette époque. Pas mal, hein ? La deuxième, qu'Interpol avait réussi à fixer une date pour un jugement, et que nous n'aurions que deux mois de plus à attendre pour témoigner. Entre-temps, nous rencontrerions en secret le procureur et le juge qui s'occupaient de l'affaire, une seule fois, dans une localité qui ne nous serait pas révélée. Pendant ces deux mois d'attente, nous serions transférés dans un autre lieu, au Laos.

Nous avons dû donner procuration à un avocat d'Interpol pour qu'il se charge de la vente de notre maison, du transfert bancaire en Suisse. Nous avons signé des papiers où nous renoncions à tout, car le plan était de nous faire disparaître. Après la déclaration sur l'honneur, Leo et Marie Blanchard disparaîtraient pour toujours.

Nous avons vécu dans les montagnes du Nord du Laos pendant ces deux mois, entourés de quatre agents d'Interpol. Puis la date de la déclaration est arrivée. J'ai pris un avion privé qui a atterri à l'aéroport des forces navales chinoises à Sai Kung. De là, j'ai voyagé dans une camionnette camouflée jusqu'au tribunal. Vêtu d'un passe-montagne et d'un gilet pare-balles, je suis entré par la porte de derrière. Je me suis assis dans une cabine en verre blindé et j'ai juré que j'allais dire la vérité. Puis, face à un groupe de personnes restreint, j'ai parlé de mon contrat avec l'hôtel et de la manière dont j'avais accédé à la base de données que j'avais mise à la disposition d'Interpol. L'interrogatoire a duré près de deux heures puis ils m'ont laissé partir. "Merci et bonne chance", m'a dit le juge.

Leo et Marie Blanchard sont décédés par une magnifique nuit étoilée. La mer était plate et le vent du sud soufflait. Dès que nous avons changé de bateau, dès que nous avons mis les pieds sur cette vedette hors-bord et que nous avons abandonné le Fury, *nous avons laissé nos vies derrière nous. Nos amis et nos proches ne devaient jamais rien soupçonner, et les tueurs à gages lâcheraient la piste en pensant qu'un autre était parvenu à nous liquider plus vite. Nous sommes convenus d'un point, à plusieurs milles de la côte de Macao, où nous retrouverions une autre vedette à la tombée de la nuit. Puis direction un aéroport privé de l'île de Phen-Hou. Et de là, direction Singapour. L'Angleterre. L'Europe. Plus loin que personne ne pourrait l'imaginer.*

Nous avons vécu huit mois à Londres, le temps que tout soit en règle. Nouveau nom : Kogan. Je me rappelle que j'ai ri en le lisant. Un nouveau passeport, un nouveau certificat de naissance (Salt Lake City, Utah), deux cartes Visa et un compte bancaire en Suisse où ils avaient liquidé notre maison, nos voitures, le voilier et les économies de toute une vie. Ça semble facile, n'est-ce pas? Ça n'est pas le cas, crois-moi. Penser à tous tes amis, tous ceux qui te connaissent, qui te croient mort. Que tu ne pourras plus appeler pour leur souhaiter un joyeux Noël. Dont tu ne sauras plus jamais rien. C'est comme être réellement mort. Être un fantôme. Le mentor du programme de protection nous a répété cent fois l'importance de ne jamais contacter aucun membre de la famille ni aucun ami, pas même via *une lettre sans nom d'expéditeur ; le simple fait de savoir que nous étions vivants suffirait à encourager l'"organisation" à poursuivre ses recherches.*

"Votre voiture a explosé hier à Hong Kong, alors qu'une dépanneuse la retirait du parking où elle était restée stationnée quatre mois. Le conducteur a été blessé mais rien de grave, heureusement."

À Chelsea, le quartier de Londres où nous vivions, il y avait une boutique avec la presse internationale et nous avions pris l'habitude d'y jeter un œil tous les jours. Rien n'est sorti au grand jour, excepté notre disparition, à bord du Fury, *dans un journal local de Hong Kong.*

Cependant, nous n'arrivions pas à nous adapter à cette nouvelle vie. Nous vivions enfermés, sans entretenir de relation avec quiconque. Nous redoutions qu'un détail ne nous échappe, qui serait livré à la mauvaise personne. Je suppose que les gens du quartier nous considéraient comme un couple d'expatriés sympathiques mais hermétiques. Nous faisions les courses, nous sourions à nos voisins, mais ne participions à rien. Si pour une raison ou une autre quelqu'un se rapprochait de nos vies, nous l'évitions. Nous n'acceptions jamais une invitation à une fête. Nous étions toujours pris.

Cette situation a commencé à nous user. Ce n'était pas dans notre nature d'être deux fantômes sans existence. Nous en avons parlé à l'agent du programme et il nous a soumis l'idée de déménager dans un lieu plus isolé, dans une commune rurale. Il connaissait d'autres cas pour qui cela avait fonctionné. Le danger que nos identités tombent dans de mauvaises oreilles était plus faible dans un endroit reculé. "Pourquoi n'essaieriez-vous pas l'Irlande ou l'Écosse ? Il y a des coins idylliques par là-bas. Froids, mais plus sûrs. Et peu habités."

Voilà comment nous sommes arrivés à Clenhburran, Peter, et dès le premier jour j'ai su que nous allions y jeter l'ancre. Ce n'était pas ma plage de rêve en Thaïlande, mais c'était une plage, une retraite, et de toute façon nous en avions atteint l'âge. Pour la première fois depuis que nous nous étions échappés de Hong Kong, je me suis senti libre. Marie a commencé à se faire des amis, et moi j'ai osé parler de nouveau, raconter ma vie, toujours en prenant soin de ne pas mentionner ce "petit épisode", mais sans mensonges. Ça ne fonctionne pas si tu veux avoir de vrais amis.

C'était plus ou moins cela, mon plan : rester ici, vieillir près de la cheminée, avec une tasse de thé et ma femme. Vivre ainsi le nombre d'années qu'il me serait donné de vivre, et puis m'en aller en paix, non sans avoir auparavant écrit une dernière lettre à tous les gens que j'ai laissés derrière moi, pour leur raconter la vérité, cette vérité que je t'ai racontée aujourd'hui.

Mais ils nous ont trouvés. Et les gens du programme de protection se demandent toujours comment cela a pu se produire. Ils ont suggéré un faux pas de notre part, un accroc dans le protocole de sécurité… mais je persiste à dire que ce n'est pas vrai. Nous avons été les deux morts les plus parfaits de l'histoire. Nous n'avons jamais contacté personne, ni par téléphone ni par lettre. Et Dieu seul sait combien nous en avons souffert. Les bigotes du village prennent Marie pour une dévote hors pair, alors qu'en réalité chaque cierge qu'elle allume, c'est en souvenir d'un des amis que nous avons abandonnés et avec qui nous n'aurons plus jamais d'échanges.

Notre histoire est peut-être simplement passée de bouche en bouche et a fini par aller plus loin que ce que nous aurions voulu. Ou alors les doigts de la mafia sont démesurément longs. Ou alors quelqu'un nous a reconnus dans la rue et a vendu la mèche. Qui sait. Le fait est que notre ami Peter Harper nous a sauvé la vie, et ça, personne ne pourra jamais l'expliquer.

Et nous voici de nouveau en route. Pour où, je ne sais pas, un endroit moins froid j'espère, près de la mer, si Dieu le veut! où l'on peut s'offrir un voilier pour pas trop cher. Tu sais, je crois que je vais prendre toutes mes économies et me l'acheter, ce voilier de mes rêves. On vivra dessus et il se pourrait bien que je propose à Marie, comme dernière aventure, de parcourir les océans de ce vaste monde. Nous disparaîtrons de nouveau dans le grand bleu, et cette fois pour toujours. Puisque la vie s'entête contre moi, je vais lui rendre la pareille. En profiter pour accomplir un rêve. C'est ça l'esprit, non? Enfin… Je te raconterai bientôt. Tu es facile à suivre. Un type connu comme toi.

D'ailleurs, en parlant de ça, nous voici arrivés au chapitre des conseils. D'abord, les plus concrets. Maintenant que tu sais à qui nous avons eu affaire, tu te demandes peut-être s'il y aura une revanche et si tu dois craindre "l'organisation". Mes amis d'Interpol ont apporté quelques ajustements dans la déclaration de la Garda, faisant tout leur possible pour effacer ton nom. Il est mentionné que tu as abattu Tom et Manon en état de légitime défense. Pareil pour moi avec Randy, et Frank s'est vidé de son sang sur notre tapis et est mort avant l'arrivée de la première ambulance. On a donc décimé toute la bande, ce dont je me réjouis. Quatre individus abjects en moins dans ce monde. C'était un commando de mercenaires, d'après ce que m'ont dit les gens d'Interpol, et si l'un d'eux avait survécu, la mafia l'aurait probablement fait liquider pour avoir essuyé un échec aussi retentissant face à deux petits vieux et une famille avec enfants. Ils ne s'attendaient évidemment pas à tomber sur un spécimen comme Peter Harper. Il semble donc que tu n'aies pas de souci à te faire, mais ça ne coûte rien de garder un œil ouvert. Cela dit, tu n'en auras peut-être même pas besoin. Il te suffit d'écouter ton instinct.

Conseil suivant : à propos de Judie et toi. À l'heure actuelle, on en fait des tonnes avec cette histoire de liberté, mais il y a un malentendu autour de ce mot. Parfois, les gens parlent de liberté quand ils veulent dire "peur d'avancer dans la vie". Allez, tu sais bien que je suis un vieux gâteux et tu peux prendre ce conseil pour te torcher avec, mais si tu es capable de voir l'avenir, moi je suis capable de voir dans le cœur des gens, et je te dis qu'il y a peut-être – peut-être seulement – au fond de toi un soupçon de peur. La peur d'aimer de nouveau, comme celle qui retient ton père cloué à une chaise, là-bas, à Dublin (désolé de mettre mon nez partout, mais je peux m'autoriser ce luxe étant donné que nous n'allons plus nous revoir), car quelqu'un t'a blessé et que tu es en colère contre le monde entier, et tu ne t'accordes aucune nouvelle chance. Cela s'est transposé aussi sur ta musique. Créer est un acte de confiance absolu. C'est ce que tu m'as dit une fois, non ? De liberté, d'authentique liberté. Et tu es venu la chercher sur une plage, au bord de la mer, où l'on se figure que les hommes sont libres, mais au fond, tu restes coincé dans cette petite pièce sans fenêtre qu'on appelle douleur. J'espère qu'une part de ce foutu cauchemar aura servi à te réveiller. Je prie pour qu'il en soit ainsi.

J'aurais aimé pouvoir te dire tout ça en personne, partager une dernière bière belge avec toi et regarder le soleil se coucher, en refaisant le monde, pour la dernière fois. Te connaître et être ton ami a été un grand plaisir, Peter. Et j'espère que cette vie permettra à nos chemins de se croiser de nouveau.

Marie vous embrasse aussi très fort et je sais que vous allez lui manquer. Il est plus que probable qu'un jour elle allume une bougie pour toi, Judie, Jip et Beatrice, et nous penserons à vous, là où nous serons.

Adieu, Peter.

Ton ami,

LEO

11

Le 15 septembre, après avoir rendu les clés de la maison et regardé partir le camion de déménagement, j'ai enfilé ma plus jolie veste, arraché quelques fleurs des champs sur la route de Tremore Beach et me suis présenté à la boutique de Judie.

Elle était seule, en train de lire un livre, caressée par un fugace rayon de soleil traversant la vitrine du magasin. J'ai pensé qu'elle était prête à passer le reste de sa vie dans ce lieu tranquille, amical, qu'elle avait choisi. Du coup, je me suis senti un peu coupable à l'idée de ce que je m'apprêtais à faire.

Judie a souri en me voyant entrer.

— Quelle élégance, Peter. Et ces fleurs ?

— Pour vous, mademoiselle Gallagher, ai-je dit, en les lui remettant.

— Oh, c'est très aimable, monsieur Harper, a-t-elle répondu en les portant à son nez. Des fleurs d'adieu.

Sa voix s'est faite sombre, mélancolique.

— Eh bien, chère demoiselle, ai-je commencé à dire, un peu nerveux, en réalité ce ne sont pas des fleurs d'adieu. C'est précisément ce qui m'amène. J'aimerais vous poser une question… ou plutôt, vous la poser une deuxième fois. Quelqu'un a dit un jour que les bonnes choses méritent qu'on leur donne deux chances, ou trois, ou quatre. Et un vieil ami m'a dit que ces choses-là requièrent une certaine solennité. Alors…

J'ai fait le tour du comptoir et posé un genou au sol, face à Judie, qui a souri et a porté les mains à sa poitrine, émue.

— Judie Gallagher : je suis un cœur blessé, un cœur peureux, mais un cœur en fin de compte. Et toi, tu es la femme la plus intelligente, douce et sensuelle que je puisse rêver de rencontrer dans ce monde. Et il ne me serait pas venu à l'idée de te demander ça si je n'en étais pas absolument certain. Mais je le suis. Je suis amoureux de toi, Judie. Je t'aime et j'aimerais que tu viennes avec moi. Qu'on commence quelque chose ensemble. Je ne peux pas rester ici, j'ai besoin de mes enfants, de les voir grandir et de les aider, alors, de manière certainement égoïste, je te demande de traverser les océans à mes côtés. Je sais que c'est une demande difficile. Que tu avais trouvé un endroit dans le monde et qu'à présent j'essaie de t'en arracher. Mais je ne vois pas d'autre solution aujourd'hui. Je ne veux pas partir sans toi. Je ne veux pas te laisser derrière moi. Tu es… trop précieuse.

Ses yeux brillaient. Une larme s'est échappée et a sillonné sa jolie joue jusqu'au coin des lèvres. Elle a reniflé, cherché un mouchoir, sans lâcher les fleurs.

— Peter…

— Oui ou non, Judie, ai-je dit. Si c'est un non, j'accepterai. Je t'aimerai toujours, mais j'ai besoin de savoir maintenant.

Elle a glissé de sa chaise et m'a pris le visage entre ses mains. Nous nous sommes embrassés. Un long et doux baiser, les yeux fermés, qui nous a isolés du monde, qui nous a fait rêver ensemble, qui nous a transcendés… jusqu'à ce que la porte du magasin s'ouvre et que Mrs Douglas nous trouve à genoux derrière le comptoir.

— Vous allez bien, les enfants ?

— Oui, a dit Judie. Oui, madame Douglas. Parfaitement.

Puis elle s'est levée et m'a pris la main pour que je me lève aussi.

— Dites-moi, a-t-elle ajouté en serrant mes doigts entre les siens. Vous connaîtriez quelqu'un qui aimerait s'occuper de la boutique ? Je crois que je viens d'y renoncer.

Une semaine plus tard, la veille du décollage pour Amsterdam, j'étais chez papa, à Dublin. Nous étions allés dîner au pub et avions chanté *The Irish Rover* ensemble, ainsi que *Molly Malone*, en descendant cinq pintes chacun. Nous célébrions la vie, me suis-je dit. “La vie, il faut la célébrer.” Judie viendrait aux Pays-Bas dans deux mois, après avoir réglé ses affaires à Donegal, et papa nous rejoindrait lui aussi. Il affirmait vouloir voyager plus. Être près des siens.

Après le pub, j’avais dû le traîner dans la côte de Christ Church jusqu’à Thomas Street, où nous avons pissé ensemble à un coin de rue, père et fils uni dans le délit. Nous avons chanté sur tout le trajet, réveillant les voisins. Une fois chez lui, je l’ai monté dans sa chambre à coucher et l’ai laissé là, tout habillé, ronflant déjà. Après l’avoir embrassé sur le front, je suis revenu au salon, en faisant attention de ne pas me tuer dans l’escalier, vu la cuite que je tenais.

Je me suis jeté sur le canapé et me suis aussitôt endormi. Je n’avais plus mal à la tête, et les cauchemars avaient disparu. Au début, une nuit complète de sommeil était comme une victoire. Et puis, progressivement, c’était devenu la routine. Je l’avais dit à Kauffman quelques jours plus tôt, en l’appelant pour annuler mes derniers rendez-vous. Il s’en était réjoui, même s’il était déçu de voir s’éloigner un cas aussi intéressant. Il aurait aimé poursuivre son travail d’hypnose. Comprendre d’où j’avais sorti cette sorte de prémonition. Je lui ai conseillé d’oublier ça s’il ne voulait pas voir un jour son nom dans les rayons ésotérisme des centres commerciaux.

Mais ce soir, à Dublin, dans le lourd sommeil qu’avait engendré cette joyeuse cuite, c’est arrivé de nouveau.

J’ai ouvert les yeux en pleine nuit et vu ma mère assise sur la table basse du salon, qui m’observait, vêtue de sa robe de chambre verte.

Cette fois sa peau n’était marquée d’aucun stigmate de la maladie. Elle arborait sa belle chevelure, brillante de santé, comme toujours. Les yeux entrouverts, un sourire aux lèvres.

Elle me montrait le piano, le vieux piano droit. Elle me demandait de m’en approcher, de jouer pour elle une fois encore, comme quand j’étais enfant. Lors de ces après-midi pluvieux où elle fredonnait des morceaux que je devais répéter encore et encore.

Je l’ai fait. Je me suis assis sur le tabouret, j’ai soulevé le couvercle et commencé à jouer. Une mélodie lente, merveilleuse, qui semblait avoir toujours été là, m'attendant. Un morceau complet, révélé dans mon sommeil.

Quand je me suis réveillé, ma mère avait disparu, mais la musique demeurait dans mon esprit.

Je l'ai remerciée, j'ai cherché un carnet et me suis mis à écrire.

TABLE

Ouvrage réalisé par l'atelier graphique Actes Sud, reproduit et achevé d'imprimer en novembre 2017 par Normandie Roto Impression s.a.s. à Lonrai pour le compte des éditions Actes Sud, Le Méjan, place Nina-Berberova, 13200 Arles.
Dépôt Légal 1re édition : janvier 2018
N° d'impression : 1704412
(Imprimé en France)